装幀
長井究衡

カバー装画
京極あや

乙女のための 源氏物語 上

目次

*

愉しみながら気楽に源氏物語とはどんな古典の作品か誰にもあらまし呑《の》み込めるように現代語訳を――との婦人倶楽部《くらぶ》編集部の御希望で、のっぴきならずこの大冒険に乗り出してしまいました。

ひと月ずつ積み重ねて、とうとうまる三年を続けてやっと責めを果しました。思えばこの重荷を負うて遠い坂道をよちよち登ったようなものでした。

それがいま纏《まと》められて刊行されるので、宇治十帖を添え、もう一度筆を加えたり削ったり、訂正したり、自分の作品を書くより骨が折れました。だが、それだけに私の生涯の珍らしい著書となりました。

……いま私は〈紫式部さまごめんなさい〉とはにかんでいます。

一九五四年　初夏――著者しるす

序章

市谷高台《いちがやたかだい》、もとの牛込区砂土原町《うしごめさどはら》に高倉良英《たかくらよしひで》氏の邸宅が曾《かつ》てあった。主《あるじ》の良英氏は太平洋戦中に日本からの出先機関の財務官として満洲に赴任《ふにん》していた。雪子《ゆきこ》夫人も同伴してその地に行った。その留守を預ったのは良英の母で、雪子夫人には姑《しゅうとめ》に当る楓刀自《かえでとじ》が三人の美しいそれぞれ個性のある孫娘と共に住んでいた。

三人といっても長女の藤子《ふじこ》はすでに嫁《とつ》いでいたのだが、その良人《おっと》がジャバのバタビヤに銀行員として赴《おもむ》いていたので、その留守の間両親の不在の家へ帰って二人の妹と祖母《そぼ》と暮していたのだった。

次女の容子《ようこ》はすでに女学校を終ったが、学徒勤労に加わって、五反田《ごたんだ》の工場に通っていた。〈お国のため〉という観念に純情の乙女《おとめ》は身を献《ささ》げて、生一本《きいっぽん》のこの人の性質だけに、少しぐらいの風邪も我慢し、満員電車にもまれて通ったせいであったか、軽い肺尖《はいせん》にかかって、彼女が倒れてもと願う勤労奉仕も医師から禁《と》められた。

その頃疎開《そかい》騒ぎで、交通機関のすべてが半身不随に陥《おちい》った際、人々は狂気の如《ごと》く、人間か猿かわからぬように列車の窓から出入りし、背に簞笥《たんす》を負って人の迷惑も顧《かえり》みず乗り込む騒ぎで、東京は実にごった返しだった。

いくら政府、軍部の指導者達が、国民に必勝の信念を押付けても、国民の意気はすっかり沮喪《そそう》し、真珠湾攻撃にのぼせ上った不覚を今更《いまさら》に悟《さと》り、蔭《かげ》でぶつぶつ言うようになっていた。

「容子の健康のためにも、またこの戦争の様子ではいずれは東京がどんな凄《すさま》じいことにな
るか——女家族の私達はともかくあの鎌倉山の家に移って行きましょう、横須賀線で一時
間やそこらで行ける処《ところ》では疎開とも言えないかも知れませんが、それでも気は心です。あ
の山の中なら気休めにもなるでしょう、第一に海は近いし、容子の病気の療養《りょうよう》をさせるに
はいいところですから」

楓刀自はこう言った。鎌倉山には高倉家の別荘があって春秋や夏休みを送るだけで普段
は留守番の老夫婦に預けてあった。

すると笑い出したのは三女の鮎子《あゆこ》だった。

「お祖母《ばあ》ちゃま、鎌倉山？　あすこだって横須賀の軍港に近いからわからないわ。でも弱
虫さん達はいらっしゃいよ、私は学校の寄宿舎に残るわ」

彼女はまだ在学中であり、その女学校はよく海外赴任の外交官の子女を預ったりして設
備のいい寄宿舎があった。

「そうね、鮎ちゃんは寄宿舎に残っても、鎌倉山なら土、日には帰れるわね。鎌倉山では
疎開の気分が出ないようだけれど、あんまり遠くへ行くのはとても大変、お友達に軽井沢
へ疎開なすった方があるけれど、去年の冬、死ぬほど寒くて苦しかったので、東京へ逆戻

りなすったんですって……」

長女の藤子が鎌倉山行を賛成した。

「私のために疎開早くなったのね。私早く丈夫《じょうぶ》になって又工場へ行きたいんですの、私一人でも鎌倉山へ行きますわ」

容子もその気になった。まだ床《とこ》についていなければという程ではないが、朝夕微熱があってそれこそ家でぶらぶらしているという生活だったから、彼女も心細く、鎌倉山の別荘で療養しようと思い立ったのだ。

「それがいい、いい、みんな弱虫は鎌倉山へ閉じ籠《こも》るといいわ、大姉様《おおあね》のおっしゃる通り、あんまり田舎《いなか》へ行くと大変ですってね、農家の養蚕小舎《ようさんごや》を借りたり鶏舎《けいしゃ》に住んだり、御不浄《ごふじょう》は外で戸がなかったり、そんなところとてもお洒落《しゃれ》の大姉様なんか行けっこないわ。ハハ……」

三女の茶目《ちゃめ》で活潑《かっぱつ》な鮎子はこういうユーモラスな話をして笑わせるのだった。

高倉一家はその年の——あとで考えればそれが終戦の年となった二月、鎌倉山の別荘へ牛込《うしごめ》の家を人に預けて移り住んだ。

荷物を運ぶといっても、その頃トラックを一台頼むさえ容易なことではなかった。汽車の貨物車に積み込んだら、いつどこで、どうなるやら、それも心許《こころもと》なかった。主《あるじ》の良英氏の縁故《えんこ》でトラックを一台だけ実費で便宜《べんぎ》を計ってくれた人がいたので、それに取敢《とりあ》えず日常生活に必要なもの、三人の身のまわりのもの、両親や藤子の良人《おっと》の彰《あきら》の残した衣類その他を積むことにした。

幸い別荘のこととて、簡単ながらひととおり寝泊りの備品は置いてあるので、それは大変好都合だった。

しかし牛込の邸宅の広い洋風応接間の椅子卓のセットやピアノ、階上の寝室のベッド、絨毯《じゅうたん》類、仕込箪笥や大きな油絵などは残して行くより仕方なかった。そして、良英氏の留守の書斎の椅子卓は残して行くとしても、その書棚にぎっしりつまっている和洋の経済に関する書籍はそれだけでトラック半分は埋めそうだった。

「お父様の御本どうしましょうね」

娘達の間にもそれが問題だった。

「持って行きたいわ、今に私が豪《えら》くなったらそういう御本読むのよ」

鮎子は将来経済学者になるようなつもりで運ぶことを主張した。

木箱と縄を出来るだけ集めてそれに詰めるだけ詰めた。するとお祖母《ばあ》様の楓刀自《かえでとじ》が、

「私の愛読書も少しは疎開しておきましょうかねえ、私のは活字でなくて写本だから、またと手に入りませんからね」

「お祖母様の御本てなあに？」

いかにもばかにしたように鮎子がきいた。

「お祖母《ばあ》さんだって蔵書を持っていますよ、貴女《あなた》たちに見せたって仕様《しよう》がないから隠居部屋の押入れにありますがね」

「ああ、あの黒塗《くろぬり》の古風な本箱に入れてある昔の御本でしょう。あれ今は貴《とうと》いものですわね、持って行きましょう。和紙の軽い御本ですから、なんなら風呂敷包《ふろしきづつ》みにして、私達が往復する時二三度運べば大丈夫《だいじょうぶ》でしょう、どうせお父様の愛蔵の壺《つぼ》や古九谷《こくたに》のお皿などは手で運ぶつもりですから」

藤子が言った。

「じゃいいわ、私が土曜日に寄宿舎から鎌倉山へ行く時に牛込《うしごめ》へ寄ってリュックサックに入れて運んで上げるわ。でもお父様の御本は洋書だからこれだけは御免《ごめん》だわ、運送屋から送らせて頂戴《ちょうだい》よ」

それで父良英氏の蔵書は箱詰にして運送屋に托《たく》し、楓刀自《かえでとじ》の和書は、鮎子がズボンに防空頭巾《ぼうくうずきん》を下げたいつもの姿で勇敢にリュックサックで運ぶことになった。

こうして楓刀自と藤子と病気の容子は鎌倉山へ移り住んだ。丁度《ちょうど》二月の半ばで、鎌倉山の庭の二三本の梅の古木が開きかけていた。留守番の老夫婦が手入れしていたので、ふだんは空けてある別荘の座敷もきれいになっていた。ただ毎年していた畳替えなども畳表が不自由なのでそのまま古び、障子《しょうじ》も障子紙が折から手に入らぬ時とてやや黄ばんでいたのもかえって山荘らしく趣《おもむ》きがあった。

トラックで運んだものを家の中へ入れると、平屋造りの藁屋根《わらやね》で、田舎家を模した家、囲炉裏《いろり》に自在鉤《じざいかぎ》を吊《つる》してあるなど――あの牛込の本邸に比すれば三分の一にも足りぬ山荘の座敷はあちこちいっぱいに物を置いて手狭《てぜま》な感じだった。

――幾日たっても木箱で送った筈《はず》の父の書籍は届かなかった。

「どうかしたのかねえ、途中で盗まれたのでしょうか、この頃はほんとうに物騒《ぶっそう》で、人間の心が戦争ですっかり悪くなりましたからね」

と、楓刀自は歎《なげ》く。運送会社へ問い合せてもさっぱり要領を得ない。

移ってから一週間目の土曜の晩、いきなり空襲警報が鳴った。灯を消すやら、こんな山でも壕《ほり》を掘らねばなどと話して、息をこらしてラジオの前で、刻々に告ぐる軍情報を聞くのだった。

「今日あたり鮎ちゃんが来る筈なんですけど途中で空襲にあってどうするでしょう、もうバスのなくなったこの山、歩いて来るより仕方がないんですもの、困ったわ」

長女の藤子が末の妹のことを心配して、身も世もない気持だった。

三人が移って来た頃鎌倉駅から、鎌倉山を連絡するバスが出なくなって、大船《おおふな》から歩くか、大仏前までのバスで来て、そこから歩くより仕方がなかった。

「もう土、日にもうっかりあの子を来させるわけにはゆきませんよ、途中でどんな事があるかわかりませんからね」

楓刀自《かえでとじ》は言う、――その時表口にどしんと戸を打つような音がして、

「ああ、ひどいめに会った――」

鮎子の相変らずどんな時にも元気な声がした。

「ああ鮎ちゃんだわ」

藤子と容子は駆け出して迎える。容子の手にした懐中電燈で照すと、田舎風の土間をかねた広い玄関に、鮎子が防空頭巾を目深《まぶか》く被《かぶ》り、スキー服のような紺《こん》サージのズボンに上着、それに重いリュックサックを負っていた。

「ああ重かった。お祖母《ばあ》ちゃまの愛読書をぎっしり詰めて来たのよ、常盤口《ときわぐち》まで来たらいきなりボウーッ！　と鳴ったのよ、そしてどっかで高射砲打つんでしょう、さすがに怖《こわ》かった！」

「まあよかった、みんなで心配してたのよ」

姉達は声を揃《そろ》える。

鮎子は背のリュックサックをどしんと上《あが》り框《がまち》の板の間にずりおろすと、ほっと息ついて、

「お冷《ひや》頂戴、この寒いのに身体中熱くて汗が出たわ、でも命にかけてお祖母ちゃまの御本運びました。まだ少し残っているけど、この次ね――」

「ああ鮎ちゃん、有難《ありがと》う有難う、お祖母さんはもうこれだけで沢山《たくさん》ですよ、貴女《あなた》が取りに

行ったり来たりするためにもしもの事があったら大変ですからね。お祖母さんの大事な御本はお蔭《かげ》さまで来たけれど、お父様の御本はまだ届かないんで心配してますよ」

楓刀自は有難そうにそのリュックサックを抱え込むようにする。

姉の藤子が運んで来てくれたコップの水をおいしそうにどくどくと飲みながら、懐中電燈と蠟燭《ろうそく》のうす暗い明りの中で鮎子は、ぱっと防空頭巾をはねのけ、生き生きした眉目《みめ》を見せて、

「それがなの、私この本取りに牛込《うしごめ》へ寄ったらお留守番のあの人ね、まだ運送屋から本の箱を取りに来ませんて言うの、そっくり積んであったわ、あの箱。だから催促するように言っておいたのよ」

「全《まった》くね、この頃はそういう荷物がふえて、運送屋も手がまわらないんでしょうよ」

楓刀自は歎《たん》ずる。お留守番の人は、主《あるじ》良英氏の元の大蔵省時代の部下で、正直者を条件に選んだので、運送屋にきびきび物を運ばせるなどいう事には、手ぬるい人だった。

——その夜、空襲警報が解けたあと、警戒警報だけになり一安心して、黒いカバーをかけた薄暗い電燈の下で楓刀自が、快活な孫娘の運んだリュックサックを嬉しげに開くのを三人の娘達は見ていた。

青い柔かい厚い紙表紙の真中に天地に金箔《きんぱく》の雲のある小さな短冊《たんざく》のような細長い紙が一冊毎《ごと》に貼《は》られていて、それに表題が、美しい墨色で書いてある。

「ああ、湖月抄《こげつしよう》を真先に持って来たんですね。お手柄《てがら》、お手柄」

お祖母《ばあ》様はほくほく喜んだ。

「押入れ開けたら黒の漆塗《うるしぬ》りの本箱に朱で湖月抄って書いてあって、ぎっしりこの御本が入っていたの、何だか綺麗《きれい》な御本だったから真先にこれを入れて来たのよ。本箱はとてもリュックサックに入らないから置いて来たわ。湖月抄ってなあに？」

鮎子は自分の運んで来た本が祖母のために価値あることを願いつつ問う。

「これはね、源氏物語の註釈本《ちゆうしやくぼん》です。北村季吟《きたむらきぎん》という人が延宝《えんぽう》三年に出したもので、この本が出たために源氏物語が随分一般に普及したのだそうですよ。これはお祖母さんがお嫁入り道具の一つに持って来たものですよ。それ、御覧なさい、一つずつ、みな立派な生半《きばん》紙《し》に毛筆の写本ですよ」

刀自《とじ》が開くと、なるほど一枚すきの和紙を二つに折って綴《と》じたのに、実に立派な文字で毛筆の写し書きだった。ところどころに、朱筆の入れ筆がしてある。

「まあ立派ね、お姉《ねえ》様も仮名書《かながき》お上手だけれど——こういう字とても私読めませんわ」

容子が手に取って感心する。

「あら、私だって読めそうもないわ、私、前に活字本の古典全集で読みかけたんだけれど、途中でやめては、桐壺《きりつぼ》へ戻り、また途中までよみかけては桐壺へ返って——とうとう読み通せないで——その本、上の欄に一々註《ちゆう》がついていても、それといちいち照し合わせるのが面倒で――現代語訳をよみ出してもそれもまた大変なの、骨が折れて――」

藤子が自分の不勉強をはにかむように言った。

「ホホホ、そうともね、源氏物語と一口に言っても、原文でも、今様《いまよう》の言葉に取りかえても、五十四帖通して読むのには辛抱《しんぼう》がいりますとも、昔何も読む本がたくさんなかった時代と違って、この頃の若い人にはなかなか読み通せやしませんよ。それに昔から〈須磨《すま》がえり〉という言葉があったくらいで、桐壺から始まって帚木《ははきぎ》、空蟬《うつせみ》、夕顔《ゆうがお》、だんだん読んで須磨の巻くらいまでゆくと、倦《あ》きてとまってしまうのですよ」

「お祖母ちゃまは、でも皆お読みになったの」

「ええ、二度も三度も、私は〈須磨がえり〉組ではなかった――」

そう言って刀自がリュックサックから出して積み重ねてゆく本の題にはなるほど、金箔《きんぱく》の短冊《たんざく》形の中に書かれた題、桐壺、帚木、空蟬、夕顔、若紫《わかむらさき》、末摘花《すえつむはな》、紅葉賀《もみじのが》――と続々と六十冊も出て来た。源氏物語五十四帖が六十冊の写本になっていたのだった。

刀自がそれを丹念《たんねん》に積み重ねた時、再び空をつんざく再度の空襲警報が出た。

「おやおやまた来ましたよ、これでは源氏物語どころではないね、戸棚の中にこうして置きましょう。ああ、その内、この本を開いてゆっくり読み返したり、貴女方《あなたがた》に私がお講義でもして上げる時が来たらどんなによろしいだろうね。さあ、そうした時の来るまで、お祖母さんも生きていたいと思いますよ」

日頃元気のいい、少しもお婆《ばあ》さんくさくない、年寄りにしてはなかなか尊敬すべき知識人だと思っていたわが最愛の祖母にこんな事を言われると、三人の孫娘は悲しくも心細くも、またわが祖母が、哀《あわ》れにも思われて、しんとするのだった。湖月抄《こげつしょう》の写本を積み重ねて押入れに入れる祖母、それを見詰める三人の孫娘。

〈この年になって私ももんぺというものを穿《は》くようになるとは思わなかったよ〉とふだんから言っている通り、古いけれども少しも色の褪《あ》せない紺《こん》の結城《ゆうき》の単《ひとえ》で仕立てたもんぺをきりりとつけた刀自《とじ》は、銀白美しい髪を茶筅《ちゃせん》にして、高倉一家の女性の美貌《びぼう》を伝える象徴のような、昔はさぞかし美しかったろうと思われる鼻柱の立ったローマン・ノーズと、色白の、皺《しわ》ばんでもきめの細かな輪廓《りんかく》のいい横顔は、端正高雅《たんせいこうが》な刀自のものだった。老いても姿勢正しく、そのもんぺさえ優雅な感じだった。

長女の藤子はこの祖母の美貌と母の雪子夫人の淑《しと》やかさと慎しみ深い性格を承《う》けた、柔軟性に富んだ女性、ことに人妻となって一際《ひときわ》どこか大人の女性の匂《にお》やかな感覚を身につけたが、生憎《あいにく》それも戦争で、琉球染《りゅうきゅうぞめ》の紺絣《こんがすり》を惜《お》しげもなくもんぺに裁《た》ったのを穿いて、背丈《せたけ》も祖母に似てすらりと高く、良人《おっと》を南方に送って別れ住む若妻の離愁《りしゅう》をいささか含んだ深々とした双眸《そうぼう》には魅力があった。

次女の容子はこれは姉妹中でのひたむきの純情家で、姉や妹から〈精神家〉とあだ名されているほど思い深い性格で、そのやはり器量よしの顔に、その眼に、誠実そのものが湛《たた》えられていた。背丈は姉妹の中で少し小柄だった。

三女の鮎子はその名の若鮎のようにぴちぴちして、まだ女学生の快活明朗、美貌は姉たちに劣らぬ美少女だったが、どこかあどけなく呑気坊主《のんきぼうず》のところがあり、これも家庭の愛情ですくすくと丈伸びた姿だった。

役目がら大連《だいれん》に住むこの三人の両親、高倉良英氏と雪子夫人は、故国に残した娘達と母が、今空襲下にさらされた国で無事ならんことを切《せつ》に祈っていることだろう……。


その年の三月十日の夜、牛込砂土原《うしごめさどはら》町の高倉家の邸宅は一夜のうちに灰に化した。何という不埒《ふらち》な運送屋であろう。ついに約を守らず一月近く蔵書を取りに来ず、ためにその夜の中《うち》に焼け失せたのである。そして又楓刀自《かえでとじ》の湖月抄が鮎子の手で運ばれた以外の刀自秘蔵の古典の写本類もそれに殉《じゅん》じたのである。

「まあまあ、家が焼けたのは高倉家ばかりでなく、ほかにも沢山あるのだから、お国の為に犠牲になったと思って諦《あきら》めましょう。けれどお父様の御本は勿体《もったい》なかったこと」

と、刀自は愚痴《ぐち》は言わずに、その点なかなかなみならぬ女性の意力を持っていた。

「お祖母《ばあ》様の御本だって惜しいわ、活字と違って写本でしょう、なかなか手に入らないものがあったのでしょう」

藤子が同情した。

「それはそうね、源氏物語に関したものだけでもあの湖月抄《こげつしょう》のほかに徳川末期の写本で、お祖母《ばあ》さんが、お嫁に来る時お父様から戴《いただ》いて来た〈花鳥余情《かちょうよじょう》〉の三十冊も焼けてしまいましたよ。それにやはり将軍家の奥から出たという古今和歌集《こきんわかしゅう》の写本もありましたがねえ、まあまあ仕方がない、せめて湖月抄だけでも鮎子が持って来てくれたので、どんなによかったか……」

楓刀自《かえでとじ》はそう言って、牛込《うしごめ》の焼けたこと、――家具家財も失なった、相当の損害も口に出しては歎《なげ》かなかった。だが戦災保険の十五万円ほどがふいになってわずか一口三千円に切り下げられたのには刀自も啞然《あぜん》とした。しかし、高倉家には貯蓄もあり、かつは良英氏の留守宅手当もあったので不自由なく暮せた。

松林に囲まれた山荘の広い庭は、別荘番の別棟《べつむね》に住んでいる老夫婦がささやかながら菜園《さいえん》を作ってくれるお蔭《かげ》で野菜はどうやら不自由なく、米は近くの深沢村《ふかざわむら》あたりの農家から、じいやが都合して来るし、魚もその娘の嫁《とつ》いだ腰越《こしごえ》の漁師の手から入り、刀自は〈前線の兵隊さんに申訳ない〉などと言っていた。

牛込が焼けたあと、鎌倉山の桜が咲いた。〈こんな国の有様《ありさま》では、いつどんな事があるか――私など年寄はこの花が見納めになるかも知れぬから〉と刀自はよく鎌倉山の家々の前の桜並木を朝夕もんぺ姿で歩いた。

その頃鎌倉あたりにも、アメリカの軍艦が艦砲射撃するという噂《うわ》さが立ったりして、この土地から更《さら》に信州の方へ疎開する人達もあったりしたが、〈大連《だいれん》に行っている良英夫婦のことを思えば留守の私たちだけ逃げまわれないね〉と刀自の言葉に美しい孫達も異議なくここに居坐《いすわ》った。ことに容子はだんだん元気になって来たので、刀自や藤子の止めるのもきかず、近所の海軍将官に頼んで、横須賀鎮守府《ちんじゅふ》の人事課に志願して毎朝一番電車に乗って行き、夕方疲れて帰るような例のひたむきな純情家ぶりを発揮し始めた。

帰って来ると、乏《とぼ》しい食糧を何とかあしらった食膳《しょくぜん》につきながら、声をひそめて、

「私たち人事課で扱うカードを整理していると、自然にわかるのよ。軍艦が沈んでしまって、何百人も一度に戦死者になって行くのよ。ほかへ言ってはいけないんですけれど、どうなるんでしょう日本も……」

純情家の処女の瞳は暗くなるのだった。

「ほんとうにねえ、日露戦争の時などはなんといっても伊藤博文《いとうひろぶみ》、桂太郎《かつらたろう》、山県有朋《やまがたありとも》、大《おお》山元帥《やまげんすい》、東郷《とうごう》元帥、乃木《のぎ》大将と政治家にも軍人にもそういう人ばかりで考え深くやりましたからねえ、今とは違いましたねえ、それでも明治天皇は戦争が終ったあと、げっそりとお年を召《め》したと申すほど御苦労遊ばしたんだから、お蔭で戦争に勝ったんですねえ、それに何といっても英国やアメリカが日本に同情してくれたんですからね。それを今は敵に廻して、始めっから無理なお話よ……」

刀自は自分の若かりし日の明治の時代を懐《なつか》しむのだった。だがそれは返らぬ日だった。

現実は刻々に悪化して行く。

　こうして行くうちに日が経ってやがて真夏の八月、広島に原子爆弾投下、もはや国民に立つ力がないと思った時、八月十五日玉音《ぎょくおん》放送、日本は敗戦国である事がはっきりした。刀自は泣き崩《くず》れた。

「大連《だいれん》の良英と雪さんはどうなるだろうね、中共かソ連につかまりはしないだろうか。そして、ジャバにいる彰さんなどはどうなったろうね」

　藤子も容子もうなだれて言葉もない。鮎子は夏休みも返上して学校の工場で働いていて帰らなかった。鎌倉山の蟬時雨《せみしぐれ》も哭《な》くがごとくに、哀れに頭の芯《しん》に切り込むようだった。

　日ならずして鮎子は学校から帰って来た。

「やはり日本の戦争は過失だったわね、でもいいわ、私たちこうして生き残ったんですもの、これから新しく生活出来るのだわ」

　彼女の若さはどんなものにも負けずに生々《いきいき》としていた。

　彼女の学校はその年の九月に卒業式だった。一度学校へ行って委《くわ》しく聞いて来た鮎子は再び家へ帰って告げた。

「九月に卒業する人はしてもよし、戦争中ろくに勉強出来なかったから、もう少し学校に残りたい人は三月卒業式の方に入ってもいいんですって、私、そうすることに決めて来ましたわ、いいでしょう」

「ああいいとも、そうなさい。戦争中、工場でばかり働かして、学科などまるで力がつかなかったでしょうから、ぜひそうなさい」

学問好きの刀自《とじ》は快く励《はげ》ました。

戦争中から物価は高まって来たが、終戦後はことにそれが激しくなると同時に、今までどこに隠されていたか、姿を消していたもろもろの商品や贅沢《ぜいたく》品がどんどん店先に現われるようになった。その代り、値札は一週間みない間に一桁《ひとけた》上るような状態だった。それでも高倉家には貯《たくわ》えがあったので、つつましく暮せば、さし当り困ることもなかった。だが今まで受け取っていた良英氏の留守宅手当は来なくなった。

翌年三月、鮎子が卒業する頃、いきなり預金封鎖《よきんふうさ》、新円《しんえん》切りかえとなった。一人五百円しか払出しは出来なかった。

楓刀自《かえでとじ》は郵便局で勧められて四万円ばかりの郵便年金に加入していた。それは毎年四季に刀自のお小遣《こづか》いとして十分なほどの額を保証していた。それも現金で来なくなった上に、すでにもうその価値が違い何ほどのものでもなくなっていた。

高倉一家の生活もとうとう昔のようにはゆかなくなった。しかしこれはあえてこの一家だけでなく今まで困らなかった上中流家庭に起きた悲劇だった。

鮎子は卒業式から帰る時、寄宿舎からの荷物も引き払って持って来た。

「私、高等科へ入って勉強しようかと思ったけれどやめたわ。家も没落階級になったんですもの、お友達のお父様の横浜の商館に採用して貰《もら》うつもり、そこで働いているうちに英語も上達するでしょう。働いてお金貯めてその内アメリカへ留学するの、ね、いいでしょう、私働きたいの、もう有閑《ゆうかん》令嬢でいられないのですもの」

快活な鮎子はどんな時にも望みを失わず、何か望みをもって眼をきらきらさせていた。祖母も姉達も彼女の意志に任せるより仕方がない。

実行力に富《と》んだ鮎子はその通り横浜の商館に働くことになった。その月給は自分一人のお小遣いにし、靴下を買うぐらいは間に合った。

だが一家の生活は苦しかった。何か売って現金を得るより仕方がなかった。藤子はお嫁入りの時の振袖《ふりそで》や丸帯《まるおび》を、鎌倉の街にいち早く出来たスーヴニイル・ショップと俄《にわ》か看板を上げた進駐軍めあてのお土産《みやげ》屋へ売り払ったりしたのもその頃だった。長く勤めていた別荘番の老夫婦にも暇を出し、涙ながらに腰越《こしごえ》の娘の許《もと》に降《くだ》ってゆくのを見送った。

藤子もじっとして居られず〈私も何か働きたい〉と言い出した。だが彼女はその時になってしみじみと後悔した。中流よりはやや贅沢《ぜいたく》な暮しの出来た家の娘と生れて、父の大蔵省の相当な高官時代に早く嫁いだ彼女は、女学校は出たが、ピアノも一寸《ちょっと》、英語も一寸、挿花《そうか》も一寸、フランス料理も少し、茶道も千家《せんけ》の裏を少しという風に、要するにお嬢様の身嗜《みだしな》みのお稽古《けいこ》をしたに過ぎず、いざとなると一つの専門のとりえもなかった。こういう時代でなかったら美しい若い人妻として、よい家庭の主婦として十分に通せた彼女であったのに……しかし一つ彼女の特徴は祖母に似て天性《てんせい》美しい字を書いた。又好きで習って尾上柴舟《おのえさいしゆう》風《ふう》の細いかながきなど上手だった。ペン字も美しかった。

その頃高倉家の山荘、今は東京の本邸がなくなったから、そこが本拠となった家に隣接する別荘、広い庭園を持ったその大きな山荘に、容子を横須賀鎮守府《ちんじゆふ》に就職させてくれた海軍のもと有名な将官が住んでいたのが、郷里に引込むので売りに出された。建築費の暴《ぼう》騰《とう》といろいろな坪数制限のために古い家がいくらでも高く売れる時代が来たのだった。

百五十万とか近所で評判の時、数台のトラックに物を運んで越して来たのは大貝房江という未亡人の女実業家だった。

亡くなった主人が手広くしていた製缶業《せいかんぎよう》、薬品や缶詰の缶を作る工場を女手で引継いで、さらに成功した人だという。終戦後、軍需工場払下げの材料を多量に引受けて大儲《おおもう》けをしたとか、別荘番の夫婦がどこからか聞いて来た。

その噂さの大貝夫人が引越して来た近所への挨拶《あいさつ》に、隣家の高倉にも現われた。いかにも工場を女手でやりぬくといった女丈夫《おんなじようぶ》型のでっぷりと肥《ふと》った男勝《まさ》りの感じだが、その顔立は優れた女性の持つ意力を示す、はっきりとした眉目《みめ》だった。すでに相当の年輩であったが、薄化粧をし、生活力の旺《さか》んなのを示していた。

この夫人の応対には楓刀自《かえでとじ》が出た。その老刀自の気品ある態度に打たれたように大貝夫人は敬意を表して挨拶がすんでからも暫《しばら》く話し込んだ。

刀自《とじ》が息子夫婦が大連《だいれん》に行って未だに帰れぬという心配を告げ、名前が高倉良英であると言った時、大貝夫人は吃驚《びっくり》して感歎《かんたん》の色を現わした。

「あの高倉さんでいらっしゃいましたか。ほんとうにあの方は官僚として珍らしい親切な立派な方でございます。私が主人を亡くしましてあの工場を何とかやりくりしています時、どうしても大蔵省にお願いしなければならない事件がございまして、その時高倉様がそれはそれはよくして下さいました。お蔭《かげ》で助かりました、私の恩人でございます。お礼につまらぬ物を持って牛込《うしごめ》のお宅に伺《うかが》いましたが一切受け取れぬとお返しになられました。その時お玄関で奥様にもお眼にかかりましたがほんとうにお優しい方で――まあ何と不思議な御縁でございましょう。ここでまた御隠居《ごいんきょ》様にお眼にかかれますなんて、神様のお引合せでもございましょうか。私でお役に立つことがございましたら何なりとおっしゃって下さいませ。ぜひ御恩返しが致したいと思います。御主人様御夫婦は満洲《まんしゅう》に、またお嬢様の御主人は蘭印《らんいん》に、御消息がわかりませんではどんなに御心配でございましょう」

大貝夫人は百年の知己《ちき》に逢《あ》ったように心をこめて言うのだった。

そして藤子も容子も紹介された。この姉妹の美しさにも気品にも房江は感動したらしかった。

「まあまあお立派なお嬢様方がお揃《そろ》いで――」

「まだ一人末の妹の鮎子と申しますのがこれは自分で働きに出て居ります。――藤子なども良人《おっと》の帰るまで働きたいと申して居りますが何しろ昔のお嬢様芸のお稽古《けいこ》だけでは何にも役に立ちません、ただ字だけは上手に書くのでございます。自分の孫をほめて何でございますが――」

と、刀自がほろ苦く笑った。

「左様《さよう》でございますか、それは結構ではございませんか。お嫌でさえなかったらまことに失礼ながら私の秘書になって下さいませんか。私はお恥かしい次第ですが、字を書くのもようやくで、この頃新仮名遣《かなづか》いの漢字制限のと申しますが、私は旧仮名遣いも漢字もろくに知らないのでございますよ。私は昔の尋常《じんじょう》小学の三年で孤児になり、学校が好きでしたのに下げられて子守奉公《こもりぼうこう》に出され、それはそれは苦労をして、セルロイドのキューピーを作る工場の女工をしたこともあります。亡くなった主人と一緒になった時は製缶業《せいかんぎょう》の下請《したうけ》で、納屋《なや》のような工場でやって居りましたのを共稼ぎで何とかやり上げ、主人が亡くなってからは女手でともかくやり抜きました。終戦後、息子が帰還いたしましたので、あらかたそれに任せ、これから私は教育を受けて、それこそ少しは教養のある女になりたいと思っているのでございますよ。少しは身体《からだ》も暇になりましたので今迄《いままで》の家を息子夫婦に譲ってこの鎌倉山に住んで、一週間に二三回工場や事務所に出て、あとはこの年から勉強を始めたいと思っているのですが、今更《いまさら》こんなお婆《ばあ》さんが女学校へも行けず、ホホホ第一、工場や息子の処《ところ》へ手紙を出すにも折釘《おれくぎ》流なんでございますから、大きいお嬢様の藤子さんに一つ私の秘書を勤めて戴《いただ》ければ何よりでございます。半日くらいずつ、私が家に居ります時は家へ、東京へ出る時は一緒に東京へ出て戴くこともあると思いますが、いかがでございましょう」

何もかもあけすけに語る大貝夫人の立志伝中の人物であることを知って、今度は刀自《とじ》や藤子が房江に尊敬を抱いた。

――こんな事で藤子は房江の秘書格となって、隣家の房江の許《もと》に行ったり、一緒に東京へ出たりして過分の報酬《ほうしゅう》を約束された。その内房江は足繁《あししげ》く高倉家へも遊びに来るようになり、刀自がお茶を嗜《たしな》むのを知って習いたいと言い出した。刀自もちゃんと裏千家の奥許《おくゆる》しを貰《もら》っている人だけに、別荘においてあって幸いに戦災を免《まぬが》れた茶器を出して、房江に袱紗《ふくさ》さばきから教え始めた。房江は四畳半の一部屋を改造して茶室にしたりした。そしてまたいや応なく多額の月謝を納めた。

思いがけぬ良英氏の官吏の日の人徳のお蔭《かげ》で高倉家の一家は戦後の生活の中で、こうした大貝房江のようなのに巡《めぐ》り会えたのだった。

ともかく安定を得た高倉家にとっての不幸は容子の健康のすぐれないことだった。あまり純情生《き》一本《いっぽん》に勤労奉仕をつとめたため、一度健康を取り戻したかに見えた容子は、再び肺浸潤《はいしんじゅん》と診断され、床《とこ》に就《つ》くようになった。姉の藤子も妹の鮎子も働きに出て、祖母さえも茶道の先生をして月謝を得ているのに、自分が寝ていることとて容子の心は苦しむのだった。しかし姉も妹も優しく、祖母も容子の心根《こころね》を愛して優しくいたわった。

別に看病が要《い》るというほどではないが日常も蒲団《ふとん》を敷いて、寝たり起きたりの生活だった。誠実に身体を動かすことの好きだった容子もそうして病床にいれば手持無沙汰《ぶさた》だった。

ある日、彼女は祖母の物の入れてある押入れから、いつか妹の鮎子が空襲の夜リュックサックに入れて運んだ湖月抄《こげつしょう》の和綴《わとじ》の本を出してみた。いかにも古風な仮名書きで、開いては見たが、読みつけない。

「私がこれをすらすらよめたらどんなに楽しいだろう。病気の時を無駄《むだ》にしないで古典の勉強が出来るんだけれど」

こう呟《つぶや》きながらそれでも彼女は美しい和綴の本をただ眺《なが》めて楽しむように時々手に取って眺めていた。

――その日丁度《ちょうど》大貝夫人のお茶の稽古の日で隣りからやって来て、果物を美しく盛り上げた籠《かご》を持って容子の病室を見舞った、楓刀自《かえでとじ》もそれについて入った。

「御病気は辛抱して病魔と闘《たたか》うことですもの。容子さんお若いからいくらでも癒《なお》りますよ。御辛抱なさいね、いらいらしては病気が重《おも》りますよ」

いかにも苦労人の小母《おば》さんらしく親身に言葉をかけながら果物籠を枕許に置いた時、ふとその枕許に幾冊か積んで置いてあった湖月抄の写本が眼に入った。

「おや、この御本はたいそう古いものでございますね。私にはこんな物は見たって読めはしないけれども」

と、手に取って感嘆《かんたん》して眺めた。

「いいえ小母《おば》様、私も読めませんの、お祖母《ばあ》様がお嫁入りの時持っていらっしったものですのよ、ただ退屈なものですから今出してみたところですの」

容子たちは小母様と呼んで房江になついていた。

「一体これは何でございますか、お恥《はずか》しい無学者でわかりませんが」

房江は何でも一つの知識を得ようとして問う。

刀自《とじ》がこれに答えた。

「これは貴女《あなた》、有名な源氏物語の註釈本《ちゆうしやくぼん》でございます。鮎子がこれをリュックサックに背《せ》負《お》って運んで来たお蔭《かげ》で無事に残ったのでございますよ」

「まあ源氏物語！　あの紫式部《むらさきしきぶ》という女の人が書いたのですね。まあこれを紫式部が――なんてまあ字が上手な――」

房江はさすがに紫式部の名は知っていたが、そのひとの書いた原稿と間違えてしまった。

「いいえ、これがほんとうに紫式部の書いた原稿なら、これは国宝になって私は大変なお金持でございますよ。いま紫式部の書いたと伝えられる歌切れ一つだってほんとうかどうかわからないのですから、――これはただ、その註釈本を徳川時代の人が書き写しては持っていたものなんでございますね」

刀自は無邪気な房江を少しも馬鹿《ばか》にせずに教えた。

「では御隠居様は源氏物語をお読みになってよく御存じなのでございますね。まあ私などは唯稼《ただかせ》ぐ一方のお金儲《もう》けに追われて、この年まで一度だってそんな本をのぞいた日もなかったのですが、今からでも出来るなら、源氏物語とはどんなものか少しでも知って置きたいと思いますね。でもこんな無学な者にはわからない難しいものでございましょうね」

房江夫人は自分の無学を悲しむように、美しい湖月抄の本を、まるで骨董《こっとう》でも眺めるように見入った。

「奥様そんな事はございません、源氏物語は現代で申せば長い小説のようなものですよ。やさしくくだいてお話すれば、誰方《どなた》だっておわかりになりますとも」

それを聞いて房江の眼はきらきらと輝いた。まだ知らぬ世界の未知の知識の中に自分が一歩踏み込むことが出来るという希望を抱いたのである。

「御隠居様、では私のような者にでもわかるように源氏物語をお話して戴《いただ》けないでしょうか。いかがでございましょう、私も土曜の晩は仕事の事を一切離れて此方《こちら》へ源氏物語のお話を伺《うかが》いにまいりたいと思います、どうぞお願い致します」

何事も事務的な房江はすぐ、とっさの場合にもこういうスケジュールを計画するのだった。

「あら、私も小母様と御一緒にお祖母様から源氏物語教えて頂《いただ》きたいわ。病気でねている私にはどんなに慰《なぐさ》めでしょう」

容子も臥床《ふしど》に起き上って、祖母《そぼ》の袂《たもと》をとらえぬばかりに頼む。純情一路の彼女らしく、その一つの望みに誠をこめて頼むのだった。房江と孫娘の希望に刀自は暫《しばら》く考えていたが、

「私にそういう大それた事が出来るかどうかわかりませんが、私も戦争が終って平和になったらもう一度源氏をよみ返してみたいと思っていたところですから一つそういう事をしてみましょうかね。私にも楽しい仕事ですし……」

祖母の答えに容子の青白い頰《ほお》にも血の色が浮かんだ。

「お祖母《ばあ》様きっとよ、それでは聴講生は大貝の小母《おば》様と病気の私と、それにお姉様も鮎子も土曜の晩なら大丈夫《だいじょうぶ》よ、きっとみんな喜びますわ」

――かくて高倉家の山荘の土曜の夜々を楓刀自《かえでとじ》が精魂《せいこん》をつくして語り教える源氏物語が始まったのである。

桐《きり》壺《つぼ》

楓刀自《かえでとじ》の源氏講義が始まったのは、すでにその年も秋になっていた。

若い時から読みなれた〈源氏〉とはいえ、さすがに人の前に講義をするとなると楓刀自も、その責任を感じてか、湖月抄《こげつしょう》を更に読み返したりして少しひまどり、いよいよその講義の始まったのは、鎌倉山の松の隙《ひま》に江の島を浮べた秋の潮《しお》が青く澄み、夜はその松の梢《こずえ》に月の冴《さ》ゆる秋半《なか》ばの土曜日が、最初の講義の日だった。

高倉家の元は別荘、今は東京の家を戦災で焼かれて、あとにもさきにも一軒きりとなった、さまで広からぬ建物ながら、庭から江の島や海を見渡す十畳の表座敷の秋の灯で始められた。

——その日大貝夫人はいかにも待ちかねていたように夕食がすむと早くから訪れて来た。

「もう私は今日が楽しみで、楽しみで仕方がなかったのですよ。何しろろくに学校教育も受けたことのない私が、お蔭《かげ》さまでこの年でおおそれた源氏物語の講義を伺《うかが》うことになったのですものね。なんだか胸がどきどきしますわ。でも心配でなりません、ほんとうに此方《こちら》の御隠居様の源氏のお話が私にわかるかどうかと——」

彼女はそれが気がかりなのであろう、玄関口からそう言うのである。

「あら、私たちにわかることなら奥様におわかりにならない筈《はず》はありませんわ。うちのお祖母《ばあ》様、なかなか才女ですから、きっとお話上手にして下さると思うんですの」

夫人を出迎えた彼女の秘書役の藤子はすでにこの日の源氏教室の一切の責任者として用意を整えていたのだった。

さて、大貝夫人の通された部屋はその十畳の座敷、そこがこれからの土曜の夜毎《よごと》に源氏物語の教室となるのである。

床《とこ》の間には牛込《うしごめ》からここへ持って来たお蔭で助かった光琳《こうりん》の香包《こうづつ》み、金泥《きんでい》に蔦《つた》を描いて、香を包んだ畳《たた》み目のついているまま表装した掛軸《かけじく》、――終戦後の生活のために手放したものも多かったが、これだけは楓刀自も惜《お》しんで残したものだった。花瓶は李朝《りちょう》の壺《つぼ》に小菊の白黄を投げ入れたもの。それに横の地袋《じぶくろ》の上に波に千鳥《ちどり》の袖香炉《そでごうろ》がさりげなく置かれてあったが、そこにこれも楓刀自の秘蔵の〈誰《た》ヶ袖《そで》〉という香木《こうぼく》の一片が投ぜられて、しめやかな秋の部屋の隅々にまでそこはかとなく漂《ただよ》う色なき匂《にお》いがあった。

大貝夫人は身も引き締《しま》る思いでそこに坐《すわ》った。

やや長方形の紫檀《したん》の卓を囲んで、紫地の鶴の丸模様を白く抜いた座蒲団《ざぶとん》が四つ、そして床前には、楓刀自が還暦《かんれき》の祝《いわい》に贈られた、真紅に寿と抜いた座蒲団が置いてあった。これが先生の席である。

「奥様どうぞ此方へ」

藤子が四つの紫の座蒲団の真中の刀自と向い合った席に大貝夫人を招《しょう》じた。

大貝夫人はでもうれしそうに声をあげた。よっぽど今宵《こよい》は楽しみなのだ。学問がなくとも生活力が非常に強く、経済的には成功したこの人が、今や知識慾《ちしきよく》に燃えて来たことは、面白いその闊達《かったつ》な性格とともにこの人を立派に見せている。

「いらっしゃいまし」

襖《ふすま》があいて鮎子が茶菓を載せた盆を持って現われた。

「おやまあ、貴女《あなた》今日は和服召《め》していらっしゃるの、お珍らしいこと、お洋服もいいけど、着物もよくお似合いですわ」

大貝夫人はぱっと眼を瞠《みは》ってその夕べの鮎子を見詰《みつ》めた。

「あら、どうですかしら、だって、小母《おば》様、きょうは源氏のお講義を聞くんでしょう、ですから奮発《ふんぱつ》して淑《しと》やかにしたんですのよ。これ大姉《おおあね》様のお古《ふる》ですわ、私着物なんかまだ何にもないんですの」

鮎子はそう言って快活に笑い声を立てる。なるほどそれは姉藤子のお下《さが》りであろうが、紫矢絣《むらさきやがすり》の派手なお召《めし》に淡紅の羽二重《はぶたえ》の帯も、一つ一つは少し古風なくせに、鮎子が着ると新鮮に映《は》える。

お茶と羊羹《ようかん》一切れが銘々皿《めいめいざら》に出された。

「おやおやここのお教室では生徒にこんな御接待があるんですの、それはたいへんですわ

——実は私今夜のお礼にお菓子を持って上ったのですよ」

房江夫人はさっきこの座敷へ入る時、襖際《ふすまぎわ》に置いた菓子箱の包みを引き寄せて差し出し、

「開けて御覧《ごらん》なさいまし、今日作らせて届けさせたのですから」

そう言われて鮎子が包み紙を開くと、大箱の中に二十も並んで大きな真白い肌の蕎麦饅《そばまん》頭《じゅう》が、十五夜のお月様に献《ささ》げるお饅頭のようにふっくりと丸かった。

「まあ、おいしそう……」

「鮎ちゃんだめ、貴女は源氏よりお饅頭が好きなんでしょう、でもそれはお講義が終ってからにしましょうね」

藤子が妹をたしなめる、又どっと賑《にぎ》やかな若々しい笑いごえが起きた時、更に襖を開いて病床から起き上って着物を改めた容子が静かに入って来て、房江に挨拶《あいさつ》をした。

「さあ、これで生徒はみな揃《そろ》ったのね、全部出席、あとは先生をお待ちするばかり……」

鮎子が年齢《とし》下のくせに級長ぶる。

だが先生の楓刀自はすぐには現われて来なかった。しかし四人の生徒達は大人しく、藤子、房江夫人、その脇に容子、端《はし》に鮎子と紫檀の卓を囲んで静かに待っていた。

——暫《しばら》くすると、やっと楓刀自が現われた。紋の付いた黒の被布《ひふ》を今宵は召していられる。何となく威厳がついて、孫娘たちもお行儀よくする。

「これはお待たせしました。実は生れて初めて源氏の講義などをお引受けしたものですか

ら、何とか首尾よく仕遂《しと》げられますようにと、御先祖の御位牌《ごいはい》にお願いしてまいりました――」

刀自《とじ》は全く今まで自分の小部屋の高倉家の仏壇《ぶつだん》に合掌《がっしょう》していたのである。

思えば並ならぬ覚悟でこの講義を引受けられた刀自に、四人の生徒――三人の孫と房江夫人は頭を下げる気持だった。

「奥様失礼します。今日は私が上座《かみざ》で――」

刀自は房江夫人に挨拶して床柱《とこばしら》の前の、朱色に寿の白く抜いた座蒲団の上に上品な被布《ひふ》姿《すがた》で……。

「さて、――源氏物語と申しますものは昔から評判だけに、どんな面白い小説かと思う方があるかも知れませんが、これは長い小説のようなものではありますが、今頃の雑誌に載っている連載もののように〈次号いよいよ高潮〉〈涙の物語いよいよ佳境に入る〉などというあとがきの宣伝文のついているような、手に汗を握るという小説とは違うのでございますね。では、どんな物語かと一口に申せば、本居宣長《もとおりのりなが》が言ったように〈もののあわれ〉を示した美しい古典の物語とでも申しましょうか、この物語は、原文で今の方達がお読みになるという事はちょっと難かしい無理なことでございましょうね。またよい註釈書《ちゅうしゃくしょ》があって、それと照し合せて読んだところで、何だか現代離れのした面白くもないだらだらとした作品で、読むのに悩まされて、つまらないという気になるかも知れません。私などは若い時、知らず知らずに読まされ、自分なりにわかったような気がして、源氏を楽しむ気持もわかっていますが、今のように外国の翻訳小説やその他がいくらでも沢山《たくさん》読める時だったら、私も少し読みかけては難かしいので途中でやめたかも知れませんね、どうか私の面白かったと思った気持を若い貴女方《あなたがた》に少しでもお知らせしたいと思ってこれからお話するのですが、まあ何とか辛抱《しんぼう》して聞いて下さい」

刀自はここで一区切り言葉を止めた。

「お祖母《ばあ》さま、源氏物語に非常に愛着を持っていらっしゃるでしょう。その愛情のあるお話ぶりには、きっと私達動かされると思うわ」

鮎子がまずおしゃまを言う、これは祖母《そぼ》の先生を大いに激励《げきれい》するつもりらしい。

房江夫人は何となくもじもじして心配げに考えていたがやっと決心したように口を開いた。

「あの、まことにお恥《はずか》しい次第ですが、その――〈もののあわれ〉と申しますことはどういう風に考えたら宜《よろ》しいんでございましょうか」

房江は若いお嬢さんの前でいい年齢《とし》をしてそんなわかり切ったような事を聞くのがまことに恥かしいらしい様子だった。だが楓刀自《かえでとじ》はこの質問をかえって非常に喜んだ。

「ああ、ほんとに奥様、よい事をきいて下さいました。そうそう、その〈もののあわれ〉ということが大事ですね」

「単なる感傷《センチメント》とはちがうのね」

　容子が言った。

「そうですね、一口に感傷とも言い切れますまいが、〈もののあわれ〉とは漢字でかけば、物哀《もののあわ》れとも書くべきでしょう、物ごとに、何か人の世、宇宙万物の淋《さび》しさ、哀れさに心を動かす、そして人間が深い思いに誘われること、例えば拾遺集《しゅういしゅう》の歌に〈春はただ花のひとへに咲くばかり、もののあはれは秋ぞまされる〉と、この言葉が使ってあります。紀貫之《きのつらゆき》の土佐日記《とさにっき》の中にも、〈もののあはれも知らで〉という言葉がつかってあります。何につけても情緒《じょうちょ》に人の心が動かされることでございます。ですからつまり源氏物語は情緒の文学とでも私は言いたいと思います。といって単なる情緒の詩のようなものかというと、そうではなくて、立派に沢山《たくさん》の女性の性格がそれぞれ描きわけ、描写してあります。私などがこの源氏物語に惹《ひ》かれるのは、沢山の女性を紫式部という女流作家が巧《たく》みに描きわけているのに、ほんとに感服したからでございます」

「紫式部は女性でいて、よく女性の心を観察し、性格表現や心理描写に成功したのですわね」

　藤子が一《ひと》かどの文学批評家のようなことをいうのに、楓刀自《かえでとじ》は微笑《ほほえ》みながら肯《うなず》いて、

「そう、藤さんのようなハイカラな表現を使えばそうに違いない、何しろ紫式部は大したものなのでしょう、これは英語にも訳されていると言いますからね」

「アーサー・ウェリーの翻訳よ」

さすがに英語を勉強している鮎子は読みはしないでもそれくらい知っている。

「紫式部も英語に訳されて吃驚《びっくり》しているでしょう。もともと平安朝時代、紫式部がこの物語を書いた動機は、将来英語にまで訳されて日本のすぐれた文学として認められようなどとは夢にも思わず、ただ村上天皇の皇女選子内親王《せんしないしんのう》から上東門院彰子《じょうとうもんいんのあきこ》の御許へ、珍らしい物語をと御所望《ごしょもう》があり、彰子に仕《つか》えていた紫式部が命じられて筆を取ったという話です。式部はその構想を立てるために近江《おうみ》の琵琶湖畔《びわこはん》の石山寺《いしやまでら》に籠《こも》って美しい月影が湖水に映るのを眺《なが》めながら書き初めたという伝説もございますが……」

楓刀自がいう、その時は、もう暮れ早い戸外は仄暗《ほのぐら》く上弦《じょうげん》の月が、鎌をかけたように鎌倉山の松の梢《こずえ》をかすめて見え初《そ》めていたのだ。どこか庭隅の萩《はぎ》の蔭あたり、虫のすだく音が時折聞えて、この源氏の講義の第一夜の刀自の声に伴奏を入れるかのようだった……。

「紫式部という方はどういう方なのでございましょう。よっぽどの天才なんでございましょうね」

房江はもう知らぬことは知らぬとして正直に何でも質問する。

「それは、文学的才能の豊かな婦人だったでございましょうね、そしてまたそれは才能だけでなく、それこそ〈もののあわれ〉を知る深い女の魂を持っていたと思われます。式部は、越後守為時《えちごのかみためとき》の娘で兄が三人居りましたが、小さい時からたいへん頭がよく、子供の頃、兄達が為時から史記《しき》を習っているのを傍《かたわ》らで聞いて、兄達より先に覚えてしまうので、お父さんの為時がこの娘《こ》が男の子でないのが残念だと歎《たん》じたという事です。為時が越後守として、その土地へ赴任する時成長した式部も伴われて行きましたが、間もなく京都へ帰って、藤原宣孝《ふじわらのぶたか》と結婚し一人の娘を生み、結婚後わずか二三年で未亡人となってしまったようです。暫《しば》くして寛弘《かんこう》三年には一条天皇の中宮彰子《ちゅうぐうあきこ》に仕え、前に申しましたように何か面白い物語をとのお頼みを受け、書いた時期は紫式部日記と合せて考えますと寛弘五年から七、八年の間ではないかと言われています。丁度《ちょうど》式部が三十歳前後から書き出したわけですね。大日本史によりますと、式部は二十七歳で未亡人になっていますから」

「女盛りの時にお書きになったわけですわね」

房江がひどく感心して言う。

「寛弘五年というと今からどの位前でしょう」

鮎子も容子もそれがちょっと見当がつかない。すると楓刀自《かえでとじ》はその点すでに用意してあったとみえて、老いても孫達よりも委《くわ》しく、

「日本も戦争のお蔭で西暦を使うようですから、それで言いますと、寛弘年間というのは一〇〇四年から一〇一一年の間、今からざっと九五〇年前ですね。ダンテの〈神曲〉よりも三〇〇年早く源氏物語は書かれたのだと聞きました。ゲーテの作品よりも八〇〇年前、シェークスピアより六〇〇年前だそうです。世界でも一番古い長篇だそうですからね」

「まあ、そして書かれた当時から大評判だったんでしょうか」

「それはそうでしょう、それからそれへと写し書きで伝えられて、少しでも文学の教養のある人達は争って読んだと思われます。これも平安朝時代の女性で、菅原道真《すがわらみちざね》の五世の孫という菅原孝標《すがわらたかすえ》の女《むすめ》が、十三の時からの思い出を書いた更級日記《さらしなにっき》の中にも、この源氏物語を読む幸福に比べれば〈后《きさい》の位も何かはせん〉という有名な言葉がありますから、つまりその当時の娘が源氏物語を読む喜びに比べては天皇のお后の位も欲しくはないというほど愛読されたわけですね。又戦国時代の歌人で学者の細川幽斎《ほそかわゆうさい》は源氏物語を読む喜びに比べれば、〈国も城も惜しからず〉と言って居りますから、昔から沢山《たくさん》の人を感動させた作品ですね」

「紫式部は源氏物語よりほかには小説書かなかったのでしょうか」

これは藤子の質問だった。

「源氏物語のような大長篇は、生涯に一つの作品だったのでしょうね。ほかには紫式部日記というものがあります。何しろ式部は源氏物語を書き上げて三十七八歳で死んだという説と五十四歳まで生きていたというのと、八十一歳までいたという説もあり、いろいろで、未《いま》だに式部の亡くなった年代は不明のようです」

「まあ驚いた。そんなに立派な作品を書いた有名な人の死んだ年がわからないなんて嘘《うそ》みたいね」

鮎子が驚いた。すると容子がそれに応じて、

「つまり昔の日本は女性を尊重しなかったのでしょう、歴史の系図なんか見ても男の名前ははっきり出ていても女はただ『女』とあるだけで名前もないんですもの、つまり過去の日本の男性中心のせいね」

「おやおや大分《だいぶ》議論がやかましくなりましたね。でも紫式部は自分の死んだ年もわからなくとも、その作品が生命を保《たも》っていればそれで嬉《うれ》しいでしょう」

楓刀自《かえでとじ》が決断を下すと、房江もまた――、

「そんなえらい方の亡くなられた年がわからないというのも、それこそ〈もののあわれ〉があって宜《よろ》しいのじゃないでしょうか」

夫人はついさっき覚えた〈もののあわれ〉をみごとにここで使った。

「紫式部って、名前からしていかにも物語の作者らしいわね」

容子がその名前に感心している。

「式部は、初め藤原の名にちなんで藤式部といわれていたようです。兄さんが式部の丞《じょう》であったのでその式部がついたのでしょう。それが源氏物語を書いてから、作中の紫の上にちなんで紫式部といわれて伝わったのですね」

祖母の言葉に鮎子がいきなり声をあげて笑いつつ、

「藤式部なら、うちの大姉様だわ」

と、藤子の顔を見たので姉妹も誰れも彼れも笑ってしまう。

「さあ、これで大体の、なんといいますか、現代の言葉で言えば予備知識を、おぼつかないながらお話しましたから、いよいよ本文に入りましょう。この物語はいつかの湖月抄《こげつしよう》でも御覧になったように五十四帖からなっていて、光源氏の君を中心にして、一人一人別の女性が出て来る一篇ずつの短篇、それは一篇毎《ごと》に題が変って、桐壺《きりつぼ》、帚木《ははきぎ》、空蟬《うつせみ》、夕顔《ゆうがお》、若紫《わかむらさき》……という、そういう短篇が組み立てられて五十四帖の大長篇を形づくっている物語です。今日は最初の桐壺から始まる筈《はず》ですね」

四人の生徒は固唾《かたず》をのんだ。いよいよこれから桐壺が始まるのだ。藤子がすっと立ち上って、祖母の前に、熱いお茶をついだ愛用の赤絵の、九谷《くたに》の湯呑《ゆのみ》を置いた。それを刀自は一口静かに啜《すす》った。

その一とき、しいんと部屋が静まる。袖香炉《そでごうろ》から香の名残《なご》りが、講義をきく四人の袂《たもと》にも沁《し》みるようだった。

刀自の声はやがて静かに力強く響いて来た。

桐壺

「この物語の最初の第一篇が桐壺と名づけられたのは、この巻の女主人公の住んでいたお部屋が桐壺《きりつぼ》の名があったので、つまりお庭に桐が植えてあるのでその名があるわけです。そこに住まれた更衣《こうい》——これは、皇后《こうごう》に次ぐ后《きさき》の女御《にょうご》、それにまた次ぐお后にあたります。まあ……第三夫人のような……更衣という役の名は帝《みかど》のお召替《めしかえ》に奉仕する女官の名からですが、さてこの桐壺の巻の最初の一行は——〈いづれの御時《おおんとき》にか〉——とあります。これは、いつの御代《みよ》であったかという言葉で、物語を書き出す時、時代をはっきり示さないで、こういうとぼけ方はまずその当時の筆法でしょうか。さていずれの御時か、作者の式部としては、自分の知っている宮廷を舞台に、一種の宮廷史を芸術本位に書こうとしたのでしょうが……さて、その定《さだ》かならぬある時代の宮廷に、女御更衣——女御更衣については先《さき》程《ほど》説明しましたね、そうした美しい華《はな》やかな女性が、時の帝をめぐってたくさん居りますうちに——悲しいことに昔から女性というものは、権力ある一人の男性をめぐってその寵《ちょう》を争う運命があるので、我れこそはと願うなかに、それほど高い身分の出ではないのに帝の御寵愛《ごちょうあい》を一身にあつめていられたのが、この桐壺の更衣でした。さあそうなるとお仲間の女性からはみな嫉妬《しっと》される、自然蔭口《かげぐち》も言われる、その人達の怨《うら》みがかかるわけですね、帝の御寵愛ぶりは丁度唐《ちょうどとう》の玄宗《げんそう》が楊貴妃《ようきひ》を愛されたにも似ているというような悪口も飛びます。そうなるとこの御寵愛を受けている更衣はたいへん辛《つら》いのです。気の弱い優しい人ですから、——そういう人々の嫉《ねた》みの中心にあるのを気にしたせいでしょうか、いつか病気になって身体《からだ》も衰《おとろ》えてゆきます。この更衣は、大納言《だいなごん》であった父は亡くなって相当の家《いえ》柄《がら》の出の母一人なのですが、たとえ片親でも娘に肩身の狭い思いはさせたくないといろいろに気をつけてはいられるのですが、何しろ未亡人のお母さんと娘一人のことですから、頼みになる後立《うしろだ》てがないので何かにつけて心細いのです」

「ほんとうにそうでございますね、後家《ごけ》を立てて子供を育てています時、私などもしみじみそう思うことがありました」

房江はわが身をそれになぞらえて引き入れられる。

「その美しい更衣はやがて帝の皇子《みこ》をお生みになりました、帝がその皇子を御覧になるとそれは世にも珍らしい玉のような美しいお顔でした。帝にはすでに女御に生れた長子《ちょうし》がおありになり、それが皇太子のお位にお着きになることは当然だったのですが、お顔の愛らしさ美しさ、高貴の相は、到底《とうてい》今度の更衣のお生みになった皇子には比《くら》ぶべくもないので、それでなくともたいへん溺愛《できあい》なすった更衣の御子《みこ》だというところからも、今度の皇子ばかりを帝は偏愛なすって、片時も傍《そば》を離さないようななさり方に、やがてはこの皇子が春宮《とうぐう》――皇太子の位置に押されるかも知れないと思うと長子の母の女御の御心は安まらぬのでした。何しろこの方は一番先に宮中に入られ、第一の皇子を生んで居られるだけに、自《おの》ずとこの人の嫉妬や恨《うら》みには帝も心を煩《わずら》わされるのでした。それにつけても更衣は帝の愛情により縋《すが》るのみ、他の女性のすべてに嫉妬と怨みをかけられ、病弱な無力な更衣は、その愛情と嫉妬の中にいよいよ苦しむような立場でした。その更衣が住んでいる御所の中の東北の隅が桐壺《きりつぼ》で、帝がしばしばそこへおいでになったり、更衣が御寝所に召《め》されて上り下りする度に、いつもほかの女御《にょうご》や更衣《こうい》達の住む部屋の前を通るわけで、それをいつも見ていなければならぬほかの人達の怨《うら》みが重なるのも無理はないわけなのです。つい女らしい意地悪を考え出して桐壺の通る廊下の戸に鍵がかかって開かなくなったり、廊下に汚物《おぶつ》をまき散らして、送り迎えの女房達の裾《すそ》をよごさせたりする。そんな事が重なって桐壺の更衣はふさぎ込んでおしまいになります。その萎《しお》れた姿を御覧になると帝はなお憐《あわ》れが加わって、前から清涼殿《せいりょうでん》の隣りに住んでいたほかの更衣をほかへお移しになって、その部屋を桐壺の更衣へ上局《うえつぼね》としてお与えになりました。上局というのは帝の御寝所に近い休息所のことです。それはいいが移された人の怨みはまたどんなでしょうか。

さて桐壺のお腹の皇子が三つにおなりになった時、御袴着《おはかまぎ》——幼児が初めて袴をつける式です。そのお祝《いわい》が第一の皇子の時にまさるとも劣らぬものだったのも、またもや世間でとやかく言うわけでしたが、皇子の輝くばかりのお美しさ聡明さは、こんな人がどうして人間の世界に生れて来たかと皆驚くばかりなので、誰れも皇子をそねむことも出来ないのでした。

その年の夏、母の更衣はまたも健康をそこないましたので、実家へ帰って療養しようとお願いしたのですが、帝は宮中からお離しになる事は淋《さび》しいのでお許しにならず、もう少しここで養生するようにとおっしゃっているうちに、五、六日のうちに急に悪くなって来たので、更衣の母の未亡人が涙ながらに帝のお袖《そで》に縋《すが》ってやっとお許しを戴《いただ》いて連れ帰ることになりました。

華《はな》やかな美貌《びぼう》の人がすっかりやせ衰《おと》ろえ、うち萎《しお》れて帝に御別れを告げて出て行かれるのはどんなに悲しく心細かったか知れません。帝もまた暫《しばら》くでもこの病身の人を手離してどうなることであろうかと御心配でたまらないのです。その帝にせめても心のたけを一首の歌に托《たく》して、

かぎりとて別るる道の悲しきに
　いかまほしきは命なりけり

これだけのことがせい一杯のお別れの気持でした。自分はもう二度とはこの宮廷へ帰れぬというような悲しい気持だったのでしょう……〈いかまほしき〉は行くという言葉と生きたいとの意味をかけたのでございますね」

三人の孫娘や房江はしんとして聞いている。

その心の中に描くのは一代の美女桐壺の更衣の面影《おもかげ》だった。遠くそのかみの平安朝の十《じゅう》二単《にひとえ》の衣《きぬ》に、黒髪ながく打ちなびかせて、愛に花咲き、嫉妬《しっと》にむしばまれて、心弱くも病み衰ろえて風にも堪《た》えぬ身に、美しきが故《ゆえ》に命短き死の予感をもって、帝にも皇子にも別

れて宮中を立ち去る姿が、その遠き世の秋風の中に幻《まぼろし》と浮ぶような気がしたのである。

「帝は更衣《こうい》とのお別れの悲しさに夜もお寝《やす》みになれず、更衣の家にお使《つかい》をお出しになってその後の様子をおきかせになるのです。そしてそのお使の帰るのを待ちかねて居られると、お使のやがて帰っての報告は、意外にも、〈更衣は今日夜半《やはん》すぎにお亡くなりになりました〉という悲痛なものでした。帝は物も言われずお引きこもりになってしまわれました。申すまでもない、ただ御涙にくれていられるのです。

皇子は御母の喪中《もちゅう》宮中にいらっしゃれないので、帝や侍女達の泣く中を何事とも知らず退出なすって、すでに母の亡《な》い母の実家においでになりました。

さて、やつれはてても美しい娘の亡骸《なきがら》を母の未亡人はいつまでも残しておきたかったでしょうが、そうも行かない、母の涙を花の亡骸に露《つゆ》とおいて、愛宕《あたご》というところの葬場にお送りになって火で葬《ほうむ》られました。そして母の心は〈死んだ人とは思いながら、その姿のある間は見ているとやはり生きているように思われてならない、いっそ灰になるところを見たらかえって諦《あきら》めがつくだろう〉とおっしゃったのですが、口ではそう言われても、葬場へ行く車から転び落ちてしまいそうにお泣きになるのでした。

帝のお使は葬場に見えて更衣に改めて三位《さんみ》を贈られました。三位とは女御《にょうご》に相当する位でした。生きていた時はただの更衣であったので、せめてもと亡きあとに女御の位をお贈りになったのでしょう。亡き人に同情する人達はその人が優しい性格だったのを今更《いまさら》に思い浮べて惜《お》しむのでした。

宮中では帝はすっかり憂愁《ゆうしゅう》に閉《とざ》されて、寵愛《ちょうあい》の更衣を失われて後は、どの女御更衣も御寝所に召《め》されることもなく、ひたすら涙に暮れていられるので、他の女御達は桐壺《きりつぼ》の更衣が死んでからまで自分達を嫉妬させるとはと、今更に驚くのでした。ことさら一の皇子《みこ》を生んだ女御などは、もう身体がこの世になくなってしまった更衣に今だに嫉妬をしているような心理でした。〈亡くなってからまで、私をくさらせるのね〉と御機嫌《ごきげん》が悪いのでした。

秋の野分《のわき》の吹く日の肌寒いたそがれなど、さらぬだに亡き人が偲《しの》ばれて帝は命婦《みょうぶ》――これはやはり女官の役名ですが、それを亡き更衣の実家へお遣《つかわ》しになりました。命婦がその家の門口《かどぐち》を入ろうとする時から、美しい娘を失った家の淋《さび》しさが身に沁《し》みるようでした。以前は庭に手入れをしてあったのですが、今は娘を失った母の歎《なげ》きに庭も荒れて、秋草が丈《たけ》高くのび、月の光ばかりが草茂る庭を照らしているのです。命婦を迎えて、桐壺の母君は、挨拶も交《かわ》さないうちにもう胸は悲しみで一杯になってしまいます。命婦も貰《もら》い泣きをしながら、帝からのお言伝《ことづて》を申上げます。〈桐壺を失った悲しみをその母とともに分ちたいから、皇子を伴い、宮中に上って欲しい〉とのお言葉を伝えて更に帝からの御文《おふみ》を差出しました。亡き桐壺を思召《おぼしめ》されるお心のほどを細々と記されたお文をかたじけなく拝見する母君の双眸《そうぼう》は涙に閉ざされて、終りまで読み通すことが出来ないほどでした。

桐壺の母君は涙ながらに命婦に答えました。〈自分は良人《おっと》や娘に先立たれる不運な身なのでそうした不吉な者の宮中に上ることは思い止《とどま》りたいと思いますが、皇子はお帰りになりたい御様子ですから〉とは、申されながら、それもなかなかお離しになり難《がた》いお気持なのです。命婦は若宮《わかみや》にもお目にかかりたかったがもう夜がおそいのでおやすみになっていらっしゃるので、ともあれ母君の御返事を帝が、待ちわびていらっしゃるだろうと帰って行きました。

命婦が涙ながらに、その秋草の宿を立ち出でようとする時、母君は亡き娘の桐壺《きりつぼ》の形見《かたみ》として美しいお召物一揃《めしものひとそろ》いとその黒髪に用いた道具、櫛《くし》、簪《かんざし》などをお贈りになりました。

やがて宮中に戻りますと、帝はまだお寝《やす》みにならずにお庭の植込みの今を盛りの秋草をめでていらっしゃる風をなすって命婦をお待ちになっていらっしゃいます。母君からの御言葉や御返事の文をお渡しいたしますと、帝は新たに涙をそそられて、今更に玄宗《げんそう》と楊貴妃《ようきひ》のことを詩に伝えた白楽天《はくらくてん》の長恨歌《ちょうごんか》の一節――天にありては比翼《ひよく》の鳥、地にありては連理《れんり》の枝――と、かつて桐壺の君ありし日にお睦言《むつごと》に永久に変らぬ愛を誓《ちか》って居られたのに、その美しい人を奪われた帝は御自分の運命をはかないものにお思いになるのでした。

第一の皇子《みこ》を生まれた弘徽殿《こきでん》の女御《にょうご》は、帝の寵愛《ちょうあい》を奪った桐壺の死など何の悲しみでもないという風に、わざと秋の月をめでて、管絃《かんげん》のお遊びに楽《がく》の音《ね》を立てて陽気にしていらっしゃるのを帝は苦々しくお思いになります。

やがてこうした幾月かの日の後に、桐壺の更衣の忘れ形見の若宮が宮中にお戻りになりました。お生れになった時から、すでにこの世のものとも思えぬほどの美しい容貌気品《ようぼうきひん》の備《そな》わった方が、今はいっそう光り輝くように見えました。その翌年、立太子《りったいし》の式が行われました。帝のお志《こころざし》は、第一の皇子をさし置いても桐壺の忘れ形見の第二の皇子を立てたく思われたのですが、それはかえって第二の皇子の将来に禍《わざわ》いすると思われて、順序通り第一の皇子を皇太子に立てられたので、やっとその御生母の弘徽殿の女御も安心されたのでした。

第二の皇子の外祖母に当る桐壺の母君は、わが娘の生み奉《たてまつ》った第二の皇子の六歳になられた時、その一人の高貴な孫へ心を残されながらお亡くなりになってしまいました。皇子は母を失われた時はまだもの心もつかなかったのですが、今は六つにもなられたのでお優しかった祖母君の死にはお泣きになっていらっしゃいます。それ以来、皇子は母も祖母も失われた身をただ、今は父帝の愛情でのみ宮中にお育ちになります。翌年七歳の時に書初《ふみはじめ》の式が行われて学問をお初めになったが、今更《いまさら》にその御聡明さには誰れも驚くのでした。

その頃高麗人《こまうど》で人の相を見る者が来朝したので、そっとお見せになると驚いて、「帝王の相がおありになりながら、そうなると禍がふりかかって不幸におなりになる、帝王の補佐をする人としてはまたその相が違うようです」といいました。そして彼は日本の旅を終えようとする時に、日本で最も高貴な相を持つ少年に逢《あ》った喜びを詩にして奉りました。ともあれ、この皇子の高貴な御容貌は他国の高麗人を驚かしたのです。帝はそういう事が機縁となって星占いなどもおさせになり、深いお考えの上でこの皇子を元服《げんぷく》後は臣下《しんか》にお下げになって源氏の姓を賜《たま》わることにおきめになりました。

さて――いくら月日がたっても帝は桐壺《きりつぼ》の更衣《こうい》のことばかりお考えになっているので、これではいけないと周囲の者が考え、先帝〈これは今の帝には従兄弟《いとこ》か叔父君に当られる方〉の第四の内親王《ないしんのう》がたいへんお美しく、桐壺の更衣に似ていらっしゃるというので、その方を帝のお傍《そば》へというお話が出ました。何だか近親との間のようでへんですがくわしくはわかりません。当時はそんなことも平気だったのでしょう。その内その姫宮が母君をお失いになってお一人暮しとお聞きになって〈女御《にょうご》というより、自分の娘、内親王と同じように待遇したい〉との熱心なお言葉だったので、その内親王も宮中にお入りになることになりました。その姫君の御顔立、御様子何から何まで亡《な》き桐壺の更衣に瓜二《うりふた》つと申し上げたいようで、これはまだお若く、御身分も何も御立派で、非のうちどころがありませんので、たれもこれをそしることも出来ません。

この内親王のお部屋は藤壺《ふじつぼ》なのでそのまま藤壺の女御と申し上げるようになりました。第二の皇子は帝の傍を離れず愛されていらしったので自然帝に伴われて新しい女御のいらっしゃる御殿に行かれることも多うございました。まわりの侍女達が藤壺の女御は皇子の母上、亡き桐壺に生き写しと噂《うわさ》するのをお聞きになると幼心《おさなごころ》にもわが母に似た面影《おもかげ》の恋しくなつかしく自《おの》ずと足は藤壺の御殿に向ってそこに在《おわ》すわが母に似た美しい人に愛されたいとお思いになるのでした。また帝は帝で藤壺に向って〈この子を可愛《かわい》がっておやりなさい、この子の亡き母とあなたは不思議なほど似ているのです。又この子の顔立も眼許《めもと》も母によく似ています。この子とあなたはまるで母と子と見えるでしょう〉とおっしゃるのでした。皇子は花や紅葉《もみじ》の美しい枝もまずこの方に差上げてと、ひたすらになつかしがって居られます。

その頃この皇子の美しさの輝くばかりなのを形容して光君《ひかるぎみ》といいました。光君の美しい童子の姿はいつまでもそのままに変えたくないと帝は愛されたのですが、いよいよ十二の御歳には元服《げんぶく》をなさらねばなりませんでした。それも又春宮《とうぐう》の御元服の式にもまして華やかなものでした。元服の冠を戴《いただ》かれて一旦《いったん》御休憩のあとで、やがて臣下《しんか》源氏の服装に変られて、帝の前に拝された時、この美少年の麗《うる》わしさに見る人はみな涙ぐむほどに感動しました。帝は今更に亡き桐壺の面影を呼び返されるのでした。

それにつけても元服された源氏の光君にかしずく女性が必要だと早くも十二の少年に妻定めが始りました。この美しい高貴な少年を婿君《むこぎみ》にする人は左大臣の姫君でした。この姫君葵《あおい》の上《うえ》は源氏の君よりお年が四つばかり上でした。美しさはおありになるのですが、年下の少年に配《はい》されたことも不似合に恥《はずか》しく思ってお打解けにならないような御性格なので、不幸なことに源氏のお心を惹《ひ》くわけにはゆきませんでした。それよりも源氏には元服後はもう入れて戴けない藤壺の御簾《みす》の中にいらっしゃる亡き母の面影に似た人ばかりが恋しく、この美しい少年の母恋う心はいつか恋となっていたのです。しかもその対象は不幸なことに父帝の愛される女御だったことです。

思えば光君は不幸な結婚をされ、愛し得ぬ妻を持たれ、心は父帝の寵姫《ちょうき》に傾《かたむ》いていたのです。内裏《だいり》では源氏は亡《な》き母の桐壺《きりつぼ》の部屋を宿直所《とのいどころ》にされていました。この美しい少年を花婿《はなむこ》にされた左大臣家ではいつも大騒ぎして大事になさるのですが、源氏はついわが妻の家に泊るよりも宮中に宿直して、憧《あこが》れの藤壺《ふじつぼ》のもう御簾《みす》越しにより聞けないお声を聞くとか、その奏《かな》でる楽《がく》の音《ね》を洩《も》れ聞くとかが何よりの慰《なぐさ》めでした……」

ここで楓刀自《かえでとじ》は言葉を切り、前の四人を眺《なが》めて、

「みなさんもお疲れでしょうが、私も疲れました、もう夜も更《ふ》けました、これであらかた桐壺の巻は終りましょう」

皆は老齢の祖母がここまで一気に話をされた疲労を思うと我慢して次の土曜日に譲らねばならない。

――それにしてもみなの心には輝くばかり美しい少年貴族の光君が、わが父の愛する女御《にょうご》、美しい継母《ままはは》ともいうべき人を、亡きわが母の面影《おもかげ》を恋う心から、やがて初恋に移りいった宿命的な成行きを考えた時、ほっと吐息を洩《もら》したいような気持だった。とりわけ房江は打ちうなだれて言葉もなくもの思いに沈んでいたが、やがてふっとわれにもなく吐息をついた。いかなる思いがこの人の胸を悩ましているのであろうか……？

帚《ははき》木《ぎ》

大貝房江が良人《おっと》亡きあと必死と築《きず》いた工場をあらかた任せている一人息子の康雄《やすお》というのは——実は房江の生んだ子ではなかった。房江は結婚後間もなく流産して以来、ついに子をなさなかった。

彼女が良人と共稼ぎで、どうやら生活に目当《めあて》がつき安定しかけると同時に子供が欲しくてならなくなった。彼女の母性的愛情のはけどころをみつけて、それが生活のうるおいになることを求めたからである。

自分で子を生めぬと思ってから、ひとの子でも貰《もら》って育てたいと願った。丁度《ちょうど》その時ある産婆《さんば》からの話で、さる華族《かぞく》の邸《やしき》の小間使《こまづかい》が、その邸の主人の子を妊《みごも》ったが、邸にはすでに本腹妾腹《ほんばらめかけばら》をまぜて四五人も子供達があり、到底《とうてい》その子は引取って貰えずどこかへ遣《や》るより仕方がないという話を聞いた。

房江は自分達夫婦が、氏素性《うじすじょう》のない者であっただけに、何となく貴族崇拝の気持も手伝って、その子を自分の家庭に貰って育て、後継者にしたい気になった。

その生れた子は男の児《こ》だった。産婆の家で産婦と共に預《あずか》っていたので、房江は主人の同意も得て、その子を貰い受けた。その時の条件は一生、生みの親を明かさずに、そして戸籍法違反とやらではあるが、房江の実子として出生届を出して生涯貰い子である事を秘密にしておくという約束だった。

貰われて来た児は、さすがに徳川時代から伝統のある地方の大名華族の当主の血を受けているだけに眉目形《みめかたち》の整った気品のある児だった。

「親の私たちも少しお行儀《ぎょうぎ》よくしないと、この児に笑われますね」

などと、房江は真剣に良人に言うほどだった。

その児は康雄と名づけられた。牛乳や人工栄養で育てながら、夫妻は、絶えず小児科医に相談してその児の無事に育つように心を配った。

康雄が小学校に入り、やがて中学へ進むころ、どうやら夫婦も小さな工場を発展させ、少しまとまった財産も出来ていた。貰い子ながら実子として育てている一人息子の康雄は、新しい金釦《きんぼたん》の制服で学校へ通うようになった。年毎《としごと》に眉秀《まゆひい》でて、色白の眼の涼《すず》しい美少年と育った。康雄の中学生姿には何となく貴公子のような面影《おもかげ》があった。

康雄は自分が貰われて来た子などとは夢にも知らない。戸籍もその通りになっているので、この少年は〈お母さん、お母さん〉と父親よりも母を慕って甘えた。

房江はこの貴公子の面影ある貰い子の康雄に慕われると、自分もこの美少年の息子にふさわしい美しい母になりたいと願って、今迄《いままで》にもなく着物を幾枚も作ったり、髪形化粧も念入りにおしゃれをせずにいられなくなった。

そして康雄が中学校を出た時、房江の良人は亡くなった。しかしその時はもう相当大きな製缶《せいかん》工場の工場主となっていた。

房江はその工場を女手で経営しながら康雄を慶応大学へ入れた。

康雄が大学卒業前の年、流行性感冒《かんぼう》にかかった予後の静養に、彼女はその息子を熱海《あたみ》にやった。

自分は工場の仕事の隙《ひま》に時折行くだけで、約一ヵ月その宿に息子を滞留《たいりゅう》させた。

彼女はその滞留が長びいて、康雄の様子に何か違ったもののあることを時たまの訪問の際に敏感に気づいた。彼女の美しい息子は、何かに気持が囚《とら》われ、青春の物思いにうち沈んでいる様子だった。

——母の彼女が、息子が初恋を覚えているのを知ったのは間もなくだった。

康雄はここへ来てから、その熱海の中田の通りにある瀟洒《しょうしゃ》な別荘に、やはり病後の保養に来ている美しい娘を恋していたのだった。

海岸通りや、梅園などの散歩の途上、いつしか二人は知り合ったらしい。

その娘の名は直子《なおこ》といい、東京の山の手の会社の重役のお嬢さんだった。

〈お母さんお母さん〉と今まで世界中の女性の中で自分一人を信頼して、頼り愛してくれていると思った息子がいつしか若い美しい娘に心と全身を傾け出したと知った時、房江は何ともいえぬ寂寥《せきりょう》を感じた、それは母としての寂寥以外に、もう一つ加わる淋《さび》しさがあったようだ……。

だが房江は愛する息子の初恋を遂《と》げさせてやりたく、その息子の恋人の直子の家に話し込んで、惜《お》しみなく頭を下げて、ようやく婚約の間柄とさせ、大学卒業を待って結婚というところまで漕《こ》ぎつけた。

——息子の大学卒業を前に、太平洋戦争が起り、やがて卒業と共にすぐ応召《おうしょう》させねばならなかった。そのために結婚の式は延期され、戦争中も戦後も、房江は悪戦苦闘したといっていいほどの努力で、工場を経営し、終戦後は更に軍需工場の払下げの材料を多量に引受けて、製缶業を手広く拡げて、財産をつくってしまった、むしろインフレの波にのって、一躍富を築《きず》いた女になったわけだ。

〈これもみんな康雄のためだわ、康雄に沢山《たくさん》の財産を残してやりたいばっかりに……〉

房江は自問自答した。

終戦後、無事帰還した康雄は、母の計《はか》らいで、間もなく直子と結婚の式をあげた。

——その息子夫婦に工場もまかせ、そして東京の本邸も渡して、自分はこの鎌倉山の売別荘を買って移り住んだのである。

そして隣家の高倉一家と知り合い、はては、楓刀自《かえでとじ》の源氏物語の講義をきくことになったのも、房江の孤独の心の慰《なぐさ》めを求めてのことだった。

その源氏物語講義できいた最初の巻、桐壺《きりつぼ》で知った、藤壺《ふじつぼ》を慕う光源氏の物語、うら若く美しい義母の藤壺が、生《な》さぬ仲の、光り輝く貴公子の源氏に、どのようなときめく思い

江はその次の巻の発展を心ときめく思いで待ちかねて源氏の講義第二夜を待ちわびていた。房江がその秋の一夜、楓刀自《かえでとじ》の講義をききつつ、深いもの思いにふけったのはそれゆえだった。

——あわれ、美《うるわ》しの女御藤壺《にょうごふじつぼ》と生《な》さぬ仲の源氏の君との心のゆきかいはいかに?……房をもつか、その几帳《きちょう》の蔭《かげ》の吐息さえ思いやられる心地して、房江がその秋の一夜、楓刀自の講義をききつつ、

鎌倉山の秋も日に日に深んでいた。縁先《えんさき》の沓脱石《くつぬぎいし》の上にまで、時として紅葉《もみじ》の葉が音を立てて散り立って石の表に色を置いた。

その縁も早く暮れて雨戸を引き、いつもの座敷に四人の生徒が並んだ。

その夜、楓刀自は一巻の絵巻物を捧《ささ》げるように持って座についた。何とはなしに皆この老刀自の前に生徒らしくつつましく一礼する。

「私はこの源氏の講義を始める前にうっかりしていました。鮎子に言われて気がつきました。〈おばあさまのお話を伺《うかが》いながら、どういう姿でどういう場所で——例えば桐壺というのは御所のどういうお部屋か眼に浮ぶように想像出来ないので困るのよ〉と言うんです、

——なるほどそうでしょうね、現代小説のお話と違って、何しろ平安朝時代のことなんですから、鮎子などは戦争中学校でろくにお勉強も出来なかったのですから、平安朝風俗もしっかりと摑《つか》める筈《はず》もありませんし……」

「でも平安朝時代の風俗なんて、何かの絵でちょいちょい見たことあるでしょう。十二単《じゅうにひとえ》

だの、髪の毛を後へ長くすべらしたのだの、几帳だの、上野の展覧会など行くと、よくそういう日本画あったでしょう」

容子が口を入れた。すると藤子がそれを訂正して、

「鮎ちゃんは戦争映画や戦争絵画ばかり見て少女期を過したのよ」

「私も展覧会でそういう絵は拝見したことありますけれど、まだまだそんなもので、私なんかわかりやしません。歌舞伎《かぶき》は好きで見にまいりますが、大抵は徳川時代のお芝居でございますね、もっとも妹背山《いもせやま》のお三輪《みわ》なんてのはもっと前の時代だとか伺いましたが」

房江も言い出す。

「それではともかく後《おく》ればせながら今夜ここで、平安朝時代、つまり源氏物語の舞台となる風俗その他について御参考になることをちょっとかいつまんで説明いたしておきましょう」

刀自は絵巻物をさらさらと開いて——、

「これは、私がこの事を思いついてから先日よそ様からお借りして来たものですが、これが本物だったら何百万か大したものでございましょうが、本物ではございません。複写版なのですが、複写版でも、今これだけ豪奢《ごうしゃ》な色刷りは出来ますまい、藤原隆能《ふじわらのたかよし》筆、源氏物語絵巻です。これを一寸《ちょっと》見て下さい、あとでまた心ゆくまで御覧になることにして……」

刀自は絵巻物を灯の下に拡げ、皆そのまわりに集った。

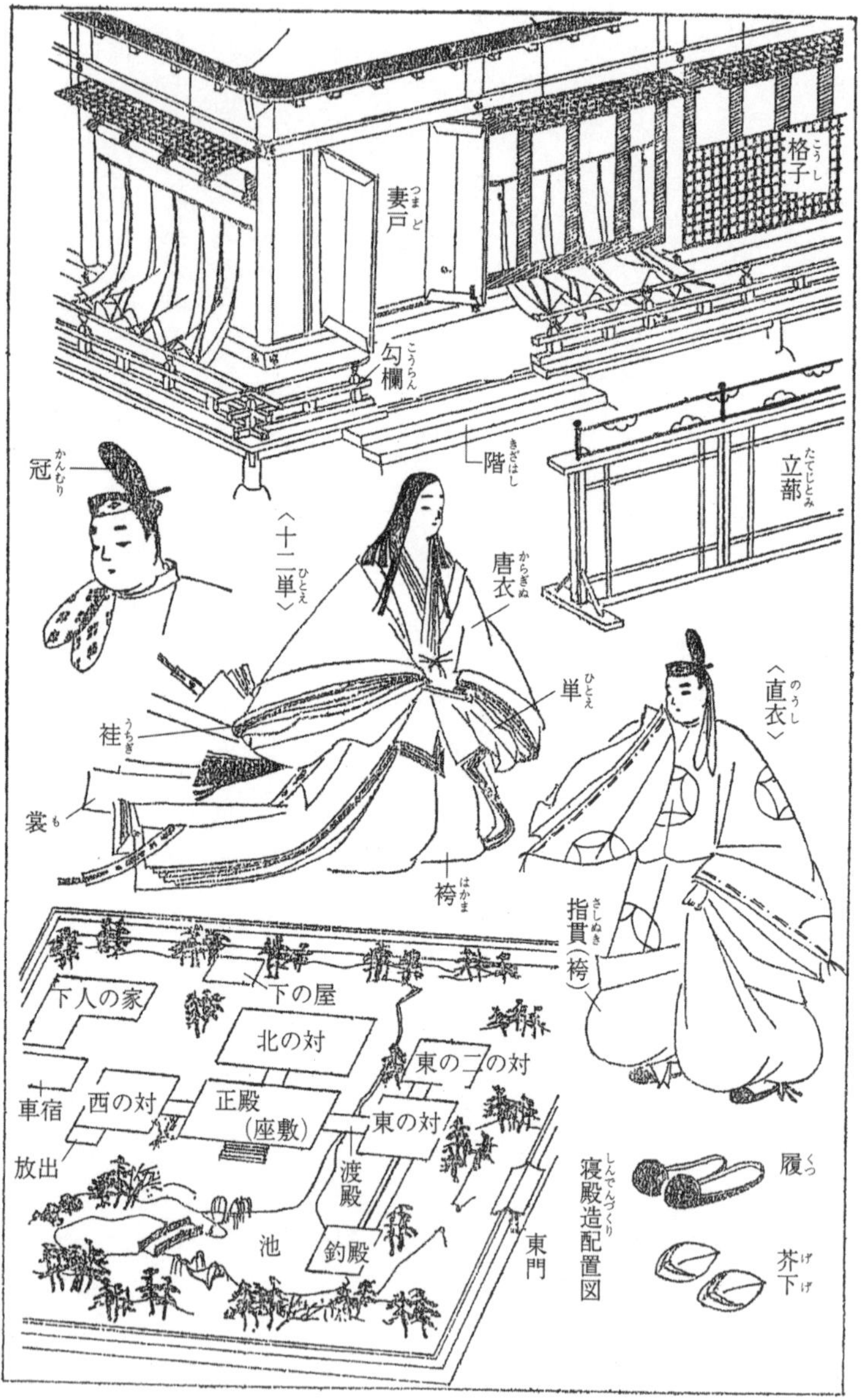

格子《こうし》
妻戸《つまど》
勾欄《こうらん》
階《きざはし》
立蔀《たてじとみ》
冠《かんむり》
〈十二単《ひとえ》〉
唐衣《からぎぬ》
単《ひとえ》
袿《うちぎ》
裳《も》
袴《はかま》
〈直衣《のうし》〉
指貫《さしぬき》（袴）
下人の家
下の屋
北の対
東の二の対
車宿
西の対
正殿（座敷）
東の対
放出
渡殿
池
釣殿
東門
寝殿造《しんでんづくり》配置図
履《くつ》
芥下《げげ》

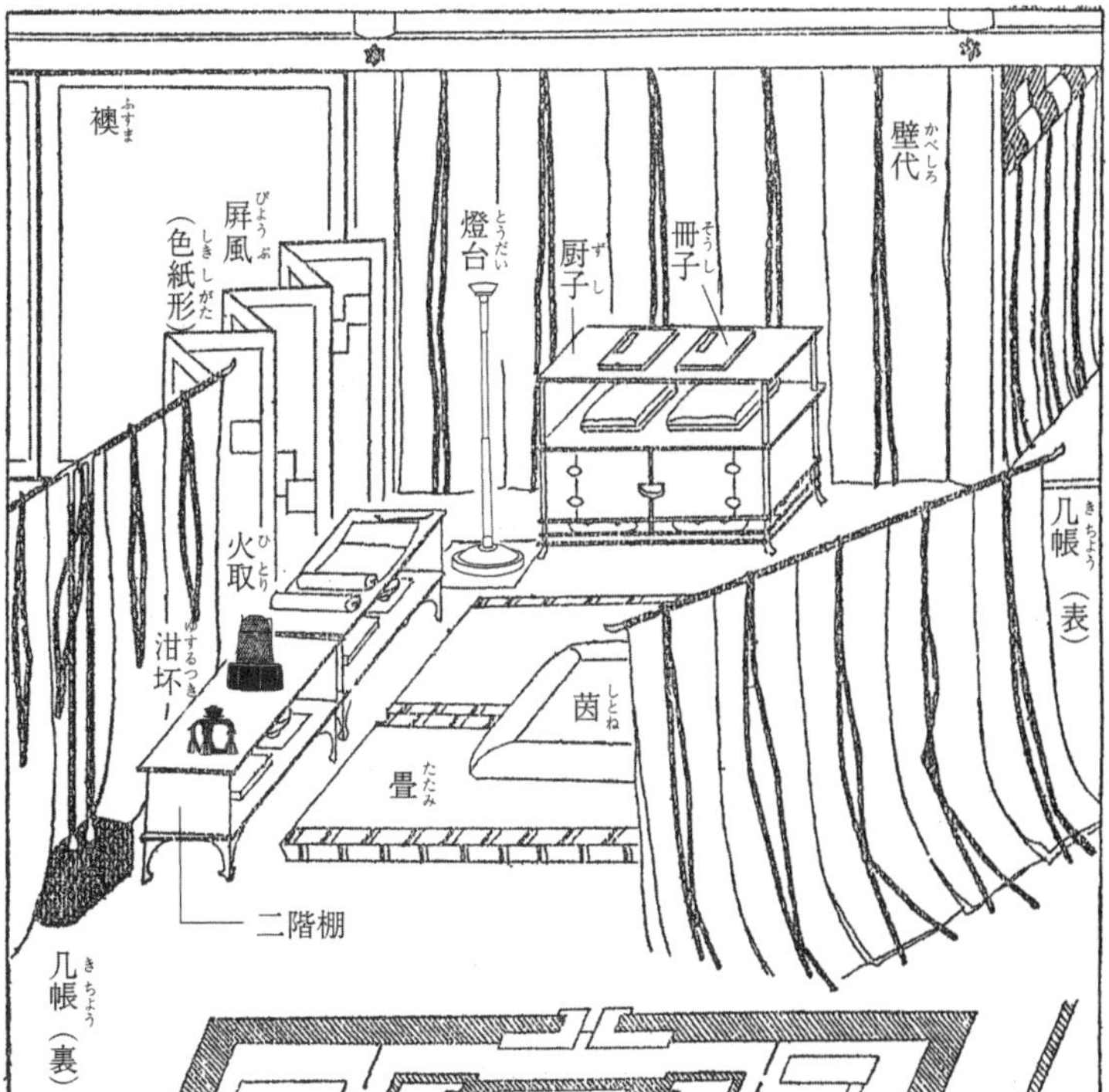
襖《ふすま》
屏風《びょうぶ》（色紙形《しきしがた》）
燈台《とうだい》
厨子《ずし》
冊子《そうし》
壁代《かべしろ》
几帳《きちょう》（表）
火取《ひとり》
泔坏《ゆするつき》
茵《しとね》
畳《たたみ》
二階棚
几帳《きちょう》（裏）

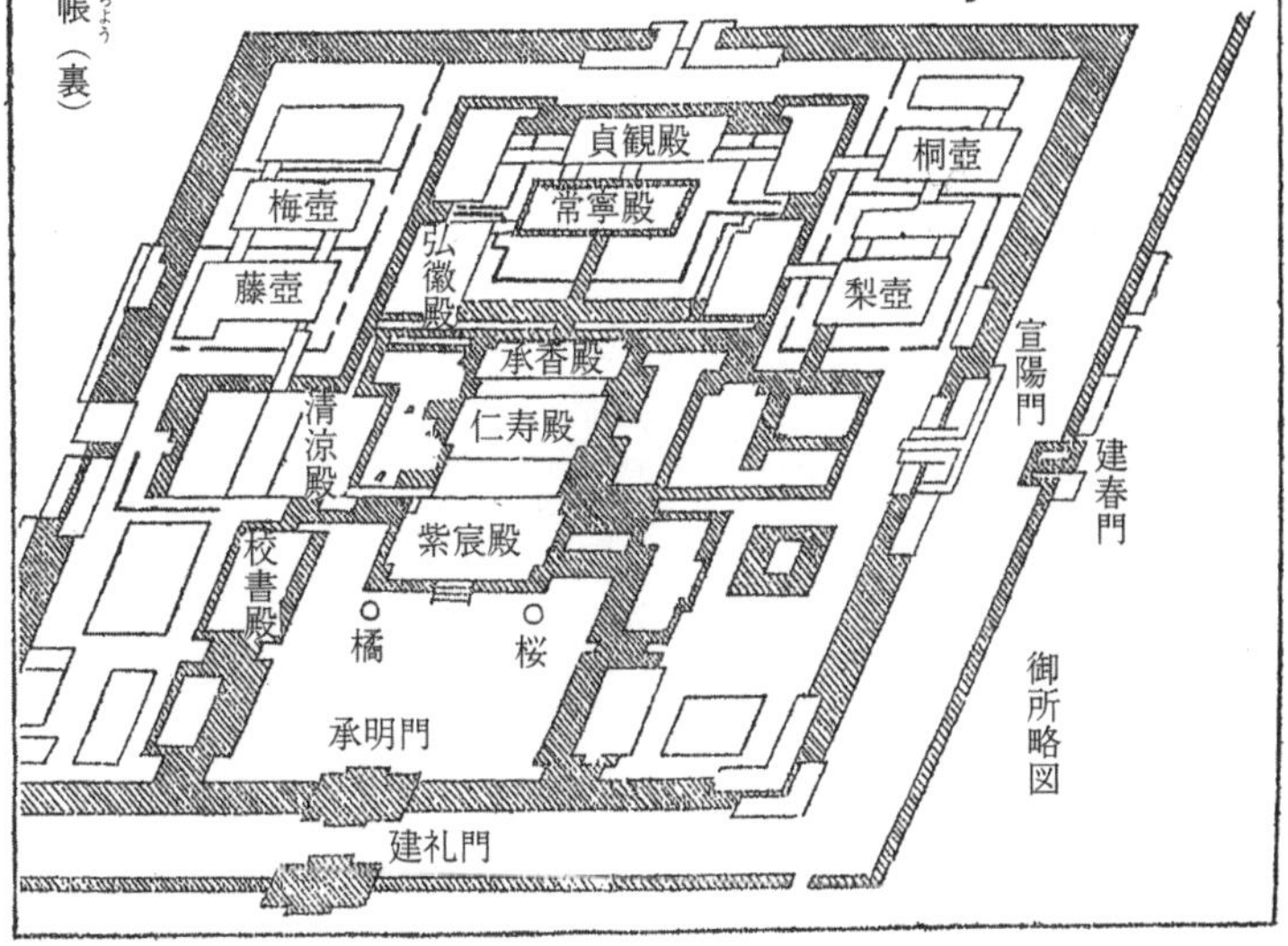
貞観殿
桐壺
常寧殿
梅壺
弘徽殿
藤壺
梨壺
承香殿
宣陽門
清涼殿
仁寿殿
建春門
紫宸殿
校書殿
橘
桜
承明門
建礼門
御所略図

「あら、その頃のお部屋の中って、むやみに几帳《きちょう》が置いてあるのね」

鮎子が不思議がる。

几帳――美しい綾錦《あやにしき》のような布地を短冊《たんざく》形につぎ合せ、下に総《ふさ》をたれ、衣桁《いこう》を開いたような、また布の衝立《ついたて》のような、屛風《びょうぶ》のような風に部屋のあちこちに立てまわしてあるのが、その絵巻のいたる処《ところ》に出るのである。美しき女性の傍《かたわ》らに必ず美《うる》わしの几帳ありともいうべき光景が描かれていた。

「その当時のよい住居の屋内には必ず几帳が用いられています。この几帳と共に壁代《かべしろ》と申すものがあって、壁の代りとして広い場所を隔てるために御簾《みす》と共に掛けられています。ことに寝殿――といっても、これは必ずしも寝所という意味でなく、一家の正殿で主人の居間ですが、その四方の御簾の内に掛けられます。壁代の形は几帳に似ていて、表には花鳥や朽木《くちぎ》形《がた》などの図を描き、裏は白い絹のまま、そして表には三寸位の幅の紐《ひも》がつけられ、紫地に、蝶鳥《ちょうとり》を染めたものなど多いのです。高さは七尺から九尺前後、幅は絹七幅ぐらいだったそうで、まあ、カーテンのようなものだったわけですね、源氏の中の若菜《わかな》の巻に――みなみの大殿《おとど》西の放出《はなちいで》におましよそふ。屛風壁代よりはじめあたらしくはらひしつらはれたり――とあります。几帳はもっと小さく、これを支える台があってやはり隔てに使ったものです。二尺、三尺、四尺の几帳などがあり、美しい模様の色絹、或《あるい》は綾織に刺繡《ししゅう》をし、また紫の裾濃《すそご》の几帳など、裾の方だけ濃く紫にぼかし染めたものを垂《た》れるわけです。

源氏物語ではありませんが、あの清少納言《せいしょうなごん》の枕草子《まくらのそうし》の中にも――青やかなる御簾の下より几帳の朽木形のあざやかに紐いとつややかにてかかりたる、紐の吹きなびかされたるもをかし――などとあります」

生徒達は絵巻を繰《く》り拡《ひろ》げつつ見ながら、

「あら、その頃の畳《たたみ》ってこう、処どころに敷いてあるのね」などと言っている。

「そうです、平安朝期には畳は室内いっぱいに今のように敷かず、必要なところにのみ敷いていました。場所によっては畳を重ねて使うこともあります。畳の寸法も現代のように一定せず、厚さも長さも様々のようです。この絵巻でもわかるように畳の縁《へり》はいろいろの美しい布地の織物です。室内の調度《ちょうど》などもその絵で見て下さい。厨子《ずし》、二階棚、燈台《とうだい》などみえましょう。男の服装には、直衣《のうし》、狩衣《かりぎぬ》、水干《すいかん》、直垂《ひたたれ》など、その他に礼装もあります」

「まあ神主さんの着るようなものね」

と容子が言うと、

「まあ、そんなものですね、ざっとそう思っておいて下さい。女の装いでは唐衣《からぎぬ》、袴《はかま》、打衣《うちぎぬ》、袿《うちぎ》、袿の下につけるものはすべて単《ひとえ》。よく十二単と呼びますが、十二単は五衣《いつつぎぬ》のあやまりだというものもあります。また単を十二枚重ねたから十二単という説もあります。袿はまた重袿《かさねうちぎ》ともいわれて、重ねて使うことがあり、栄華物語《えいがものがたり》などでは十八枚二十枚と重ねたことなどが見えています。普通は五六枚を重ねたもので、下の方の衣ほど少しずつ寸法が大きくなっています」

「まあ、そんなに引摺《ひきず》って歩くのたいへんだったでしょうね」

生徒一同は感歎《かんたん》する。

楓刀自《かえでとじ》は絵巻中の女性の髪を指しながら、

「その当時の髪の風俗は、髪の丈《たけ》の長さを誇《ほこり》として、自然のままに垂らしていました。当時の上流の人は一般に身長を髪の長さの標準にしていたようです。自分の身の丈より四五寸も一尺ものびた髪の毛を持っていたものも少くはなかったようです。源氏の中の蓬生《よもぎう》の巻に——御《み》ぐしのおちたりけるを取り集めて鬘《かづら》にしたまへるが、九尺余《あまり》ばかりにて——とありますが、抜毛をかもじにつくって、その長さが九尺あまりあったということですがこれは少し長すぎますね、当時の婦人達は気品と華麗な姿を女性の命として競って身を飾ったものです。日に幾度も髪を梳《くしけず》り油をつけ化粧もしたのでしょう。これここに几帳《きちょう》の蔭《かげ》で髪の手入れをしている絵がありましょう」

そこに一人の女性がもう一人の女性の髪を後から梳っている姿がみえた。

「お化粧は、当時のおしろいはやはり鉛粉《えんぷん》、眉《まゆ》は引いたものです。さあ、こんな事を一々言っていたらきりがありませんから、まず絵で想像して戴《いただ》くことにして、宮殿の造りをお話しておきましょう。これはこの物語によく出て来る名がありますから、私が源氏の参考書で覚えた内裏《だいり》の平面図の略図をここへ書いて来ました」

と一枚の紙を出し、

「真中が表の紫宸殿《ししいでん》、儀式を司《つかさど》るところ、その横の清涼殿《せいりようでん》、帝の常の御座所《ござしよ》です。ここは后妃《こうひ》、女官らの出入する処《ところ》です。清涼殿の北にあるのが弘徽殿《こきでん》、ここは皇后中宮《こうごうちゆうぐう》、女御《によゔご》の常殿です。東西に五舎があり、藤壺《ふじつぼ》、梅壺《うめつぼ》、桐壺《きりつぼ》とよばれます。桐壺は淑景舎《しげいしや》というのがほんとうなのですが、桐が植えられてあるのでそう通称されているのです。そういう藤壺、桐壺などというのは源氏物語によく出て来ますね。それから一般の貴族の私邸は前に出た寝殿造りというので、構《かまえ》の真中に南面して正殿があり、その前には池や園を作り、東西或《あるい》は北に対屋《たいのや》があって渡殿《わたどの》でつながっています」

「今の大きな神社の建物みたいですのね」

「そうです。格子《こうし》、蔀《しとみ》、妻戸《つまど》など、今の神社を想像させますね。それから車宿《くるまやどり》、これは御主人の車を入れ、牛を住ませておくところ、今ならガレージですね。また浴室、下人《げにん》の控家のために下《しも》の屋というものがあります。蓬生の巻に――八月野分《はつきのわき》あらかりし年、廊ども倒れ伏し、下の屋どもの、はかなき板葺《いたぶき》なりしなどは骨のみわづかに残りて――とあります。それから、放出《はなちいで》という言葉が、さっき出ましたし、またこの物語の中によく出て来ます。何と説明したらいいでしょう、母屋から丁字形《ていじけい》につき出ている作りともいうし、これは私一人の解釈ですが、現代様に言えばまあベランダのようなものだと思って下さい。これらは貴族の生活、普通人は板葺の粗末な家に暮していたのです」

「源氏物語は当時の宮廷を中心に、貴族の男女の感情生活とその環境を物語ったものなのね、だから一般の社会の面はわからないのね」

などと鮎子はおしゃまを言った。

「でも、夕顔《ゆうがお》やなんか、普通の生活標準も出て来ますわね」

こう言った容子はこれは、ひそかに講義以外で勉強しているのかも知れない。うっかり油断は出来ない、何しろ病床のつれづれに勉強出来る時間があるから。

「平安朝時代の貴族は、大体あの――百敷《ももしき》の大宮人《おおみやびと》はいとまあれや桜かざして今日も暮しつ――という感じだったのでしょう」

と藤子が結論めいて言う。

「当時の平安京の京都は、――見渡せば柳桜をこきまぜて都ぞ春のにしきなりける――の美しい都だったのでしょう」

楓刀自《かえでとじ》は言い、それからぽんと膝《ひざ》を叩いて、

「そうそう大事なことを言い忘れていました。その当時の夫婦関係というものは、殊《こと》に貴族では一夫多妻は公然の風で、男は妻を設《もう》けても、夜になってその女の家に行き、朝帰るという風で、一緒に暮すようになっても妻の家に起き伏しするのが普通です。またたとえ、家へ迎え入れても、対屋《たいのや》に住まわせ、一家数人の妻のあることなどは珍らしいことでもなかったのです。もっともこれは上流のことで、中流以下は一夫一妻というのも勿論《もちろん》多かっ

たのです。今昔物語《こんじやくものがたり》などに現われている家庭をみても――」

「まあ、貴族って横暴《おうぼう》ね、私平安朝に生れたら、ぜひ中流以下の生活をするわ」

容子は奮然《ふんぜん》としたように言う。

「ところがおかしいことに、それは確かに男尊女卑《だんそんじよひ》の結果ではあったでしょうが、平安朝の貴族の女性は、徳川期の武家時代のように男に頭から圧迫されていたわけでもないのですよ、結婚も当人同志の意志によってなる事が多かったのです。多くは和歌に自分の思いを托《たく》して、まあ三十《みそ》一文字《ひともじ》のラブレターのようなものをやりとりして恋になったのです。男から心の丈《たけ》を送っても、女に返歌する意志がなければそのままです。また男が訪問して来ても会いたくなければ侍女を応接に出してすましていればよかったし、又会うとしても、男は縁《えん》の板敷に坐《ざ》し、女は御簾《みす》を垂れ、その又中の几帳《きちよう》の蔭《かげ》にかくれて姿を現わさずに会話をするだけで、厭《いや》になったら、そのますっと奥へ立ってゆくのも気儘《きまま》なのです。ですから、当時の男女関係は、女が男にお辞儀をさせ、愛の告白をさせ、威張《いば》っていたと言ってもいいのです。しかしそれは生憎《あいにく》求婚前までで、一旦《いつたん》その男の人のものになれば、ただひたすら、男心の変らないことを祈り、その訪れを待つという風なのです」

刀自の言葉が終るか終らぬかに、

「ああ、つまんないな、女は――」

と、鮎子がまたおしゃまを発揮した。

「お姉様《ねえ》も、ひたすらお兄様《にい》の無事帰還を待っていらっしゃるんですもの、仕方がないわ」

そう言って冷《ひや》かす容子の膝を軽く打って藤子ははにかんだ。

帚木

「さて、前置きの予備知識でまた長くなりましたね。さあこれから次の巻の〈帚木《ははきぎ》〉へまいりましょう。この巻は源氏が十七歳の夏、すでに中将に昇進して後、五月雨《さみだれ》そぼ降る一夜、宮中の物忌《ものいみ》――これは帝が当時の暦《こよみ》の上での種々の凶日《きようじつ》に引《ひ》き籠《こも》って身をつつしまれることで、宮廷の侍臣《じしん》達もまた宿直《とのい》して一夜を送った時のことです。ここが有名な〈雨夜《あまよ》の品《しな》さだめ〉の一節です。当時の男性の見た女性観が書かれていますから抜《ぬ》かさずにお話しましょう。――源氏の宮中での宿直所は桐壺《きりつぼ》の一間です。梅雨《つゆ》の灯の下で書物など御覧になっていらっしゃる時、お開けになった厨子《ずし》の中に、色とりどりの美しい紙に認《したた》められた女の文が無造作に入れてあるのを見て、義兄の頭《とう》の中将《ちゆうじよう》（葵《あおい》の上《うえ》の兄）が、ぜひその手紙を少し拝見《はいけん》させて戴《いただ》きたいと言ったのがきっかけになって、若い貴公子たちだけについ話は女性のことになりました。先《ま》ず頭の中将が自分の女性観を語りました。

〈世の中に完全無欠、欠点が一つもないという女はそうあるものではないと私は今頃やっと気がつきました。達者《たっしゃ》な手紙を書いたり此方《こちら》の言うことがすぐ通じるような、利口《りこう》な婦人は随分あるが、それだけを長所として完全というわけにはゆきませんね。そういう人は自分が少し持っている利口さや知識で得意になってほかの人を莫迦《ばか》にする厭《いや》な女になりがちです。また親がかりで深窓《しんそう》の姫君でいる間は、その人の姿をかいまみて、その精神まで美しく想像して恋をしてしまう、大事にされていて一つぐらいの芸も出来る、顔も綺麗《きれい》だといっても結婚してみれば、やはりだんだんあらが出て来るのです〉

　久遠《くおん》の女性に憧れ、女性に完全を求める貴公子達の話はそれからそれへと弾《はず》んでゆきます。他の一人が又《また》言いました。

〈広い世の中で自分の妻にこれならと思って合格するものは、そうたやすくは見付からないでも仕方がありません。一体女が妻としてなすべき事はなかなか難しいものです。良人《おっと》の世話、家庭の処理をするという点からは、あながち花や紅葉《もみじ》の歌を詠《よ》み、風雅《ふうが》の道に優《すぐ》れないでもよろしい。だからといって家事を見ることだけで夢中になり、髪の毛を耳の後に挟《はさ》んでなりふり構《かま》わぬというのも困りものですね。良人としては外に出てあった事を、他人には話せないことでも家に帰ってからほっとして自分の妻には話したい、意見も聞いてみたいと思うものです。しかし自分の妻はそんな事のわかる女ではない、話しても無駄だと思うようなのも情けないものです。またただ子供らしくあどけなく柔和《にゅうわ》なのも、男は自分の思うように指導出来るし、傍《そば》にいる時は可憐《かれん》でいいのですが、いざ遠く離れた時など、用を言ってやっても何にも出来ないというようでは、やはり妻として信頼出来ません。ふだんは少しつんつんして可愛《かわい》げのないような女が、いざ一大事の場合、見事に処理してくれるというようなことがあるものです〉

こういう女性観察に明るい議論家にも、さてどういう女が果《はた》していいかわからないとみえ、しきりに歎息《たんそく》しています。

〈もう身分などは構わない、顔もどうでもいいことにして性格が偏屈《へんくつ》でなければ、誠実な素直な人を選んで生涯を共にすべきですね。その上に多少の才芸とか心意気とかがあれば願ってもない事です。ほかに少しぐらい欠点があったって男は我慢しなければなりますまい。ともかく安心して信頼出来る女なら、ほかのことは心がけ次第でおいおいに身につけることも出来ます。夫婦というものはどんな事があっても寛大《かんだい》な心で許し合って行くのこそ愛情深く美しいものです。良人《おっと》が他の女に一とき心を移すのを怨《うら》み、大騒ぎをして傷つけ合うのも馬鹿らしい。といって言うことも言わないで突然怨んで姿をかくしてしまうというようなのも心が足りない。たとえ一時男の心がよそへ移っても、自分が良人を愛し始めた頃を思い出して男を信頼して我慢すべきだと思う。そういう時、女が仄《ほの》かに良人の浮気を感づいている事を匂《にお》わし、妻を重荷にせぬほどに遠まわしに悲しみと怨みをみせれば、良人は妻を可愛いと思うものです。大体の場合良人の浮気は妻の仕向け次第で、どうにか片《かた》のつくものです。しかしまたあんまり寛大に放任しておくと、男という奴はいい気にな

って妻を眼中に置かなくなり、これも危険ですね〉

その言葉に頭《とう》の中将《ちゆうじよう》も肯《うなず》きながら、

〈自分が愛している男の心があてにならなくなって疑うことがあれば女にとって一大事さ。その際女の方で聡明に、心得《こころえ》ちがいをせず、大眼《おおめ》にみておけば良人も元へ戻ると思われるが、しかしきっとそうだとも言えないが、ともかく多少気に入らない事があっても大眼にみて辛抱することは必要だね〉

と言ったのは、妹の葵《あおい》の上《うえ》の身の上が丁度《ちようど》そういう場合だと、何となく源氏の耳に入れたかった兄の心遣《こころづか》いだったのですが、源氏の君はこの梅雨《つゆ》の夜更《よふ》けにうたたねをしていらっしゃるのか何の反応もないので、頭の中将は物足りなかったのです」

四人の生徒は笑い出した。

「何だかその平安朝時代の女性観は、現代の婦人雑誌の名士の言う女性訓と似ていますわ。何にも日本の女性観て進歩していないのね、驚いたわ」

藤子が憤慨《ふんがい》した。

「その夜は五月雨《さみだれ》の短夜《みじかよ》が明けるまで皆自分の女性観を語り、恋愛の経験や懺悔《ざんげ》や失敗を語り合いました。源氏もいつまでもうたたねをしていたわけでもなく、大体は聞いていて、自分の女性への知識を得たわけです。すぐれた女性は必ずしも自分達の周囲にばかりいるわけではなく、かえって中流家庭の女性の中にあるという話なども、なるほどそうかと、そうした女性を知らぬ源氏には興味も湧《わ》いたようでした。しかしそうは言っても、源氏の胸の中に浮ぶ面《おも》かげは藤壺《ふじつぼ》の女御《にょうご》なのです。みんなの語る女性などと違って、天上天下この人にまさる身も心も美しい人が、この世のどこにもいる筈《はず》はないと考えていられるのです。そしてその夜源氏が白い柔らかい衣を重ねて袴《はかま》はつけずに直衣《のうし》だけを羽織ってしどけなくくつろいでいられた姿はかえってふだんより更《さら》に典雅《てんが》な貴公子ぶりで、もしこのひとが女性だったらどんなに一代の美女かと思われました。この殿にこそ、第一流の女性を授《さず》けてもまだ足りぬ感じでした……。さて――この雨夜《あまよ》の品《しな》さだめはこのくらいにして、まず代表的なのだけ御紹介して今晩はおしまいにしましょう。この次は帚木《ははきぎ》の中に現われて来る空蟬《うつせみ》と源氏の恋愛についてお話しましょう」

四人の生徒はまた教室の中でのように刀自《とじ》に一礼した。その中でも、房江は、雨夜の品さだめの中にも出て、源氏の胸に忘られぬ藤壺の女御と源氏の間は、その後どうなるのか、質問したいのを我慢してお辞儀《じぎ》をした。

空蝉《うつせみ》

源氏の講義の第三夜が来た。

その前日、ラジオは颱風《たいふう》が上陸し、関東を通過するかも知れぬと報じていた。その前触《まえぶ》れのように夕方から鎌倉山の樹々をざわめかせて、風が荒く出ていた。

だが、風が吹こうが、槍《やり》が降ろうが、源氏物語の講義は聞き洩《も》らせぬとばかり、大貝房江夫人は先着して、早くも教室の座敷に畏《かしこま》っている。

その房江夫人の姿の現われるのが講義開始の鐘となって、この家の三人の娘も揃《そろ》って座敷に現われた。軒《のき》の深く出ている十畳の座敷はもう仄暗《ほのぐら》いので、早くも灯をつける、だんだん日が短くなって火《ひ》点《とも》し頃が早くなるのだったから。

藤子が房江の前に、客へのもてなし、かつは自分が秘書として雇《やと》われている会社の重役への敬意を払って、茶菓を小盆に載せて運ぶと、房江はひどく恐縮して、

「どうぞ藤子さん、おかまいなく、私はお宅の御隠居様から源氏のお講義をきくお弟子《でし》の一人なのですから、そんなおもてなしをして戴《いただ》いてはいけません、——第一学校の教室で生徒にお茶菓子は出しませんよ、いくら民主主義になってもホホ……」

二人の妹たちも笑い出し、

「でも奥様は特別聴講生でいらっしゃるんですわ」

と、容子が如才《じょさい》のないことを言った。

そこへ、静かに楓刀自《かえでとじ》が現われた。手に湖月抄《こげつしょう》の帚木《ははきぎ》と空蟬《うつせみ》の二冊を持って……そして床柱《とこばしら》の前の机に向って、端然《たんぜん》と黒いお被布《ひふ》の気品ある姿を据えた。

「――嵐にならねばいいですがねえ、しかしこんな風の吹く夜に空蟬という、さすが光源氏も手強《てごわ》く振られてしまった女のひとを物語るというのもふさわしいでしょう」

とほおえんだ。

帚木(続)

「さて、今夜のところは先夜お話した帚木の巻の中の〈雨夜《あまよ》の品《しな》さだめ〉の翌日のお話になります。あの雨夜に源氏を初め若殿ばらが集まってお互の女性観から恋愛の経験談など、心ゆくまで夜の宿直《とのい》で語り明しましたがその翌日はからりとした梅雨霽《つゆば》れのお天気でした。源氏の君はその日久しぶりで左大臣の邸《やしき》へいらっしゃる。つまり奥様の葵《あおい》の上《うえ》の御実家ですね、お婿《むこ》さんがお嫁《よめ》さんの実家へ行って妻と語らうというのがその頃の風習でしたからね。さて、そのお邸といい、葵の上といい、まことに貴族らしい上品なものでした。ところがそれが問題でしてね、奥様の葵の上が、あまりお行儀がよくていつまでも打解けないので、それが源氏の君には物足りない。葵の上はあまり堅気《かたぎ》に大事に育てられたお嬢様で、男の扱い方も知らず、固くなっていられるところへ、光源氏はたいへんな早熟で、若い美しい継母の藤壺《ふじつぼ》に思いを焦《こが》し、そのほかにも美男で女に持てる方だけに恋愛を求め溺《おぼ》れる心も強いのに、葵の上は美しいけれども陶器《とうき》のようにつんとして冷たく、感情が溢《あふ》れていないという点が、どうも調和しないのですね。

ですから親しくお話をなさるということもなく、かえって若い綺麗《きれい》な侍女達に冗談などおっしゃりながら、折からの暑さに衣紋《えもん》を崩して無造作にしておられる源氏の姿が、また何ともいえずそれこそ当世流に言えば意気な伊達《だて》男に見えて、侍女達はわれを忘れてしみじみと見とれるのでした。ところで生憎《あいにく》その晩は、このお邸《やしき》が、中神《なかがみ》の塞《ふさが》りの方角だということがわかったので、方違《かたたが》えをしなければなりません。この中神というのはこの神がその晩歩かれる方向を塞りといって、それを避けなければならないのです。それが方違え、今でも迷信家にはよく方角を気にする人があるでしょう。源氏が御所からすぐ左大臣家へ来てお泊りになっては、その塞りの方角に当るので、その晩は、違った家へ行っておやすみにならなければならないというわけなのです。すると丁度《ちょうど》、親しくお出入りしている紀伊守《きのかみ》の中川のほとりの家が、方違えにいいだろうということになりました。中川というのは京極《きょうごく》川のことで、賀茂《かも》川を東川、桂《かつら》川を西川というのに対して中川という言葉があったのですね。その川の縁《ふち》に新築された邸で、川水が庭に引込んであり、夏の夜も涼《すず》しく居心地がいいというので、そこへ行かれることになりました。

紀伊守は〈生憎父《あいにく》の伊予介《いよのすけ》の家に差支《さしつか》え事があって、その家族達が今私の家に同居していて失礼だと思いますが――〉と、俄《にわ》かに光源氏を迎えるので恐縮しています。ところが源氏は一向《いっこう》平気で〈いや沢山《たくさん》人のいる家の方が賑《にぎ》やかでいい、女のひとがどこにも見当らないような家では夜が怖いからね〉と冗談をおっしゃったりする。

そして、その中川のほとりの家に牛車《ぎっしゃ》をお廻しになる。なるほど風流な田舎家《いなかや》めいた構えで芝垣で囲い、植込みもよく、水の流れの音がして、涼しい風、虫の声、蛍が沢山飛んでいて、なかなか夏の夜にはお誂《あつら》えむきの宿でした。そして御自分達のお邸と違って、いかにも中流の官吏の風雅な住居という感じで、光源氏のような身分の方にはそれが殊更《ことさら》珍らしく楽しく思われるのでした。ことにこの家に源氏が興味を持たれたのは、紀伊守の若い継母というのが気位の高い宮仕えでもする筈《はず》であったひとであるというのを覚えていらっしゃるからで、どの辺にいるのであろうと、それとなく聞耳を立てていらっしゃると、源氏のいられるお座敷につづいた西側の部屋で、女たちのなまめかしい衣《きぬ》ずれの音が聞えるのです。そして若々しい女のきれいな声がひそひそと何か物を言っているのも聞える。源氏は足音を忍ばせてそっと立ってその部屋の前に行かれたが、覗《のぞ》く隙間《すきま》がないのでは姿は見えません。だがこの貴公子が立聞きをなさっていらっしゃると、どうやら、それは自分の事を噂《うわさ》しているらしいのです。

〈真面目に素直に早く奥様をお持ちになって身を固めておしまいになって、さぞつまらないでしょうね、でも随分お忍びでお通いになるような所もおありになるのでしょう〉などと、今宵《こよい》の客の美男の光源氏が話題になっています。源氏はどきりとなさるのでした。もし自分の藤壺《ふじつぼ》に対する許されぬ恋をこの人達が知って、こんな場合に噂するのを聞くようだったらどうであろうと思うだけでも……。しかし別段そういう噂ではない様な風です。そのうち紀伊守《きのかみ》が出て来ていろいろおもてなしします。源氏は縁に近い寝床でまだほんとにおやすみにはならずに横になっていらっしゃると、その前の縁側を通る家族の人達の姿の中に際立って上品な十二、三の男の児《こ》がいました。源氏がこの児に眼をつけると、源氏の寝所の傍に畏《かしこま》っていた紀伊守が説明しました。

〈あれは亡くなった衛門督《えもんのかみ》の末っ児で、早く父に別れたので、私の家に居りますが、出来ることなら御所の侍童《じどう》に上げたいのでございます〉

紀伊守のいう衛門督というのは紀伊守の父親の伊予介《いよのすけ》の若い後妻の父なのです、一寸《ちょっと》ややこしいが、わかりますか？　皆さん」

「わかります、つまり、紀伊守の継母の弟なんでしょう、その若い継母が空蟬《うつせみ》なんでしょう、ねえ、お祖母様《ばあ》」

容子は病床のつれづれに多少読みかじってこの知識を持っている。

「小姉様《ちいねえ》そんな先くぐりしちゃいやよ」

「生徒は大人しく願います」

大姉様《おおあね》の藤子がわざと級長ぶって妹達をたしなめた。だが楓刀自《かえでとじ》はそれにかまわず講義を進ませて行く。

「その夜、もてなし酒に酔った源氏の従者達《ずさ》は皆板敷で寝てしまいました。けれども源氏は眠れません、どうも眼が冴《さ》える、そうすると襖《ふすま》越しに人声がする、それがきれいな女の声です。

〈もうお客様はお寝《やす》みになったの？　私の寝所と近くて困ったと思っていたけれども、おやすみなら安心したわ〉

するとさっきの少年の声らしいのでそれに答えて、

〈もうお寝みになりました、光源氏の評判のお顔をみましたが、ほんとにお立派な方ですね〉

姉弟の会話は声まで似ていかにも血がつながっているようでした。やがてまた女の声で、〈中将はどこへ行ったのかしら、今夜は私の傍にいてくれないと心細いのに――〉中将とは空蟬の侍女の名です、源氏はいよいよその声の主が伊予介の若い妻であることを知ると、矢も楯もたまらぬように、そっとその寝所に忍び込んでしまわれたのです」

「まあ、いやあね、私そんな光源氏大嫌い！　人妻の寝所へ。まるで平安朝のアプレ・ゲールね」

鮎子はいかにも少女らしい義憤《ぎふん》を起してしまった。

「そんな事一々憤慨していたら、源氏物語のお講義なんてきけやしないことよ」と容子が妹をたしなめる。

「――伊予介《いよのすけ》の若い妻は夜中に自分の寝所に入って来たのは侍女だとばかり思っていました。ところがどうでしょう、男の声で、

〈あなたが中将とお呼びになりましたから、私の思いが通じて招かれたような心持がして――〉

と源氏は自分が宰相中将《さいしょう》なので、それにかけてごまかしながらお口説《くど》きになるのです。

〈浮気な男心と思われるでしょうが、私はそうではない、ずっと前からあなたを思っていたのです、その私の気持を聞いて頂《いただ》きたいと思って……これも前世《ぜんせ》の私とあなたの深い縁《えに》しの導きでしょう〉いかにも図々《ずうずう》しいことを言うようにあなた達は思うでしょうが、ほかの男ならいざ知らず、それが源氏の口から出ると、何とも言えぬ優雅な柔かい情のこもった口調で、鬼も神もこの人を咎《とが》めることの出来ないような魅力のある言葉となって女の心を酔わしめるのです……」

鮎子はその時思わず、心の中で〈まあ色魔ね〉と言ったが、口には出さなかった。どうも鮎子の年齢には源氏物語は少し早すぎるのかも知れない。だが大きい姉の、すでに人妻である藤子は、この空蟬《うつせみ》の講義がすすむにつれて、真剣な顔をして聞き入っていた。なにか彼女の心に浸《し》み入るものがあるのかも知れない。

「――驚いた空蟬は、その男君の袖《そで》に匂《にお》う香《こう》の薫《かお》りで、早くも源氏の君とわかっただけに、大声を上げることも出来ない、情けなく口惜しく、胸が動悸《どうき》し息も詰る思いでしたが、やっとのことで〈人違いをしていらっしゃるのでしょう〉とだけ言えました。〈人違いなどはしません、恋する女性をどうして間違えていいものですか〉そう言いながら、小柄なたおやかなその女性を抱き上げた時、今度はほんとの侍女の中将が夫人の寝室につき添うために入って来ました。その場の様子に、高貴な香の薫りで、それが今宵の貴賓《きひん》の源氏の君とすぐ察しられました。人もあろうに、その貴人がわがかしずく夫人の寝所に忍び込んでいられるのには仰天《ぎょうてん》し、当惑もし、どうしていいのか見当もつきません。騒ぎ立てて人を呼んだりしては、わが仕える夫人の名誉にもかかわると途方に暮れていると、源氏はそれを幸いに侍女などには眼もくれず、奥の座敷へ女人を抱いて入って襖《ふすま》をしめ、侍女の中将には〈夜明けになったらお迎えに来い〉と言いつけました。伊予介夫人は、侍女がこの振《ふる》舞《まい》をどう思うかと思うだけでも死にもまさる恥と苦痛でした。ですが源氏はどんな女性の心も動かさずにはおかない人です、優しい甘い言葉で、しかもその中に、どうしても誠意があるように思われる態度で掻《か》きくどかれます。女は源氏の無理《むりじ》強いの恋が口惜しく情けなく、源氏が美男であればあるだけ、そのお心には添えない、どこまでも強情な冷血な女になって思い捨てられようとするのですが、根が優しい人が、しいてそう強く出ているだけに、泣いている風情などのいたいたしさ、源氏は気の毒になりながらも、やはりこの儘《まま》で別れてしまったらいついつまでも自分は後悔するに違いないと、とうとうお気持を通してしまわれました。人妻の身でこのような貴公子と道ならぬことになり、このあとどうなる事かと、おののきながら――しかも、もうその時空蟬《うつせみ》は人妻の貞操《ていそう》を源氏の手に委《ゆだ》ねてしまったのです……」

「まあまあ、やっぱり女は弱いものですね――」

房江未亡人が、息をつめて聞いていた三人の姉妹を笑わせるほどの吐息をした。

「夫人は、そのもうどうにも救えない過失にもだえ、〈私がまだ嫁《とつ》がぬ娘の時にこうして源氏の君に思われたのなら、どんなに嬉しかったでしょう。でももう駄目、どうぞ今宵《こよい》のことはなかったことにして――〉と、今更に悲しみに沈んでいる女を、源氏はさまざまに慰めながら……折から鶏の声もしたので車の用意をさせてお帰りになるより仕方がないのです。伊予介《いよのすけ》夫人が過失を犯した夏の一夜は明けて、残《のこ》んの月影が、空にまだうす明りを放つ時、直衣《のうし》を着て身仕度をととのえ、縁側の欄《おばしま》によりかかって居られる源氏のお姿はほんとうに美しい貴公子でした。そしてその人の胸には昨夕契《ちぎ》った人妻とこれから後どのようにして文を交《かわ》したものかなどという考えが浮んでいるのでしょう、その人が特別に美人とはいえないが、いかにも奥床《おくゆか》しく優しい風情があって、雨夜《あまよ》の品定《しなさだ》めの時、女は並すぐれた貴族より中流の中にこそこれと思う人がいるといった友達の言葉が今更《いまさら》に思い当るのでした。

それから源氏は葵の上《あおいのうえ》のいられる左大臣家に帰られましたが、あの夜、薄闇の中に契った女性が、どんなにその過失に苦しんでいるかと思うと、御自分もまた、心にかかってやはり苦しまれるのでした。源氏は自《おの》ずとそなわる魅力のままに恋愛を漁《あさ》り奔放《ほんぽう》な好色生活をしたように想像されますが、実際にはもっとじみな心持の青年で、軽薄なところはなかったのです。いろいろ考えた末、紀伊守《きのかみ》をお呼びになって〈この間泊った時見た伊予介夫人の弟の可愛《かわい》い少年を私の傍で使いたいと思うが〉とおっしゃったのです。紀伊守は喜んで〈では早速あの児の姉――私の継母に相談してみましょう〉と言いましたが、賛成を得たのでしょう、数日すると、その少年をつれて来ました。これが小君《こぎみ》と呼ばれている少年です。特別に美少年というわけではないのですが、どこか優雅なところがあって、あの人の弟らしい少年なのです。少年もまた一世に輝く美しい光源氏に愛される事を喜んでお仕えしました。源氏はその少年を傍に置いて、何かと、さあらぬ態で、その姉さんのことを聞きました。まさか〈お前の姉と私は一夜契った〉とはおっしゃれなかったのでしょうが、少年の心にも、漠然と、姉とこの光源氏とが好き合っているのだという気がしたらしいのです。そしてとうとう源氏は、その弟の少年を文使いにして、空蟬に手紙を持たせておやりになるのです。

あの夜以来、苦痛の中にも、恋しさ悩ましさにその面影《おもかげ》のはなれぬ源氏の手紙を小さい弟が持って来た時、空蟬は今更に涙ぐむ思いでした。その手紙は、長い恋々の思いを細《こま》か

に伝えられた恋文でした。そしてその終りに、

見し夢を逢《あ》ふ夜ありやと歎《なげ》く間に
目さへ合はでぞ頃も経《へ》にける

という歌が添えてありました。その意味は、二度と二人が逢える夜が、またあろうかと歎いているうちに、逢うことが出来ないばかりか、眠りも出来ずに日数がたった——と実に美しい達筆の文字に書いてあります。弟の小君《こぎみ》が帰る時に姉君に源氏への御返事を下さいとねだりますと、姉は悩ましげに首を振って、〈ああしたお手紙を戴《いただ》く筈《はず》はございませんと御返事すればいいのよ〉と言っただけです。小君は自分を愛して召使って下さる源氏に申訳のない気がして萎《しお》れながら帰りますと、果して源氏は失望してしまわれました。そして、また新しい手紙を書いて小君に渡され、〈いいかい、私はお前の姉さんがお嫁入りをする前から恋人だったのだ〉と源氏はとうとう嘘まで少年におつきになるのでした。何も知らない少年はああそうだったのか、それでは姉さんは源氏の君に申訳がないのだなどと思います。ですが姉の空蟬《うつせみ》にとっては、自分が人妻の道をあやまったことに苦しまねばならない、といって仄《ほの》かな薄明りの中で契《ちぎ》った源氏の面影もまた忘れ得ず、そのためにも苦しいのです。そして御返事は書けない。

とうとうたまりかねた源氏はやはり中神《なかがみ》の塞《ふさが》りで方違《かたたが》えをせねばならぬ日を選んで、御所をお退《さが》りになる途中、今日も紀伊守《きのかみ》の家で方違えの宿りをしようと訪れていらっしゃいました。主人の紀伊守は再度の御光来に光栄がっておもてなしをします。ですが空蟬はもう二度と過失はしたくないと強い決心になっています。しかし二度もこうして自分を思われて源氏の君の来られたことは嬉しくないことはないのですが、己《おの》れに勝たねばならないと決心しています……」

鮎子は心の中で〈空蟬しっかり！〉と応援している。

「空蟬はそのつもりで例の中将という自分の侍女の部屋に移って行ってしまいました。源氏はそうとも知らず、従者達を早く寝させて空蟬に逢いに行こうと、小君を先《ま》ず使者に立てると、弟は姉のいるあたりを探すのですがどこにも姿は見えません。そしてやっと姉の隠れている部屋を探しあてて、〈姉さんこんな処《ところ》に隠れていれば、私が源氏の君に不忠実な侍童《じどう》だと思われます〉と泣かぬばかりに言うのですが、姉はその児を叱《しか》って、〈子供のくせにこんなお使いをするものではありません、姉さんは今加減が悪くて侍女達に介抱《かいほう》して貰《もら》っているとおっしゃい、そうしてもうここへ来てはいけません〉と弟を追いやるのです。源氏はその小君の報告を聞いて、がっかりして吐息をついていらっしゃる、そして〈その姉さんの隠れている処へ私を案内してくれないか〉と、とうとう言い出される、しかし、弟は姉さんがとても強情なことを知っているので〈戸締りが厳重でとてもその部屋へは入れません、それに侍女達が大勢居ります、尊《とうと》い方がそんな処へいらっしゃれません〉とお断りするより仕方がないのです。

さすがの源氏も諦《あきら》めて、淋しそうに〈もうそれでは仕方がない、せめてお前だけでも私になついていておくれ〉とおっしゃってその夜は小君《こぎみ》をお傍へお寝かしになりました。

――ここまでが帚木《ははきぎ》の巻に納まっている空蟬《うつせみ》と源氏の物語です」

楓刀自《かえでとじ》がここで一息入れると、期せずして四人の生徒は、各自、それぞれの思いの中に吐息を洩《も》すのだった。

空蟬

楓刀自は一やすみして、それから更《さら》に空蟬の巻の講義に入られる。

「――その夜、二度目の訪問に際しては、伊予介《いよのすけ》夫人の決心が堅固《けんご》のためにとうとう思いを遂《と》げられない源氏の君はまんじりともせず悶々《もんもん》とされていました。そして一人言のように、〈私はこんなに女性からすげなくされたことは今迄《いままで》一度もなかった。お蔭《かげ》で今晩初めて、人生のままならぬことを知らされて、何だか恥かしくて生き永《なが》らえていられないような気さえする〉と歎《なげ》かれるのを小君は聞いて、少年は貴公子の御主人に同情し、姉の情なさを恨んで涙ぐんだりするのでした。そうするとその少年にさえ縋《すが》るように源氏はどうしても伊予介夫人が思い切れず向うが冷淡にすればするほど執着がまさるのでしょうか、〈忘れたいと思うけれども、どうも自分の心が言うことを聞かないから苦しい、ぜひもう一度、姉さんに逢えるようにしてくれないか〉と少年にねだられます。

少年はこんなにして御主人に頼りにされるのを喜んで何とかして御主人を姉に逢わせたいと、その時の来るのを待っていました。

そのうち好機到来、中川の家の主の紀伊守《きのかみ》が任地へ下って留守になり、あとは女家族だけになりました。これ幸いと小君はある日の暮れ方、自分の車に源氏をお乗せして、紀伊守の留守宅に急ぎました。そして東側の戸の蔭に源氏を忍ばせておいて、自分は南側からどんどん、戸を叩《たた》いて開けさせて家へ入りました。

〈こんなに暑いのにどうして早く戸を下してしまったの〉ときますと、〈お昼からお嬢様がいらしって奥様と碁を打っていらっしゃるのです〉と侍女達は答えます。このお嬢様というのは伊予介夫人にとっては義理の娘で、西側の離れに住んでいるひと、これが物語の中で〈軒端の荻《のきばのおぎ》〉と呼ばれる人です。源氏はそれを聞いて座敷の様子を覗《のぞ》かれると、恋しい伊予介夫人と、その噂さの娘とが碁盤《ごばん》に向い合っています。まだ暑さの残る夕方のこととて、几帳《きちょう》の垂布《たれぬの》がはね上げてあり、中に灯が置かれてあるのでよく見えるのです。灯といっても電気スタンドなどでは勿論《もちろん》ない、その当時の座敷の灯りは、台の上に長い柄《え》がありその上に油皿《あぶらざら》があって、これに燈心《とうしん》を浸《ひた》したものです。徳川時代の行燈《あんどん》とは違います。

その下で向い合って碁《ご》を打っている二人の女の姿がはっきりよく見えるのです。まず源氏の眼には恋しい夫人の姿がすぐ飛び込みました、薄闇の中で契《ちぎ》った夫人の姿をいま源氏は燈心《とうしん》の光りで見ることが出来ました。紫の濃い綾《あや》の単襲《ひとえがさ》ねの上にいま一つ上着を重ねて、顔は蔭《かげ》になってはっきりとは見えぬが、顔も形もほっそりと華奢《きゃしゃ》な女の姿、それが源氏が焦《こが》れて来たその人です。それに向い合って此方《こちら》に正面を向けているもう一人の女、義理の娘の軒端《のきば》の荻《おぎ》は、すっかりよく見えます。これは白い羅《うすもの》を重ねて、薄い藍色《あいいろ》の小袿《こうちぎ》らしいものをはおって、紅《あか》い袴《はかま》の紐《ひも》の結びめまで襟《えり》をはだけて、胸が露《あら》わになって、まことにしどけない姿ですが、しかし色白でふっくりとして、髪の乱れかかった額つきも美しい、眼《め》許口許《もとくちもと》も可愛らしく、髪はさほど長くはないようだけれども豊かなのを、二つに分けて、頬から肩へかかっているあたりも綺麗で、明朗な美人とみえました。これが伊予介《いよのすけ》の器量自慢の娘だという事を思い出して源氏は興味をお持ちになりました。だがもう少し淑《しと》やかだといいなとも思われるような一寸蓮葉《ちょつとはすつぱ》のところのある娘です。碁の石を打つ時も少しはしゃいで、数を数える時などもてきぱきと才気走った様子です。すると継母の伊予介夫人は物静かに〈まあ待って頂戴《ちょうだい》、そこは両方とも一緒の数でしょう、それからここにもあなたの目がありますよ〉などと碁盤の上を覗《のぞ》いています。ともあれこの二人の女性は、外に隙見《すきみ》をして源氏が立っているなどとは何にも知らないのです。小君《こぎみ》が出て来るようなので源氏はそっとそこを立ち退きました。小君は困った様子で〈今、姉のところに客があって

す。

小君は何とかして姉のところへ、源氏の君を手引きしようと思い、家中寝静まってから、そっと起き出して源氏を姉の部屋まで連れて行きました。

空蟬《うつせみ》は源氏との人に明かせぬ恋ゆえに、昼はひねもす、夜は、幾たびとなく寝覚めがちに憂いに沈む女になっていましたが、今宵はさっきまで碁の相手をしていた義理の娘の軒端の荻がここに泊るといって、もう傍に、すやすやと屈託《くったく》なげに、その継母の胸にどんな恋がひそむとも知らず、寝入って居ります。——そのうちに、思いがけなく源氏の君の衣に焚《た》きしめた思い出の香の薫りが、あたりに立ち匂うのに、はっとして起き上ると、もう早くもそこの几帳《きちょう》の蔭にそれと覚《おぼ》しい衣ずれの気配がするのです。空蟬はとっさに、薄物の単《ひとえ》一つでそっとそこを抜け出してしまわれました。神に誓って再び過失は犯すまじと……それを気付かなかった源氏は忍んで入られるとそこに寝ている軒端の荻をその人だと思い込みました。それにしてもあまりに無邪気に寝入っていられることがどうもその人に似つかわしくないと、不審に思って気が付いて見ると、やっと人違いなのがわかったのです。といって、今更人違いだったといって出て行くことも出来ず、またこういう風に、絶えず自分から逃げ出してしまうつれない人のことを思うともうこの上追っても無駄だ、ただ自分が蔑《さげ》すまれるだけだという気がして、いっそのことこれがあのさっき碁を打っていた綺麗な娘だったらこれを今夜の恋人にしてしまおうという気になってしまわれました。そのくせ源氏の君の心にはやはり伊予介《いよのすけ》夫人空蟬《うつせみ》への執着はあるのですから、何とも矛盾したお気持ですね。

源氏の君に言い寄られて眼の覚めた軒端《のきば》の荻《おぎ》は驚いて居りますが、娘にしては蓮葉《はすつぱ》な性質だけにそう慌てもしないのです。源氏の口説《くどき》もどこやら出来心の軽薄な浮気な口ぶりでしたが、娘心の単純さと、浮々した性質の軒端の荻は何の疑いもないようなのです。〈人に知られたくありませんから、私からはお手紙を差上げられませんわ〉などと言っていますす……」

「いい気なものですわね」

房江夫人は一寸《ちよつと》生徒の中での年増《としま》らしい皮肉を言ったが、下世話だったかとふと首をすくめた。

「――源氏もその娘をあやすように、〈では私の許《もと》にいる小君《こぎみ》に手紙をことづけて上げよう、秘密を守りましょうね〉などと優しく言いながら、目ざとくその場にみつけたさっき伊予介夫人が残していかれた一枚の薄衣《うすぎぬ》を手にとると、召使達に気付かれぬように抜け出して、小君と帰ってしまわれました。

だが源氏は何としても今夜、恋しい人に逃げられたのが口惜しく、小君に向って、〈お前の姉さんにそんなに嫌われる自分というものが、しみじみ厭《いや》になった〉と愚痴《ぐち》をこぼされ、せめてはと恋しい人の移り香《が》の残る、あの寝所から秘密に持ち帰った薄衣を自分の寝床の中に忍ばせておやすみになるのです。

そうしてお起きになるとすぐまたいたずら書きのように、あり合せの懐紙《かいし》に思いをこめてお書きになりました。

空蟬の身をかへてける木《こ》のもとに
なほ人がらのなつかしきかな

この歌の意味は、蟬が木の下に脱ぎすてて行った殻《から》のように、貴女《あなた》も着物を脱ぎすてて逃げた人ではあるけれども、自分はやはりその人ががらがなつかしくて仕方がないという意味です。ここでは、人柄と人殻という掛け言葉になっています、昔の歌にはこういうのが多いのですね。その美しい人の脱ぎすてて行った小袿《こうちぎ》はその人の移り香が仄《ほの》かにまつわって、源氏は、御自分の傍に絶えず置いてお置きになるのです。

小君がその歌の懐紙を持って姉君の許に行くと、空蟬の夫人は弟にきびしく言い渡しました、〈もうあんな、手引をしてはいけません〉そう弟を叱《しか》りながらも空蟬の心は苦しいのです。そして、源氏の君のあの夜持ってお帰りになった小袿が、見苦しいような着古《きふる》しではなかったろうかなどとも心配になり、かつはそんなものまで大切にわが身の代りに持っていかれた源氏の君の愛情が身に沁《し》みるようで夫人はたまらないのでした。

ところで軒端《のきば》の荻《おぎ》もその朝は恥しい気持で自分の住居《すまい》の方に帰って行きました。召使達の誰一人も気付かなかった秘密なので一人で物思いをしながら、源氏の君の面影《おもかげ》忘れ難《がた》く、継母の小さい弟の小君《こぎみ》が帰って来ているような気配には、もしやお手紙かと胸を躍《おど》らせるのですが、お手紙は来ません、でもまだ男の浮気心だったと疑う気も起きませんが、この浮々《うきうき》した娘も、やがてはやるせないもののあわれを覚えることでしょうね……。

さて伊予介の夫人の空蟬《うつせみ》は、源氏の君が自分には真実の恋心を持っていらしたと思うにつけ、自分が人妻にならない娘時代であったならと、今更に思っても仕方のないさだめを悲しむのでした。そして、そのやるせない思いを托《たく》して、小君の持って来た源氏の君からの歌の懐紙の端《はし》に、

空蟬の羽《は》におく露《つゆ》の木《こ》がくれて
しのびしのびに濡《ぬ》るる袖《そで》かな

伊勢集《いせしゅう》にある古歌に自分の思いを寄せて書いたのです。その意味は、蟬の羽におく露が木の枝にかくれて見えないように、私の袖は君を思ってしのびしのびに涙に濡れるのですというのですね。この二つの歌から空蟬の巻の名が出て、女主人公の名をも空蟬というの

ですね――これで空蟬の巻は終ります」

楓刀自《かえでとじ》もやや疲れを帯《お》びたように声が涸《か》れて来た。生徒達もほっと安心したようであったが、大貝夫人は今夜はよほどお講義が面白かったのか、たいへんはしゃいで、気持よさそうに笑いながら、

「やはり空蟬は感心ですね、光源氏を振り抜いたんですもの……」

娘たちの笑う声が起きた。

「光源氏、私大嫌い！　いやだわ、紫式部はどうしてそんな男性を書く気になったのかしら、わからないわ」

鮎子はどうも今宵は機嫌が悪い、アンチ源氏になっている。

容子が冗談を言う。

「光源氏も、空蟬と鮎子には叶《かな》わないわね」

その中に長女の藤子は、なぜかさっきから俯《うつむ》いてあまり物を言わない、いかなる思いが――これも空蟬と同じ若き妻、彼女にこの空蟬の物語がどんな反響を呼び起しているのか……。

外の庭の樹々の枝が颱風《たいふう》の予報のような風にざわめくのを、今迄《いままで》空蟬の物語のために忘れていたのが、急にみんなの耳に、また聞えて来た。

夕《ゆう》顔《がお》

藤子《ふじこ》は大貝夫人の秘書役として夫人の仕事を手伝ったり、その美しい筆蹟《ひっせき》で夫人の代筆をしたりするほか、週二三度は、夫人に伴《ともな》って鎌倉山から上京した。鎌倉駅からのバスも、ようやく終戦前と同じく鎌倉山まで延長されて来たので、朝夕そのバスの通っている時間を見計《みはか》らって夫人と共にそれにのって、往復一緒だった。

——ある日、大貝夫人が知合いの結婚式の披露《ひろう》に出るので、その夜は東京の息子夫婦の家に泊ることになり、藤子だけが鎌倉山へ帰ることになった。

藤子は東京へ来たついでに、ことに自由行動になったこととて、鎌倉より何でもある東京で、必要な食料品などを買って行く気になり、そのため少しひまどって、山行きの最終バス、といっても七時十五分のそれに連絡する横須賀線の時間に、ほんの一足おくれてしまった。そしてそこで空《むな》しく三十分待たねばならなかった。困って心せいて鎌倉に着いたが、やはり鎌倉山までの最後のバスは出たあとだった。彼女は仕方なく大仏行きのバスに身を托《たく》した。

そのバスは鎌倉名所長谷《はせ》大仏の山門の前で乗客を皆吐き出してしまう。そして藤子はそこから暗い不気味な切り通しのトンネルを潜《もぐ》り常盤《ときわ》口までの暗い夜道を歩き、そこから更《さら》に鎌倉山への登り道を辿《たど》らねばならなかった。

藤子はうら若い人妻の身で、ことに終戦後、女の夜道の一人歩きなど、あくまで警戒しなければならなかった険《けわ》しい世相だっただけに、足がすくんで、何ともいえない不気味な感じだった。両側は鬱蒼《うつそう》とした松林、遥《はる》か向うに山の上の灯が見えるが、それまでは人家もない道なのだ。藤子は心細く、駆け上ろうと思っても、足がすくんで進まないのだった。

——その時、後から強いヘッドライトを、さあっと、月のない山道にかけて、その光を押し拡《ひろ》げながら登って来る自動車があった。

それはその当時羨望《せんぼう》の的になった三万台の自動車、日本人には珍らしい美しい大型の車体の自動車だった。

しかし、その自動車の運転台には、若い日本人とみえる青年が一人、それも、運転手ではなく、オーナードライブらしく、ハンドルを握《にぎ》っていた。

彼は自分の車の脇にすれすれに山の夜道を若い女性が歩いて行くのを認めた時、車を急停車させた、そしてドアをあけ、

「どちらまでですか、お送りしましょう、夜お一人では物騒《ぶっそう》ですよ、何しろこんな山道ですから、さあどうぞ」

というと、飛び降りて、後の席のドアをあけた。運転台の仄《ほの》かな光りで藤子が見た彼は、無帽の頭に、黒い柔かい髪の毛を無造作に分け、額の広い男らしい鼻柱の通った、まるで敏俊《びんしゅん》な馬のように大きな眼に眉が濃く、やや長面の頬は削《そ》いだように引き締って、清潔な

ワイシャツの襟《えり》が白くその長い咽喉《のど》にぴっちりと締っていた。縞柄《しまがら》はよくわからぬが、やじみなカットのいい背広姿の長身、その山道で出会った男は、天から降ったか地から湧《わ》いたような、爽やかな好青年だった。

藤子は何かしらどきりとしてたじろいだ。

それが自分のふと幻想ではないかと眼を疑った、すぐ車に乗り込むのをたゆたっているとみた相手は、

「さあ、どうぞ」

と促《うなが》す。たしかにこの夜道を一人で歩くのは危険だし、自分も心細く思っていた時であったから、藤子はもうじうじ遠慮せず——

「では、お言葉に甘えて送って戴《いただ》きます」

と、乗り込んだ。

「どちらですか、ここにお住いでは実際御不自由ですね、バスの時間早く終《しま》いになるでしょう」

青年は後を振り向いてそう言いながら発車させた、そして藤子の教える旭《あさひ》ヶ丘《おか》の方へと登っていった。

藤子は落着くと、さっきの咄嗟《とっさ》の動揺した気持は、その青年が自分にまだ帰らぬ良人《おっと》の彰《あきら》を思い出させたからだと思った。彰はもう少しがっちりと背もいくらか低いかも知れぬ、

しかし似ていた。

直《じ》きに車は藤子の家の前、〈高倉〉と表札のかかっている松林の間の門の前に来て止った。そこから少し、杉の木立の中の段々道をのぼって家へ入ってゆくのだった。

「どうも有難《ありがと》うございました、お蔭様《かげさま》で助かりましたわ、ほんとうに一人でどうしようかと思っていたところでしたの」

藤子が心から礼を言うと、青年は、運転台から下りて、丁寧《ていねい》に別れの挨拶をし、車のヘッドライトで幽《かす》かに読んだ高倉という表札を眼にとめて、

「ああ、高倉さんですか、僕の家はこの先ですが、よく犬を連れて散歩に来る時ここを通ります、僕の借りている家はこの先の葉村という家です、僕は東京のG商会に勤めているジョー葉村です」

自分が怪しい送り狼《おおかみ》でないことを証明するように名乗って、また運転台に入った。そうなると藤子もなにか一言言わざるを得ない。

「私、ここに祖母《そぼ》と妹達と住んで居りますの、お散歩の折などお気が向きましたらお寄り下さいまし、ほんとに有難うございました」

そう挨拶して、藤子は足早に門内に去った。途中で一寸《ちょつと》後を振りかえると、青年はまだ車を停めて藤子の姿が、庭先から家へ入るのを見送っているらしかった……。

秋の一夜のバスに乗りおくれた夜道で車に拾ってくれたジョー葉村という青年を、藤子

が心にとめるともなく思い浮べるようになったのは、その夜からだった。

彼女は家の中に入るなり、帰りの遅いのを案じていた妹たちから、

「お姉《ねえ》様、どうなすったの、もうバスなかったでしょう、私たちお提灯《ちょうちん》つけて、常盤口《ときわぐち》の方までお迎えに行こうかって言っていたとこよ」

「私も心細かったのよ、そうしたら思いがけなく、いい自動車に乗せていただいたの」

「ああ、わかった、アメリカさんでしょう、お姉様英語うまく出来た？　お礼言えて？」

おしゃまの鮎子《あゆこ》が大きい姉をひやかすように言う。

「ところが大丈夫、日本語よ、ジョー葉村って言ってたから二世でしょうね、でも二世らしくないいちゃんとした日本語だったわ、すぐこの近くにいるんですって」

「ああ、知ってる、この裏の奥の洋館借りてる二世の人でしょう、東京の外人の輸入商会に通っているんですって、私知ってるわ、素的《すてき》な自動車で通っているでしょう、お姉様うまいことしたわ、あの車にのせて貰《もら》って――」

鮎子がそう言うのを軽く一蹴《いっしゅう》して藤子が、

「何言ってるの莫迦《ばか》らしい、私、夜道をのこのこ歩いていてやっと救われたようで、随分極《きま》りが悪かったわ」

楓刀自《かえでとじ》は、それら姉妹の問答を聞いて、

「彰さんの帰るまでは大事な預《あず》かっている奥さんだから、バスの無くならないうちに帰って

下さいよ」

と注意した。

――それから二三日経っての日曜日、藤子が朝餉《あさげ》のあとの厨《くりや》を片づけている時、鮎子は丁度《ちょうど》、門内の落葉を竹箒《たけぼうき》で掃《は》いていたが、それがあわてて、箒を引きずって厨口へ飛んで来て、息せき切って告げた。

「お姉様、来たわよあの人！　ジョー葉村って、そらお姉様を自動車に乗せた人が、素的なシェパードを連れて、散歩に来たからお寄りしたって」

藤子はあわててエプロンを外しながら、厨の裏口から出た。

身だしなみよく、すでに朝の薄化粧はしているが、それでも一寸髪《ちょつと》に手をやったりして、身繕《みづくろ》いして、彼女が門内の段々道を下りて行くと、そこに立派なシェパードの首輪についた革紐《かわひも》を持って、グレイのフラノのズボンに、同じ色のスェーターの軽装の散歩姿のジョー葉村がにこにこ笑って立っていた。

「先夜はどうも有難《ありがと》うございました、まだお礼にも伺《うかが》いませんで」

藤子はなよらかにお辞儀《じぎ》をして礼を述べた。

「いや、どうしまして、犬をつれて散歩に通りかかったので、一寸敬意を表《ひょう》しにお寄りしました」

「お寄り下さいませんか、どうぞ其方《そちら》の方へお通りになって」

表庭の方へ誘おうとするとジョー葉村は、

「いや、朝早くから御邪魔《おじゃま》ですから、また伺います、どうか僕の家へもいらして下さい、今日宜《よろ》しかったら三時のお茶にいかがですか、御姉妹と御一緒に。僕はコック兼のばあやと二人きりの殺風景な生活ですが」

そして青年は犬を連れてまた立ち去った。

「ねえお姉様、行ってみましょうよ、よく進駐軍の人なんか遊びに来る家よ、私知っているわ、あすこの洋館」

鮎子がむやみと行きたがるので藤子もその気になって行くことになった。

楓刀自《かえでとじ》は、長女と三女のお茶に招《よ》ばれて行くジョー葉村のところへ、この間の礼心をかねておみやげに持たせてやるものとして、殆《ほとん》どを本邸で焼いてしまった中で、幸いこの別荘に持って来ていた中国の刺繍《ししゅう》の、小さな城と桃の花をあしらった可愛い卓《テーブル》センターを包んで、水引《みずひき》や熨斗《のし》をつけて調《ととの》えてくれた。

――病床に親しみがちの容子《ようこ》はそういう場所へは出て行かないので、藤子は鮎子を連れて出かけた。また鮎子を連れて行く必要があった、それは未帰還の良人《おっと》を待っている妻の藤子が一度自動車にのせて貰ったからといってのこのこと単身で、向うも一人暮しの若い男のところへ遊びに出かけるということは、アプレゲールならともかく、少くとも高倉家の娘として育った藤子としては慎《つつし》みたかった。またさもなければ楓刀自もこの訪問を許さなかったであろう。

鮎子はすでにその辺の家々を知っているので、三時に、ジョー葉村が借り受けている、もと誰れかの別荘だった松林の中の小ぢんまりとした洋館を二人は訪れた。

葉村青年はちゃんとした背広に着かえて姉妹を迎えて洋風の客間に導いた。そこには長椅子や肘掛椅子《ひじかけいす》がほどよく配置されていた。壁には鎌倉山から見た風景らしい江の島を遠く海に浮べた八号ほどの大きさの油絵の額がかかっていた。葉村青年は姉妹に椅子をすすめながら、

「どうも日本人の作った洋家具は、職人自身が椅子の生活をしていないせいでしょう、規格的に、卓《テーブル》や椅子の高さをきめてしまって、日本人向きではありませんね、もうアメリカでも近代的の椅子、卓、寝台はずっと低くなって、身体をイージイにするようになっています。ここに備付けの椅子、卓は、事務室用のように高いでしょう、寝台もまるで病院のベッドのように高い」

と、いかにもついこの間まで、アメリカに暮していた人らしい感想を洩《も》らした。

「いつ、日本にいらしったんですの?」

藤子より鮎子の方が勇敢《ゆうかん》に、葉村青年に対して口をきく。

「僕、終戦直後にシヴィリアンとして、民間情報部に来たのです、両親とも今アメリカです。しかし僕この民間情報部をやめて今の輸入商の商会へ勤めました」

鮎子はもう葉村青年を百年の知己《ちき》のように扱ってつつましい藤子がはらはらするくらいだった。

藤子は葉村青年の前には、どうも楽に口がきけなかった、それは葉村青年の容貌《ようぼう》や姿が、夢にも忘れぬ未帰還の良人《おっと》をあまりにも思い出させるからである……。

その日は、これも葉村青年のアメリカから取り寄せたという立派な電蓄《でんちく》やレコードで、彼の好みらしいクラシックなカザルスのバッハなどをきかせたが、その後ではダンスミュージックもかけて、

「踊りませんか？」

とすすめた。戦争中ダンスなどは米英的の御禁止でステップにも縁遠い。今はダンスホールの再開で、押すな押すなの大繁昌《だいはんじょう》だそうだが、高倉姉妹は勿論《もちろん》そんなところへ行きはしなかったから、

「私たち駄目《だめ》ねえ、お姉様」

さすが勇敢な鮎子もたじたじだった。

「かまわないでしょう、僕が教えてあげますよ、派手なパーティで大勢の前で踊るわけではないのだから」

葉村青年はそう言って鮎子の手を取って、ワンツースリー、クイック、クイック、スローなどと絨毯《じゅうたん》の上で教えた。

藤子はまだ自分の妹が少女のように見えるので、それを小さい少女のようにあやしてダンスを教える二世の若者、そしてそれに早くもなついてしまった鮎子らしい気質をよく知っているので、ほおえましく見ていた。

二時間も経つと、藤子は鮎子を促《うなが》して、挨拶して帰った。帰る途中、鮎子は眼をきらきらさせて、

「面白かったわね、お姉様、あのジョー葉村ね、なんだかお義兄様《にい》に似てるような気がなさらない？　ダンス教えて戴《いただ》きながら、鮎子なんだかお義兄様と遊んでいるような錯覚が起きたわ」

と、無邪気に言った時、藤子は胸がどきりとして、頬《ほお》が思わず熱くなった……。

——そういうことがあったから、藤子は、先夜、空蟬《うつせみ》の巻の講義を祖母から聞いた時、伊予介《いよのすけ》という良人《おっと》のある空蟬が、光源氏に惹《ひ》かれ、あやまちを犯したことに、胸がざわめいたのである。空蟬になってはたいへん——彼女は、われとわが心を引き締めねばならなかった。

——それにしても良人の彰は、いつわが前に帰って来るのであろうかと思うと悲しかった。

夕顔

その夜は、やや寒の襖《ふすま》に閉め切った秋の灯がいよよ濃く、源氏物語の講義を聞く人の思いも深まるような宵《よい》だった。

そして、いつもの顔ぶれが揃《そろ》った。もう出ないわ、なんて言っていた鮎子もいざとなるとやはり出席した。楓刀自《かえでとじ》はこの講義にほんとうに責任と興味を持っているらしく老体はますます元気に、

「物語もようやく夕顔《ゆうがお》の巻へ入りましたね、さて今夜は夕顔を語りましょう。

源氏の乳母《めのと》が宮仕えを下《さが》ってから、尼になっていたのが病気だと聞いて、それを見舞に行かれた日の出来事から始まります。乳母の息子で源氏の君の近侍《きんじ》となっている惟光《これみつ》が母の病気でその家に四五日行っている、そこへ源氏がお見舞に行かれたわけです。それは五条の猥雑《わいざつ》な町のほとりです。門を開けさせるのを待って居られる車の中の源氏の眼にとまったのは隣の家です。半蔀《はじとみ》といって、神殿のまわりにあるような格子《こうし》の裏に板を打ちつけた戸の上部だけが吊《つ》り上げて開けられるようになったのを、ずうっと上げて、簾《すだれ》を涼《すず》しげにかけた家の中から、何人かの女が外を覗《のぞ》いているような様子でした。その家の門に、青い蔓草《つるくさ》のようなのが垣からはい上っていて、夕闇に昏《く》れ残る白い花が点々とみえて、何と

もいえぬやさしい眺めでした。

〈あの花は何の花か〉と源氏の言われるのにお供《とも》の者が〈あれは夕顔と申します、こうした卑《いや》しい家の垣根によく咲くものでございます〉とよけいなことまで言って説明しました。〈あわれ深い花だ、一枝折ってまいれ〉と源氏が言われると、仰《おお》せを畏《かしこ》んで人の家の門の花なのに、その花を一枝折りました、するとその様子で早くも簾の蔭《かげ》の女がみて取ったのでしょう、黄色の生絹《すずし》の単袴《ひとえばかま》を長めに穿《は》いた可愛い女の児が出て来て、白い扇《おうぎ》が煙で染まるほど香《こう》を焚《た》きしめたのを拡げて〈これに花を載せて差上げて下さいませ〉というのです。その時丁度《ちょうど》門をあけてお迎えした惟光がその扇を受け取って夕顔の花を捧《ささ》げました。この賤《しず》が伏屋《ふせや》の夕顔の花に源氏の君がお眼をとめて、女の童《わらわ》が扇の花をまいらせるという場面は、画に描いても美しいでしょうし、舞踊劇にしても、お芝居の一幕に独立させてもなかなかそれこそ若い人達の大好きなロマンチックなところでしょうね……」

楓刀自が笑うと、生徒一同驚いた。

「まあロマンチックだなんて、お祖母《ばあ》様、隅に置けないハイカラね」

鮎子がまず快活な声を上げた。鮎子は源氏が女色《じょしょく》を漁《あさ》りまわらず夕顔の花を扇にのせて眺める程度だったら、この貴公子も好きらしい、乳母の病気を見舞うところなど気に入っているのであろう。

「源氏は乳母をよくお見舞になり、涙ぐんで優しい言葉などおかけになるのでした。乳母にとっては源氏はもうこの世の誰れよりも優《すぐ》れてみえるのですから、その方をお育てしたことをほんとに誇りに思っているのです。また源氏にとっても、生みの母君や祖母君に早く別れていられるだけに乳母《めのと》のことをひとしおなつかしがられて、病気の彼女を憐《あわれ》みながら、袖《そで》で涙を拭いていらっしゃる姿など拝見すると、乳母は勿論《もちろん》のこと、その子の惟光《これみつ》兄弟も有難いことに思うのでした、そして源氏はお帰りがけに、惟光に紙燭《しそく》をともさせて――これは紙などに油を塗った蠟燭《ろうそく》のようなものです――さっきの扇を御覧になるときれいな字でその扇面に歌が書いてありました。

心あてにそれかとぞ見る白露の
　ひかりそへたる夕顔の花

源氏はその扇を渡した隣家の女性に大変いい感じをお持ちになって、惟光に〈この隣の家はどんな女が住んでいるのかね〉とおききになりました、惟光は〈おやおや、また始まった〉と思ったのですが、〈母の病気で来たばかりで、隣のことはよく存じません〉とあっさりお答えするのですが、源氏は諦めません、〈誰れか知っている人に聞いておいで〉とおっしゃるので惟光は仕方なく入っていって聞いて来ました、〈名前だけの役目を戴《いただ》いている人の家だそうですが、その主人は田舎へ行っていて、若い細君《さいくん》が家にいて、その姉妹などが出入りしていると申します〉源氏はそれをお聞きになるとすぐ例の、女には興味をお持ちになるお気持から懐紙《かいし》を出して、歌をお書きになりました。

よりてこそそれかとも見め黄昏《たそがれ》に
ほのぼの見つる花の夕顔

そしてお供に持たせておやりになる、その源氏のお帰りになる時はもう半蔀《はじとみ》の窓はしまって、幽《かす》かに灯が洩《も》れるだけで、夕顔の花さえ闇に沈んでいたことでしょう。源氏はそれからというものその前をお通りになる度にあの夕顔の宿にお心をとめられて、どういう人が住んでいるのかと思っていらっしゃいます。

幾日かすると、惟光があの夕顔の家の女性について報告しました。〈あの家のことをよく知っている者に聞いたのですが、あまり委《くわ》しくは話しません、なんでもこの五月頃からあすこに同居している女がいるようなのです、どういう境遇の女なのか誰れも知らないのですが、隣の女たちの主筋に当るのではないかと思われる節《ふし》がありきす、きのう、夕陽がさし込んでいる時に家の中が見えたのですが、若い綺麗な女の物思いに沈んでいる姿を見ました〉

源氏はもっとお聞きになりたそうに、〈それではお前がその隣の家の侍女に手紙をやって言い寄って様子を探《さぐ》って御覧《ごらん》〉などとおっしゃる、何しろその頃源氏は空蟬《うつせみ》に失恋して、人妻を恋してのはかない切ない思いを味わっていた時です、今度はその夕顔《ゆうがお》の花咲く家の女性に興味をお持ちになったわけですね。

源氏のお心にたがわないようにと思っている惟光《これみつ》は、またそんな事の好きな男とて、いろいろ苦心した末にとうとう源氏が隣の美しい女の許《もと》にお通いになる道をつけてしまいました。源氏は御自分の身分は秘密に、みなりもさりげなく装われて、大抵は車にも乗らず、惟光の馬などでその家へお通いになりました、こうして源氏は夕顔の花とその花を象徴したようなその家の女性に心を惹《ひ》かれて契《ちぎ》られたのです。

源氏はその夕顔の女に向って〈もっとのんきな所へあなたを連れて行ってのんびりといつもあなたと暮そう〉などと、やがてはわが二条の邸《やしき》に人知れずお迎えになるおつもりなのです。白い袷《あわせ》に、薄紫のなよやかな着物を重ね、別に華やかではないけれども臈《ろう》たけて弱々しくたよりなげなその姿は源氏にはたいへん好《この》もしく、その女性がもう少しきっぱりしたところがあったら、などとお思いになりながらも、しかしその夕顔の花にもたとえまほしい、かよわい姿は少しの間もお離しになりたくないほどお気に入っているのです。夕顔の宿の女は処女でもないし、といって身分ある人の夫人でもなかったようなのにどうしてこうも心を惹《ひ》かれるのだろうと源氏は御自分の心が不思議なほど、逢《あ》えぬ夜は心も苦しく、逢った夜は別れともないのでした。

ある暁《あかつき》、やはり別れ難く、もっと打解けて語らいたくなった源氏はとうとう、夕顔の女を自分の車にのせて、その五条に近いもう長い間行ったこともない忘れられた別荘に連れ出しておしまいになったのです。手を入れてない大木の茂《しげ》みが暗く、草も丈《たけ》高く生い茂って、霧《きり》がこもって、その露《つゆ》けさは、車の御簾《みす》をおあげになっているので、袖《そで》が濡《ぬ》れるほどでした。その時夕顔のお供についていたのは右近《うこん》という侍女一人、別荘番の鄭重《ていちょう》な様子などからもうその男君が誰れであるかが右近にはわかったようでした。

その日、源氏は御所への出仕《しゅつし》も欠いてとうとうその隠れ家に夕顔と籠《こも》っておしまいになったのです。昼頃にお起きになった源氏はもう女に御自分の正体もお隠しになることなく、女の身分も聞こうとなさいましたが、女はまだ〈家のない子ですわ〉などと外《そ》らしている様子も美しいので、怨《うら》んだり語ったり、一日をそうして恋のたのしみに浸《ひた》って暮してしまわれたのです。

その夜愛人を傍《かたわ》らに少し寝入られた源氏の枕許《まくらもと》に、妖《あや》しく美しい女の姿が朦朧《もうろう》と現われて源氏に怨みごとを言いました。それは原文の文章によれば、〈おのがいとめでたしと見奉《みたてまつ》るをば、尋ねも思ほさで、かく殊《こと》なることなき人を率《ゐ》ておはして時めかし給《たま》ふこそ、いとめざましくつらけれ〉これを現代語に訳せば〈私がこんなに立派な方とお慕いしているのに、ちっとも尋ねても下さらないで、こんな取柄《とりえ》もない人を連れて来て御寵愛《ごちょうあい》なさるなんて、ひどい〉と、まあこんな意味ですね、そしてその妖《あや》しい女は、横にいる夕顔《ゆうがお》の肩に手をかけて引起そうとするのです、そういう姿が夢ともなく現《うつつ》ともなく源氏に見えたので、源氏はがばと起きて太刀《たち》を抜かれ、次の間に寝ている右近《うこん》をお起しになると、右近も何ともいえず不気味な思いで起き出して来ました。

〈渡殿《わたどの》にいる宿直《とのい》の者を起して紙燭《しそく》をつけさせてくれ〉とおっしゃるのに〈とてもまいれません、怖くて〉といいます。夕顔はとみますと、恐ろしさに冷たい汗を流して慄《ふる》えていられる、もう意識があるのかないかも疑わしいようです、右近もそれを気遣《きづか》って〈とても物怖《ものお》じをなさる方ですから〉と心配しています、ここへきてからも、奥の暗い方など怖がって見ないようにしていらしったような方なので、源氏も可愛《かわい》そうで右近を傍《そば》につけておいて、御自分で、宿直を起しにいらっしゃいました。源氏はその者達に、

〈紙燭をつけてまいれ、そして弦打《つるうち》して声を立てよ〉とお命じになりました、（弦打とは、妖怪を退散させるために弓の弦を鳴らすことです）その騒ぎのうちに夕顔の様子があやしくなって来ました。

〈やあこれは〉と源氏が驚かれて手をふれて御覧になると、もう気を失って、萎《しぼ》んだ夕顔の花のようにぐったりとしていられる、やっと持って来た紙燭を近づけると、ふっとさっき夢の中にみた妖《あや》しい女の影が枕上《まくらがみ》に見えて、またすっと、消え失せてしまいました、源氏は夕顔の女をその失神から呼びさまそうと、その身体に手をかけていらっしゃるうちに、何ということでしょう、女の肌はだんだん冷たくなってゆきます、息はもうとっくに絶え

ているようです、〈生きていてくれ、私に悲しい思いをさせないで――〉と言っているうちに冷たくなって、もう生きてる人ではないことがはっきりして来るのです、右近ももう怖さも忘れて悲しみに泣き崩れています、こうして源氏の君は、一夜のうちに妖しいものの怪《け》のために、あんなにも愛した恋人の命を失ってしまわれたのです……」

一座はしんとして聞いていた、何となく秋の灯の下に語られる夕顔の花の女を襲《おそ》った嫉《しっ》妬《と》に燃える幻の女が、襖一重《ふすまひとえ》あなたに衣《きぬ》ずれの音をさせているように息をひそめたのである。

「こうして夕顔の命を失ってしまった夜の騒ぎはたいへんです、ですが帝《みかど》の御子《みこ》の源氏が古い別荘に身分もわからぬ女を引込んで、その夜、女が怪死《かいし》したとある事件は知らせるわけにはゆきません、暁方《あけがた》、惟光《これみつ》も駆けつけて、ともかく惟光の知っている老尼《ろうに》が東山《ひがしやま》にいるのに頼むことにし、秋の朝の仄暗《ほのぐら》いうちに夕顔の亡骸《なきがら》を泣いて車に移し入れました。亡骸といっても小柄な美しい人だけに、花の萎んだように、哀れはひとしおで、髪が少しこぼれているのを見るにつけても源氏は眼も眩《くら》むような悲しみに打たれる、惟光は源氏の名誉を気づかって街中が起き出ぬうちに早くお邸《やしき》へお帰りになるようにと自分の馬にお乗せしてお帰しし、自分は右近と共に遺骸《いがい》について東山に行くのでした。夕方になって惟光が報告に来ました。源氏は、もしや彼女が息を吹き返すような事があったら、自分が付いてもいないことを怨《うら》めしく思うだろうなどと考え、頭も痛く身体も熱があるようで、一日何も召上《めしあが》らず自分も死んででもしまいそうなお気持で寝ていらっしゃいましたが、惟光《これみつ》の顔をみて〈やはり駄目だったか〉とおっしゃってお泣きになる、惟光も泣く泣く彼女の冷たい亡骸《なきがら》はもうたしかにこの世のものでなかったことを告げ、明日葬儀を行うということを申上げました。源氏はそうなると、どうしてももう一度その亡骸に別れを告げたいと仰《おお》せられるので惟光は心配しながらもお連れすることにしました。夕顔《ゆうがお》の許にお通いになるために作られた、さりげない狩衣《かりぎぬ》に身をやつされて、丁度《ちょうど》十七日の月の光で賀茂《かも》河原のほとりを通られる、お供の松火《たいまつ》で鳥部野《とりべの》の方が幽《かす》かに見えます、何ともいえぬ淋しい感じでした、鳥部野とは東山の裾《すそ》にある墓地なのです。源氏はやっと東山の寺につかれ、夕顔の亡骸に最後の別れの対面をされて歎《なげ》かれたのです、亡骸の顔は死んだともみえぬ美しい生前通りの顔をして、源氏の涙の眼にうつりました。

長く源氏をそこにお置きするわけにはゆかないので惟光が早くお帰りになるようにおすすめし、朝霧《あさぎり》の中を源氏は馬でとぼとぼと帰られたのですが、悲しみに、身も心もとらえられていたせいでしょう、賀茂の堤《つつみ》に来て、源氏は馬から滑《すべ》り落ちてしまわれたのです、これほど源氏を悲しませた夕顔のはかない死でした。それればかりか源氏はそれから身体を悪くして寝つかれました。その中でも源氏は哀れな亡きひとの召使だった、右近《うこん》を気遣《きづか》って御自分の二条の院に連れて来させて、お傍近く召使う女房の一人になさいました。そして源氏は右近を相手に、亡き人を思い出されて何くれとなくお話をなさるのがせめてもの心やりでした。

〈あの人がどういう家の娘で、どういう境遇だったかを死ぬまで隠していたが、私はあのひとをどんな身分であろうと愛することに変りはなかったのに、打明けてくれなかったのは残念だった〉と、おっしゃると右近もそういう源氏のお心をお察しして、〈やがてお打明けになろうと思っていらしったのでしょうが、まだその折がなかったのでございましょう〉と申上げました。

〈だがもう亡くなったあとは、ぜひ知りたい、私をあんなに愛させた女が、どこの誰れともわからなくては菩提《ぼだい》を弔《とむら》うわけにもゆかないではないか〉それで右近はとうとう口を割りました。

〈私からお打明けするのは亡き方に申しわけないようでございますが、あの方は幼い時に御両親にお別れになりましたが、父君は三位《さんみ》の中将《ちゆうじよう》でいらっしゃいました。あの方にはある御縁から頭《とう》の中将《ちゆうじよう》がまだ少将の頃に通っていらっしゃるようになりました、三年ほどたいそう足繁《あししげ》く通っていらっしゃいましたが、昨年の秋、頭の中将の奥様のお実家《さと》方から脅迫がましいことがあって、気の弱い優しい方だけに、われから身を隠しておしまいになったのです、初めは乳母《めのと》の家にかくれていらっしゃいましたが方角が悪いので、乳母の娘の家であるあの五条の小さい家に身を忍ばせていらっしゃいました。ほんとうに内気な物思いに沈む方でしたから、苦しさや淋しさもみな胸一つにおさめていらしったのです〉

この話をきいて、源氏は、思い当られることがありました。自分の義兄《あに》にあたる頭《とう》の中将《ちゆうじよう》が、いつか、契《ちぎ》り交《かわ》した女が姿を隠し、その間に生れた小さい子の行方もわからぬと語られた話に丁度《ちようど》あてはまるからです。

〈小さい子供が、その間にあったのではないか〉ときいて御覧になると、〈はい、一昨年の春の御誕生で、それは可愛らしいお姫さまでございます〉すると源氏は、〈その児《こ》を私が引取って育てたいがどこにいるの、頭の中将にもいずれは打明けるが、その身を隠した恋人に私がかかわり合って、ああいう死に方をさせたとあっては怨《うら》まれるだろう、しかし義兄の頭の中将の子であることから言っても、また私の恋人になった人の子であることから言っても私が育てていいわけだから、私が引取ったと人には知らせないようにして、私のところへ、その子をつれて来てくれないか〉その夕顔の生んだ小さな女の児は前にいた乳母《めのと》の家の方で育っているのです、その恋人の忘れ形見《がたみ》を源氏が引取りたいと思われたのも無理がありません。

〈いったいあのひとはいくつだったの〉それさえ御存じなくて、源氏がおききになると、〈十九におなりになったのです〉という。今更《いまさら》に十九の若い女性のうつくしさ、弱々しさ、はかなげに心柔らかな御自分の好みにあったひとが思い出されて源氏は悲しみに沈まれるのでした。右近も、わが仕えた美しい女君が、この光源氏の君と二人並んで、生きていて下さるのだったらと思うにつけても胸が詰《つま》るのでした。これが大体の夕顔の巻の筋です……。みんなお疲れになったでしょう」

楓刀自《かえでとじ》はほっと一息された。

はかない夕顔の花、それに似た女の運命、古い家に住む妖怪が源氏を怨む女の姿になって夕顔の命を奪った物語は、秋の夜長《よなが》にふさわしいものだった。

「夕顔は、きっと心臓麻痺《しんぞうまひ》ね、ショックを受けたせいで――」

鮎子は恋愛の話はよくわからないが、ともかく夕顔の死を、妖怪が取り殺したとは思っていないらしい、このいきなり突飛《とっぴ》な妹の言葉にみんな笑いごえを立ててしまった。

だが優婉《ゆうえん》な夕顔の花の面影《おもかげ》が、そのあたりにちらつくような思いが、藤子や容子や大貝夫人にはしたのである……。

若《わか》紫《むらさき》

鮎子が勤務先を終って、横浜駅から鎌倉山へ帰宅のために、その駅前の広場を横切っている時、自分の肩を叩《たた》くものがあった。振り向くと、ジョー葉村が笑っていた。

「鮎子さん、鎌倉山へ帰るんでしょう、お送りします」

葉村青年が駅前でガソリンを入れていると、鮎子の姿が眼に入ったので、大股《おおまた》に追いかけて来て驚かしたわけだった。

鮎子はいつか姉の藤子が送られたよりも、もっと長い距離を、横浜から鎌倉山まで、ジョー葉村の自動車に同車することになった。

藤子を鎌倉山の坂道で拾った時は、葉村青年は、後の座席に招《しょう》じ入れたが、すでにお馴《な》染《じ》みにもなっていたし、また鮎子がほんの少女なので、葉村も心安く扱って、自分の運転台の隣りの座席へのせた。

横浜の市街をすぎると保《ほ》土《ど》谷《がや》、保土谷からは坦々《たんたん》とした一本の道がのびている。鮎子にとっては、美しい車で、義兄にも似た親切な優しい青年とドライブすることは楽しいことだった。

「今度の土曜か日曜にお宅へ伺《うかが》ってよろしいですか、お宅の皆さんとお親しくなりたいのですが」

「ええ、どうぞいらしって下さいね」

鮎子は言いかけて、はっと気がつき、

「あら！　でも土曜はだめだわ、土曜はうちのお祖母《ばあ》様の源氏物語のお講義があるんですもの」

「ホウ！　源氏物語——あれは有名な日本のクラシックな文学でしょう。偉大な女流作家の作品で——英訳もあるとききましたが、僕はどちらも読んでいません、しかし一度はそのアウトラインだけでも知っておきたいものですね」

「あらそう、そんなら今度の土曜日から、うちへいらしったらどう？……喜んで歓迎しますわ、生徒は多い方が講師のお祖母様の名誉ですもの」

鮎子は気軽にこの二世の青年に、源氏物語の講義をきかせてみたくなって、そう言った。

「僕、入学許可されるでしょうかね、その源氏スクールに」

「ええ、大丈夫よ」

「入れて戴《いただ》けば光栄ですが、途中からでもわかりますか、その大きな日本のロマンが——」

「丁度《ちょうど》いいわ、今度っから若紫《わかむらさき》の巻ですから、その前の方は家へいらしって、お姉様たちからざっとお聞きになるといいわ、——私ほんとうはね、源氏の光《ひかる》って人、そう好きでないのよ」

鮎子は秘密でも打明けるように言った。

「光——源氏物語の主人公ですね、お気に召《め》さないんですか」

「ええ——あんまり道徳的でない人なの、今頃あんな人がいたら日本の恥ですわね」

鮎子にかかっては光源氏も散々《さんざん》である。

「そういう批判もいいでしょう、ですがそれは日本の古典文学として、ともかく聞いておくのも教養の一つでしょう」

ジョー葉村は声をあげて愉快そうに笑った。無邪気な聡明さを持つこの少女に、葉村は愛らしさを感じたのだった。


静かな深秋の夜だった。

いつもの源氏の講義室には、初めて男性が加えられた。それは、ジョー葉村である。彼は窮屈《きゆうくつ》そうに膝《ひざ》を折って座布団の上に畏《かしこま》っていた。

入って来て吃驚《びつくり》したのは大貝夫人である。藤子や鮎子から紹介されて挨拶をしながら、

「まあ、アメリカ生れの二世の方が源氏をおききになるなんて、ほんとうに私たちは尚更《なおさら》勉強しなければなりませんね」

「僕の両親は、僕に日本語と日本の本を読むことを家庭で教えてくれました。ですから僕はアメリカの学校を出ましたが、日本へ来てからも不自由しません、日本の新聞ぐらい難

しい漢字がなければ読めます。その点、両親に感謝しています」
「ほんとうにね、私の知っている二世の人なんか、日本語が片言《かたこと》ぐらいしかお出来にならないんですよ、そしてその親御《おやご》さんは、英語が片言きり出来ないというんですから、おかしいじゃございませんかねえ」

大貝夫人は源氏物語を聞きに来た二世の葉村に大いに敬意を表して感服した。

やがて楓刀自《かえでとじ》が現われた。例の黒のお被布《ひふ》の姿を、端然《たんぜん》と床柱《とこばしら》の前に据《す》えた。

今日は床脇の李朝《りちよう》の壺《つぼ》に、薄《すすき》と野菊が挿《さ》してある、残《のこ》んの花である、その影が壁にうつっている。また今日は特別に鎌倉彫の火桶《ひおけ》に炭火を烏瓜《からすうり》ぐらいだが埋めて刀自の机の傍に藤子が置いたのは、御老体の夜寒のために備えたのである。その上、紫檀《したん》の机の上に九谷《くたに》の湯呑《ゆのみ》に熱い番茶を入れて万事講師の不自由のないようにしてある。

「今夜は若紫《わかむらさき》のところまでやっと進んでまいりましたね、今日まで一人の欠席者もなくみなお揃いで、私の覚束《おぼつか》ない講義をききつづけられた上に……」

と言い、一座を見廻し、葉村の顔に眼をとめてほおえまれ、

「今夜から新しい聴講者が一人お見えになりました、しかもそれは若い男性です」

と、老刀自が言いかけると、女の生徒はみな声をあげて笑った。ジョー葉村はたいへん極《きま》り悪るそうに頭を掻《か》いてしまう。

「そしてアメリカ生れの青いおめめのお人形ではなくてやはり私たちと同じ日本人の二世

の葉村さんです。娘たちがお知合いになった御縁で源氏物語をきかせて欲しいとの御申込みで、そのお望みを快《こころよ》くおいれして、今夜からいらしって戴《いただ》くことになりました。この無学の年寄のお講義で、御満足下さるかどうかはわかりませんが、まあまあ、これも日本の研究と思ってお聞きになって下さい」

わが祖母ながら、なかなか挨拶の巧《たく》みなのに藤子姉妹は呆気《あっけ》にとられた。思えば楓刀自《かえでとじ》はなかなかの才女なのである。

若紫

「さて、——源氏の君はどうしたことか瘧《おこり》をおわずらいになりました、それは源氏十八歳の春のことです。源氏はこの瘧をお治しになるために——」

と刀自の語りかけるのをさえぎって鮎子が、

「おこりってなあに?」

と、あどけなく聞くと、容子は妹をつっついて、

「そんなこと後でおききなさいよ、いやねあなたは」

「姉妹喧嘩《きょうだいげんか》も、あとでなさいよ」

と藤子が笑って妹たちをたしなめる。

「瘧とはまあ今で言えばマラリヤの熱にかかったようなもので、時々熱が出て震《ふる》えるほどの寒けがするというのですね、その前の年に京都にそれが流行《はや》ったのだそうです。源氏はその御病気を治すために、京都の北にある鞍馬山《くらまやま》にたいへん豪《えら》い聖《ひじり》がいらしってその御祈禱《ごきとう》がきくというので、——その当時は祈禱などで病気をなおすことが信じられていたのですから、その北山のお寺へ行かれました。

勿論《もちろん》やんごとない方なのですからお忍びでも四五人のお供をおつれになって、旧暦《きゅうれき》の三月の末ですから、京都の花はみな過ぎましたが、その北山の山桜は今を盛《さか》りと咲いていてまことにいい景色でした。いつも宮中の御生活だけに、壮大な山桜の風景はさぞ光源氏のお気に召したことでしょう。その御祈禱をなさるという老僧は山の窟《ほこら》にこもって居られるのです。年寄りで宮中までは行かれないので源氏の君がそこまでいらしったわけです。源氏は御自分の身分はおっしゃらずに、お身装《みなり》なども、きらびやかなものなどつけずにいらしったのですが、さすがに高貴な方だということはわかって、熱心に祈禱をして差上げました。それが一わたりすんで源氏は立ち出《い》でてあたりの景色など眺めていらっしゃると、山道が九十九折《つづらおり》にまわっている下の方に、小柴垣《こしばがき》を廻したまことに小ざっぱりとした小さな住居が見えました。〈あれは誰れの家か〉とおききになると、〈なにがしの僧都《そうず》が二年ほど引籠《ひきこも》っているところでございます〉といいます。この僧都は貴族出の、源氏も知って居られる方なので、あまりやつした姿でここで出会うことは恥しいなどと思って眺めていらっしゃると、童《わらわ》などが出入りしているのが見えます。そのうち、〈あの家には女が居りますね、僧都《そうず》がまさか女を囲《かこ》って居られるわけはないでしょうが〉などとお供の者のいうところをみると、そこには女性もいるらしいのです。

源氏はまた寺に入って仏前のお勤《つと》めなどをしていらっしゃいましたが、どうも瘧《おこり》の発作が起りそうな気がなさるのです、〈御病気のことをお忘れになって気をお紛《まぎら》わしになっていらっしゃる方が宜《よろ》しいのです〉とお供の者は後の山に御案内したり、諸国の名所のお話をしたりしています。良清《よしきよ》というお供がここで須磨《すま》明石《あかし》のお話をいたします、あとの須磨明石の伏線《ふくせん》になるわけですね。そうこうしているうちに長い春の日の一日もたっていい具合に御病気もお起りにならないが、今一晩山に止ることになすったので、源氏はまた夕霞《ゆうがすみ》のかかった山道を散歩なすって、さっき御覧《ごらん》になった小柴垣の山荘のあたりまで下りて行って御覧になります。

そのお散歩には、お気に入りの惟光《これみつ》という、夕顔《ゆうがお》の巻にも出てきましたね、あの御家来一人をお連れになって、そっとその小柴垣のほとりに立ち寄って御覧になると、すぐ眼の前の西向きのお部屋が夕明りによく見えます。仏像が飾ってあり、花をお供《そな》えして、脇息《きょうそく》の上に経文をおいて大儀《たいぎ》そうにお経をあげていられる尼君《あまぎみ》があります。年は四十を越してみえますがまことに気品のある眼許《めもと》の美しい、由緒《ゆいしょ》ありげな女性で、尼といっても当時は髪を揃《そろ》えて、襟足《えりあし》より少し長めに切り揃えてあるので、源氏は、長い髪よりもまたこれはなかなか艶《えん》なものだとお思いになって見ていらっしゃいます。その尼君の左右に二人ばかり侍女がいるのをみるとなかなか身分のある人らしいのです。その辺に遊んでいる数人の女《め》の童《わらわ》の姿もちらちらとみえます。その中にいま駆け寄って来た十ばかりの少女は、白い下着に山吹色《やまぶきいろ》の衣を重ねて、ふさふさとした黒髪は扇《おうぎ》を拡《ひろ》げたように、動く度に、肩のあたりに揺れています。その顔立は少女ながらも行末《ゆくすえ》はどんなに美しい人になるだろうと思われる、並々ならぬ眉目《みめ》で、一人目立って源氏の君のお眼に止りました。しかもその美少女は眼を赤くこすって泣いたあとのような顔で尼君の傍に寄りました。〈どうなすったの〉とほかの子供達といさかいでもしたかと尼君が優しくきかれるところをみていると、どうも尼君と似通ったところがあるので、この人の子かと源氏は思われました。〈籠《かご》の中に入れておいた雀《すずめ》の子をいぬきが逃がしてしまったの〉とたいへんそれが悲しそうに少女は告げるのです。

〈ほんとうにあなたはまあ、いつまでも子供らしくて困りますね。私の命ももう今日か明日かと思われるのに、そんな事は何とも思われないで、雀の逃げた方が悲しいのね、生きものをそんな風にすることは罪なことだと言っているでしょう〉と尼君は言ってきかせ、〈ここへいらっしゃい〉というと、美しい子は素直に尼君の傍に坐りました。まことに美しい顔立です。眉のあたりが匂《にお》やかで子供らしく自然に搔《か》きやった額髪《ひたいがみ》や生え際もひどく可愛《かわい》らしい、行末はどんな美女に成長するかと、源氏の胸にはその将来の姿さえ想像されるのでした。しかもその美しさには、源氏の片時《かたとき》も忘れ得ないあの藤壺《ふじつぼ》の宮に似通った俤《おもかげ》が宿《やど》っているようで、わが想う人に似通った童女《わらわめ》をこの春の山家で計《はか》らずも御覧になった源氏は今更に藤壺へのやるせない恋慕《れんぼ》の思いで瞼《まぶた》にあついものが宿るのでした。

尼君は美しい童女の髪を撫《な》でながら〈櫛《くし》を入れるのもうるさがられるけれど、ほんとによい髪だこと、でもあなたがあんまり子供らしいので心配なのですよ、あなたの母様は十ぐらいでお父様をお亡くしになったけれど、その時はその悲しみがもうよくわかっておいででしたよ、あなたは、もし私が死んでしまったらどうなさるのでしょうね〉と尼君は泣いて居られる。源氏はその様子を小柴垣《こしばがき》の外から御覧になって御自分まで胸の塞《ふさ》がる心地になられたのです。子供心にもさすがにじっと尼君の顔をうち守って、淋しそうに俯《うつむ》かれた童女の髪が、額や頬にこぼれかかるのもつやつやと美しくみえました。尼君は思いに堪《た》えかねたように一首の歌を口ずさまれました。

生ひ立たむありかも知らぬ若草を
　おくらす露ぞ消えむそらなき

これから行末どう生い立って行くかわからない若草のような小さい姫を後に残して私の身は草の露と消えることも出来ないという意味ですね。

そこへ家の主《あるじ》の僧都《そうず》が入って来て、〈ここは大変端近《はしぢか》ですね、きょうは山の上の聖《ひじり》のところへ源氏の君が瘧病《わらわやみ》の御祈禱《ごきとう》に来ていらっしゃるそうですよ〉と告げると、〈あら大変、誰れかお供の方でもお覗《のぞ》きになるといけない〉と尼君の声とともに御簾《みす》がさっと下されてしまいました。しかし声はまだ聞えて来て、〈光源氏と噂《うわさ》される源氏の君のことをあなたもこんな時に見せて戴《いただ》いたらどうですか、そのお顔を見ると世の中の憂《うさ》を忘れるほどのお美しさです、私も御挨拶申上げねば〉などと言って僧都の出て行かれる気配に、源氏の君も山の上の寺へお引上げになりましたが、源氏はきょう、ゆくりなくも可憐《かれん》な美しい童女を発見されたことがうれしかったのです……恋しいひと、藤壺に似たあの少女を自分の手許において朝夕に眺めたら、せめてもの慰《なぐさ》めになるのではないかなどと、しきりに空想されるのでした。

夜になってあの僧都のお弟子《でし》が惟光《これみつ》を呼び出しました。狭いところですから筒抜《つつぬ》けに聞えます。

〈この山へおいでになったという事を只今伺《ただいまうかが》いましたが、行き届きませんでもお宿は私共でさせて戴きとうございます〉小柴垣の家の主の僧都からの御挨拶なのです、それを取りつぐ惟光に源氏はお言わせになりました、〈隠れるようにして来ましたが、いずれそちらへも伺うつもりです〉と。

すると間もなく僧都自身が来てしきりにおすすめするので、源氏もあの自分の眼についた美しい童女《わらわめ》の身の上も知りたいし、ちかづきたいと思われて僧都《そうず》の坊へ移って行かれました。なかなか風雅に出来ている山荘で、春の朧月《おぼろづき》もこの宵《よい》はなかったので、流れのほとりに篝火《かがりび》を焚《た》かせ、庭に燈籠《とうろう》を灯したりして、南向きの部屋を美しく飾って源氏のお泊りの用意がしてありました。奥の部屋からは、そこはかとないよい香《こう》の薫《かおり》が漂ってきます。まことに光源氏のお宿の光栄に、どんなにここにいる女達も肩身広く思っていることでしょう。

僧都はいろいろと源氏に世の無常や来世《らいせ》の頼もしさなどをお話しになります。源氏は自身の罪や来世の罰なども空恐ろしく、そうした常《つね》ない人生から遠ざかったこんな山住いなどに入りたいなどと思いながらもさっき見た気品のある少女の面影《おもかげ》が心にかかって恋しく思われ、〈ここに来ていられる方達はどういう方ですか〉と事にかこつけておききになりました。

〈あれは私の妹でございます。良人《おっと》の按察《あぜち》の大納言《だいなごん》というのは前に亡くなりましたから御存じございますまい。未亡人になってから尼となりましたが、この頃病身なので心細がって私の許に来て居ります。娘が一人ございましたがこれが年齢《とし》頃となり、誰れの手引きであったか兵部卿《ひょうぶきょう》の宮が見初《みそ》めてお通いになりました。ところが兵部卿の宮の夫人がれっきとした権力のある方でやかましくおっしゃるので、姪《めい》は気苦労をしてそんな事から命を縮《ちぢ》めたのでしょう、十年ばかり前に亡くなりました。亡くなる間際《まぎわ》に兵部卿との間に一人の娘を残して行きました。妹の尼はその孫娘を可愛《かわい》がって行末を案じて居ります〉と僧都は語りました。

それではあの少女は昔の按察大納言の姫君と兵部卿の宮との間に出来た子なのだ。その兵部卿の宮こそはわが恋しい藤壺《ふじつぼ》の兄君に当られるのです。源氏は何ともいえぬ深い因縁を感じられました。それだからこそあの美少女の面影を藤壺に似通っていると思われたので、決して気のせいではなかったのです。血の続いていられるわけなのですから。

そうなると源氏は、わが恋人の血を引くその少女をぜひ引取って、自分の心のままに教え導いて成長させてみたいと、お思いになるのです。それが道ならぬ恋をされている源氏のせめてもの心やりだったのも無理がありませんね。

それで源氏は思い切ってその希望を言い出されました。〈ぶしつけなことを言い出すようですが、私にその小さい方を托《たく》しては戴《いただ》けないかと尼君にお話し下さいませんか。実は私は結婚はして居りますがそれがしっくりとゆかず独身も同様な暮し方をして居ります。あの小さい方とは年齢も不釣合《ふつりあい》だのにと世間並にお考えになられると極りの悪いことですが〉と源氏の言われる心の内は、あの美少女を心から愛し得る未来の妻にと望まれているのです。

すると僧都は畏《かしこま》って、〈まことに有難い思召《おぼしめ》しではございますが、何と申しましてもまだまだ幼ないものですから今すぐお手許へ差上げるなどというわけにはゆきますまい。しかしまた女性は良人《おっと》のよい指導を得てはじめて一人前になるものですから……いずれあの子の祖母の尼と相談いたしまして御返事申上げます〉はっきりと物堅《ものがた》い様子でそう言う僧《そう》都《ず》の言葉に、年若い源氏は恥かしくて、更《さら》に押返してもおっしゃれないのです。

その夜、源氏は尼君にもそれとなくこの事を伝える機会がありました。〈母上に早く別れられたお小さい方を私にお預《あず》け下さいませんか、私も稚《おさな》くて母や祖母に死に別れて、丁《ちょう》度《ど》、あなたのお孫さんと同じ生い立ちなのです。将来必ず結婚するということもお含み下すってどうか私を信用していただきたい〉そう言われました。

尼君の御返事は、〈それは身にあまるお話でございますが何か思い違いをしていらっしゃるのではございますまいか。祖母の私が育てて居りますのは、まだほんとうの子供でございます。どんなお情ぶかいお心からでも未来の源氏夫人にお考えになることは御無理でございましょう〉と尼君は取り合おうとはしません。孫娘のいたいけなことを源氏はまだ御存じないのだと思って問題にしないのです、この間に歌のやりとりなどがありますが略すとして……」

楓刀《かえでと》自《じ》はここで一息して、机の上のもうぬるくなった番茶で咽喉《のど》をしめされた、一座は咳《せき》一つせずしんとしている。

ジョー葉村はしびれが切れるかと思うほどズボンの膝《ひざ》を行儀《ぎょうぎ》よく畳《たた》んで、この物語の主人公光源氏という世にもまれなる美男が山桜の咲く山中で巡り会った美少女に烈《はげ》しく心惹かれるロマンスに熱心に耳を傾けている様子だった。

「さて源氏がいよいよ山をお下りになる時、僧都は妹の尼から頼まれた前夜の御返事を申上げました。〈妹は申します、あの孫に深い御縁がつながれているといたしましたら、四五年もしてから、もう一度申込んでいただきたいと――〉源氏はどうも年齢のことにこだわっていられるのにがっかりされましたが、歌を一首尼君の許にお遣《つか》わしになりました。

夕まぐれ仄《ほの》かに花の色を見て
　今朝は霞《かすみ》の立ちぞわづらふ

この歌は、きのうの夕ぐれに美しい少女の姿をみて心惹かれて、今朝この山を立ちかねている――こういう意味ですね、すると品のよい字で飾りけなく書いた尼君の歌が返されました。

まことにや花のあたりは立ち憂《う》きと
　霞むる空のけしきをも見む

これは、山桜の山を立ち去り難《がた》いとおっしゃるあなた様のお心はほんとうでしょうか、この後ともお気持に変りがないかどうか拝見いたしとうございますという意味を托《たく》したものです」

「ああ、その小さい姫君ってのが若紫《わかむらさき》なのね、わかったわ」

鮎子が一大発見でもしたように口を出した。

「先くぐりしないで黙っていらっしゃい」

容子と鮎子とは、よくこの教室で揉《も》める、この間は容子が先くぐりしたくせに——この小さいいさかいは固くなって聞いている教室内の空気を柔らげて一やすみさせるのに役立つ。

「ええ若紫です。ではこれから鮎子の満足するように、その姫君を若紫といってお話ししましょう」

楓刀自《かえでとじ》もほおえまれ、さて講義はつづいて行く。

「源氏の君が山を下りるお車に乗ろうとされる頃、お後を慕《した》ってお友達の頭《とう》の中将《ちゆうじよう》や左中弁《さちゆうべん》などの貴公子達と御家来衆がお迎えがてらどやどやと一緒に山に登って来ました。自分達も誘って戴《いただ》きたかったのにというわけです。ところがもう源氏がお帰りになるところとあって折角《せつかく》の山桜の下で遊ぶ時間もないので残念がって、取りあえずすぐその場で貴公子達は源氏を囲んで、山桜の下の酒宴が開かれました。頭の中将が笛を吹きすまし、左中弁は扇《おうぎ》を打鳴らして催馬楽《さいばら》という面白い歌をうたいはやされます。この人達もなかなか立派な貴公子なのですが、源氏の君が、悩ましげに山の岩に倚《よ》りかかっていられるお姿は、またたぐいもなくお美しくて眼を離すのも惜《お》しいほどなのです。

僧都《そうず》まで七絃琴《しちげんきん》を持ってきて、〈どうぞ一寸《ちょっと》だけでもお弾き下すって、この山の鳥たちに妙《たえ》なる調べを覚えさせて下さい〉とお願いします。源氏は、〈病気で疲れていますから、どうでしょうか〉とおっしゃりながらも一曲よいほどに弾かれました。それを名残《なご》りに一同は賑《にぎ》やかに花の山を後に京都に帰られたのです。

しんかんと山桜のほしいままに咲く寂しい山の上に時ならぬ虹のかかったような光源氏の出現、その美しい貴公子のお帰りになった後は何だか一《ひと》しおの淋しさでした。尼君達も生れて初めて光源氏のような方に出会って、その音楽の才もいみじく、あの七絃琴の調べはまるでこの世のものでないように心に残って、その面影が去らないのです。

若紫も源氏のお姿を見、その琴の音を聞いただけに幼ないながらやはり忘れ難い人と印象されて、〈お立派な方だったわ〉といつまでも忘れません。〈じゃあの方のお子様におなり遊ばせ〉と侍女がいうと、なってもいいわと言わぬばかりに可愛《かわい》い顔をうなずかせていらっしゃいます。それからはお人形遊びにも、一番きれいなお人形を指して、〈これは源氏の君よ〉などと言って大事になすっていらっしゃいます。

一方源氏は御所へお帰りになって父帝にお物語りなさり、又、妻なる葵《あおい》の上《うえ》の父上である左大臣にもお会いになりました。左大臣は娘婿《むすめむこ》の源氏をいつも大切に鄭重《ていちょう》になさるのでその親心を思うと、優しい源氏は何とも言えず心苦しいお気持です。そしてその儘《まま》久しぶりに葵《あおい》の上《うえ》のお家まで一緒に連れて行かれました。暫《しばら》くいらっしゃらなかった間にそれは更《さら》に磨《みが》き上げられて玉の台《うてな》のように整えられていますが、夫人はまたいつものように、どこかの座敷へかくれてすぐにはお迎えもなさらないのです。これも相当に美しい人ですが、父左大臣に無理にすすめられてやっと源氏の前に出て来られました。まるで絵にかいたお姫様のように無理に坐《すわ》らせられて身じろぎなさることも出来ないような形です。例えば山のお話をなすっても張合《はりあい》のある御返事がきけるようなら情味《じょうみ》も湧《わ》くのでしょうが、いつまでも他人行儀で、御夫婦になって年月も経っているのにいよいよ打解けることもなく、かえって夫婦の間の溝《みぞ》が深まってゆくようなのを源氏は残念に思召《おぼしめ》すのです」

「はがゆいことですね、しかし源氏もほかへ女をお作りになるんですからねえ」

と、大貝夫人がたまりかねたように一言批評の言葉を挟《はさ》んだ。思わず、どっと一座は笑い声でざわめいた。楓刀自《かえでとじ》も笑いに引込まれながら、

「まあまあそうお思いでしょうが、これから先を聞いて下さい。源氏は奥様に、〈時には世間の夫婦のように打解けた御様子を見たいものですね、私が病気をして苦しんでいましたのに、それをいかがとも問うて下さらないのは今更《いまさら》珍らしいことではないが怨《うら》めしい〉とおっしゃると、ようやく耳に入るか入らぬようなお声で葵の上は、〈――問わぬは無情でしょうか、そうしたお怨みは私の方からこそ――〉と流し目に源氏の方を御覧になった

眼許は羞《はずか》しげで、やはり御身分にふさわしい気高い美しさが備わっています。これは古歌の――君をいかで思はむ人に忘らせてとはぬは辛《つら》きものと知らせむ――というのにからませておっしゃっているのです。

源氏は〈たまにおっしゃればひどいお言葉ですね。その歌は世を憚《はば》かる男女の間柄のことで、私たちのような夫婦の間とは一緒にはなりません。実は私もいろいろあなたのお心持のお直りになるようにとやってみるのですが無駄なのですね、かえってそうすればするほどあなたはよそよそしくなさる。まあいい、命さえあれば今におわかりになるでしょう〉と、そんな侘《わび》しい会話をなさって、源氏は寝室の方へ入って行かれましたが、夫人はじっとその儘もとの座に坐っていらっしゃるのです。それをすかしてお傍へ引き寄せようとなさる気もなくなって源氏は歎息《たんそく》しながら、気まずくおやすみになって夫婦仲のことなど思いあぐねていらっしゃいます。

その源氏のお胸はやがてあの山で別れて来た小さい面影《おもかげ》、藤壺《ふじつぼ》の兄宮の落胤《らくいん》という若《わか》紫《むらさき》のこと、その将来のことなどが大きく占めてしまうのです。何とかして自分の傍に置きたい、藤壺と若紫の縁を思うと、どうしてもそれは実現させたいことなのです。

一夜とやかくと思い悩まれて、源氏は翌日早速手紙をあの北山の僧都《そうず》と尼君に送られました。どうか自分が若紫を思う真実を酌《く》みとって戴《いただ》きたいと、こまごまと書かれ、尼君への文の中に別に小さな結び文にして、

面かげは身をもはなれず山ざくら
心のかぎりとめて来《こ》しかど

この歌の意味はおわかりになりますね、つまり若紫《わかむらさき》の面影が身に添うて片時《かたとき》も忘れられないと、美しい山桜を若紫にたとえられたのです。そして夜中の山の嵐が桜を散らしはせぬかと心配です——と書き添えられました。

それからも引きつづいて、源氏の君はしきりと北山にお使を出され、お気に入りの惟光《これみつ》をして少納言の乳母《めのと》という若紫の乳母を説き立てさせたりして、若紫をお手許によこすようにと運動されるのですが、祖母の尼君が、なかなか大事をとってはかばかしい御返事がないので、源氏は心許ないお気持でした。

そんなことをしている間に、藤壺《ふじつぼ》の宮が少し御病気で宮中から里へお下りになりました。帝が御寵愛《ごちょうあい》の女御《にょうご》を案じ暮していらっしゃるのをお気の毒に思いながらも、こんな機会でなければと、源氏は藤壺にお逢《あ》いになりたいお心を押えることが出来ません。御所にいても二条のお邸《やしき》にいても、ひねもすその事を考えつづけ夜になれば藤壺の侍女の王命婦《おうみょうぶ》に、ぜひ会わせてくれとおせめになる以外のことは何にもお手につかないのです。

王命婦がどう取り計らったか無理な短い逢瀬《おうせ》がつくられました。その中にいて、源氏は現実に藤壺を見ると、それが現実の幸福とは思えないで、夢としか思われないのが残念でならないのです。

藤壺の宮は過去の一夜の思いがけぬ過失を思い出すだけでも終生《しゅうせい》の物思いの種で、せめてあれきりで打切りたいと深く決心しておられたのに、またまた源氏に逢ってしまいになった事がひどくお辛《つら》くて、怨《うら》めしく悲しい御様子でありながら、それがまた何ともいえぬ陰影を帯びて、柔かな魅力がおありになり、しかも打解けていらっしゃらない御様子が人とは比べるものもないように美しく気高く、なぜこの宮が少しの欠点も持っていらっしゃらないのだろうとそれがかえって怨めしくさえ思われるのでした。思うことの何分の一を語りつくすことが出来たでしょう、永久の夜がつづけばいいと思うのに、短夜《みじかよ》の、逢わねばよかったと思うような切ない別れの時が来ました。源氏は夜明けに二条にお帰りになって、終日、恋慕《れんぼ》に泣き暮しておしまいになりました。文《ふみ》などを差し上げると、例のように〈御覧になりませんから〉という命婦の返事だけなので、いつものことながら非常に怨めしくて源氏は二三日は御所へも出ずに引籠《ひきこも》って居られるが、そうしていると病気かと帝のお案じになるのがわかっているので源氏は勿体《もったい》なく空恐ろしいばかりの気持なのです。

藤壺もお苦しい御身です、心ならずも再び源氏にお逢いになる罪を重ねたお悩みのために御病気の薄らぐ筈《はず》もありません。宮中からは始終帰るようにとお使があるのですがなかなかそのお気持になれません。何しろ良心の苛責《かしゃく》が絶えないのですから。源氏からの手紙も何も一切御覧にはならず悩んでいらっしゃる、しかもその心の悩みのほかに御身体の調子も普通ではないのです。宮御自身にはお思い当ることがおありになったので、情けなくどうなるのだろうと煩悶《はんもん》していらっしゃる。暑い間は起き上ることもお出来にならなかった。御妊娠《ごにんしん》が三月であるから、女房達も気がついて来ます。ほかの人は源氏の君との間をつゆ知りませんから、こんなに月が重なるまで帝に奏上《そうじょう》なさらないでなどと心配していま す。宮のお心一つにははっきりとおわかりになる事があったのでしょう、御湯殿《おゆどの》のお世話などをきまってしている藤壺《ふじつぼ》の乳母《めのと》の子の弁《べん》とか王命婦《おうみょうぶ》とかだけは不思議に思うことはあっても、この二人の間でさえ話し合うべきことではありません。源氏とのことを知る命婦は、どうしても避け難い宿命というものの恐ろしさなどをつくづくと思います。やがて御《ご》懐胎《かいたい》のことを宮中へは御病気のお悩みでそれを気づくのがおくれたように奏上したようです。帝はたいそうお喜びになって、お使も前よりも頻繁《ひんぱん》なのも宮にはかえって身の縮むような思いです。

源氏の君は不思議な夢を御覧になって夢判断をおさせになると思いも寄らないことを申します。非常に目出度《めでた》いことの中にも凶相があるというようなこともいいました、ところへ藤壺の宮の御懐妊を聞いてさてはと、夢判断のことを思い合せてひどく思い沈まれました。

恋人との間に自分の子が生れるのではないかということに若い源氏は昂奮《こうふん》して、以前にもまして言葉をつくして逢瀬《おうせ》を望まれましたが、命婦がいよいよ事の重大なのに空恐ろしくなって、決して源氏を藤壺に近づけまいと思っているので、宮との間は、もうすっかり絶えてしまいました。

秋の初めに藤壺は御所にお帰りになりました。最愛の方が懐妊されたのですから帝のお志はいよいよ深く、少しお腹のふっくらとなって居られるのもいとしく、御病気やらつわりやらで少しおやせになった風情《ふぜい》がまた何ともいえず美しく、帝は、朝な夕な、藤壺にばかりいらしって、秋の季節にふさわしい管絃《かんげん》のお遊びが始まると、源氏の君のことも始終お呼びになって、琴、笛などのお相手をおさせになります。源氏は藤壺への恋慕の心はずいぶん努力して押えておいでになるのですが、時には堪《た》え難いことがおありになります。恋する者の心はいつも悩みが多いと申しますが、そうした父帝の寵妃《ちょうひ》を恋していられる源氏のお心の悩ましさは思いやられます……」

楓刀自《かえでとじ》はそこでほっと吐息したのは、若い源氏に同情されたのであろう。

「まあ、やっぱり、藤壺と源氏はそうなっておられたんですのね」

驚きと歎息《たんそく》と、ある感情をこめて大貝夫人が言った。

「紫式部は原文の上ではわずかに一行にぼかしていますが、しかし、それはたしかにある一夜のあやまちがあったのですね、だからこそ御懐妊の時、藤壺は悩まれたのです……」

「一篇の藤壺哀史《あいし》ですな」

ジョー葉村が、何としゃれたことを言ったので、みんなが、

「あら！」とびっくりした。

「おやおや葉村さんも、これは、隅《すみ》におけない二世でいらっしゃること、――ではこの辺で若紫《わかむらさき》の前編ということにして、今晩はおしまいにいたしましょう。この巻はとても一晩などではお話しつくせませんから」

楓刀自は、机の上の湖月抄《こげつしょう》を閉じた。

もう夜も更《ふ》けている。そこでその夜の講義も終った。葉村も大貝夫人も一緒に夜更けの玄関を出て行く。

その夜、鮎子は寝床《ねどこ》についても、若紫のことを考えていた。

襟《えり》のあたりまでふさふさと髪の毛を切り揃《そろ》えた古風なお河童《かっぱ》の可愛い女の児《こ》が、有名な光源氏にそんなに思われるとは……。

なんだか若紫が妬《ねた》ましいような気がした。今まであんなに不道徳だと嫌っていた光源氏が、そんな少女を好きになるところなど気に入ったのであろう。

若紫の巻は二夜にわたって楓刀自の講義となった。今まで誰れも無欠席というよい成績の上にジョー葉村という若い二世の青年が加わることになって、やや夜寒の初冬の夜も講義の座敷のほのぼのと温《あたた》かなのも、炭火ゆたかな桐火鉢《きりひばち》のせいのみではなかった。物語を

ゆくからであろう。

「――さて、今夜は若紫の巻の続きをいたします。藤壺《ふじつぼ》が妊《みご》もられてからの藤壺御自身の御悩みに加えて、源氏の君は、相見ることの叶わぬ恋人への恋しさを抑えていねばならぬ、そうした――恋する者は苦難多し、なすまじきは恋とでも申しましょうか、その煩悶《はんもん》のところへもってきて、あの山桜の山で、垣間見《かいま》て、不思議なほど心惹かれた、まだ振分髪《ふりわけがみ》の稚《おさな》い童女《わらわめ》の若紫への御執着も一方《ひとかた》ならぬものがありました。

今まではみな、恋も知り男も知る年頃の、あるいは年増《としま》の女性をのみその対象にして居られた源氏がその反動とでも申しましょうか、まだ手毬《てまり》や人形遊びに余念のない稚い少女に深く心を惹かれてゆかれたというのも、いかにも源氏らしい、数奇なる運命の人の女性との交渉に一つはなくてはならぬところだったのでしょうね、紫式部がいみじくもこの若紫と源氏を描いたところに、さすがに作者としての並ならぬ手腕《しゆわん》と才能を思わせられます。

ところがままならぬ世の中、さすがの源氏も今までのように、この若紫への接近はおいそれとはまいりませんでした。

若紫は恋しい藤壺の小さい姪《めい》に当られるのですから、藤壺の宮への恋が、それが父の寵《ちよう》妃《ひ》の御身分である限り、人倫《じんりん》の上からもこの世の掟《おきて》からも到底《とうてい》許されぬ恋なのですから、せめてもその血を引く若紫の童女に限りない愛着をお持ちになるというのも理《り》の当然で、源氏のこの恋には誰れも同感せずにはいられませんね」

楓刀自《かえでとじ》がここで一つ咳《せき》をされた隙《すき》に、容子は妹の一言居士《いちげんこじ》の鮎子をからかうように、

「鮎ちゃん、いかが？」

すると鮎子は素直にうなずいて、

「同感よ、源氏のこの恋愛だけは正当よ」

と大真面目だった。鮎子とて、実はひそかに若紫《わかむらさき》のごとく恋されてみたいと思うのだったから——。

「さて、あの北山でその若紫をお傍《そば》に世話していらしった祖母の尼君《あまぎみ》の御病気がいくらか快《よ》くなって、養生《ようじょう》のため山住いをしていらっしったのですから、快方と共に京の都に帰って来られました。源氏はそれを聞くと、早速、例の惟光《これみつ》を訪問させ、時々お手紙なども持たせてやっていらっしったのですが、尼君の若紫についての考え方は依然として北山で御返事申上げたのと変りません、相手が煮え切らないと、当然思いが増すのでしょうか、ことに藤壺への道ならぬ恋の懊悩《おうのう》を転向させるためにもでしょうが、源氏の稚《おさな》い若紫への執着はいやましてゆかれます。やがて秋も逝《ゆ》く頃、そぞろに淋しい季節ですが、さらぬだに源氏はさまざまの物思いにふけられているだけに一しお季節の哀感が胸に迫っています。その秋の明月の一夜、源氏はさる女性のところへ通ってゆかれました」

この時、容子が歎《なげ》くように、

「源氏は、やはりいろいろの女のところにお通いになるのね、多情多恨《たじようたこん》すぎるわ」

「女性が空気のようで、その空気なしではいられない方なのでしょうね」

大貝夫人が、天晴《あつぱ》れの警句を吐いたつもりらしい。

楓刀自は講義の最中のこれらの会話は一切無視してどんどん続けてゆかれる。

「その時、源氏は、ある荒れてはいますが、庭の木立の有様《ありさま》からもいかにも由緒《ゆいしよ》ありげな邸《やしき》だと思われる土塀《どべい》の傍を通りすぎました、いつもお傍去らずの惟光が〈ここでございます、あの尼君のお邸は――この頃はまた御病気が悪くてたいへん御衰弱のようです〉と申し上げました。惟光は源氏のお使いで度々行くので向うの様子がわかっているのです、源氏ははからずもその夜、尼君の家、あの愛らしい若紫もいる筈《はず》の家を知られて素通りが出来なくなりました。

〈見舞いに寄って行こう〉とおっしゃるので惟光は、通りかかってついでに寄ってゆくというのでは具合が悪いと源氏の君がわざわざお見舞いのためにいらしったように向うに伝えましたので、その邸、もとの按察大納言《あぜちだいなごん》の家――今こそ荒れてはいますが、その未亡人の尼君のお住居《すまい》では一方《ひとかた》ならぬ驚ろきでした。使われている女房達は困ってしまって何しろ尼君は京都へ帰ってからまた悪くなっているところですし……ですが光源氏の御来訪をお断りするわけにはゆきませんから、取りあえず一間へ、見苦しいところはお許しをと願ってお通ししました。

源氏はなかなか挨拶がお上手で、〈いつも伺《うかが》いたいとは思っていながら、若紫《わかむらさき》についての私の願いを何か御心配の御様子なので、ついつい御遠慮して居りました〉――すると尼君が取次の者に、その源氏への御返事を伝えようと、隣室の病室で言っていられるのが、細い絶え入りそうな声で聞えてきました。

〈私の病気はもうしょっちゅうのことで、こうして重《おも》ってゆくのもあたりまえなのですが、折角《せっかく》の御訪問に、じかにお目にかかれないのが残念でございます。若紫への御厚意《ごこうい》は行末長く、万一お心が変りませんでしたら、あのようなまだ何もわからぬ年を過ぎましてから、どうぞお願い申上げます。私が死んだあと、若紫が一人ぼっちになりますことを思うと、私の成仏《じょうぶつ》の心の障《さわ》りになるようでございます〉

源氏はそれに答えて〈私がかりそめの出来心で言うのでしたら、こんなにしつっこくはしません、何という前世《ぜんせ》からの深い縁《えにし》があるのか、あの姫君が可愛《かわ》いくてなりません、どうか今夜、一声でも姫君のお声をきかせて戴《いただ》けたら――〉源氏はそれこそ今の言葉でいうねばっていられます。

〈生憎《あいにく》姫君はもう今夜おやすみになってしまいました、何しろお小さいので――〉女房達がこう言っている時に、奥の方からぱたぱたと可愛らしい足音がして、

〈お祖母《ばあ》さま、北山のお寺でお眼にかかった源氏の君がいらしったのにお会いにならないの〉

やや不服らしく無邪気におっしゃる声がきこえます、ついさっき、もうおやすみになってしまいましたなどと言った女房達がまことにきまりの悪い思いをしています、そして〈お静かに遊ばせよ〉などと言っています、ですが若紫は無邪気です、〈だって、源氏の君を御覧《ごらん》になったら、御病気がよくなったってお祖母さま言っていらしったでしょう〉北山で言われた祖母君の言葉を覚えていてずばずば言っていらっしゃる、源氏の君は面白がっていらしったけれどもお傍の人の困っているのも気の毒で、さりげない様子でこの晩は心からお見舞いの言葉をお述べになってお帰りになりました。

だが、それにつけても、あの子供らしいいかにも邪気のない可愛い童女が、なおさらいとしくて自分が今から教え導いてみたいとお思いになるのでした。

源氏はそれ以来尼君のお見舞を怠《おこた》らず、翌日もまた、あの荒れた邸にお見舞いをおつかわしになりました。いつもそうした時につく例として、歌が一首

いはけなき田鶴《たづ》の一こゑ聞きしより
葦間《あしま》になづむ舟ぞえならぬ

この歌の意味は雛鶴《ひなづる》の声にひかれて葦の間に舟が行きもしりぞきも出来かねますという意味で、雛鶴は若紫です、昨夜無邪気なそのお声をきかれてからの思いを述べられたので

す。

ことさら子供にもよめるようにはっきりお書きになったのが、また見事なので、姫君のお手本になさるようになどおつきの者たちが言っています、やがてその御返事は若紫《わかむらさき》の乳母《めのと》の少納言が書きました、乳母といっても、これは教養のある女性でちゃんと御返事がかけます。

――お見舞いのお使いを有難《ありがと》う存《ぞん》じますが、尼君《あまぎみ》は今日をも計《はか》られぬ御容態で、また北山の寺にお移りになる折柄《おりがら》で、恭々《うやうや》しい御見舞いの御礼ももしかしたらあの世から申上げることになるかも知れません――

源氏はたいへん哀れに思召《おぼしめ》してそれをお読みになる、しかも秋の夕べはさらに千々《ちぢ》の思いに人の心を淋しがらせて、今は手の届かぬ藤壺《ふじつぼ》の御宮《おみや》、その血を引く若紫、いずれも恋しくなつかしく、いとまもない源氏の御心でした。

さてその十月に朱雀院《すざくいん》に帝《みかど》が行幸《ぎょうこう》遊ばされるので、その日の舞楽のために、貴族の子弟や殿上人《てんじょうびと》のそれぞれの方面に堪能な人々はみなお選びにあずかって、各々《おのおの》新しい稽古《けいこ》を始めたりしているので源氏の君もお忙しく、北山へ行かれた尼君へも暫《しばら》く御無沙汰《ごぶさた》でしたので、ある日、わざわざお使いをおやりになると、尼君の兄にあたるあの僧都《そうず》から悲しい御返事がありました。

――先月二十日、妹もこの世を去りました、命あるものの滅びるのは道理とは思いながら悲しくてなりません――と、いまさら、源氏は生きとし生ける者のはかなさを思われ、心を残して居られたあの幼い若紫はどうしていられるだろう、小さいからさぞ祖母君を恋しがっていられるだろうと、御自分もまた小さい時に母や祖母を失われただけにその御同情はひとしおです。

祖母君の葬《とむら》いがすんで若紫が京都のあの邸《やしき》に帰られたということを聞かれると、源氏は早速訪問なさいました。あの木立の深い庭の手入れもせずに荒れている邸に、尼君が逝《ゆ》かれたあとは、ひっそりと淋しく僅《わず》かな召使達と住んで居られるのです。こんな淋しいところでは子供心にどんなに悲しいだろうと源氏はしみじみ孤独の童女を憐《あわ》れまれました、乳母の少納言は、源氏に泣きながら伝えました。

〈姫様《ひいさま》は父宮のお邸に引取られることになって居りますが、姫様の御生母にひどいお仕打ちをなすった奥方がいらっしゃるので、あんな何もわからない小さい姫様を――いっそこれが赤ちゃんのうちとか、もっと何でもよくおわかりになる分別のつくお年になってからとかならともかく、今のお年で、大勢の本腹のお子様のいらっしゃる所へお入れする事はとてもお可哀想《かわいそう》で出来ません、その点は亡くなられた尼君も御心配でしたので――あなた様の有難いお言葉はまことにおうれしく存じますが何といってもお年の釣合《つりあ》いが……姫様はことにお年よりも子供っぽくいらっしゃるので尚更《なおさら》でございます〉

源氏はこれをお聞になって、年のことは問題にすることはないのにと――〈しつっこいほど繰り返してお願いする私の気持をどうして御信用にならないのでしょう、あんなに頑《がん》是《ぜ》ない姫を可愛いくばかり思われるのも前の世からの深い縁があるような気がする、どうか直接に姫様にお話したいと思います〉と、ことの運びのおそいのに焦《じ》れておしまいになるのです、しかし如才《じょさい》ない乳母《めのと》は源氏のお言葉を有難く思っているのですから望みのないこともありません。

一方若紫は亡き祖母君を恋しがって泣寝をしていらっしゃるとお相手の女《め》の童《わらわ》が〈立派な直衣《のうし》を召《め》した方がいらっしゃいました、きっと父宮様でしょう〉と源氏とも知らずに告げました、若紫は起きて来て乳母の少納言の傍に寄って〈直衣着た方どこにいらっしゃるの、お父様?〉と可愛《かわい》い声できいていらっしゃいます、源氏はそれを聞くと、〈父宮ではありませんが、決して他人扱いになさるような者ではありません、此方《こちら》へいらっしゃい〉と声をおかけになりました。あの美しい源氏の君と知ると子供心にもはずかしがって、〈私、睡《ねむ》い——〉などと急にねむたそうに乳母の膝《ひざ》によりかかっておしまいになる、源氏は、〈どうしてそんな事を言って隠れておしまいになるのですか、睡ければ私の膝の上におやすみなさい〉すると乳母の少納言は、〈御覧《ごらん》遊ばせ、こんなあどけないお年でございますよ〉と言って、源氏の方へ少し姫君を押しやります、源氏は御簾《みす》の下から手をやって御覧になると、柔かいお召物の上にふさふさとした髪が手にふれて、その美しさが思いやられるようです、小さい御手を探ってお取りになると、若紫にとってはまだ慣れない方にそんな事をされて、ただ恐ろしかったのでしょう、〈私、ねむいっていうのに――〉と退《しさ》っておしまいになる、それにつれて源氏も一緒に御簾の中にいざり入って、〈今では頼りになさる人は私だけなのですよ〉とおっしゃる、〈まあ困ります、そんな事を姫様《ひいさま》におっしゃっても何の甲斐《かい》もございません〉と乳母は困っていますが、〈いくらなんでもこんな幼い人を私がどうするものでもありませんよ、あまり世の中に例《ためし》のない私の志を知って戴きたい〉とおっしゃるのです。外の荒れた庭には霙《あられ》が降り出し、何とも言えぬ凄《すご》い夜になりました。

〈こんな小人数で淋しい邸にこれからどうして住めるものですか〉と、源氏は若紫をそこに放ってはお帰りになれない気持でした。

〈雨戸を下しておしまいなさい〉その当時の雨戸は例の上げ下しの格子《こうし》のことです〈こんな恐しい夜は私が宿直《とのい》の侍になりましょう、女房達はみな姫様のお部屋へ集って来るように〉と、御自分が主人顔でいろいろ指図なすって、姫様を抱いて御帳台《みちょうだい》――寝所へお入りになってしまいました。

これには誰れもみな驚いてしまいました。乳母の少納言は相手が源氏の君だけに、どうする事も出来ず、溜息《ためいき》をつきながら控《ひか》えています、若紫は恐ろしがって、どうなることかと、美しい肌も鳥肌立っていられるのを単《ひとえ》だけで押し包んで抱いていらっしゃる、御自分でも少しは怪しからんような気もなさりながら、でも優しくいろいろお話になっています、

〈ねえ、いらっしゃいよ、私の家には、面白い絵が沢山《たくさん》あるのですよ、お雛《ひな》遊びもできますよ〉などと幼い若紫《わかむらさき》のいかにも心の向くようにお誘いになると、だんだん姫君も打解けて恐くはなくなってゆくのでした。

その夜は一晩中ひどい風が暴れ狂ったので、〈源氏の君がお泊りにならなかったら、女達だけでどんなに心細かったでしょう、それにつけても姫様が源氏の君にもう少しお似合いのお年頃だったらどんなにいいでしょう〉と女房達はささやき合います。乳母《めのと》はやはり心配で御寝所の傍《そば》近く侍《じ》していました。風の少し吹きやんだ時はまだ暗く、お帰りになる源氏はまるで恋の成立した女性の許をお別れになってゆくような御様子でした。

〈このような淋しい気の毒なところに片時《かたとき》も姫を置いておくのは心配でならないから、朝晩私の見守って上げられる自分の邸《やしき》にお移ししたい、この家にこうしていられては心が怯《おじ》けてしまわれる〉とおっしゃるのに乳母は〈父宮様もそうおっしゃいますが、あちらへおいでになることも四十九日がすんでからと思っております〉〈父宮は小さい姫のお力になるとは限らない、ずっと別居していらしったのだから私と同じようなものであろう、むしろ私の方が愛情が深い〉というような自信をもって、姫の髪を撫《な》でて、それこそ後髪を引かれるような思いでお帰りになりました。

お帰りの道の霧《きり》に曇った空も艶《えん》に、大地には霜《しも》が白く降りていました。

この日は姫君の許には父の兵部卿《ひょうぶきょう》の宮がおいでになりました。さすがに父宮も荒れ放題にあれた古い邸の淋しい境遇に姫を置くことは心許《こころもと》なく思われ、〈こんな所に子供を置けるものではない、邸へ連れて行こう、乳母も一緒に来ればいいし、幾人も小さい子供もいるから遊ぶのにいい〉と楽天的な言い方をなさっています。

姫を傍近くお呼びになると、昨夜、源氏のお抱きになった姫の着物には源氏の衣《きぬ》の移り香《が》がいみじく浸《し》みて匂っています——〈いい匂いだね、だが着物は古びている〉と心苦しくお思いになる御様子でした。

〈今までも病身な年寄りとばかり一緒にいるより、時々は本邸へ来て馴染《なじ》んだ方がよいと言ったのだが、どうも疎遠《そえん》にばかりしていたから、今になって初めて本邸へ行くというのもこの子にも気の毒だと思うが——〉すると乳母も、〈当分はお心細くともこのままにしていらしった方が宜《よろ》しいかと存じます、その内分《うち》別がおつきになったらお移りになった方が——今のところでは亡くなった尼君ばかりお慕いになって物も召上《めしあが》りませんので〉ほんとうに若紫はいくらかおやつれになっている、それがまた上品に可愛いくお見えになるのでした。

〈どうしてそんなにお祖母様のことばかり慕うのか、私が居れば大丈夫ではないか〉と父宮はおっしゃいます、やがて日の暮れ方に父宮がお帰りになるのを見ると、心細がって姫がお泣きになります、兵部卿の宮もさすがに父の情で眼をうるませて、〈これでは仕方がない、今日にも明日にも本邸へお移ししよう〉と言ってお帰りになりました。

姫君はまだお小さいから、まだ御自分の女としての行末の心許なさなどを思うというよりは、ただ、小さい時から大事に育てて下すった片時離れなかったお祖母様の亡くなられたことが悲しくて、遊び相手の童女がいても遊びに紛《まぎ》らす事も出来ず、ことに日暮れてからはなおさら心細く淋しがられて泣かれるので、乳母《めのと》の少納言も思わず泣いてしまうのです。

その夜は、源氏の君のお使いに惟光《これみつ》が来ました。宮中からのお召しがあって御自身でいらっしゃれないのでたいへん御心配になって——という口上《こうじょう》でした、そしてその夜は惟光が宿直《とのい》をするというのです。それでは、まるで若紫が源氏の君の奥様におなりになったような形で、こんなことが父宮にわかったらたいへんと乳母は心配し、若紫にも源氏の君のことは父宮様におっしゃらぬようになど気を揉《も》みます。

しかし若紫にはそれが、どういう意味かもおわかりにならないのです、乳母達も、また幾年かの後には、御縁があって姫君が源氏と御結婚なされればと思うけれども、今はあまりにお年も釣合《つりあ》いがとれないので、源氏がどういうお気持でいらっしゃるのかわかりかねているのです、惟光とてもどういう御関係かよくわからないでいるのです。

惟光が帰って邸の様子など御報告します、源氏はともかく一度は形の上では女君《おんなぎみ》の許に泊られたのですから、その後も続けて通われるわけなのですが、それはさすがに躊躇《ちゅうちょ》していらっしゃいます、世間から軽々しい批評を受けたくなかったのでしょう、若紫のためにも——ともかく一日も早く二条の邸《やしき》へ迎え取る方がいいとお思いになるのでした。手紙は度々《たびたび》お送りになり、日が暮れると惟光をおやりになります。

その夜、惟光が行くと、乳母が、〈父宮から明日俄《にわ》かにお迎えをおよこしになるというので心忙《せわ》しくして居ります、長い間住んだこの蓬生《よもぎう》の宿も別れるとなればやはり心細く思い乱れておりますす〉と言ってゆっくり今夜は惟光の相手もいたしません、そしてそれぞれ忙しそうに物を縫《ぬ》ったり何かと支度をしたりしている様子です。

その夜、源氏の君は、岳父《がくふ》の左大臣の家に行かれましたが、葵《あおい》の上《うえ》は例の気難しくて、良人《おっと》の前にすぐに姿をお現わしにもなりません」

ここで刀自《とじ》は一息入れて、番茶に咽喉《のど》をうるおされる。

「葵の上もお気の毒ですね、あんまり御主人が浮気をなさるのですもの、はてはそんな小さいお姫様にのぼせたりなすってねえ」

大貝夫人は葵の上にも十分の同情をよせる。

「源氏の君は面倒な気がして、東琴《あずまごと》——六絃琴《ろくげんきん》です、それを手すさびに弾いていらっしゃる。

〽常陸《ひたち》には、田をこそ作れ、あだごころ
　かぬとや君が、山を越え、野を越え、雨夜来《あまよき》ませるその当時の民謡《みんよう》というようなものでしょうね、それを美しい声で口吟《くちずさ》んでいらっしゃる、そこへ惟光が来て報告しました、いよいよ明日若紫《わかむらさき》が父宮の本邸に移られるということを……。

源氏はしまったと思われました、あの若紫が父宮の邸へ移られてから結婚を申込むということは、お年の釣合いからも何ともへんなものだし、いっそ小さい姫を一人盗んだと罵《ののし》られる方がましだと覚悟されて、秘密のうちに若紫を今宵《こよい》二条の邸へつれて来ようと計画されました。

車を支度しておくように惟光《これみつ》に命じてお置きになり、その夜明け源氏は左大臣の家をそっとお出になりました。葵《あおい》の上《うえ》は例のしぶしぶで心もまだ解けずにいられるのに、〈二条の邸《やしき》に用事を思い出しましたから、用が済んだらまた参《まい》りましょう〉と、源氏はその不機嫌な妻に言い残されて、惟光だけをお供に、大納言《だいなごん》の邸に行かれました。

門を叩《たた》いて下男が何気なく門をあけると、ずっとそのまま車を中に入れさせました。乳母の少納言が出て来て、〈姫様はおやすみでございます、どうしてこんなに遅く――〉と吃驚《びっくり》しました。多分源氏が好きな女の方の許にお通いになった帰りなのだろうなどと乳母は軽々しく想像しています。

〈父宮の方へいらっしゃるそうですから、その前に一寸《ちょっと》一言姫様にお話しておきたいことがあるのです〉とおっしゃると、〈まあ、どんなことを――姫様にはっきりした御返事がお出来になりますかしら〉と笑っています。

源氏がつかつかと部屋へ入っておしまいになるので当惑して、〈女房達がたいへんな寝《ね》相《ぞう》でやすんで居りますから〉とお止めするのですが、源氏はかまわず姫の寝室へお入りになりました、もう少納言にも止めることが出来ません、何しろ相手があまり立派な方なので。

すやすやとまだ朝霧《あさぎり》の降るその暁《あかつき》を眠っていらしった姫を源氏はお抱きあげになりました。それで眼が覚《さ》めた姫は父宮がお迎えにいらしったのだと夢うつつに思っていらっしゃったところが、それが源氏の君だったので吃驚されてしまいました。

〈私だって父宮と同じですよ、恐ろしいことがあるものですか〉と姫を抱いてお出になるので乳母も惟光もほかの女房達も驚ろいて、

〈ああ、どうなさいます？〉と異口同音に申します。

〈ここへは私が自由に来られないから、自分の邸にお移しするといったのに、父宮の方へいらっしゃるというから、それではよけいお眼にかかれないからね、誰れか一人ついておいでなさい〉源氏はひどく強引《ごういん》です、あわてたのは乳母の少納言です、〈父宮様がお迎えにいらしったら何と申上げていいかわかりません、私どもの責任になることでございますから〉というと、〈じゃいいよ、あとで誰れか来ればよい〉と、若紫を車におのせになっ

てしまいます、乳母《めのと》もどうすることも出来ないので昨夜姫のために縫った着物をとって自分も着換えてあわてて車にのりました。
源氏の二条の邸は近いので、じきに車は着きました。姫を軽々と抱かれて源氏は車をお下りになります、乳母はまだ何がなんだか夢のような心持で〈私はどうしたら宜《よろ》しいでしょうか〉と躊躇《ちゅうちょ》していいます、〈姫君はお連れしてしまったから、あなたは帰りたいというなら送って上げよう〉とおっしゃるのです」

「まあ随分ひどいわね」

藤子まで少し源氏の無軌道ぶりに驚ろいている。でも面白いような気もするのだ。

「まさに不良青年ですね、今なら少女誘拐《ゆうかい》かな」

今まで無言でずっと聞いていた葉村青年まで口を入れる、源氏の君の旗色《はたいろ》このところ宜《よろ》しくない。しかし悠々《ゆうゆう》楓刀自《かえでとじ》はそれらに頓着《とんちゃく》なく話をすすめる。

「源氏の君があくまで強硬な態度なので乳母も仕方なく車を下りてしまいました、何しろ責任観念で胸がとどろいています、第一父宮からあとでどんなお叱《しか》りを受けるかと思うと気が気ではありません。その上、美男の好色家で有名な光源氏に、年少の姫が連れて来られてこの先どうなることかと思うと、心配でたまりません。けれどこれが将来姫君の婚家《こんか》へ初めていらしったことになるのかと思うとそう不吉な涙もみせられないのです。
源氏が若紫をさらって来られた二条の邸の西の建物は、ふだんはあまり使っていないので寝所の用意もありません、惟光《これみつ》が帳台《ちょうだい》やお屏風《びょうぶ》や几帳《きちょう》を用意して、何とかお席を作りました、それからお夜具《やぐ》を取りにおやりになって、そこでおやすみになりました。

若紫は、どんなに源氏が美男でも、子供心にはやはり気味悪く慄《ふる》えていらっしゃいます。しかし声を立ててお泣きになるようなことはない、ただ〈乳母と一緒にねるの〉とおっしゃる、源氏は〈もうこんなに大きくおなりになれば、乳母と寝るものではないのです〉とお教えになると、若紫は悲しがって泣き寝入りにねてしまわれました。

朝になってみると、今まで住んでいたあの荒れた邸とはまるで違って、源氏のこのお邸は、建築も装飾も庭の有様《ありさま》まで輝くように美しいので、乳母の少納言は自分がみすぼらしいようで、極《きま》り悪く思いました。ここがふだん使っていなかった御殿なので、女房達の姿はなく、ただ男の御家来たちが縁の外で御用を承《うけたまわ》っているのでした、その人達も御主人が女性をお連れになったというのを聞いて、〈いったいどんな方だろう、一通りのお仲ではないのだろう〉などと噂《うわさ》をしています。

やがて朝の洗面のお手水《ちょうず》やお粥《かゆ》などが運ばれます。源氏は〈召使がいなくては不自由だろうから夕方になったらあっちから慣れた女房を迎えたらいいだろう〉とおっしゃいます。そしてお遊び相手やお使のために、東側の建物から女《め》の童《わらわ》をお呼びになります。皆特別綺《き》麗《れい》にして四人来ました、源氏は若紫をお起しになって、〈そう不機嫌な様子をなさるものではありませんよ、薄情な男がこんなに親切に出来るものではありませんよ、女というものは心が柔らかなのが一番いいのですよ〉などと、もう今からこんな風に教え始めていらっしゃいます。

源氏はこうして傍《そば》近く姫君を置いて御覧になると、今まで垣間《かいま》見るようにしていらした時よりも、ずっと近勝《ちかまさ》りしてお美しいのに今更《いまさら》に驚かれます。源氏はいろいろと物語をなすったり、お気に入るような面白い絵や、遊び道具を東の対《たい》へ取りにおやりになったりしてお心をつくしていらっしゃいます。

鈍色《にびいろ》――というのは濃い鼠色《ねずみいろ》で喪服《もふく》の色です、その少し萎《な》えたのを着た姫君の顔にだんだんほおえみが浮ぶようになると源氏の君も自然笑顔になってしまわれます。姫君は縁近くまで出ていらしって御簾《みす》の中から、木立の美しい築山《つきやま》やお池の景色を眺めたり、お屛風《びょうぶ》の絵の面白いのを一つ一つ御覧になったりして、お心もだんだん慰められてゆくようでした。

源氏の君は内裏《うち》へのお勤めも二三日欠勤なすって、若紫《わかむらさき》を手馴《てな》ずけようとしていらっしゃいます。

お習字を若紫にお教えになろうとして、

　　ねはみねどあはれとぞ思ふむさしのの
　露わけわぶる草のゆかりを

これを濃紫《こむらさき》の紙にお書きになりました、この歌は、若紫を藤壺《ふじつぼ》の代償として恋していらっしゃるだけに、なかなか逢い難い藤壺にゆかりのあなたは、まだ結婚はしないが、どんなに可愛いと思っているだろうという意味ですね、若紫に、〈あなたも歌を書いて御覧なさい〉とおっしゃると、〈まだよくは書けませんの〉、無邪気な顔で源氏を見上げていらっしゃるのが可愛い、〈へたでも何でも書いた方がいいのですよ〉とおっしゃると、やがて〈書きそこねたわ〉などと恥じらってお隠しになるのを源氏が無理にとって御覧になると、稚《おさな》げな字ではあるが、上達の予想されるようなふっくりした文字の姿で、

かこつべき故を知らねばおぼつかな
　いかなる草のゆかりなるらむ

この歌の意味は、あなたが私をどなたにかこつけていらっしゃるのか知りませんから心《こころ》許《もと》ないということですね、稚ない手のあとながら祖母君の字にも似ていらっしゃいます。源氏の君も童女若紫と遊んでいらっしゃるとこの世の憂《うれ》いも忘れて楽しいのです。

さて一方お話は戻って若紫の家、もとの大納言家では女房達がたいへん困っています。父宮がいらしってどこへやったとおっしゃっても申上げようがない、ただ少納言の乳母が

勝手にどこかへ隠したようにだけ申上げると、父宮はたいへんがっかりされ、そう言えば亡き祖母君も本邸へ引取られることをたいそう嫌がっていらしったから、あの乳母《めのと》の出過ぎた考えから、そっと姫君を連れ出してしまったのだとお思いになって泣く泣くお帰りになりました。〈もし居所《いどころ》がわかったら早速知らせよ〉と言い残して、例の北山の僧都《そうず》の許へもお尋ねになりますがむろん見当りません、可愛《かわい》らしかった姫君のお顔を思い出しては悲しんでいらっしゃいます、奥方も御自分の良人《おっと》に愛された若紫の母君を憎いと思った心も消え失せて、せめてその忘れ形見《がたみ》を自分の思うように育てようと思われたのが、行き違いになってしまったので残念に思われました。

さてまたお話を二条院に戻すと、もとの侍女達もだんだん姫君の許に呼び寄せられ、遊び相手の女《め》の童《わらわ》たちもなじんで、今まで祖母君を慕《した》って泣いてばかりいられた若紫も、だんだん源氏の君になついてきました、そして源氏を第二のパパのように思われ……」

皆このパパには笑ってしまった。楓刀自《かえでとじ》は時々すまして面白いことを言われる。

「内裏《だいり》から源氏がお帰りになった時などまっさきに若紫は走り出てお迎えになり、源氏の君の懐《ふところ》に抱き上げられても今までのように恐ろしがったり極り悪がったり少しもなさらないお可愛い態度でした。源氏の君もこれが大人の恋人との交渉になると、微妙な面倒なもつれが起ったりして愛情が害《そこな》われ、女は恨《うら》みがちになったりして思いがけない方に運命が狂ったりし勝《が》ちなものですが、稚《おさな》い若紫を相手にはそんな恐れは少しもなく、まるで天使とたわむれていらっしゃるような心慰みなのでした。

これがほんとうの父子だったら、このくらいの娘となると父親があんまり心安く世話をしたり、夜も一緒にやすむという事も出来ないでしょうが、父子でもなくて夫婦でもなく、そしてただ掌中《しょうちゅう》の珠《たま》のように源氏はいつくしんでいらっしゃるのでした。——若紫の巻はこれで終りです、あとでも若紫は紫の上として始終出て来ますからよく覚えていて下さい」


楓刀自が若紫の講義を終る、火鉢《ひばち》の炭火はいつしか尉《じょう》になっていた。

「若紫、幸福ね！」

鮎子は溜息《ためいき》をつくように言った、光源氏がいたら自分も愛されたいのに違いない——そういう気持は誰れにもわかって、皆が笑った。

「ともかく光源氏は悪く言えばラブハンターよく言えばフェミニストですね、それにしては日本の男の伝統は少し違っているんじゃないんですか」

ジョー葉村が批判した、この論争は一寸《ちょっと》一しきり賑《にぎ》やかになってゆく。お講義のあとの雑談には、ふさわしい問題だ……。

末《すえ》摘《つむ》花《はな》

もう火鉢《ひばち》がなくては夜が過せない、めっきり寒くなったのである。

生徒の中に欠席者が二人出た。一人はあんなに熱心だった大貝夫人が風邪のおはつをひいて寝込んでしまい、今夜はどうしても出席出来ないから、あとで秘書の藤子さんから話を伺《うかが》うから、ノートを取っておいて下さいとの頼みだった。

だから藤子は今日はとくに大学ノートと鉛筆を持って控《ひか》えていた。

もう一人の欠席者は男性ジョー葉村である、この人は用があって名古屋へ行ったそうである、だからあとは、身内の姉妹三人と祖母の楓刀自《かえでとじ》だった。

「今日は欠席者がお二人、大貝さんの奥さんはお風邪だそうですが、肝心《かんじん》の先生の私もどうやら風邪のようですよ」

刀自はそう言ってお鼻をちんとかむ。

「どうもこう鼻をかむと、鼻の先が赤くなって、とんだ末摘花《すえつむはな》の君が出来そうです」

と笑う。

「末摘花って、鼻の先が赤いの？　いやだわ、そんなの――」

鮎子が早くも軽蔑《けいべつ》してしまう。

源氏物語は美人揃《ぞろ》いかと思ったら、そんなのも出るのかとがっかりしたのかも知れない。

「私、でも紫式部が、末摘花のような女性を一人加えたところが、なかなか面白いと思うわ」

容子は、末摘花の巻を大いに認めているらしい。

「そんな余計な事言わないで、早くお講義伺いましょうよ」

藤子はノートを拡げ、鉛筆を持って身構えている。

末摘花

「さて源氏の君はあの夕顔《ゆうがお》が、露《つゆ》のようにはかなく一夜のうちに骸《むくろ》となってしまわれた思い出を、なかなかにお忘れになれないでいらしった頃です。

源氏のもう一人の乳母《めのと》の娘で、大輔《たいふ》の命婦《みようぶ》というのが宮中にお仕《つか》えしていて、何かの折りに源氏の君にお話したことがあります。この女の父は兵部《ひようぶ》の大輔といって宮家の血筋なので、そのゆかりでありましょうか、亡くなられた常陸《ひたち》の宮がお年を召《め》してからのおん娘が、今その父宮に残されて心細く一人暮しておられるので時々そちらに通ってお世話したりしています。命婦も父の家には折合《おりあ》いのつかぬ生《な》さぬ仲の新しい母がいたりするので寄りつかず、御所から下った折には、その姫君のお邸《やしき》の方に行っているのでした。

〈性格や御容色は委《くわ》しくはわかりません、第一引籠《ひきこも》っていらしってどなたにもお逢いにな

らないのですから、私も時々几帳《きちょう》越しにお相手をいたしたりしますが、琴が一番いいお友達らしゅうございます〉

〈そうか白楽天《はくらくてん》は琴と詩と酒が人間の三つの友だと言っているが、なるほど女ではせいぜい琴が友達かな〉とおっしゃりながら、源氏の君は、ふとその孤独の姫の、几帳の中で忍びやかに弾く琴の音をきいてみたいと思われました。

ハイカラな言葉で言えば、何事にもロマンチックでいらっした源氏は、そういう人の噂《うわさ》にも、すぐ好奇心のようなものを湧《わ》かすらしいのですね、そして源氏は丁度《ちょうど》その命婦《みょうぶ》が里帰りをしている時――それは十六夜《いざよい》の朧月夜《おぼろづきよ》でした、その琴を友とされる姫の邸《やしき》に忍んでいらっしゃいました。命婦は、

〈まあまあお琴の音色が冴《さ》えそうな夜でもございませんのに――〉と申し上げましたが、

〈折角《せっかく》来たのだから、ほんのちょっとでもいいからお弾きになるようにおすすめしてくれ〉とおっしゃるので、命婦は自分の局《つぼね》のうちに源氏をお隠しして姫君のいらっしゃる表座敷の方へ行ってみますと、姫君はまだ格子《こうし》も下されず、折からの月夜に匂《にお》う梅の香の立てこめる庭先をぼんやり眺めていらっしゃいます。丁度よい折だなと思って、

〈このような晩はお琴の音がどんなに美しく聞えようかと、つられて出てまいりました。いつも気のせく出入りに、ゆっくりとお聞き出来ないのが残念でなりませんので〉

と、誘いの水を向けますと、

〈あなたのような音楽のわかる人にお聞かせするようなのではないのよ〉

とは言いながらも琴を引き寄せて、爪音《つまおと》を立てて弾き出されました。自分にも自信がないように、さほど上手な音色でもないのですが、父宮のいられる時とはちがって荒れはてた淋しい邸の中で、孤独の姫が弾く琴の音はやはり哀れ深く源氏には感ぜられました。

命婦は気の利《き》いた女なので、それこそその折角ものの哀れのこもった琴の音を立てつづけに源氏にお聞かせするでもないと、いいほどに切り上げて、お格子を下しなどして帰って来ますと、源氏はそれでも好感をお持ちになったらしく、

〈惜しいところで止めたものだね、あれでは、どの程度の琴か、聞きわけかねたよ、どうだい、もう少し近いところまで案内して、よそながらでも御様子をうかがわせてくれないか〉

などとおっしゃいますが、命婦は、奥《おく》ゆかしいほどに止めておきたくて、

〈でも、かつがつの侘《わび》しいお暮しでお気の毒なような有様ですから、あまりお立入り戴《いただ》きますのは――〉

と申します。すると源氏は、

〈まあ私が姫に興味を持っていることをいい折にお伝えしてくれ〉

とおっしゃって、その夜はそのままお帰りになるのでした。いずれ源氏のことですから、またほかの女のところへお通いになる先があったのでしょうね。

それでも源氏はお帰りになりながら、その邸《やしき》の垣根《かきね》の崩れたところに立ち寄って、さっき琴の音の聞えた表座敷の方を見ようとなさると、もう一人男がそこに立っているではありませんか、〈おや、これはこの邸の姫を恋してうろついている男がいるな〉と思って、そっと隠れようとなさると、何とこれが頭《とう》の中将《ちゆうじよう》――源氏の夫人の葵《あおい》の上《うえ》の兄君です。

どうして頭の中将がここにいたかといいますと、御所から一緒に退出しながら源氏が葵の上の左大臣家にも行かず、御自分の二条院にも帰らずどこかへ行かれるらしいので、さてはまた新しい恋人でも出来たのかと、面白半分に後をつけて来たのです。ところが源氏の入られた邸から間もなく琴の音が聞えて来たので垣の外に立って聞いていたというわけなのです。

二人の貴公子はそれぞれお通いになるおつもりのところがあったのでしょうが、もう冗談を言い合ったりなさりながら一つの車で左大臣家へお帰りになり、素知らぬ風に笛などをもてあそんでいらっしゃいます。心得のある女房達も几帳《きちよう》の中で琴を弾き合せたりしています。貴公子たちはその中でまたさっきの琴の音を思い出され、あの荒れた邸の中に美しい可憐《かれん》なひとがあんな風に埋もれて暮しているのに通うようになり、いじらしく気に入ってしまったら、自分もさぞ夢中になってのぼせて世の非難を受けるようにまでなるであろうなどと、それからそれへと空想しています。

ともかくそれが動機となってこの風流才子二人が、あの邸の孤独の姫を競《きそ》いあい、思いを通わせようという序幕がここに開かれたわけです。

そしてその後、源氏の君からも頭の中将からもその末摘花の君へ恋文が行くのですが、どちらへも梨《なし》のつぶての音沙汰《おとさた》なし、お二人のドンファン殿にちっとも御返事がありません」

ここで楓刀自《かえでとじ》は咳《せき》をして、またお鼻をちんとかむ、三人の若い美しい孫たちは笑い出してしまう。

「まあ、お祖母様《ばあ》のお講義ハイカラね」

というのである。

「私は年は取ってもなかなかモダンなのですよ、近代的解釈をいささか致します」

これでまた三人の孫たちを笑わせる。笑わせてばかりいても仕方がないから、お講義がつづく。

「さて、そのお二人の競争者は仲よしですから、みな打明けてしまう、貴方《あなた》のところへ何か御返事がありましたか、私のところはだめだったという……」

ここでまた楓刀自は咳をした。

「ね、先生、質問」

と鮎子が手を上げた。

「何ですか」

「ねえお祖母様――じゃなかった先生、そのお姫様は鼻の先が赤くって、みっともない方なんでしょう、それだのに、どうして美人好きの源氏や頭《とう》の中将《ちゆうじよう》がラブレターをそうお出しになるの、おかしいわ、それとも美人でなくても琴の音がいいからというわけなんですの？　鮎子わからないわ、その心理――」

ノートを取りながら藤子も実は考えていたらしい。

「それはごもっともな疑問ですが、今のように電燈で明るい時代でないし、家の造りは昼も仄暗《ほの》かったのですし、几帳《きちよう》や御簾《みす》の蔭《かげ》にかくれていらっしゃる御生活ですからね。殊《こと》にこれは、引込《ひつこ》み思案《じあん》の姫君で、大輔《たいふ》の命婦《みようぶ》といえどもお顔を真近く見たことはないのです。衣《きぬ》ずれや、琴の音、お声、ただ仄かにおぼろにお姿を見るだけだったのですよ」

「あら、そう、じゃ鮎子も御簾の蔭にいたら、素的《すてき》にみえるかしら」

「大輔の命婦と姫君との関係はどういうんですの」

藤子の質問だった。大貝夫人への報告のために今夜は大いに責任を感じている。

「それは姫君は故《こ》常陸《ひたち》の宮の末の大事にされていらしった正統の姫君で、その荒れはてた邸《やしき》の主。大輔の命婦は宮の脇腹の孫娘ということになるのでしょうね。そして宮中にお仕えしながら、宿下りの時には継母のいる父の家を嫌って、この邸に身を寄せている縁者で、折々は姫君のお相手もするという身分――」

楓刀自は解説する。

さて、秋の頃になって、源氏はやはり夕顔《ゆうがお》の宿の悲しい一夜などを思い出されるにつけても、今新しく思いをかけて興味を持たれたあの琴の音の姫君に、せっせとお文をお書きになるのですが、何の御返事もない事は同じでした。そうするとやはりこうした我儘《わがまま》な御《おん》曹司《ぞうし》の常《つね》として、最初琴の音の手引をした命婦をお責めになるのです。

〈私はこんな目にあうことはあんまりないね〉などと愚痴《ぐち》をおっしゃるので、命婦は困ったことになったと思い、姫君の御様子を考えても、どうも似つかわしいところや、由《よし》ありげなところはちっともないので、心配なのですが、源氏があまり熱心におっしゃるので、それでは何とかお手引して物越しにでもお逢わせしよう、お気に入らなければそれまでにすればいいし――と考えたのです。そして秋の月の出の遅い夜、源氏はまたこの邸へ忍んでいらっしゃいました。

古い邸の松風の音の心細さに昔のことなど語って泣いていらしった姫は、命婦にすすめられて、そのやっと月が上りかけて来た荒れた庭を前に仄かに琴を掻《か》きならされます、まずくはありません、そのうち命婦は、源氏の君のいらっしったことを知らされて、驚いたような顔をして、

〈まあ、困りましたわ、源氏の君がいらしったのでございますよ、いつも御返事がないので私をお責めになるのでございますが、私としてはどう取り計《はか》っていいかわかりませぬとばかりお断《ことわ》りして居りましたら、御自分で直接にお出かけになったのでございますわ、お

帰しすることも出来ません、物越しでお話を伺《うかが》うだけでも――〉とおすすめします、すると姫君は恋文の主、源氏の君の御到来にすっかり度《ど》を失って恥しがられ、

〈私はどんな事をお話していいかわからないから〉と、恋も知らず、世間も知らず男も知らぬ、無性《むしょう》に引込み思案の姫は、もう奥の方に身を退《しさ》らせてしまう始末《しまつ》に、

〈そうはにかんでばかりいらしっても困ります〉といろいろにすすめて勇気を奮《ふる》い起させますと、やっと、

〈それでは私の方で御返事をしないでもいいというなら、お格子《こうし》を隔てて、おっしゃることだけ伺いましょう〉と、まことに消極的なはにかみやです、つまり淑女的《しゅくじょてき》とも申せますね。

お格子の外というと縁側《えんがわ》のところに源氏のお席を置くことになりますから、それではあまり失礼になると命婦《みょうぶ》もうまく取りなして、姫君のお座敷の襖《ふすま》を境にして、その隣の部屋にお席をしつらえて源氏をお迎えしました。姫君のお傍の侍女達は光源氏のお姿を自分はぜひ拝《おが》もうと此方《こちら》は大喜びです。そして姫にはよそゆきの御衣裳《ごいしょう》にお着換えさせたりして、何しろ光源氏が世にも名高い御美男なのですからたいへんです。

さて光源氏は最初は綿々《めんめん》たる御自分の恋情を上手にお伝えになります、ところが姫君からは何の反応もありません。さすがの源氏も溜息《ためいき》をおつきになり、

幾そたび君がしじまに負けぬらむ
　ものな言ひそと言はぬたのみに

あなたは無言ではあるが、二度と言葉をかけるなともおっしゃらないのを一筋のたのみにしていますという意味ですね、何しろさすがの源氏の君も末摘花《すえつむはな》の君に黙秘権《もくひけん》を行使されてはかないません」

刀自は咳《せき》をし、三人の孫は笑った。

「それでも姫君は何ともおっしゃらないので、お傍についていた、気も早いし気転もきく侍女の侍従というのが見かねて姫君の傍へ寄って姫君らしく御返歌をしましたが、源氏の直観ではどうもその声が姫君のにしては仇《あだ》めいて軽々しいように怪《あや》しまれます、それからまだ暫《しばら》く何やかやと、源氏は取りとめのないことながら、真面目そうにもまた戯《たわむ》れめいてもいろいろと話しかけて御覧になるのですが、もう何の手応《てごた》えもありません、こんな態度を男に見せるというのは、いったいどういう人なのだろうと、源氏はいまいましくもはがゆくも思われ、ついと襖をお開けになって姫君のいるお座敷へ入ってしまわれました。

こうなると、まさかと思って油断をしていた命婦は困って、無責任にも逃げ出してしまったのです。お傍についていた侍女達も、何しろ相手が光源氏の君なので押し出すわけにもゆかず、手がつけられない有様です。

当の姫君はもう恥かしさつつましさだけで、源氏はそうしてやっと姫の傍に身を置くことは叶《かな》いましたもののあまりに世なれぬ姫の物腰に物足らず、また何となく合点《がてん》のゆかぬようなところもありましたので多少がっかりされて、夜更《よふ》けて邸を出て行かれました。

さてその当時の男女の語らいの作法《さほう》として、昨夕《ゆうべ》初めて女の許《もと》に夜を明かした男は、後朝《きぬぎぬ》の挨拶の文を送り次の夜も訪れるのが習いでしたが、そのきぬぎぬのお文がなかなか届きません、命婦は姫がお気の毒でいらいら心配していますが、源氏の方でもお気になさりながら、いろいろ事の多い日で、やっと夕方になって、それをお届けになったというような次第です。それからまわり中で姫にやいやいおすすめしたりお教えしたりしてやっとお返しを書かせるやら、なかなか手数のかかるお姫様でした。

源氏はそれを御覧になっても何の興《きょう》もなく、もうその夜はお泊りに行くお気もないのです、しかし、そのことで女の方で煩悶《はんもん》なさるだろうと思うとやはり気懸《きが》かりです、もしこうなってしまった以上は仕方がない、末長く世話をして上げようと決心してはいらっしゃいます、しかしそんなお心を知る由《よし》のない姫君の邸の人々は源氏のおいでがないので、みんな暗い気持に閉《とざ》されてしまうのです。

その頃、帝が朱雀院《すざくいん》へ行幸《ぎょうこう》のことがあって、そのために、舞楽のお稽古《けいこ》などで、源氏の君もお暇がない、是非《ぜひ》いらっしゃりたいところへはむりしていらしっても、なかなか常陸《ひたち》の宮へいらっしゃる時間はなくて日が経っているうち、例の命婦がまいり合わせて、〈あれっきりお姫様をお見限りでは、あまりにお気の毒でたまりません〉と泣き出さぬばかりに口説き立てます。

〈ほんとうに忙しいのだよ〉溜息をおつきになりながらも、この命婦にも気の毒なことをしたとお思いになります。

行幸のことがすんでからは、それでも時々常陸の宮へお通いになりましたが、そのうち若紫を二条の院へお引取りになってからというものは、その幼い人を愛し育てる楽しさにあちこちの女の許へのお通いも遠のいているような次第で、ましてあの荒れた淋しい邸の姫は気の毒だと、心にかけてはいらっしゃりながらも、何となく出かける興味がうすらいでいらっしゃるようです、ところで源氏は、その邸の姫のほんとうの姿はまだ見ていられないのも同然なのです、しかしただひとえに恥じらってまだ顔も見せない姫の正体を、ぜひ見たいというお心も起らずに過ぎていました、暗まぎれの手さぐりの愛撫《あいぶ》だけで契《ちぎ》られるのですから、まことにその当時はおっとりしたものでした。

たまに宵《よい》のうちにいらしって邸の様子など御覧になると、まことに質素を通り越して貧弱な暮しで、源氏は姫を可哀想《かわいそう》に思われるのでした。

そしてある夜の暁、やっと姫の姿を明るみで見ることになりました、それは庭の前栽《せんざい》に雪の積った朝です、その雪明りに誘い出して源氏はとうとう姫のほんとうの姿やお顔をたしかめられました。その刹那《せつな》、さすがに源氏は胸が潰《つぶ》れるように驚かれました。何よりもまず驚ろくべき特徴はこの鼻が、普賢菩薩《ふげんぼさつ》の乗られる象の鼻のように長くのびて、垂れて、しかもその先が赤くなっていることです、それこそ末摘花《すえつむはな》のはなでもはながちがいますね……」

三人の生徒も驚いて、笑うことも出来ず、そうした鼻の持主に心から同情を寄せ、その鼻を見てしまった源氏を憎《にく》らしいと思う、見ずに置いて上げればいいのにと――。

「鼻の先は赤いが、お顔は日蔭《ひかげ》にばかり暮していられるせいか雪のように白いのです」

「雪が降って寒いから、鼻の先が赤かったのじゃないかしら」

これは容子の同情ある弁護であった。だが楓刀自《かえでとじ》はかまわず、原文通り辛辣《しんらつ》に末摘花の容貌《ようぼう》を並べ立てる。

「その上、姫はおでこで、長い顔で、身体はひょろりと痩《や》せて骨ばっていて何とも言いようがありませんが、髪だけは、たいへん見事で、どなたにも劣《おと》りません、髪の毛の裾《すそ》はお召物《めしもの》の裾にたまって一尺ばかりも先に余《あま》るというのですから、まるで今で言えば椿油《つばきあぶら》の大島の女の人の髪のようなものでしょうね、今度はそのお召物――もうどうにもならなく褪《さ》めはてて白っぽくなった桃色の衣に、紫といっても、これが年月を経て黒くなってしまった袿《うちぎ》を重ねて、その上に雪が降って寒いせいでしょう、黒貂《くろてん》の立派な皮衣《かわごろも》を羽織《はお》っていられたのです」

「まるでエスキモーね」

鮎子はこの姫君の毛衣には、いささか驚いた。

「いいえ、その当時の貴族は毛皮を着ることは不思議はなかったようですよ、しかし若い姫君にはいかにも不似合だったでしょうね。もっともこの頃、洋服の上に毛皮の外套《がいとう》を着ることを考えれば何でもないわけですが、源氏には今まで御存《ごぞん》じの女の方達に比べてこの姫が何ともいえぬ野暮《やぼ》な不美人に見えたことに違いはありません。源氏は何故《なぜ》こうまで、まざまざと見てしまったものだろうと後悔なさりながらも、頭からそうした不美人を振り捨ててしまうかというのに、そういう気にはおなりになれないのです、自分でなかったら、とてもこれは、辛抱《しんぼう》はしないであろうとお思いになるにつけ、かえって哀《あわ》れで、振り捨て難くお思いになって、

〈孤独のあなたと契《ちぎり》を交《かわ》した私には、もう何にも遠慮なさらず、して欲しいことがあったら何とでも頼んで下さい〉

と優しい言葉をおかけになります、そしてそれから源氏はそのお言葉通りに、いろいろ生活の必要品や衣類などを気をつけてお贈りになったのです、これが普通の容色の女性だったら、かえって振り捨てることも出来たでしょうが、源氏は世の並ならぬ姫の正体をはっきり見てしまった今となっては却《かえ》って憐《あわれ》む心がまして、どうしても捨てることが出来なかったのですね……」

刀自は咳をしてお茶をのんだ。

「そこは源氏のなかなかいいとこね、私源氏を見直したわ、やっぱりフェミニストだわ」

鮎子のおしゃまが時々間《あい》の手を入れる。

「その年も押し迫った暮《くれ》に、命婦《みょうぶ》が源氏の御所の宿直所《とのいどころ》へ、末摘姫《すえつむひめ》からのお遣《つか》いものを、困った顔をして極《きま》り悪がりながら差し出しました。それは姫から心をこめた贈物の、源氏の正月のお召物《めしもの》でしたが、どうもあまりぞっとしたものではありません、ですから命婦が極り悪がったのです。

〈いや、うれしい志《こころざし》を受けます〉と源氏は恥をかかせずに受取りました、まったく我慢の出来ないような野暮《やぼ》な見立ての直衣《のうし》だったのですが、その上添えられた堅苦《かたくる》しい姫の歌のひどさにも呆《あき》れて源氏は物もおっしゃれません、その紙をひろげて端《はし》の方にいたずら書きをなすっていらっしゃるのを命婦は横眼で見ますと、

なつかしき色ともなしに何《なに》にこの
末《すゑ》摘《つむ》花《はな》を袖にふれけむ

とあります、どうも末摘花というのが曲者《くせもの》だと思います、命婦は月の射し込んだ夜などに時々見た姫君の顔を思い出して、源氏のいたずら書きをひどいと思いながらおかしくなって来るのでした」

「お祖母《ばあ》様、末摘花っていうのは、どういう意味？　花の名前？」

鮎子が質問した。

「そう、末摘花というのは、その頃の紅の染料にした、紅花《べにばな》の異名《いみよう》です、それに赤鼻をおかけになったわけですね。

ところで源氏は今度は御自分の見立てで、いい御趣味の姫君のお召料《めしりよう》を、お歌を添えて贈られました。

そしてお正月にはお忙しい中を義理《ぎり》難《がた》く、その鼻の赤い姫君のところにも泊りに行かれる光源氏でした。考えれば、そういう不幸な鼻を持っている姫君が、沢山《たくさん》の美女達のあこがれている源氏を時折《ときおり》でも通わせるということが出来たというのも、まことに不思議な事ですね、そこに同じ好色者といっても、源氏には何か男性の魂《たましい》の優しさを見出《みいだ》しますね、紫式部もそこに重点を置くためにこの鼻の赤い姫君を点出《てんしゆつ》したのでしょう。

しかし何といっても源氏が今夢中になって可愛がっていらっしゃるのは、あの幼い若紫《わかむらさき》です、この小さい姫をお相手に雛《ひな》遊びをなすったり、若紫が絵を描いて彩色をなすっている傍で、源氏もいたずら描きなどをなすっていらっしゃいます、髪の長い女の姿に、鼻の頭にちょんと紅をつけて御覧になる、今でいう漫画が出来てしまいます。

今度は御自分の綺麗《きれい》なお顔の鼻の先に、その紅をおつけになってみると、流石《さすが》の光源氏のお顔もまことに滑稽《こつけい》に見えるので、若紫は見ておかしがって笑声をお立てになります。

〈もし私がこうした片輪だったらどうする〉

と言われると、

〈まあ、いやなこと〉

と若紫は言って、大事な源氏の君のお鼻にその紅が永久に浸《し》み込んでしまいはせぬかと心配して、お硯《すずり》の水にみちのく紙《がみ》を濡《ぬ》らして一生懸命に拭《ふ》いてお上げになるのでした、こうした若紫と源氏の美少女と美男のむつまじさに、早くもお庭の梅が、ほおえみ開くようでした。

それに引きかえ、末摘花《すえつむはな》の姫のような方は行末《ゆくすえ》どうなるでしょうか、その姫の行末は、蓬生《よもぎう》の巻でお話いたします。またこの幼い若紫の行末もどうなるのでしょうか、いずれあとで……私も今日は風邪気で、鼻がつまってしまってへんな声でしたが、今夜はこれで末摘花の巻を終りましょう」

「じゃ、末摘花も若紫の行末も、またあとで伺《うかが》えるのね」

藤子はそう言ってノートを閉じた。きょう欠席した大貝夫人が、末摘花の話を藤子から聞いたら、どんな考え方をするだろうかと思いながら……。

紅葉《もみじ》の賀《が》

鎌倉山の海風の来る暖い松林の間の芝生にも霜《しも》がうすく今朝は粉白粉《こなおしろい》を刷《は》いたように降《お》りた。

末摘花《すえつむはな》の講義の時から楓刀自《かえでとじ》はお鼻をかんで風邪声であったが、その風邪が本格的になって、この前は初めてお講義開始以来休講となった。

大貝夫人は風邪のはしりをひいて欠席し、次は先生が休講なので二回つづいて休んでしまったから……。

「私はもう今日もお休みだったらどうしようと朝からむずむずしていたのですよ」

と、すぐ近くのお住居《すまい》から黒ビロードのコートに銀狐を背負《せお》いこんで仰山《ぎょうさん》な防寒の装いで入って来られた。

「年寄りはどうも頑張りがききません。気持は若いつもりですがね、けれども私の楽しみのお講義を欠かさないように、一生懸命で風邪は癒《なお》しました」

と楓刀自は早くも座敷に現われた。部屋の中はお火鉢《ひばち》に金盥《かなだらい》をかけて湯気をもうもうと立てて暖房装置がしてある。

「さあさあ始めましょう、一回休んでしまったから、先生も馬力《ばりき》をかけてこれから致します。今日は紅葉《もみじ》の賀《が》です。ともかく桐壺《きりつぼ》から紅葉の賀まで漕《こ》ぎつけましたね。我ながら幾山河を越えておこがましくも源氏のお講義をつづけられたものと思いますよ」
隔週に一度だからさほどの月日ではないが、刀自にとっては大努力でさながら桐の花咲く頃から紅葉の散るまで、長い間を経てきたような気がする。

紅葉賀

「さて紅葉の賀の巻は、源氏の君が十九歳の秋の十月、朱雀院《すざくいん》への帝《みかど》の行幸《ぎょうこう》の時の歌舞《かぶ》に始まっているのでこう名づけられたのでしょう。行幸の時のいろいろ美しいお催《もよお》しも、後《こう》宮《きゅう》の女御更衣《にょうごこうい》その他の女官達は御幸《みゆき》にお供いたしませんので、御覧になれないのを惜《お》しんで、ことに帝の一番に御寵愛《ごちょうあい》の藤壺《ふじつぼ》にその催しの歌舞を見せてお上げになりたいために、行幸当日の催しをそのままに、今でいうと舞台稽古《ぶたいげいこ》といった形で宮中でその試演をお催しになりました。

その中の一つとして源氏の君は、頭《とう》の中将《ちゅうじょう》をお相手に青海波《せいがいは》をお舞いになりました。頭の中将も相当風采《ふうさい》のすぐれた貴公子なのですが、光源氏の君と並んでお踊りになるのは大変な損で、満開の桜の樹に立ち並ぶ深山《みやま》のつまらぬ木といった形でした。

ところで丁度《ちょうど》そのプログラムから、青海波は夕方の時間になりましたので、そのお二人の舞楽《ぶがく》の始まった時、折しも秋の夕陽が宮廷の美しい苑《えん》にさし込んで、その秋の入り日を背に眉《まゆ》うら若い貴公子が冠《かんむり》に紅葉《もみじ》かざして舞われる姿はいい様もなくあでやかで、また舞に合せた歌詞を時折お歌いになるお声のめでたさ、それこそ迦陵頻伽《かりょうびんが》――極楽に住む声のもっとも美しい鳥だといいますが、その声かともきかれて、姿といい歌といい、あまりに人の心を魅《み》する美しさに、見る人々は感動して涙ぐんだと申します。美の極《きわ》みは人を感傷に誘うものとみえますね、そこへもって来て奏楽が美しかったのでしょう」

﨟《ろう》たけたわが皇子《みこ》の舞姿に帝もまた落涙なさいました、美の極みは人を感傷に誘うなどというなかなか若い人の顔まけするおばあ様の表現に、容子と鮎子は肱《ひじ》をつつき合ってくすりと笑った。

ジョー葉村が今日も姿を見せないのは、彼は商用で行った名古屋からついでに京都の秋を探りに足を延ばしたので、時折簡単な名所絵葉書が姉妹の許《もと》に来る、鮎子は彼が今日も顔を見せないのが一寸《ちょっと》残念である、彼におばあ様のその表現をきかせたいような気がするのだった。

半《なか》ば戯《たわむ》れながら、彼を源氏に擬《ぎ》し、ひそかに自分を若紫《わかむらさき》の如《ごと》く思いたい鮎子にとって、ジョー葉村のいないことは、少し淋しいらしい。そのせいか今夜はその現代若紫はわりに大人しい。

「さてその皆を落涙させたほどの青海波《せいがいは》を見る観衆の中の女御《にょうご》のお一人藤壺《ふじつぼ》の宮は、道ならぬ恋を結ばれた源氏の君のこの世のものならぬ美しい舞の姿をどんな思いで御覧になったことでしょう、申し上げずとも、皆様の御想像にお任《まか》せします」

祖母君は澄《す》ましてそんな事を言って時々皆を突放《つきはな》す。

「その日の行幸の舞楽の試演は何といっても光源氏の青海波に止《とど》めをさしました、その夜帝は、お傍《そば》に召《め》された藤壺に、

〈今日の舞楽は青海波が一番よかった、あなたはどう思われる〉とおききになりました。藤壺は心苦しくうつむいて、

〈ほんとうに格別でございました〉とだけ、胸のとどろく思いだったでしょう。

さて翌朝、源氏の君は藤壺の宮へ文《ふみ》を差し上げました。この方はこの方で、青海波を舞いながらもお心の中でただその藤壺の宮お一人がどう御覧になるかと、その事ばかり気にしていらっしったのでしょうから。

そのお文には、昨日の青海波をどう見て下さいましたか、私は苦しく人を思う心で乱れがちに舞いました、とあり、お歌を一首、

物思ふに立ち舞ふべくもあらぬ身の
　袖《そで》うち振りしこころ知りきや

この歌の意味はもう申し上げずともおわかりでしょうが、人を恋うてもだえながら、私

が袖をうち振って舞うたのは誰れのためかわかって戴《いただ》けましょうかという意味ですね。藤壺の宮もいつものように黙殺《もくさつ》してしまうことは出来なかったのでしょう、あの眼の覚《さ》めるように美しかった舞には、一こと答えずにはいられなかったのです。

唐人《からひと》の袖ふることは遠けれど
　起《た》ち居《ゐ》につけて哀れとは見き

一人の観衆として——と思いを述べられました。その意味は遠い唐人の舞は見たことはございませんが、貴方《あなた》の一挙一動なみならぬ思いで拝見いたしましたという気持のお歌でした。

久しぶりの藤壺の宮からのお返しの文を源氏は一ときの幸福感に打たれて繰り返し御覧になって居ります。

さて、いよいよ帝《みかど》の行幸《ぎょうこう》の当日、大勢の親王《しんのう》や公卿《くぎょう》は一人も洩《も》れずお供をし、龍頭鷁首《りょうとうげきす》の船は楽人をのせて奏楽しつつお池を巡ります。

帝は先日の舞楽試演の日の源氏の君の舞姿があまりに美しく臈《ろう》たけていたので、美しいものを嫉《ねた》む天魔が魅入《みい》りはせぬかとお案じになって寺々に命じて源氏を守護するお経《きょう》をお上げさせになったのもさすがに御親子の情の有難《ありがた》さと人々は思いましたが、春宮《とうぐう》の御母の女御弘徽殿《こきでん》は帝の源氏への偏愛《へんあい》をあまりいい気持はなさいません、それだけ源氏へ憎《にく》しみがかかるわけです。

その日朱雀院《すざくいん》の林泉《りんせん》の紅葉《もみじ》の散り舞う中の舞台に、青海波《せいがいは》の舞手の二人の貴公子源氏が進み出《い》でられた時は、地上にもない美しさでした。とりわけ輝くような美貌《びぼう》の貴公子源氏が、冠の紅葉を白菊にさしかえかざして舞う姿は人間界のものとも思われぬ、空恐ろしいほどの美しさでした。そのためにほかにいろいろ舞をした人達は何のことはない源氏の引立役をしたようなもので、出ない方がよかったようなものでした。

それから間もなく藤壺の宮は宮中から里へお帰りになりました。源氏は恋しい人が実家に帰られているうちに何とかして会いたいと思って、そんな事にこだわって、御自分の奥様のところ左大臣家へもあまり足を向けられません。それが葵《あおい》夫人には怨《うら》めしい上に、かてて加えて源氏が御自分の二条院に新しい方をお引取りになったということもお耳に入って――これは若紫《わかむらさき》のことですが、くわしい事情はわからないので、なおさら夫人は御機嫌がお悪いのです。といって普通の女のように優しく怨み言をいうというのでもないので、此方《こちら》からも卒直にお話したり慰めたりも出来ない、水臭くばかりなさるのでついよそへ行ってしまうというようなわけになります」

楓刀自《かえでとじ》がここで湯呑《ゆのみ》のお茶をのんでいる間、大貝夫人は吐息して、

「ほんとうに困ったものですねえ、葵の上がヒステリーになるのも当然だし、やっぱり源

氏は横暴《おうぼう》ですねえ」

大貝夫人が、ある時は藤壺《ふじつぼ》に同感し、また時には葵《あおい》の上《うえ》にも同情せずにいられないのも、三人の娘達とちがって結婚生活の経験があるせいであったろう。

「さて一方、若紫は、だんだん源氏に馴《な》れ親《した》しんでゆかれますし、その性質や顔貌《かおかたち》の美しさは、なおさら源氏のお心を引きつけます。そしてまだ大人らしい恋心ではないのですが、無邪気な少女の心で、光源氏を慕《した》い寄《よ》っていらっしゃいます。源氏もまだ当分の間は御殿の中の人々にも若紫のことはそっとしてお置きになりたいとお思いになって、母屋から離れた西の対《たい》にひそかにお住わせになり、お傍去らずの例の惟光《これみつ》以外のものは、西の対にすむ方が何人《なんぴと》であるか委《くわ》しく知る人もありません。

こうして源氏は里親に預《あず》けておいた娘を引取ってこれから一心に教育をしようとする父親のように何かと若紫を教育なさるのです、といって源氏が始終遊び相手をして居られるわけではありません。何しろ源氏には諸処方々に通う女性が多いのですから、そうそう夜などもお家にばかりは居られません。すると若紫は淋しい夜などは今でも亡くなった祖母の尼君《あまぎみ》を恋い慕って泣かれます。そういう事をお聞きになると、源氏は母親の無い娘を家に残しているようで折角《せっかく》お通いになった女性のところでも落ち着いたお心になれない事があります。それほど源氏も若紫には愛情を傾《かたむ》けていらっしゃるのです。

それでもまた源氏は藤壺の宮のお実家《さと》のあたりへも何かと様子を知りたさにうろうろと

いらっしゃるらしいのです。いくら訪ねていらしっても藤壺はもう直接には決してお逢いにならず、他人行儀なお扱いを女房達も致しますが、たまたま藤壺の宮の兄宮の兵部卿《ひょうぶきょう》の宮とお行き合せになることもあります、この方は若紫の父君に当ります――つまり兵部卿の宮が按察大納言《あぜちだいなごん》の姫君に通って生ませたのが若紫ですから――可愛《かわい》い若紫の父に当る人と思えば源氏も何となく親しいお心持で打ち解けられます。兵部卿の宮の方では御自分の御娘がいつしか源氏の君の邸《やしき》に引取られていて、将来妻になるなどとはまだ少しも御存じありません。夜になって兵部卿の宮は妹君の藤壺の御部屋へ入ってしまわれます、源氏はそれが羨《うらや》ましい、御自分がまだ童子の頃は帝に愛されて藤壺の女御の御簾《みす》の中にも出入出来たことがあるのですが、今はそんな事は許されません、そんな風にいつも物足りない思いで源氏は藤壺の邸から帰られます。

さて一方若紫の祖母の尼君のための服喪《ふくも》は、母方の祖母なので三ヵ月ですみます。その年の十二月、師走《しわす》の三十日《みそか》というのに、若紫は喪服を脱がれて、紅、紫、山吹《やまぶき》の地の上等の織物の御小袿《おんこうちぎ》を着られます。

年が明けて元旦の朝の若紫のそうした姿は俄《にわ》かに大人びた美人に見えました。元旦の宮中の朝拝《ちょうはい》にお出掛けの際、源氏は西の対にお寄りになってその姿を見られ、〈今年からはもう大人におなりになるのですね〉とほおえまれました。ですがまだまだ大人にはなり切れない紫の君は人形遊びに余念《よねん》もありません。み厨子《ずし》の二つにはいろいろの玩具《がんぐ》がおいてあります。そのほかに小さい作りものの家など幾《いく》つも源氏が遊び道具にお上げになってあったのをお座敷中に並べて、まことに相変らずの子供らしいお遊びでした。〈いぬきが鬼やらいをするといってこのお家をこわしてしまいましたので直していますの〉と、姫君は一生懸命に可愛い指先で小さい玩具の家を修繕しようとしています。

皆さん、このいぬきという子を思い出されるでしょう、若紫がまだ北山で祖母の尼君と暮していられた時、若紫の大切にしていた雀《すずめ》の子を伏籠《ふせご》から逃がしてしまったそそっかしいお遊び相手の子です。

あんまり若紫が無邪気なのに、ほおえまれながら、〈いぬきはほんとにそそっかしいですね、すぐ直させて上げましょう〉と頭を撫《な》でぬばかりにしてお出掛けになる光源氏の新年の朝賀《ちょうが》の正装を、ほかの女房達は眼をみはって見送って居ります。

この若紫につき添っている例の乳母《めのと》の少納言が、人形遊びに夢中になっている小さい御主人に、〈今年は一つお年をお取りになったのですから、もうお雛《ひな》遊びなどお止めになって大人におなり遊ばせ、もう姫様にはあんな御立派な光源氏という背《せ》の君《きみ》がおありになるのですから、その方の奥様らしくおなりにならなければいけません〉としかつめらしく言ってお聞かせしますが、若紫はもう自分に良人《おっと》があるときいて驚ろいてしまわれましたが、その良人というものの美しい貴公子には御満足なのでした。この源氏の君に比べると、乳母達の良人などは随分年を取ったへんな顔だとお思いになるのです、しかし若紫はまだ名ばかりの夫人なのです。

源氏はお正月には宮中からさすがに正夫人葵の上《あおいのうえ》の左大臣家へ行かれました、ところが葵の上は新年が来ても苦虫をつぶしたように放埒《ほうらつ》の良人を見下げ果てたという態度で固く冷たいのです。源氏は全くやるせなく、

〈今年からはあなたも、そんな頑《かた》くなな態度をとりかえて温《あたたか》い優しさで私を迎えて下さるとうれしいのですが、出来ないものでしょうか〉と言われました……」

するとお大貝夫人が間髪《かんはつ》を入れず、

「私ならすぐ言い返しますね、今年から貴方《あなた》も浮気を止《や》めて戴《いただ》けないものでしょうか――」

すると、刀自も珍らしく、それに応じられて、

「そうそうその通り、そう言った方がかえって親しくなるでしょうね、葵の上は黙って唖のようにくよくよ思っていられるだけだからいけません、しかしそれも生れつきの御気性だから仕方がないのでしょうね、そこへもって来て、二条の院に、もう一人ひどく愛していられるらしい方が引取られているという事が耳に入っていますから、なお頑くなになってしまわれます、それに良人の源氏の君より四つお年上だという気持があって、あんまり戯談《じょうだん》もおっしゃらない、しかし決してみにくい方ではなく、よく整のった女盛りの貴夫人であられる事は源氏にだってわかっているのです、しかし二人の夫婦の間の溝《みぞ》はなかなか越え難《がた》いものになって来ています。葵の上も淋しいが源氏の君も淋しいのです。

そうした夫婦仲を心配して、何とか娘が源氏に愛されて欲しいと気を揉《も》まれるのは左大臣です、その日も新年の正装の源氏のお姿を見て、その御装束《おんしょうぞく》を直してお上げになったり、御自分の宝物にしておられた石帯《せきたい》——革製の帯《おび》で宝石で飾ったものです。それを惜しみなく愛婿《あいせい》にお年玉に贈ったりなさいます、左大臣は何としても源氏の君を婿《むこ》にしていられる事がうれしいのです。その婿君が時々でも訪れて来られる事を喜ばれるのです。そして娘のためにも喜ばれるのです」

「ほんとうに娘を嫁にやった親の心って可哀想《かわいそう》なものですね、私も娘を持っていたらきっとそうして、婿の御機嫌を取るようになるかと思うと情けない」

大貝夫人はとかく下世話《げせわ》ながら、実感をこめて言う。まだその点三人の姉妹にはわからない、だがいずれわかる時が来るだろう。藤子はすでに結婚はしているが、良人《おっと》は養子同様で父や母ともよく調和したのであまりその点で苦労もしていない。

「源氏がその日参賀にまわる、今で言えば回礼《かいれい》、出かけられた処《ところ》は、えらい方ですからそれほどはありません、春宮《とうぐう》の御所と、仙洞御所《せんとうごしょ》の上皇と、そして藤壺の三条のお邸《やしき》へいらしっただけです。その御年賀に伺候《しこう》されるお姿がまたひとしお晴れやかに御美男ぶりが引立ってみえますので垣間《かいま》見る藤壺の女房達が、〈今日はまた殊《こと》のほかお立派ですこと、年《とし》毎《ごと》になんと鮮《あざ》やかに引立っていらっしゃること〉と声々にささやき合ってざわめくのを藤壺はお耳になさりながら、御几帳《ごきちょう》の隙《すき》から、ほのかに源氏の君を御覧になりました。そして、お心にはまたさまざまのお思いが生じるのでした。

藤壺はすでに御出産の御予定の十二月が過ぎているのでお邸の人々も待ちかね、また帝も御寵愛《ごちょうあい》の藤壺が、皇子か皇女か早く見せてくれるようにとお楽しみになっているのにお正月が過ぎてもまだ御出産の御様子がないので、どうしたことかと御自分にもお考えになるのが御妊娠の御身体《おからだ》にも障《さわ》るほどでした。

源氏の君は君で、あまりにも美しい藤壺がかぼそいお身体で無事に出産などおすましになれるだろうか、その間に御病気でおなくなりにでもなったらと、恋い慕うお方の身体を心配していられる……。

ところが二月の中頃になって、男の御子が無事にお生れになったので、帝の御満足は申すまでもなく、三条のお邸でもみな吻《ほっ》といたしました。

藤壺の宮はその御子こそ、源氏との道ならぬ契《ちぎ》りによって……と思い当ることがおありになるだけに、そのような罪の子ともいうべきを帝の御子として、帝をいつわり、人をいつわり、なお図々《ずうずう》しく生きようとする御自分を恥じ悩まれるのですが、弘徽殿《こきでん》の女御が呪《のろ》っているという噂《うわ》さ通りに、もし産後にわずらってこの世を去ってでもしまったら、それ見たことかとかえって後指《うしろゆび》をさされるとお思いになると同時に、子を持って母となってみれば、その御子への母性愛のお蔭《かげ》で前よりは気性もお強くなり、その御子のためにも、とのお心の張りゆえに、今までのお心の悩みゆえの身体の弱り方もだんだんに恢復《かいふく》していらっしゃるようでした。

さて帝《みかど》は新しい皇子《みこ》を早く御覧《ごらん》になりたがっていらっしゃいます、ところが源氏の君もまた藤壺の御子を一目でも早く御覧になりたい思いは同じでした。それで藤壺の産後をおやすみになっていられる三条の邸《やしき》へお見舞に行かれて、あたりに人のいない折に、〈帝が皇子を御覧になりたがっていらっしゃいますから、せめて私が見せて戴《いただ》いて帝に御報告したいと思います〉と申し込まれたのですが、藤壺の宮からのお言葉として伝えられたものは、〈まだ生れ立てのみどり児《ご》は可愛《かわい》くも見えぬものですから御遠慮いたします〉とのことでした。

するとと大貝夫人がまた一言挟《はさ》んだ。

「ほんとうにそうですね、生れ立ての赤ん坊ってものは赤い顔した猿《さる》みたいで、あんまり可愛いものじゃありませんよ、頭が馬鹿《ばか》に長くって――私は自分では経験がないんですが、よく会社の社員の産婦を見舞に行くとそうなんですよ」

すると楓刀自《かえでとじ》はにっこり笑って首を振り、

「ところが藤壺がお見せにならなかったのはほかの理由のようです、さすがに美女の藤壺と美男の光源氏の間に縁《えん》あってお生れになった御子だけに、生れた時から目鼻立がしゃんとして決して猿のようではなかったようですが、それがかえって宜《よろ》しくない、ほやほやの生れ立ての赤ちゃんのくせに眉目鼻、光源氏の君にそっくりなのです、ですから、藤壺は何としてもお目にかけられなかったのです、そしてあまりにも美しいその御子のお顔を見ながら、そのうら若い母君はお泣きになるのでした。その藤壺のお心のうちも知らず、源氏の君はその藤壺のお生みになった御子を見たいとひたすらに思われるのでした。

やっとその四月に、藤壺を母とした新しい皇子は初めて宮中にお入りになって帝に対面なさいました。

何しろ初めから目鼻立ちのはっきりしていられたような御子ですから、その春にはもう、みどり児というよりは、はや子供らしく、御自分で身体を起き返らせるほどに御成長が早いのでした。帝はその御子を御覧になった時、びっくりするほど源氏の君に似ているとはお認めになったものの、少しもお疑いにはなりません、それもその筈《はず》です、源氏の君が、かつての寵妃桐壺《ちょうひきりつぼ》の生ませられた御子ですし、その桐壺によく似た藤壺の生まれた御子は、また源氏の君の幼い異母弟《いぼてい》に当るわけですから、それは当然で、優れた容貌《ようぼう》の子はこうも似るものかとお考えになっただけで、かえってそのためにも、この御子への御寵愛《ごちょうあい》はまさるようでした。

帝は源氏の君の生まれた時から、特別にお愛しになり、出来ることならこの君をこそ春宮《とうぐう》の位置にお立てになりたかったのに、それが弘徽殿《こきでん》とその御子への御遠慮で出来なかったので、せめてこの源氏によく似た幼弟を次の春宮にとひそかにお考えのようでした。

源氏の君が、帝のお前にお出になった時など、帝御自身が幼い皇子をお抱きになって、〈沢山《たくさん》皇子もあるが、こんな小さい時から始終手許《てもと》に見たのはあなただけなので思い出すのだろうか、とてもよく似ている、小さい時はみんなこんな風なのだろうか〉などと、とても可愛くてならないという御様子なのを見るにつけても、源氏の君は顔色が変るような心地で、恐《おそ》ろしくも勿体《もったい》なくも、またうれしくも哀れにもさまざまの思いに涙がこぼれるようでした。あまりに御自分に生き写しの藤壺の皇子を御覧になり、思いがけなかった父としての愛情も自《おの》ずと沸《わ》いて、さすがの源氏も御自分のお気持の動揺に堪《た》えず、御退出になるのでした。

そうした日、源氏は二条の自邸へお帰りになっても、言い知れぬ秘密の苦悶《くもん》にうち臥《ふ》しておしまいになりました。そしてそのお心を静めようとなさりながら、前栽《せんざい》の植え込みの青みわたる草の茂りに目をお移しになると、可憐《かれん》な常夏《とこなつ》の花——撫子《なでしこ》ですね、その花が咲いているのです、源氏はその花に更に愛憐《あいれん》の思いがつのったのでしょう、その撫子を手折《たお》って、お歌を添えて藤壺の女御《にょうご》のお傍に仕える王命婦《おうみょうぶ》へお遣《つか》わしになりました、もちろん目的は藤壺の宮のお目にふれるのを望んでですが、

よそへつつ見るに心はなぐさまで
露《つゆ》けさまさる撫子の花

この歌の意味は、撫子の花を御子になぞらえてみても心慰《こころなぐさ》まず、かえって袖《そで》が露にしめる思いです――こうですね、王命婦はそのお歌に添えられた撫子の花をお目にかけ、源氏のお望みを察して、〈ほんの少し、この花びらにお書きになるほどのお返しでも……〉と申し上げると、藤壺の宮も、同じ悲しい思いに沈んでいらしった時とて、

袖ぬるる露のゆかりと思ふにも
　なほうとまれぬやまと撫子

これは悔恨《かいこん》の涙に袖は濡《ぬ》れるけれど、やはり君の面影《おもかげ》を宿したこの若宮をいとしく思われます。それは撫子の花びらに書き切れませんから、書き反古《ほご》のような紙にさりげなくお書きになったのを、命婦は喜んで源氏へ差し上げました。源氏の君は涙のこぼれる思いでそのお歌をおよみになります……。そしてかえって悲しさ哀れさをまして、居ても立ってもいられぬ思いをお紛《まぎ》らわしになろうと、西の対《たい》の若紫《わかむらさき》のお顔を見にいらっしゃるのでした。すると、なんと若紫こそお庭の撫子の花が露に濡れたような風情《ふぜい》で、可愛らしさは言い様もありません。でも先程《さきほど》、源氏の君のお帰りの御様子だったのに、なかなか西の対を訪れていらっしゃらなかったのをすねていらっしゃるのか、わざとお座敷の隅《すみ》の方に、

此方《こちら》に背を向けていらっしゃいます。〈此方へいらっしゃい〉とおっしゃっても知らん顔などしていらっしゃる。——なかなかそんな気持のいきさつが可愛《かわい》いお利口《りこう》さなので、源氏の君は若紫の御機嫌とりにかかってお箏《こと》を出させて弾かせようとなさいます。そして御自分で箏の柱《じ》を立てて調子を合せてお上げになると、若紫ももうすっかり御機嫌を直して、可愛い指で十三絃《げん》の糸をお押えになってお弾きになる御様子が何ともいえず可愛いのです、源氏の君は御自分の笛に合わせてお教えになります、直《じ》きに覚えてお弾きになるのが小さいながらよい素質がみえて嬉しい。〈雨が降りそうでございます〉などと御家来が言いに来たので、これは源氏の君はまたお出かけになるのかと紫の君は敏感に心細そうな御様子で黙り込んでおしまいになります。

源氏の君はその前額にこぼれかかる髪を掻《か》いなでておやりになりながら、〈私がよそへ行くと、あなたは淋しいの?〉とおききになると若紫は愛らしくこっくりをなさる、すると源氏も、〈私も一日に一目でもあなたを見ないと淋しいのですよ、けれどもあなたはまだ小さいから私は安心しています、ところが私が訪ねてゆかないといろいろ怒って怨む人があるので仕方がないから今のうちは暫《しばら》くそっちへ行きますが、あなたが大人になったら、もう決してよそへなどは行きません、必ずあなたを幸福にして上げる〉などとしみじみとお話しておきかせになります、幼心にそのお言葉をどう掬《く》みわけたか若紫は黙って源氏のお膝《ひざ》によりかかってそのうち寝入ってしまわれました。その寝顔を御覧になると、とてもそれを置いて外へなどお出かけになる気持にはなれません、〈今夜はもう行くのをやめよう〉とお供の御家来におっしゃって、〈さあ私は今夜はもうどこへも行きませんよ〉と、お起しになって、御一緒にお食事を召《め》し上ります、ところが若紫はまだ何か御心配のようで、ろくに物も召し上らないのです、そうはおっしゃってもやはりいつの間にかほかの女の方のところへ行っておしまいになるのではないかと心にかけていらっしゃるようなので、源氏もこんな可憐なひとを置いては、もうどこへも行かれない気持です。

こうして源氏は若紫の可憐さと自分を慕う気持に惹《ひ》かれてよそへお通いになるのが怠《おこた》りがちになるので、自然そうしたことは召使達などから噂《うわ》さになってひろまり、早くも葵《あおい》の上《うえ》のお耳にも入って、そのお邸の女房達の間では、

〈いったい二条のお邸に引取られたというのはどんな身分の人でしょうね、どこの姫君がお輿《こし》入れになったともきかないから、そんなに、まつわってお出かけをお引止めしたり、ふざけたりしていらっしゃるようでは、決していいお育ちの方ではないでしょうよ〉などと悪口も言っています。

とうとうそれが帝のお耳にまで入って、ある日源氏は帝御自身から、

〈左大臣が娘のために思い歎《なげ》いているではないか、婿《むこ》のお前には並ならぬ心尽《こころづく》しをしているのがわからぬ筈《はず》もないのにあまり無情なことをしてはならぬ〉と御注意なすったので、源氏の君はさすがに縮《ちぢ》こまっておしまいになりました。そして御返事の申し上げようもな

いその様子に帝《みかど》は、〈源氏も可哀《かわい》そうに、妻に対して満足が出来ないのだな〉と、またいじらしくもお思いになるのでした」

愛されぬ妻の悲哀、葵の上とその父の左大臣を思うと、いささか源氏の勝手さが憎《にく》らしくなるような気持が一座の生徒達にはした。

「その夏、藤壺《ふじつぼ》の女御《にょうご》は弘徽殿《こきでん》の女御を越えて中宮《ちゅうぐう》におすすみになり、源氏もまた参議《さんぎ》の位におすすみになりました。これは帝が心あってなすったことで、御自身は近く御譲位《ごじょうい》のお心持があるので、その際藤壺の皇子《みこ》を春宮《とうぐう》にお立てになりたいのですが、何としても勢力のある御後見《おんうしろみ》がなければならないのに、藤壺の御親戚は親王方で政事《まつりごと》にはお携《たずさわ》りになれないので、せめて母宮を揺《ゆる》がぬ高い位置においてとお思いになって中宮におすすめになったのでした、だが弘徽殿の女御がこれに平然としていらっしゃれないのは当然です」

「中宮っていうのは女御の上ね、皇后《こうごう》とはどうちがいますの？」

容子が念を入れる。

「中宮は皇后の別称ですが、ある時代には、皇后と中宮と併立なすったこともあるのです、つまり帝の御嫡妻《ごちゃくさい》です」

楓刀自《かえでとじ》は説明しておいて、

「帝は〈春宮がもうすぐ帝の位におつきになればあなたは当然皇太后におなりになるのですから寛大なお気持で……〉と弘徽殿をしきりに慰撫《いぶ》なさいます。しかし皇太子の母君で、すでに二十幾年も女御の位置でいらしった弘徽殿を踏みこえて、藤壺が中宮にお上りになった事は、どうも順序が違うように一般に取り沙汰《ざた》されました。

さて新しい中宮の御儀式のあとの供奉《ぐぶ》には、参議となられた源氏の君も参られるのでした。帝の御寵愛《ごちようあい》は並ぶものなく、御身分は先の帝の内親王、瑕《きず》なき宝玉《たま》のように輝くお后《きさき》ぶり、何としても御気品も高く、人々もこの中宮に仕えまつることを名誉とするのでした。このように藤壺が高い位にお登りになり、いよいよ手の届かぬ高嶺《たかね》の花となられるにつれ、源氏の君はただわずかに御輿《おんこし》のうちの美しいお姿を想像するのみ、気もそぞろの有様《ありさま》で、

つきもせぬ心の闇にくるるかな
雲《くも》井《ゐ》に人を見るにつけても

わが恋しい人が高い位に登られたので、諦《あきら》められぬ心の闇《やみ》に迷うという意味ですね。

さて若宮の藤壺の皇子のお顔貌《かおかたち》は日にましに源氏の君に生《い》き写《うつ》しになってお育ちになりますが、しかし幸いに誰れもその御出生の秘密には気がつきません、このお二人の皇子の似かよっている美貌は、大空の日と月のそれのように感じられました、これで紅葉《もみじ》の賀《が》は終りましょう。ともかく必要な筋は通してお講義しておきました」

と、楓刀自はここに講義を結んで、風邪のあとの疲れもあったのであろう、やれやれと、

ほっとしたようにもう冷めてしまった番茶を含《ふく》んだ。

「まあまあ、藤壺と源氏はどうなるんでしょうね」

と大貝夫人は吐息《といき》する。

花《はなの》宴《えん》

楓刀自《かえでとじ》の風邪がぶり返して、また寝込まれ、二度目に引き直した風邪はなかなか癒《なお》りが遅いといわれるが、一時は肺炎になりかける騒ぎだった。

三人の姉妹はそれこそ文字通り寝食《しんしょく》を忘れて看病に手をつくした。

刀自はその孫たちの看病を心から喜んで、病床ながらにこにこで、

「まあまあ源氏のお講義の先生のお蔭《かげ》で特別みんながよくいたわってくれること、私も早く癒ってお講義をしたいけれど、無理をして、また倒れるとたいへんだからねえ」

「ええおばあさま、早くお癒りになってお講義をして下さらないと、私忘れてしまうわ」

鮎子はいかなる場合にも明るく生き生きして、祖母の病室に咲きかけの薔薇《ばら》の花のように新鮮だ。

「早く癒って源氏のお講義もしたいが、それよりこの婆《ばば》は、どんな事があっても、もう暫《しばら》くはこの世に生かして置いて戴《いただ》かねば困る。三人の孫を残してどうして行かれますか、良英も雪子も帰らず、藤子の旦那《だんな》様の彰さんも帰らず、まるで何のことはない三人の可愛《かわい》い雛鳥《ひなどり》を年寄のおばあさん鶏《どり》が守っているような暮しだからねえ」

めったに愚痴《ぐち》を言ったこともない祖母《そぼ》のその言葉に藤子は、枕許で、涙ぐんだ。

藤子の思いとて同じだった、父も母も帰らず、良人《おっと》の彰の行方もわからぬ、すべては戦

争の悲劇が見舞ったこの家庭で、気丈《きじょう》な祖母を中心に、自分達姉妹が、寄り添っている生活から、もし祖母が奪われるような事があったら、二人の妹を抱えてどうしようと、不安の念におののいている時だったから。

それでなくても容子は病身なのだ、まだ寝たり起きたりの生活でずっといるのだ。幸いに彼女が年若いせいか、おいおいに恢復期《かいふくき》に向っているとみえて、この厳しい冬にも割合に元気でいるが……。

「容子さんはまだ闘病中なんだから、おばあ様の看病で悪くなったりしたら大困りよ。あなたは冬の間は自重《じちょう》して大事にしていて頂戴《ちょうだい》ね」

と、藤子は彼女を看護婦には徴用《ちょうよう》しなかった、だがやはり彼女も祖母のことが心配で、その病室に出入りするのだが、

「容子には風邪をうつすとたいへんだから……」

と、病人の祖母まで気を揉《も》むので、彼女もまわりの人に迷惑をかけるのを厭《いと》い、これはまた自分にあてられた小さい病室に引籠《ひきこも》って、気を紛《まぎ》らすようにひたすら湖月抄《こげつしょう》を読むのだった。活字の本でも読めるのだが、凝性《こりしょう》の彼女は、難しい昔の仮名文字《かなもじ》で、きれいに書いた湖月抄の古本を愛した。

祖母が手に入れて所蔵しているこの徳川時代に写し書きされたと思われる古本の文字を一心に辿《たど》るのだった。彼女をして言わしむれば、〈この方が源氏物語を読む感じが出る〉

のだそうである。

初めは読《よ》み辛《づら》かった古風な仮名文字も、だんだんに読んでゆけるようになる。

彼女は〈紅葉《もみじ》の賀《が》〉のあとの巻、〈花《はな》の宴《えん》〉――これから祖母の風邪が癒《なお》り次第に始まるところを先《さき》くぐりして読んでいる。

――二月《きさらぎ》の二十日あまり、南殿《なんでん》の桜の宴せさせ給《たま》ふ。后春宮《きさきとうぐう》の御局《みつぼね》、左右《さう》にして、参《ま》うのぼり給ふ。弘徽殿《こきでん》の女御、中宮のかくておはするを、折ふしごとに、安からず思《おぼ》せど、物見にはえ過《すぐ》し給はでまゐり給ふ――

そのくらいの原文は容子にもほぼわかる。

――二月の二十日すぎといえば、今の三月の終りである。だから南殿の桜の花見の宴が宮中で始まるのも無理がない。帝の后、藤壺中宮と、春宮《とうぐう》即ち皇太子の、花見の御座所が帝の左右に設けられたのであろう、弘徽殿の女御、即ち皇太子の母君は、藤壺がそういう風に、帝のお傍《そば》にひっついていらっしゃることが、そうした場合場合に不愉快なのだが、その花見の宴に行かずに、はぐぬけになる事はやはりお嫌で、いやな気持ながら出ていらっしゃる……という意味なのだろうなどと考えてゆくと、自分だって、源氏物語が原文から、おぼろげながらその意味が酌《く》みとれそうなので、元気百倍した。

これというのも病気の贈物かも知れない。もし病床に親しまなければ、この若い身空《みそら》で毎日、湖月抄《こげつしょう》の古本の文字と睨《にら》めっこをしているなどという落着いたことは出来なかったろうと自分でも考える。

また自分がこの病気によって精神の打撃を受けずに、一日一日心に張りをもって暮して行けるのも源氏物語と取り組んだおかげだと思う、してみると、この源氏物語を書いて残してくれた紫式部にも感謝せずにはいられない。

また源氏物語の講義を始めてくれた祖母にも心から感謝する。満洲《まんしゅう》から両親がいつ帰れるかわからぬ淋しい身の上の三人の孫娘を慰め励まそうとして、祖母がそれを思い立ってくれたことに――そしてそれが一つの古典への知識となり、また自分達の祖先の平安朝時代の男女のゆきから有様についても考えさせられる……などと、容子はひねもすあかず枕許に湖月抄を開き、ノートを片手に、わからぬところは祖母の風邪の癒り次第あとで疑義《ぎぎ》を解いて貰《もら》うつもりで身構えていた。

大貝夫人は家が隣りなので、これは時々、花や果物を持って見舞に来る。あまり長く話をしていてはいけないと、楓刀自の枕許はそこそこに退散するが、あとで茶の間へ来て、藤子を相手にまた一しきり雑談する。

藤子は夫人の秘書の筈《はず》が、このところ暫《しばら》く欠勤の形だった。

「そろそろ年末でお忙しいのに欠勤いたしまして相《あい》すみません、鮎子が勤めて居りますので、私が家に居りませんと……」

「ええ、ええ、お祖母《ばあ》様の御病気は大切ですから、御遠慮なくお休みになってよく看病して上げて下さいよ、私もこの頃は東京へ行くとちょいちょい息子の家には泊っては来ますが、あまり事務所へは顔も出しませんよ、もうそろそろ御隠居《ごいんきょ》ですね、それもその筈《はず》でしょう、孫が生れるのですから、近いうちに――私もお蔭様《かげさま》でお祖母《ばあ》様にさせられてしまいますホホ……」

大貝夫人は、おばあさんになることをはにかんでいるように、笑いごえを立てた。

だが大貝夫人房江にとって、わが子ならぬ養子の――その男の子が青年期に入る頃には、藤壺《ふじつぼ》が光源氏に惹《ひ》かれたように、未亡人の彼女は親子の年齢の差も忘れて、貰《もら》い子のその青年に〈女〉の愛情をさえ感じて、いかに苦しんだか……。

美しき中宮藤壺はかつて帝《みかど》の御子《みこ》光源氏の道ならぬ恋にまけて一子を生んだ、それを知らずわが子として寵愛《ちょうあい》される帝の前に、藤壺が、いかに良心の苛責《かしゃく》に懊悩《おうのう》されつづけることか……。

幸《さいわ》いに房江は無事にその危機を脱《だっ》し、康雄を結婚させ、嫁の直子はいますでに母になろうとしているのだ。

勿論《もちろん》房江は、無学なら無学なりに、そんな犬畜生《いぬちくしょう》のような真似《まね》はたとえ生《な》さぬ仲でも出来ぬという決心はあったのだ、そして、今、朗《ほが》らかな明るい気持で、潔《いさぎよ》く祖母の椅子に着こうとしているのである。

だが、わが過去の女の情炎《じょうえん》を、藤壺の上に托《たく》して、この源氏物語をこよなく心にとめる人となって、楓刀自《かえでとじ》の講義を熱心にきく忠実な生徒なのだった。

ジョー葉村は一度訪ねて来て、風邪にきく注射薬やら内服薬《ないふくやく》やらアメリカの薬を置いて行ってくれた。暫《しばら》く関西を旅行していたので、源氏の講義はきかなかったが、ここの美しい姉妹を忘れたのではないしるしだった。

その時は鮎子は出勤していて留守だったが、ジョー葉村は藤子に、

「鮎子さんお元気ですか、クリスマスには僕がダンスにお連れしてもいいでしょうか、おばあ様に伺《うかが》っておいて下さい」

と、言い置いて帰った。

鮎子は帰って藤子からそのことを伝えられると、飛び上って喜んだ。

「まあ、クリスマスのダンスパーティ、素的《すてき》ね、私行くわ、どうしても――でもお姉様《ねえ》、夜会服なくちゃだめね、私どうしましょう、いいわ私自分のサラリーでなんとか工夫して作るわ」

と、今から大心配である。

「鮎子ちゃん、着物にしたらいいわ、私の昔のお振袖《ふりそで》、ここに置いてあって助かっているわ、あれがあなたの役に立ちそうよ、新円切換《しんえん》の時にあれ売らずにおいてよかったわね」

藤子は妹のために喜んだ。

「あらうれしい！　じゃ、それ貸して戴《いただ》くわ。ジョー葉村には、いっそ、ちゃちな夜会服

より日本のお振袖の方がいいわね」

などとはしゃぐ。

「でも、おばあさま許して下さるかしら」

風邪の床《とこ》に長くいる祖母の事を考えてちょっと首をすくめる。

「大丈夫よね、大姉様《おおあね》が監督について行って下されば、どこへ行くんだって許して下さるわおばあ様……」

と、都合のいい時は、いつも大姉様を利用する狡猾《こうかつ》な末っ子だった。

花　宴

楓刀自《かえでとじ》が着ぶくれたいほど着ぶくれて、再び講義を開始されたのは、この年も押しつまった十二月半《なか》ばすぎてだった。

「どうも年寄はたびたび風邪を引いて御迷惑をかけました、私も休んでいては寂《さび》しく、この講義をするのが、今はほんとうに生活の張合《はりあい》ですから、ぜひ致《いた》したいと思い、孫たちは止めましたが、幸い、今日の〈花の宴〉は、短い巻《かん》ですし、楽に出来ると思いますから、今日床払《とこばら》いをして早速講義を致します」

刀自は病癒《い》えて、再び源氏を講義することが楽しくてならない様子だった。

座敷の中は講師に再び風邪を引かせないために、例のように鉢《はち》の上に湯気《ゆげ》を朦々《もうもう》と立てた上に、屛風《びょうぶ》で刀自のまわりをぐるりと囲うという騒ぎだった。

「さて、この〈花の宴〉の巻は、源氏が二十歳の春のことでした、二月に紫宸殿《ししいでん》で桜の御宴《ぎょえん》がございました、二月といっても旧暦《きゅうれき》ですからもう春です……」

刀自の言葉に、容子は自分が原本を読んで考えた通りだったと、そんなことでもうれしがる。

「その宴の後、源氏がほろ酔加減で朧夜《おぼろよ》の花の庭をさまよっていた時に弘徽殿《こきでん》の後の縁でなまめかしい女に出会われたことから始まって居ります……」

——ああ、またその女と源氏が情事を起したのであろうと、生徒達は今更《いまさら》に源氏のドンファンぶりに呆《あき》れる。

——今日の生徒は、ジョー葉村がクリスマス近くなって何かと忙しいので欠席した以外は、いつもの常連《じょうれん》が揃っていた。

「さて、その花見の御宴の時に、春鶯囀《しゅんおうでん》という曲で、源氏が一さし舞われましたが、紅葉《もみじ》の賀《が》の舞でも人々を感動させたように、まことに臈《ろう》たけて巧妙《こうみょう》なその舞姿には、自分の娘葵《あおい》の上《うえ》に何かとつれない良人《おっと》と日頃は物足りなく思われている左大臣まで思わず落涙されたほど美しく、感動的なものがありました、そんな事があって光源氏はその御宴でも面目《めんぼく》を施《ほどこ》され、宴果てて、折からの朧月夜《おぼろづきよ》を、そのまま桐壺《きりつぼ》の宿舎へお帰りになるのも物足りなく、またもや心に浮ぶのは藤壺《ふじつぼ》の宮への恋しさでした。こんな春の宵《よい》に万が一にも恋しい中宮《ちゅうぐう》に会うことが出来たらと思われるのでした。

もっともその花の宴にも、藤壺中宮、皇太子、その御母の弘徽殿《こきでん》の女御《にょうご》もお揃《そろ》いになっていられたのですが、宴はててお帰りになった藤壺の宮恋しく、源氏は酔心地にまかせてさまよい出したのです。足は自《おの》ずと藤壺の御殿の方に向います。様子を窺《うかが》うと、すっかり戸口はしまっています。恋しい人の門辺《かどべ》へ来ても、おとなう術《すべ》はなく、空《むな》しく往《い》きつもどりつ思わず息が出るのでした。そのやるせない心を抱いて、その近くの弘徽殿のあたりにさしかかった時、そこの戸が一枚あいているのが目に入りました。源氏はほろ酔い機嫌でその中に入って、中をのぞかれると、しいんとして人少なの様子で、女御は御宴席から、そのまま清涼殿《せいりょうでん》に上られ、あとの女房達は寝入ってしまった様子でした。その時浮々《うきうき》とした若い女の声で

照りもせず曇りもはてぬ春の夜の
　朧月夜にしくものぞなき

と、千里集《せんりしゅう》という歌集にある歌をくちずさみながら此方《こちら》へさしかかって来るのが、あたりまえの召使われている女房らしくはありません、どこか高貴の姫君らしい、そうなると

源氏がなんでのがしましょう、酔心地も手伝って、すきものらしく、早くも女の袖《そで》を捕《とら》えてしまいました。女は〈あら、気味が悪い、誰れ?〉と、そのむくつけな仕業《しわざ》に、後退《あとずさ》りをしました。

すると源氏は〈なにも怖がることはありません〉と、その耳近く即興《そっきょう》の歌一首をささやきました。

深き夜の哀れを知るも入る月の
　おぼろげならぬ契りとぞ思ふ

朧月夜《おぼろづきよ》の深い情趣《じょうしゅ》をめでて逍遥《しょうよう》なさるのは、私に逢おうとなさる大方《おおかた》ならぬ宿縁だと思います、という意味ですね、そしてその姫君ならぬ女性をいきなり抱き上げて廂《ひさし》の間の一つに入って戸をしめてしまわれました。

はからずも、夜忍び込んで、自分の袖を捕え即興の歌を囁《ささや》くかと思うと、抱き上げて部屋へ連れ込んでしまった、どうやらどこかの貴公子らしい男に呆《あき》れながら、ふるえ声で〈ここに知らない方が、――〉と人を呼ぼうとなさる女の柔軟な様子が源氏に、とても美しく優しく思われました。

〈誰れも私を咎《とが》めませんから、人をお呼びになってもなんにもなりません、それより忍び

やかにお話しましょう〉

と落着き払った貴公子ぶりに、その女性は早くもその声音《こわね》や、その衣に焚《た》きしめた香《こう》の匂いから、源氏の君よと悟ってしまわれたので、もう恐ろしさもなくなって……」

「うれしかったんですね」

と、大貝夫人が言葉を入れた。時々講義中笑わせる人だが、御当人は大真面目で、感嘆《かんたん》して言うのであった。

「源氏はほろ酔い機嫌ですし、女もまた若々しさから、それが源氏とわかると抵抗力を失ってしまって、二人はちょっと今の常識では考えられないのですが、その頃の習慣で、その朧月夜《おぼろづきよ》に契《ちぎり》を結んでしまわれました……」

「まるで今のアプレゲールだけれど……それが風流だったのかしら」

容子はそう歎息《たんそく》するように言った。十二単《ひとえ》を着た時代のそうした行為は、優美と人は許す物語になっているのだから仕方がない。

楓刀自《かえでとじ》は耳が遠いから、容子の囁《ささや》きなどはわからない。講義は進んで行く。

「やがて夜が明けかかります、人に見付けられないうちに源氏は別れて行かねばなりません。かりそめの契を、花の朧月夜に夢み心地で結んだ女は、心が千々《ちぢ》に乱れています。源氏は別れしなに女の身分を知りたくて、

〈名を明かして下さい、そしてこれからどんな風にして文《ふみ》を取《と》り交《かわ》せばいいか言って下さ

い、このまま忘れようとは、あなたも思わないでしょう〉と。

するると女君は歌で御返事をしました。不幸な私がこのまま消えてしまったら、あなたは名前がわからないからといって草葉《くさば》をわけて尋《たず》ね探して下さるおつもりはございませんのねという意味、なかなかに艶《えん》に優しい様子なのでした。

源氏もまた――あなたの身の上を探しているうちに世間の評判になってしまったら、もう会えなくなるでしょう、それよりも早く御自分で名乗って下さい、とやはり歌でおっしゃったりしているうちに、もう女房達が起き出して来る様子です、廊下を歩く足音がきこえて来るので、みつけられてはと、もう言葉も交せず、源氏はせめて、あとの手懸《てがか》りに御自分の扇《おうぎ》を女君のと取りかえて部屋をすべり出てしまわれました。

源氏の宿直所《とのいどころ》は亡き御母の桐壺《きりつぼ》ですから、そこには女房達もたくさんいて、源氏の朝帰りを気付いたのか〈まあ、よくおつづきになるものですね〉などと、源氏の女性関係の多方面なのを囁き合って虚寝《そらね》をしているという有様です。

源氏はお帰りになって横になられましたが、昨夜の新しく得た女性のことが思い出されてなりません、美しい感じの人だった、それが処女の姫であっただけに多分弘徽殿《こきでん》の女御《にょうご》の妹君の五の君か六の君であったろうと思われます、六の君だったら春宮《とうぐう》に奉《たてまつ》る筈《はず》の姫だから、たいへんなことをしてしまったものだ、何しろ沢山《たくさん》ある右大臣家のどの姫だかを確めるのはなかなか難しい、何故文を通わせる方法をはっきり教えてくれなかったのだろうなどといろいろお考えになるのも、その人にお心が惹《ひ》かれているからでしょう、しかし、それにつけても藤壺の厳重な戸締りに比べて女御の御殿のつけ込《こ》み易《やす》かったことが侮《あなど》られるようなお気持です」

「まあ勝手ね、御自分がつけ込んでおいて、相手をルーズだって軽蔑《けいべつ》するのね」

「そうよ、女に隙《すき》があれば、結局男につけ込まれ、軽《かろ》んじられるのでしょ」

と、藤子が二人の妹を珍らしく訓戒《くんかい》するような口調だった、二人とも処女の妹たちに対する姉の心配だったのだろう。

「その日はまた花見の大きな宴のあとの引きつづいての宴が行われました、その頃の宮中は全くそうした風雅《ふうが》な遊びにあけくれしていたようですね。源氏はそうなるとお忙しい、今日は、十三絃《げん》の琴に向われます、昨日の儀式張った宴よりは多少うちくつろいだのどかなものでした。

源氏はあの弘徽殿《こきでん》の、朧月夜《おぼろづきよ》に会い、有明《ありあけ》の月に別れた人をさぐらせに、気の利《き》いた部下の良清《よしきよ》や惟光《これみつ》に見張《みはり》をさせてお置きになりました、宿直所《とのいどころ》へ帰って報告をおききになると、

〈北の御門の方に車が沢山《たくさん》出て行きましたが、たしかに、弘徽殿の御実家の方々の御退出もございました、その中に三台、女房達のでない車がございました〉源氏は、さてその車に乗られた数人の姫君のうちの、あれが誰れであったかどうして確めたものであろうか、

もしまたその姫君が自分と契《ちぎ》ったことを両親に告げられ、そのために父の右大臣から自分が婿《むこ》扱いをされたらどういうことになるだろうか、女の様子もよく見極《みきわ》めないうちはそれも迷惑なことだが、このままわからないでしまうのも堪《た》え難《がた》い、どうしたものだろうかとつくづくと物思いをしながら横になっていらっしゃいます。

その名も知らぬ姫君と有明の月影にいそいで交換して来た扇《おうぎ》は、桜色の紙を三重に重ねて張ったもので、地色の濃いあたりに、霞《かす》んだ朧《おぼろ》の月が描いてあって、その月影をうつした水の流れも下の方にある、どこにもあるような平凡な扇でしたが、好ましく持《も》ち馴《な》らしてあるところが、その持主の美しげな様子に思い合わされて、心にかかる扇です、源氏はその扇の持主に囁《ささや》くおつもりで、

世に知らぬ心地こそあれ有明の
　月のゆくへを空にまがへて

有明の月の行方《ゆくえ》を見失ったように、あなたの行方がわからないので思い惑《まど》うております、という意味ですね。

翌朝、源氏は葵《あおい》の上《うえ》のところへも久しく行かないがと気になりながら、また若紫《わかむらさき》のことが気にかかってともかく一寸《ちょっと》寄って慰《なぐさ》めて行こうと二条院へお帰りになりました、二、三

日宮中に出仕していらっしゃるその僅《わず》か見ぬ間にも、なんと若紫が美しく成長されたことか——愛嬌《あいきょう》が備って、普通の女性には見出し難い気品が早くも添《そ》って来ているので、源氏はこの少女を自分の好みに従って理想の女性に仕立てようと楽しみなのですが、何しろ御自分が男なのですから、男に馴《な》れたような処《ところ》が出て来はしないかとその点が心配です、そしてその日もいろいろ物語をなすったり、琴を手ずからお教えになったりしました。

日が暮れて源氏がお出かけになるのを若紫は、またと、乙女心に物足りぬお気持ですが、この頃はもう無理に引止めたりはなさいません。

源氏行かれたのは左大臣家の葵の上の許《もと》です、だが例の如《ごと》く夫人はすぐに出て良人《おっと》を迎えたりはなさらず、どこかこだわって、すねているのですね、だから源氏は一人ぼっちのつれづれにまた琴などを弾いていられます、催馬楽《さいばら》の——貫河《ぬきがは》の瀬々《せぜ》の小菅のやはら手枕《たまくら》柔らかに寝《ぬ》る夜はなくて——などと唄っていられると舅《しゅうと》の左大臣が、おもてなしに出て来て、花の宴の源氏の舞の美しかったことなどお話しになります、そこへまた葵の上の兄弟達も出て来て楽器を合せたりすることになります。

さて一方、あの朧月夜《おぼろづきよ》に源氏と契《ちぎ》られた女君は、はかない一夜の夢を思い出されては溜《ため》息《いき》をしながら見果てぬ夢を追うように憂愁《ゆうしゅう》に沈んでいられます、さてこの姫君こそ誰れあろう、源氏ももしやと思われた弘徽殿の女御の御妹の六の君でした。卯月《うづき》、つまりその四月には皇太子の后宮《こうぐう》にお上りになるお約束の人でした。

源氏の方でも、その人が六の君とははっきりわからなかったけれども、ともかく、皇太子の母君として自分に白い眼を向けていられる弘徽殿の女御の御妹を恋人に求めるということは世間体《せけんてい》もあり、たゆたわれ、煩悶《はんもん》せずにはいられません。

ところが、翌月、弥生《やよい》の二十日頃、右大臣の家で弓の競技会が開かれました。親王や殿上人《てんじょうびと》が沢山《たくさん》集り、つづいて藤の花の宴を催されました。遅桜が二本、藤の紫とともに咲き競っているその晩春の庭に新築の客殿も出来上って、派手好みの館の主は、源氏の君も御招待したのですが、なかなか光り輝く源氏がお姿をお見せにならないのを残念に思って、息子をお迎えに差し出しました。

わが宿の花しなべての色ならば
　何かはさらに君を待たまし

丁度《ちょうど》その時源氏は宮中に居られたので父帝にその右大臣の歌を御覧に入れますと、帝はお笑いになって、〈右大臣はしたり顔で得意だね〉と仰《おお》せられて、〈わざわざ使いをよこしたのだから行ってやったらどうか〉とおっしゃったので、源氏は御よそおいも殊《こと》に美々《びび》しくされて、日の暮れ方に右大臣家の宴席に行かれました。

桜色の唐の錦《にしき》の御直衣《おんのうし》、葡萄染《えびぞめ》の下襲《したがさね》などなかなかなまめいた装いで、ほかの人々が正式の礼装のところへ、そのしゃれた皇子らしい御みなりで人々に敬《うやま》われながら入っていらしったところは、ひとしおあざやかで、花の色もけおされてしまうようでした。

ほどよく夜が更《ふ》けてから、源氏はお酒の酔をさます風でそっと宴席を立たれました。弘《こ》徽殿《きでん》の女御《にょうご》のお腹の女皇子《おんなみこ》のいられる寝殿の東の妻戸《つまど》のあたりに源氏はよりかかっていられました。藤の花はこの縁側と東の対《たい》との間に咲いているので、格子《こうし》はみな開け放たれて、奥に垂《た》らした御簾《みす》際に、女房達が坐《すわ》っているのがわかります。その女達の衣の端の色からも当世風な仰々《ぎょうぎょう》しさは察せられて、それにつけても思い出されるのは、この藤の花房にゆかりの藤壺の宮のあたりの奥ゆかしい洗練された御上品さです。

〈盃《さかずき》を強《し》いられて苦しくてなりません、ここの宮様には暫《しばら》くかくまって戴《いただ》く御縁故があると思います〉

などとおっしゃりながらその戸口に添った御簾の中に身を入れようとなさいますと、

〈まあ、あなた様のような御身分の方がそんなことを――〉

と中で声がします。香の薫《かお》り、衣《きぬ》ずれの音でも、それがこの邸《やしき》の姫と察せられます。見物にその端近《はしぢか》まで出ていられたのでしょう、当世風な派手な気風の人々なのですね。

さてその御簾の中の姫達の中の誰れがあの夜の恋人であるか見分けをつけねばと、源氏は胸が轟《とどろ》きます。源氏は声をあげて酔うた風に、

扇をとられて辛《から》き目をみる――

と、おどけて唄われました。これは催馬楽《さいばら》の、――石川の高麗人《こまびと》が、帯《おび》をとられて辛き悔する――とあるのを、わざと扇と言われ、しかもあの夜取り替えた扇に心をかけて言われたのですね。

それを聞いて笑う姫君もいましたが、その中に何も言わずふと吐息した人のけはいを感じました。

源氏はそれを知って、その顔は見えないのですが、几帳《きちよう》越しにその手を捕えられ、

あづさ弓いるさの山にまどふかな
　ほの見し月のかげや見ゆると

きょうの弓の競技会のあずさ弓に言葉をかけて、再びあなたに逢えるかとたずねあぐんで居りますと言葉をかけられました。すると几帳の中の姫君も感情を押えかねたのでしょう、

心いるかたならませばゆみはりの
　月なき空にまよはましやは

これはですね、深く思って下さるなら、月はかくれていても、たずね迷う筈《はず》はありません、私を思って下さらないから方角違いに迷ってお探しになるのでしょうというわけですが、その歌のお声こそあの月夜に聞いたと同じ女性の声でした。源氏はすっかりうれしくなられたのですが、さて何としたものでしょうか、千万無量《せんまんむりよう》の思い入れでした……これで、〈花の宴〉の巻は終って居ります。今年はこれで講義のおしまいにして、また春に巻を改《あらた》めて致しましょう」

と、刀自《とじ》は、湖月抄《こげつしよう》を閉じられた。

——朧月夜《おぼろづきよ》の君と、源氏のその後はどうなるのか、それはわからぬが、源氏物語の中でも、これは短い巻《まき》だが、楓刀自《かえでとじ》の話を聞いていると、源氏をめぐる女性の一人としてやはり面白い話のような気がする。

しかし、その当時の男女の恋などいうものは、ただこんな風流に偏《かたよ》ったものなのであろうか。その男女の語らいにも恋にも、人生も生活もない気がして、近代の娘の容子や鮎子には物足りない気がしていた。

クリスマスには、ジョー葉村が、楓刀自にアメリカの冷暖両用の扇風機を贈った。

楓刀自が風邪を引かぬように、部屋を温い空気にしておくためなのだ。そして鮎子には真珠を一粒入れたブローチを贈った、今若紫《いまわかむらさき》の鮎子の喜びようといったらなかった。

クリスマスのダンスパーティは外人のみの泊る濠端《ほりばた》のホテルのパアラアに催されていた。藤子は鮎子の附添《つきそい》のつもりで、ジョー葉村の運転する車で一緒にそこへ行った。異国情緒《いこくじょうちょ》のみなぎる席で、ジョー葉村はタキシードの純黒に、雪のように白いカラーが映《は》えて、なかなかいい男ぶりだった。

七面鳥の料理に、シャンペンを抜いて、ジョー葉村は二人にすすめた。

振袖姿の鮎子は、度々彼と踊った、訪問着をつつましく着た藤子も何度かジョー葉村に促《うなが》されて相手をしたが、大方は妹に譲って彼等《かれら》の若い踊りを見守っていた。

ジョー葉村——それはふと、ある時、藤子にとっては空蟬《うつせみ》と光源氏を思わせたこともあった。だが今は藤子は空蟬が光源氏を思い切ったように、静かにジョー葉村から眼をそらしてしまった。

そして、人生のまだ未開の花ともみえる妹鮎子の、ジョー葉村によせる無邪気な〈初恋〉らしきものの同情者の位置に自分をすさらせているのだった。

葵《あおい》

年が明けて、門松《かどまつ》も取れてのお正月気分が、ややに過ぎた中旬後、その年の初めての源氏のお講義があった。

今夜珍らしくジョー葉村も出席、大貝夫人も今日東京から帰ったといっていそいそと現われた。

大貝夫人は座につくなり、

「一昨晩、長男が生れましてね、私の初孫でございますよ」

と、うれしさにはち切れるような物の言い方だった。

「まあ、おめでとうございます」

夫人の秘書役ながら、ここのところ大貝夫人がつづけて東京に行っていたので藤子にもこの吉報《きっぽう》は初めてだった。

「あら、奥様もいよいよおばあさまにおなりになったのね」

鮎子が例のおしゃまを発揮する、大貝夫人はにっこりうなずいて、

「そうですよ、孫が出来たのはうれしいんですが、さて、おばあさまと呼ばれることを考えるとぞっとしますね、ですから大きなママとでも言わせようかと思ってますホホ……」

と、肥《ふと》り気味《ぎみ》の膝《ひざ》を揺《ゆ》すって笑う。

「マダム大貝は、きれいなおばあさまとよばれた方がいいでしょう」

と、ジョー葉村が如才《じょさい》ないことを言ってからから。

容子はおめでとうとも言わず、黙って考えている。この人は少し病気で寝ているだけに思想家なのかも知れない。——彼女は日本のように出産率の多い国は、侵略的な戦争でも起さなければ人口過剰《じんこうかじょう》で苦しむということを知って以来、そうむやみと人間が殖《ふ》えることに疑問を持っている。平安朝時代は人口が過剰でなかったせいで、なんだか世の中がのどかだったような気さえするのだ。

「それで皆様に御相談があるんですがねえ、子供の名前ですが、何と付けたもんでしょうねえ、伜《せがれ》も嫁も、おばあさまの初孫だから、おばあさまに名付け親になって貰《もら》おうなどと申しますがね、まあ私の御機嫌取りでもありましょうホホホ……」

大貝夫人はうれしげに膝を揺する。

「源氏物語のお講義をおばあさまが聞いていらっしゃる時ですから、〈光〉はどうです」

ジョー葉村が、今日はなかなか面白いことを言う。

「でもね葉村さん、それは問題ですよ、光源氏のように、あっちにもこっちにも女をおかれては、おばあさんの私が困りますからね」

なるほどとみんなが笑う。

「大貝光——なんだか真珠を含んでいるようでよろしゅうございますわ」

秘書の藤子は大人しく賛成だが、なんともそこのところは決めかねる。

「ああそう、与謝野晶子《よさのあきこ》夫人ね、最初に源氏を現代語訳なすった――あの方のお子さんに光って、学者か外交官の方おありになりますわね、やっぱり与謝野先生が一生懸命で源氏を訳そうとしていらしった時のお子さんでしょうか……」

容子はそう言いながら、ふとその一代の歌人にして源氏研究者であった尊敬すべき夫人が、その業績《ぎょうせき》の上にさらに八人か九人の子を生み育てられたことも思い出した。

ところへ、襖《ふすま》が開いて、楓刀自《かえでとじ》が現われた。去年からの風邪もすっかり癒《い》えて、つややかな頰《ほお》の色で、

「皆様、お賑《にぎ》やかですこと」

と卓《たく》につかれる。

先生が現われて一同ノートを開いたり、居ずまいを直したりする。

葵

「さて、今年のお講義初めは葵《あおい》の巻からでございます。葵――この女性は源氏物語の中でも、主人公の光源氏、引く手あまたの美しい貴公子の正妻《せいさい》という位置にあって、ほんとうなら人から羨《うらや》まれる身分でありながら、光のような人の妻になった故《ゆえ》にか、あるいはその

持って生れた性格ゆえにか、気の毒な淋しい生涯を送った女性と申さねばなりませんね……」

一同全く、同感で、一様《いちよう》にうなずく、ところで大貝夫人が一言――。

「今の時代なら、早速《さっそく》性格が合わないとかいう理由で離婚というところだったんでしょうね」

真剣な顔だけにみんなが笑ってしまう、楓刀自はこれを軽く受け流して、

「まあ、そういうところでございましょうね、古来から日本の女は何事も辛抱《しんぼう》する、男がどんな乱行《らんぎょう》をしても女は我慢をする、それが婦徳《ふとく》と言われていただけに、葵の上も辛抱なすったのでしょう、もっともこの方は相当我の強い女性でもあったようですからその意地張りもありましたでしょうね。例えば六条《ろくじょう》の御息所《みやすどころ》との車争いのことなどにもその性格はうかがわれます、それは必ずしも葵自身がやったわけではないのですが、葵夫人の従者《ずさ》たちが酒気を帯《お》びて賀茂《かも》の祭の物見車の混《こ》み合った中で、六条の御息所の車を押しのけていい見物の場所を取ったことに因《いん》を発して居ります」

「その六条の御息所っていうのは、やはり源氏の愛人ですか」

ジョー葉村の質問である。

「そうです、この六条の御息所については、この人のための独立した巻は源氏物語の中にはないのですし、またこの人のことは仄《ほの》かにより出ては居りませんが、夕顔《ゆうがお》の巻の中に、

夕顔と対比的に一寸《ちょっと》出て居ります、あの五条あたりの夕顔の花の咲いた伏屋《ふせや》に見出した女に源氏がお心をとめられたのは、丁度《ちょうど》その六条《ろくじょう》の御息所《みやすどころ》に恋心を通わせられての往《ゆ》ききの折りだったようです、その頃、源氏はまだ十七くらいの若さで、亡くなられた前皇太子の未亡人である六条の御息所は源氏よりは八つくらいも年上だったでしょう、教養も趣味も高い美しく優雅な貴婦人で前の皇太子との間に姫君が一人あります。この姫君は後にまたこの物語に現われますが、御息所は年下の源氏とそういう御仲になったのを心苦しく世に憚《はばか》っていらっしゃいますが、そのままで年を経《ふ》るにつれ世にも聞え、やがて帝も、御弟の前皇太子が大切にしていらしった方を源氏が軽々しい恋の相手になすってちゃんとしたお取扱いもなさらないのをお戒めになるくらいなのですが、源氏はやはりつかずはなれずの態度で公然とした御待遇もなさらないのでお心の頼りなさを歎《なげ》いて、御息所は物思いが重《おも》ってゆきます。

今度、帝が御譲位《ごじょうい》をなすって朱雀院《すざくいん》の御代《みよ》になったのについてこの六条の御息所の姫君は斎宮《さいぐう》として伊勢《いせ》にお下りになることになったので、御息所もいっそ御一緒に恋を捨てて伊勢に下ってしまおうかと思い悩んでいらっしゃいます」

「斎宮っていうのは伊勢《いせ》大廟《たいびょう》にお仕えになる方ね」

容子が訊《き》いた。

「そうです、未婚の内親王《ないしんのう》で、御代の代る毎《ごと》に交替なさるのです。賀茂《かも》のは斎院《さいいん》といいます、その斎院になる内親王もおきまりになって、今年の賀茂の祭はことさら立派に行われることになったのです。源氏がそのお行列にお加わりになるということでいっそうに晴れがましく、六条の御息所も物思いの少しは晴れることもあろうかと忍んでお出かけになったのです、その六条の御息所の古びた、けれど趣味のいい網代車《あじろぐるま》をとめたところへ後から葵《あおい》の上方《うえ》の幾台かの車があたりを押しわけて入って来ました。今をときめく源氏の大将の奥方のお車ですから、みな押されて道を譲るのですが、その古びた網代車は避けません、内々それが六条の御息所と知った、葵の上方の、お祭の酒気に酔った従者達《ずさたち》はかえって気負って、さんざんに御息所の車を追いまくって、何にも見えもしない後の方に押し入れてしまいました。御息所はそれを残念に思うより、こんなにやつして来た自分が誰れであるかということを知られて侮《あなど》られたのが口惜しくてなりません、轅《ながえ》をのせる台なども打ちこわされたり、不体裁《ふていさい》なことおびただしく、何でこんな処《ところ》へ出かけて来たのかと口惜しく思われるのですが、帰ろうにも帰られません、そのうちに〈ああ見えた見えた〉と声がするのはお行列が近づいて来たのです、それを聞くとさすが恨《うら》めしいと思う人の姿が待たれるというのも、恋するものの心弱さとでも申しましょうか……」

御身分といい、源氏を挟《はさ》んでの対立といい、六条の御息所の無念さに、みな暗然《あんぜん》とする。

「葵の上にとっては恋敵といったところで数限りなくあるので、その御息所一人に限って憎んでいるわけでもなかったのでしょうが、この車争いから御息所は葵の上を恨まれるようになったわけですね、源氏もこのことを聞いて葵《あおい》の上《うえ》にあき足りずお思いになりました、立派な貴婦人でありながら情味にかけた御性格から、別に御息所《みやすどころ》をそれほど憎いと思われたわけでもないだろうに、その思いやりの足りなさが、つい従者達に反映して御息所を侮《ぶ》辱《じょく》した結果になり、あの上品な見識のある御息所はどんなにいやな思いをなすったろうと気の毒にお思いになるのでした。

丁度《ちょうど》その頃、葵の上は懐胎《かいたい》されていました。たくさんの情人を持っている光源氏の妻として嫉妬《しっと》に悩んでいられながらも良人《おっと》との間に子を儲《もう》けられることは、まずまず目出度《めでた》いことです。ところがその御妊娠中たいへんお悩みが強い――というのはつまり、つわりが激しかったのですね、やがて夏になると、葵の上はつわりの上に更《さら》に物《もの》の怪《け》に襲われてたいへんなお悩みです。六条の御息所の生霊《いきすだま》が呪《のろ》っていらっしゃるのだという想像説が伝りました、こんな噂が聞えて来た時、御息所は、御自分には、その薄命を歎《なげ》き悲しむ以外人を呪うなどいう心はないつもりではあるが、物思いが募《つの》れば、魂が身体から離れることがあるという、自分の魂があるいはそんな恨《うら》みを告げに葵の上の病床に行くのであろうか、いつも歎きのつきない自分の生涯にもこんなに堪《た》え難い思いをしたことはない、あの祭の日の残念と思いつめた心がもう到底《とうてい》堪え切れないものになって御息所が一寸《ちょっと》でも眠るとすぐ見る夢は、あの葵の上らしい方の坐《すわ》っているところに行って、正気の自分ではとても出来ないような荒々しい仕業《しわざ》で引っかいたり撲《なぐ》ったり、そんな夢を何度でも見る――情ないことだ、物思いが募ると失神状態になってしまうこともおありになる、そうでなくてもいい噂をしない世の中だのにこれは悪評の何とよい種となるだろうとお思いになると御自分の名誉の傷つけられることが苦しくて、すべては源氏の君を恋する心が原因なのだ、その恋を捨てよう、と御息所はお考えになります、しかし、それはまた何と難しいことでありましょう」

六条の御息所の切ない心にみな息をつめて聞き入っていた。

「――六条の御息所はヒステリーなのね」

これは鮎子の発言。

「ヒステリーがすぐ物の怪になって飛んで行くのかな」

これはジョー葉村の諧謔《かいぎゃく》、

「でもその頃は病気とか御悩みとかっていうのは、すぐ物の怪のせいってことだったんですわね、それでそれを追払うのに護摩《ごま》を焚《た》きお経《きょう》を上げて御祈禱《ごきとう》をするんでしょう」

「謡曲《ようきょく》の〈葵〉はつまりこの六条の御息所のことなのですわね」

そう言った藤子に合槌《あいづち》を打って、

「そうそう、地唄舞《じうたまい》にも〈葵の上〉ってのがございますね、ああそうですか、よくわかりました」

と、大貝夫人が納得《なっとく》がいって大喜びである。

一息ついた楓刀自《かえでとじ》はまた講義をつづける。

「源氏の君はふだんはともかく、今は御正妻のお悩みに外出もおつつしみになって、御両親達とまた別に修法《しゆほう》や祈禱《きとう》などもおさせになっていますが、その良人《おつと》の源氏自身にさえ、それが、六条《ろくじよう》の御息所《みやすどころ》が、わが妻の子の母となるのを嫉《ねた》み恨《うら》んでのことかと思い当られるようなところが出てまいりました。葵《あおい》の上《うえ》は御出産の予定の近づくにつれてその生霊《いきすだま》に取りつかれていよいよお苦しみです、葵の上御自身の口走る苦しいお声までが、六条の御息所にそっくりだと廻《まわ》りの者を恐《おそ》れさせます。しかし、幸いにそんなお悩みの中で葵の上はどうやら男の子を出生《しゆつしよう》されました。この若君《わかぎみ》こそ、源氏物語のあとの巻で〈夕霧《ゆうぎり》〉と名づけられて登場する人です。

六条の御息所の生霊に取りつかれて、無事に御出産が出来るかと心配していたにも係《かかわ》らず、めでたく男子出生とあって、まず関係者一同はほっとしました。良人の源氏も御安心で、妻をいたわり、久しぶりで宮中へ参内《さんだい》の晴れの御装束《ごしようぞく》の姿で、葵の上の産室を訪れられました。

長いつわりの苦しみや生霊に苦しめられたりして、産後やつれて寝ていられる葵の上が、不思議なほど、今までになく清楚《せいそ》に可憐《かれん》に女らしく源氏の君の眼に見えたのです、どうしてこの人を今まであきたりなく思ったりしたのだろうと御自分でも不思議なくらい葵の上の御様子に心惹《ひ》かれて打ちまもって居られます、それは源氏御自身が自分の子を生んだ妻だという今までにないしみじみとした愛情を持たれたせいもありましょうが、また女は一人子を生んだあとは、若い母らしい美しさが備わるものですからね……」

楓刀自も、葵の上の無事出産にほっとしたように、卓の上のお茶碗《ちゃわん》を啜《すす》られた。

大貝夫人が又ここで一言、この夫人は葵の上には非常な関心を持っている。

「ほんとにそうでございますよ、一人子を生んだ女には伯父貴《おじき》も惚《ほ》れるっていいますものね……うちの嫁もそうなってくれるといいですが……」

源氏物語の教室はどっと笑いごえが起きた。

「それは女性に母としての美しさが加わるからでしょうね、そこへゆくと、男は父親になっても別に美しくはなさそうだな、ただ親爺《おやじ》くさくなるかも知れないな……」

ジョー葉村は、きょうはたいへんユーモラスな事を言う、彼に対して若紫《わかむらさき》の筈《はず》の鮎子が、わりに大人しいのは少々怪しい、ジョー葉村につつましさを持ち初めたのかも知れない。

「さて源氏はわが妻がわが子を生んでくれ、この産室での美しく優しい母らしい姿を見るにつけて、今までこの妻につれなくしてほかの女の所へ通って、夫婦の間が何となくうとましかったことを考え、すまなかったような気がして悔《く》いられるのです。〈薬湯《やくとう》を差上げるように〉などと良人らしくそんな指図《さしず》までなさる源氏の打解けた優しい気持がやはり感じられるのでしょうか、産褥《さんじょく》の葵の上もまた、今まで見たこともない良人の心と姿をうれしく身に沁《し》みられたようにしていられます。この時の産室での御夫婦の打解けた優しい一ときこそ、源氏と葵《あおい》の上《うえ》の結婚以来、初めての夫婦愛の尊《とうと》い一ときでした。

けれどもまたその一ときの夫婦水入らずの対面こそ、この夫婦の永遠の別れになるとは誰れが知るでしょう、神が葵の上を母として、その産室で初めて夫婦らしい愛情を醸《かも》させるかと思えば、悪魔はすぐにまた人間に大きな不幸の用意をする、葵の上は思えばはかない宿命《しゅくめい》の妻でした。

やがて参内《さんだい》の時刻が来て、美しい装束《しょうぞく》の源氏の君が出て行かれる後姿を、葵の上もなつかしく見送っていられました、そのあとで葵の上は俄《にわ》かに胸がせきあげて、お苦しみになり産後の容態《ようだい》が急変して、人々が騒ぎ立ち、宮中の源氏の君その他に迎えの急使を差出す暇《ひま》もなく、葵の上はあわれ二十六歳を一期《いちご》として忘れ形見《がたみ》の一児を残してこの世を去られました。

まあ産褥熱《さんじょくねつ》だったかも知れませんが、まことにおいたわしいわけですが、考えればあまり恵まれなかった御夫婦仲で、忘れ形見の一児をこの世に残しただけでも、葵の上の人妻としての淋しい生活のせめてもの喜びでございましたでしょう……」

一座はしんとした。いつも一言なかるべからずの大貝夫人が、何にも言わず、眼がしらを拭《ぬぐ》ったのは、涙を催《もよお》したものとみえる。

「女ってつまらないのね、平安朝時代から……」

容子がひとりごとのように言う。

それに誘われたように、大貝夫人が涙声で、

「ほんとうにそうでございますね……葵の上も光源氏のところでなく平々凡々なあんまり女にもてない旦那《だんな》様を持っていればかえって仕合《しあわ》せだったかも知れませんね」

と、心からの吐息を洩《もら》して、はかなき運命の人妻、葵の上に弔意《ちょうい》を表した。

「さて、この葵の上の急逝《きゅうせい》に、源氏は生前十分に愛し得なかった妻だっただけに、その悲しみと心残りはたいへんなものでした。それと同時に葵の上の父君の左大臣の悲しみは非常なものです。一人娘の葵の上、折角《せっかく》光源氏と結婚させたのに、どうも夫婦仲がしっくり行かない、それが父としての悩みでしたが、それがどうやら世嗣《よつぎ》も生み、俗にいう子はかすがい——これから御夫婦仲もまた前とは違って子供を間に少しでも睦《むつま》じくなろうかと思ったことも水の泡《あわ》——父としての悲しみは思いやられます、そうした父と良人の涙に送られて、懇《ねんご》ろに葵の上は葬《ほうむ》られました。左大臣は自分の年齢《とし》に比べて若い盛りの子に先立たれて葬りの日に悲しみに立ち上る力もなくなったのも理《ことわり》でした。良人の源氏も亡き妻を思われて、

昇《のぼ》りぬる煙《けぶり》それとわかねども
なべて雲井《くもゐ》のあはれなるかな

葵《あおい》の上《うえ》を火葬して立ち昇った煙はそれとははっきり分らないけれども、押しなべて空のけしきも哀れにしみじみと眺められるという意味です。

源氏はそうして亡き妻に対して、ああしてやればよかった、こうすればよかったと返らぬことを悲しまれ、ともかく結婚以来の二人にとっては長い生活を思われて、悔いることも多かったのでしょう、また妻ももう少し打解けてくれたならと、とかく返らぬことを思われるばかりです。

けれども二人の間に、その形見《かたみ》とも思われる若君《わかぎみ》を置いてゆかれたことが、亡き妻のためにも自分のためにも、せめてもの慰めであると思われました。

葵の上の御生母左大臣の正室《せいしつ》は、源氏の君の御叔母《おんおば》にも当られる高貴な方ですが、美しい珠《たま》ともめでられた一人娘が、妻としての恵まれぬ生活から折角《せっかく》一児を生んで、すぐに亡くなられた悲しみは御自分の御命にも障《さわ》るほどでした……」

「そうでしょうね」

大貝夫人は又ここで吐息をついた。

「さて源氏は妻の喪《も》にこもってどこにもお出になりません。葵の上の兄上の例の頭《とう》の中将《ちゅうじょう》など、いつも源氏と葵の上の調和しない夫婦仲を妹のために残念にも思い、源氏のために気の毒にも思い、源氏をこの家に引止めているのは、ただ父帝の思召《おぼしめ》しと左大臣の好意と葵の上の母君が叔母君である関係だと思っていましたが、今となれば、源氏もやはり表面とはちがった深い愛を妻の死後に現していられるのだなと思うのでした。

さて、七七日《しちしちにち》もすんだのでしばらくぶりで、宮中《きゅうちゅう》へも参内《さんだい》され、久々で二条の院の御自分のお邸《やしき》へお帰りになることになると、こうして葵の死後、ずっと左大臣家に身を置いていられた源氏も、夫人の御実家として左大臣家へいらっしゃることはもうないのだと思うと、人々はたいへん悲しみました。しかしまだお子様がいられるから時々はいらしって下さるだろうなど侍女達は頼み合って居ります。左大臣もまた婿《むこ》への別れがお辛《つら》そうです……。

さて久しぶりで源氏が二条の院にお帰りになってみますと、お留守中もきれいにお掃除がしてあり、人々も集って来ていて、喪にこもっている左大臣家とは、まるで違って華《はな》やかに温い空気が満ちています。それもその筈《はず》です、美しい若紫《わかむらさき》が一しお﨟《ろう》たけた少女らしい姿で、光源氏のお見えになる日を待ちわびていられるのですから。

〈しばらく会わないうちにたいへん大人びましたね〉

と源氏は、几帳《きちょう》を引上げて若紫の顔をしみじみとなつかしく御覧になろうとすると、身体をお隠《かく》しになるようにはにかまれる姿がまた何ともたおやかに美しいのです、仄《ほの》かな火影《ほかげ》に浮彫《うきぼり》のように描かれた若紫の姿、妻を喪《うしな》われた悲しみも忘れさせて、そこにまた源氏は生甲斐《いきがい》を覚えられるのでした……」

「男は薄情ですね」

これは大貝夫人の葵の上贔屓《びいき》で、若紫をやや憎く思われるような声でもあった。

「源氏はしかしその夜は御自分の部屋に入って侍女に肩や脚を揉《も》ませながら、悲しみの喪《も》にこもっていた身体《からだ》を久しぶりでゆっくりと休ませられました、大貝さんの奥様のおっしゃるほど、葵の上やお子様のことを忘れて、若紫にうつつをぬかしていられたわけでもなく、翌朝は左大臣家の生れたばかりの若君についている乳母《めのと》へ、若君の様子などお問合せの文《ふみ》をお遣《つかわ》しになります、すると、すぐ向うからは、御返事が来ましたが、やはり何といっても哀れ深い手紙で、暫《しばら》くは源氏のお心を悲しませるのでした。源氏はもう、幾人かの恋人たちのところへ好き心で通ってゆかれるお気持も当分は起りません。西《にし》の対屋《たいのや》に居られる紫の姫君のところにゆかれて、姫をお相手に碁《ご》など打たれたりして遊ばれています。

そうしたことにも姫君は才能があり、頭のよいことは源氏を喜ばせました。

葵の上が亡くなられたせいもありましょうが、源氏はそうこうしているうちに今までのように、ただ兄が末の妹をはぐくみ育てるように紫の上を愛撫《あいぶ》しているのでは満足出来なくなりました、そうした肉親に近い愛情だけでは過せないお気持になって来たのです。一人前の女性に対する愛慾《あいよく》が、源氏のお心の中に成長して来ているのですから仕方がありません、とうとうある夜事実上の結婚をなすったのです。

けれどもここのところは紫式部はたいへん上品に、近代の文学手法によれば抽象的とやらに書いてあります、その翌朝、源氏は早く起きて行っておしまいになりましたが、若紫はいつまでもお床《とこ》についていらっしゃいます、女房達は姫君がお気分でも悪いのではないかと気を揉んで居ります。

しかし若紫を起さなかった心理は、今まで優しい兄上とも、若々しい父上ともこの世の誰れよりも慕《した》っていた源氏が、自分にこんな下心があって、あのような浅ましいことをなさる男とは夢にも思わなかったという、何にも男女の生理上の交《まじわ》りなど御存じない、純潔な乙女心の幻滅だったのでしょう、女の作者でなければ書けないところを紫式部はよく穿《うが》って居りますね」

楓刀自《かえでとじ》の講義はなかなか堂々としたものであった。

「源氏はいろいろに言いこしらえて機嫌をお取りになるが紫の君は心から源氏を恨《うら》めしいと思っていらっしゃる風で一言も御返事もなさいません、しかしその打解けようともしない御様子がいっそう可愛《かわい》く思われるのですから仕方がありません。

その頃、三日夜《みかよ》の餅《もち》といって新婚三日目の夜、餅をすすめる風習があったのですね、源氏が一番の御家来の惟光《これみつ》に、さりげなくそれをお命じになると、惟光は察しよく喜んで、手ずから餅を作ってわざと夜更《よふ》けて持って来て差上げました、翌朝この餅をお下げになったので初めて、乳母や女房達もそれと察して喜んだのでした。さて、源氏は若紫とこうなってみると一夜だってこの人と離れてはいられないお気持なのでした、宮中にお勤めになっている間も可憐な若妻のことをお考えになっているほどに恋しく思われます、かつての葵の上との間がらとはたいへんな違いです、他の恋人達から、源氏の通われるのを待ちかねた文《ふみ》が来ても、若紫との新婚の喜びに酔っている源氏を動かすことは難しい、……ところがここに一つ困ったことは、前の巻に説きました源氏とあの朧月夜《おぼろづきよ》の君との春の一夜の契《ちぎ》りがそれこそ問題となって来ました、朧月夜の君こそ桐壺帝《きりつぼてい》の御譲位《ごじょうい》と共に皇太后《こうたいごう》となられた弘徽殿《こきでん》の女御《にょうご》の御妹で、そして未来は新しい帝《みかど》の後宮《こうきゅう》に奉るべきお方だったのですから……その朧月夜の君が、春の一夜のあやまちゆえに源氏の君をまだその後も想っておいでになることがわかると——、父の右大臣が、〈それもいいじゃないか、正夫人が亡くなられたところだから、源氏の君を婿《むこ》にすることは不名誉ではない〉などと言われるのも源氏の君の耳に入ります、また多情仏心《たじょうぶっしん》の源氏もその姫を並々ならず思われていたのですから、そのひとが今宮中に入っておしまいになるのも残念なのですが、さすがに現在では若紫のほかに愛情を分けるお心がないのです、短い人生なのだから愛する一人を妻に定《さだ》めよう、もう六条《ろくじょう》の御息所《みやすどころ》と葵の上の争いのようなものを女同志の上に起させたくないと、ふつふつと懲《こ》りておしまいになったのです。六条の御息所はお気の毒だが、妻とするにはきっと気兼《きが》ねなことであろう、これまでのような関係で満足していて下さるならば、風流の友として愛して行くことは出来るがなどと考えていらっしゃいます。

ところが若紫は、まだ少女の気分が消えず、源氏の——男としての正体にびっくりされて、前のように安心して甘え切ることが出来ません。

〈長い間、あなたをこんなに大事に珠《たま》のように愛していたのにどうしてそう嫌うのですか〉

と、源氏の方が怨《うら》み言をいわれたりします。

さて、その年も暮れました、源氏にとって妻を喪《うしな》われ、また新しく若紫という妻を得られた思い出多い年です、元旦の祝賀に宮中に行かれた帰りに、源氏は亡き葵の上の左大臣家へも忘れずに顔を出されました。元旦だというのに、娘を喪われた悲しみはなかなか癒《い》えず左大臣は新年もまだ家に籠《こも》っていられました、そこへ婿が訪ねて来られたのですから、左大臣は喜びの中にも今更《いまさら》に涙が溢《あふ》れるのです、源氏がまず見られたのは忘れ形見の若君です、暫《しばら》くの間に驚くほどの御成長で、よく笑うのも哀れ深く、眼もと口つきなど、藤壺《ふじつぼ》の御腹の春宮《とうぐう》にそっくりなのも何とも言えぬお気持でお抱きになりました、お部屋は、亡き夫人のいられた頃と同じように飾りつけてあって、源氏の君の新しい春着が掛けてあるのですが、夫人の服の並べてないのがいかにも淋しいお気持です、亡き葵の母君の挨拶《あいさつ》を侍女《じじょ》が取りついでまいりました。

〈毎年春には此方《こちら》でお召物《めしもの》を調《ととの》えましたので今年もそう致《いた》しましたが、娘が亡くなってからはもう涙で私の眼も悪く、色合なども不出来でございましょうが今日だけでもこれをお召換え下さいまし〉と亡き娘の婿に、例年のようにわが家で作った春着を着換えさせて亡き娘の魂を喜ばせようとする母心を思うと源氏はすぐにその着物をお召しになりました。

あまた年今日《としけふ》改めしいろごろも
きては涙ぞ降るここちする

この歌の意味は説明するまでもありませんね、この歌を侍女からお届けすると、又母君から、

新しき年とも言はずふるものは
古《ふ》りぬる人の涙なりけり

と、御返歌がありました。娘を失われた母君の悲しみ、婿《むこ》との歌のやりとり、優雅なものでございますね、葵《あおい》の巻はこれで終ります、葵の生涯も終ったように……」

楓刀自《かえでとじ》は口を結ばれた。藤子が新しい熱い番茶を淹《い》れて運ぶ……。

一座はしんとして大貝夫人も何もしゃべらない。

凡《およ》そ、今から一千年前、平安朝時代に、そうした娘を失った左大臣家の母君と、婿の源氏の君との歌のやりとりが、その正月に行われたことが、まのあたり偲《しの》ばれるようなのだ。それは紫式部の創作とも思えず、事実あったことのようにしみじみと思われる。一千年

後の相州《そうしゅう》鎌倉山の高倉家の座敷で、しかも正月を過した一月半《なか》ばの火桶《ひおけ》の傍《かたわ》らで自分たちが聞いて、哀れ深い気持がするというのは、今更に、紫式部の書いた文学の永久の生命を感歎《かんたん》せずにはいられない。

夜更《よふ》けてからの冬の松籟《しょうらい》が、この物語に伴奏するように響いて来た。

「私は孫の名をやはり〈光《ひかる》〉とつけましょう、その代り、嫁の直子によく申します、祖母《ばば》の私が源氏物語のお講義をきいている時の記念として〈光〉とつけたけれども、それは源氏の光とちがって、将来結婚してからも決して妻を葵の上のように不幸にしない子として育てるように、と」

大貝夫人は今にも嫁の許《もと》に駆け出して行きそうな勢いで言った、だが誰れも笑わなかった。

藤子はひそかに考えた、妹の鮎子が若紫ぶって、ジョー葉村を愛して、そしてもし結婚するようになったとしても、ジョー葉村が決して妹の鮎子を不幸にせぬ良人《おっと》であってくれるようにと……。

賢木《さかき》

新春以来、刀自《とじ》も元気で、講義の日は欠講なしに続けられた。

高倉一家としては、まだ姉妹の両親も還《かえ》らず、藤子の良人《おっと》も還らず、その消息も至って不明瞭で、一家は決して晴れ渡った気持ではないが、しかし人間がある不幸に慣《な》れるということは悲しいようなもので、一家の大事な人々の未還を待ちわぶるという不幸感に、みんなが慣れてそれが日常になってしまったのだ、もっともその中にはいつかは帰って来てくれる――という切ない祈願《きがん》がこめられているからではあった。

そうした淋しい筈《はず》の高倉家の姉妹や刀自が今の生活の中に一つの暖《あたたか》い火を点《てん》じているような思いは、楓刀自が源氏物語を始めてから、何となくそれを中心に一つの目標が出来、源氏物語を続けるという一つの精神的の仕事が生じてそれがこの家の空気に随分希望を持たせるものになっていることとだった。

――その夜も部屋の内を暖かにした中で、楓刀自は講義をすすめた。欠席者はジョー葉村、先夜は出たが、今夜は出て来ないところをみると暖房のない日本座敷に閉口《へいこう》したのかも知れない、気のせいか鮎子《あゆこ》は少し物足らぬようでもあった。

「今夜は賢木《さかき》の巻にうつります、この賢木というのは、この巻の中の六条《ろくじょう》の御息所《みやすどころ》の——神垣《かみがき》はしるしの杉もなきものを、いかに紛《まが》へて折れる榊《さかき》ぞ——のお歌にちなんでいるのでございます。賢木はつまり榊と同じです。

さて六条の御息所——この方のことは葵《あおい》の巻ですでに申上げましたから御承知《ごしょうち》ですね、この源氏と恋を語って、いまだに心のつながりのある貴婦人——この御息所の姫君のまだ十四の方が伊勢《いせ》大廟《たいびょう》の斎宮《さいぐう》となって都からお下りになることになっていました、これも前巻で申上げたように斎宮というのは、帝《みかど》の御代《みよ》の変るごとにその御一代伊勢神宮に奉仕なさる清浄《せいじょう》な未婚の内親王様《ないしんのうさま》です。

御息所は源氏との恋もはかばかしくなく、その人を独占するとか、葵の上の歿後《ぼっご》、正夫人とおなりになるというようなことはおろか、もう過去の二人の恋も影がうすれてしまったような気がなさるのです。源氏の君のつれなさを歎《なげ》き、世をはかなむこともおありになったのでしょうし、それと今一つは源氏との長い間の恋心の絶ち切れぬ執念《しゅうねん》を、都を離れることによって、我れと自《みずか》ら思い切ろうというお気持もあったと思います、御娘の斎宮と御一緒に伊勢へお下りになることにおきめになりました。

さてその伊勢への御出発も迫《せま》った頃、さすがに源氏の君もお別れに、御息所の野の宮の仮《か》りのお住いをお訪ねになりました。野の宮は都心を離れた郊外の広野で、秋草はすでにすがれ、虫の音《ね》が松風の音とまじって、源氏の身には、哀れ深く沁《し》み入るように思われます。

簡単な小柴垣《こしばがき》に囲われたお住居に、丸木の鳥居《とりい》など立てられているのは、やがて伊勢大廟《いせたいびょう》に奉仕なさる方の身をつつしんでの清浄な御生活を思わせました。

なかなか直接に逢《あ》おうとなさらない御息所《みやすどころ》のお心を源氏は今更《いまさら》つれなく物足りないものにお怨《えん》じになり、御息所とて、どこまでも冷淡には出来ない感情に負けて、お二人はやがて、御簾《みす》を隔《へだ》ててお会いになるのです。さっきの榊《さかき》のお歌はこの時のものです。

かつて、御息所がどんなにか源氏に思いを通わせていらしった時には、源氏はのんきで好《い》い気になってほかの女性との恋に心を散らしていらしったのです。だがいざこうしてお別れになるとなると、源氏は御息所の美しさやその愛情を今さらに類《たぐ》いないものだったと思われるのでした。

しかし二人の恋の春はすでに過ぎてしまって今は淋しい秋の虫の音とすがれた秋草を秋風が吹き渡るだけです。そして御簾を隔てての物語のはかない一夜は過ぎました。

大方《おほかた》の 秋の別れも 悲しきに
鳴く音《ね》な添《そ》へそ 野辺《のべ》の松虫

御息所のその夜のお歌はそれでした、翌朝、明けゆく空に残る月影の下を、源氏は淋しくお帰りになったのですが、その暁《あかつき》の月の光の下の源氏の姿を、御息所はどんなお心で見送られたことでしょう。御息所に附《つ》き添《そ》っている女房達は、いまさらに典雅《てんが》な源氏のお姿をなつかしんで、あの光源氏のお姿の見えない国へ下《くだ》って行くのは悲しいと囁《ささや》き合いました。

斎宮《さいぐう》におなりになる十四の姫宮《ひめみや》の宮中《きゆうちゆう》での最後の式が取り行われました、美しい方がことに端正《たんせい》に綾錦《あやにしき》に包まれて、それはこの世のものとも見えぬお姿でした。まだ二十六歳の即位されたばかりの若い帝《みかど》は、その花の蕾《つぼみ》の姫君が、御自分の帝位にある限りの一代を、伊勢大廟の神仕えをなさるのかと思召《おぼしめ》されるといとおしく、別れの御櫛《おんくし》を髪に挿《さ》してお与えになりながら、その清純な乙女《おとめ》の姿に悲しいまでにお心をお打たれになるのでした。この姫君への仄《ほの》かな恋情は長く長く帝のお心に宿《やど》りました。異母弟の光源氏とは違って、御気性の弱い――女性に対してもすれていらっしゃらない初々《ういうい》しいこの帝は、ただ仄かにこの斎宮になる姫君をいとしく思召されても、どうなさることもお出来にならなかったのでしょう……」

この時座中にひそかな声あり……〈私、光源氏より、そのお若い帝の方が好きだわ……〉とつぶやいたのは容子らしかった。

「その姫君もまた、帝のお優しいお心が乙女心にも、深くおわかりになったようです。

さて、いよいよ御息所《みやすどころ》の姫君が、この恋の悲しみも憂《う》きことも、あまたあった都を後に伊勢《いせ》に下ってゆかれる日、暮《く》れ方に御行列は、二条の源氏の邸《やしき》の前を通りました、引き止めることとの出来た人の心を自らの過失で失ってしまったと源氏は淋しく、

ふりすてて今日は行くとも鈴鹿川《すずかがは》
八十瀬《やそせ》の波に袖《そで》は濡《ぬ》れじや

と、歌を榊《さかき》にさしてお贈りになりました。

源氏の君は御息所とのはかない恋の縁《えに》しをお思いになるとさすがに耐《た》え難《がた》く、終日引きこもって西の対《たい》――若紫《わかむらさき》の姫君のところへも行かず物思いに沈んでいらっしゃいます、まして旅の空にある御息所はどんな悲しみを味わっていられることでしょう……。

さてその後、冬近く、桐壺院《きりつぼいん》の御病気は重《おも》られ、御苑《ぎょえん》に散る紅葉《もみじ》と共にお歿《な》くなりになりました。この世をお去りになる前にお心にかかったのは、藤壺《ふじつぼ》との間に儲《もう》けられた幼少の皇子《みこ》……実は藤壺と源氏との道ならぬ愛慾《あいよく》の過失からの御子《みこ》なのですが、桐壺院はお亡くなりになるまで、少しもこれにお気付きにならなかったのは、まだしもお仕合《しあわ》せでございましょう、この皇子のこと、そして源氏のことをも院は、お若い新帝に行末《ゆくすえ》よろしくとこまごま御遺言《ごゆいごん》になりました。

御気性の素直《すなお》な新帝は父帝《ちちみかど》の御遺言を心からお引受けになりました。

桐壺院がお亡くなりになると藤壺の宮も三条の実家にお帰りになりました。帝の崩御《ほうぎょ》は源氏の君にもまことに人生の憂苦《ゆうく》を知らしめたものです。年が変っても諒闇《りょうあん》の春は淋しく、殊《こと》に父帝の七光《ななひかり》を失なわれた源氏の身辺《しんぺん》には伺候《しこう》する人々も少くなり、春の昇進にも外《はず》れて、世の移り変りをまざまざと見る有様《ありさま》で、ことに御気性の激しい皇太后《こうたいごう》が、長い間の怨《うら》みを源氏に酬《むく》いるのはこれからだとばかり、何かと不愉快なことが多くなってゆくのでした。

さて――二月には朧月夜《おぼろづきよ》の君が尚侍《ないしのかみ》（最高の女官）として宮中にお入りになりました。〈花《はな》の宴《えん》〉の巻の朧月夜にふと源氏と契《ちぎ》りを交《かわ》した人です、この人は皇太后の妹、今をときめく右大臣の娘で、かねて帝の女御《にょうご》にも奉《たてまつ》る筈《はず》の人であったのに、源氏の君との浮名が立ってから、今度は女官《じょかん》として宮中に入られましたが、美しく人柄もよく、後楯《うしろだて》も立派で華やかなその後宮の生活の中にも、朧月夜の君の人知れぬ心は源氏の君を思いつづけて居られ、源氏の君もまた忍んで文《ふみ》を送って居られました、面倒な立場になればなお意地《いじ》になる源氏の男心として、こうして後宮に入られてからの朧月夜の君になおさら恋心を燃やされて、ある夜、源氏は夢のように尚侍にお近づきになりました。

宮中に御修法《ごしゅほう》のある夜で人の出入りも多く、落着いてもいらっしゃれないで、夜深くお立出《たちい》でになる――霧《きり》のいちめんに立ちこめたような朧月夜をやつした姿で歩いて行かれる源氏のお姿はやはり似るものもなくお美しい、ふとその御姿を月光の陰になったところに窺《うかが》っている者のある事を源氏は御存じない、そんなところから世の批難も起って来るのでしょうに……。

源氏はこうしてまた新しく尚侍《ないしのかみ》とかかわりがお出来になるにつけても、これはまた女としての隙《すき》をいまは少しもお見せにならない藤壺《ふじつぼ》の宮がお立派であると思うと同時に恋する心にはそれが恨《うら》めしく悲しいのです。

藤壺は皇子の春宮《とうぐう》のために、源氏の君をこそ頼りに思召《おぼしめ》したいのに、今になってもまだ源氏の君の道ならぬ恋心の止《や》まないのにしばしば胸をつかれるのでした。帝が最後まで、秘密に少しもお気付きなくおかくれになったことを、藤壺は恐ろしい罪と身を責めていらっしゃるのに、いまさら悪名の立つような事になったら、自分はともかく春宮のためにどういう不幸が起るかとそらおそろしく、源氏の恋を御祈禱《ごきとう》によって止めようとまで、出来るだけの心をつくして、身を避けていらしったのに、ある夜、思いもかけず、源氏の君が御寝所に近づいて、搔《か》き口説《くど》き迫られるのでした。藤壺の宮は卒倒なさるほどの御苦悶《ごくもん》です、それは胸中の御苦悶から女性にありがちの癪《しやく》のようなものを起されたのではないかと思います。

源氏と藤壺のことも知り、そのための宮の並ならぬ良心の苛責《かしやく》をも知っているお傍《そば》の女房があわてて宮を御介抱《ごかいほう》し、源氏の君を塗籠《ぬりごめ》――四方壁の納戸《なんど》のような処《ところ》です、そこへ押し入れてしまいました。源氏も藤壺の宮には、随分取りのぼせていらしってこんな醜態《しゅうたい》も演じてしまわれたのです。

たとえ、源氏がどんな男性の欲望や、強い力を持って藤壺に迫ろうとも、藤壺の宮の女性の良心がこれを拒《こば》みつづけたというところにこの女性の美しさがうかがわれます」

〈――女性の方がいつも良心的ね〉とつぶやいたのは藤子の声らしかった。

「藤壺の宮はそういう事のあったせいか、いよいよ出家の御決心を固めてしまわれました。御出家のお志《こころざし》が起きたにつけても、お心にかかるのはやっと六つになられた春宮のことです、三条の御実家から久しぶりに宮は宮中へ参内《さんだい》されて、わが子の春宮にお会いになりました、春宮は暫《しばら》く御覧にならぬうちに美しく御成長になって久方《ひさかた》ぶりの母宮《ははみや》のお膝《ひざ》に甘えられるいたいけなお姿を見るにつけ、この可愛《かわい》い御子を残して御自分が出家出来るかどうかとさえお考えになるのでした。――けれども宮中の藤壺の宮に対する空気は、今までの庇護《ひご》者桐壺帝《しゃきりつぼてい》のお亡くなりになった以上、あとは新帝の御母弘徽殿《おんははこきでん》の太后《たいこう》の御勢力に占《し》められて、帝の寵《ちょう》を奪っていた女性に対して、帝なき後も太后のお心の快い筈《はず》はありません、それをお考えになると御自分がいっそ出家してしまった方が、春宮に対する太后のお気持も柔《やわら》ぐような気がするのです、やがて御出家になる事をお考えになりながら、春宮のお顔をしみじみと母の心で御覧になると、そこには光源氏を小さくしたお姿が見えるのです、源氏のお顔にかくも春宮が似ていられるという事が、藤壺には、また心に針《はり》を刺《さ》す思いでした。過去の罪におののく複雑なその母性愛には、女の悩みが十二分に含まれていました。

やがてこの悲しい母にして女の藤壺の宮は、その年の十二月の上旬に故帝の追善《ついぜん》の法要《ほうよう》をいとなまれ、その場で参列の方々の前で御出家のお志をお告げになりました。この美しい未亡人の出家のお心の底には光源氏との過失によって故帝を裏切り、春宮《とうぐう》を帝の御子として欺《あざむ》き通されたことへの深い深い女性の懺悔《ざんげ》の心の秘められていたことは申すまでもありません。

美しいこの宮が生涯悩みを秘められて、懺悔と、帝の供養《くよう》に出家なさることを知ったら、並《な》みいる人の心には、更《さら》に更に哀れ深いものがあったでしょう。

さて源氏の君にとっても、去年今年《こぞことし》は、父帝に逝《ゆ》かれ、恋しい藤壺の宮は、御出家、更にかつての恋人六条《ろくじょう》の御息所《みやすどころ》ははかない思い出を胸にひめて伊勢《いせ》へ下られる、お仲はよくなかったとはいうものの御正妻の葵《あおい》の上《うえ》もまことに本意ない夫婦仲のままに永別されるという……恋と女性にめぐまれた美男の光源氏にも思うにまかせぬ憂きことの多い年頃でございました……」

〈まったくですねえ、さんざんですねえ、流石《さすが》の源氏も――〉大貝夫人が大いに源氏に同情して溜息《ためいき》をつく、その源氏に同情するように鎌倉山の冬の松籟《しょうらい》が、雨戸の外に鳴っている。数奇なる運命の藤壺の宮もついに黒髪を断《た》って……まだ残る香《か》の生涯を自《みずか》ら葬《ほう》むられる悲歌をききし宵《よい》の松風だった……。

「さて、また朧月夜《おぼろづきよ》の君が再び登場いたします。葵の上といい、六条の御息所といい、藤壺の宮といい、みな日本古来の女性の悲しい宿命のようなものをそれぞれに負い、ものの哀れのそこはかとなく身に添《そ》うた人たちですが、この美しい明るい朧月夜の君だけは、今で言うアプレゲールの傾《かたむ》きがありますね……」

一座に笑声が自《おの》ずと沸《わ》いた、楓刀自のお講義もなかなか味なことをおっしゃる。

「源氏の君はさまざまの憂き事が重なったせいで、それを紛《まぎ》らすためであったかどうか、悲しみは悲しみとして、朧月夜の君との恋路《こいじ》は恋路としてつづけられました。若い帝も薄々は御存じで、前々からの恋なのだから仕方がないと、お心の中にお許しになっていらっしゃいます、その後、尚侍《ないしのかみ》の朧月夜の君はおこりを患《わずら》って……」

「まあまあ、おこりって身体《からだ》が慄《ふる》えるのでしたね」

大貝夫人が笑った。アプレゲールの朧月夜の君には何となくみんな気安く笑ったりする。

「あら、若紫《わかむらさき》はどうしているでしょう、可哀想《かわいそう》に――」

鮎子は急に若紫のことをわが事のように気にし始めた。皆も今まで忘れていた若紫をここで新たに思い出し、いたいけな少女の〈処女〉を奪った源氏が、外を浮かれ歩いていることを気にせずにはいられなかった。

「そろそろ若紫のことも申上げましょう、若紫は何しろまだそう大人びていませんから、嫉妬《しっと》といってても葵《あおい》の上《うえ》のような激しいものは持っていられません。一夫多妻のような源氏にとっても、この藤壺《ふじつぼ》のゆかりの紫《むらさき》の上《うえ》は大事な人ですし、こうして本邸に住まわせていられるのですから、将来正妻におなりになる事は確かなのです、父君の兵部卿《ひょうぶきょう》の宮とも、――藤壺の御兄ですね、もう公《おおや》けになって御自由に音信を交《かわ》してもいらっしゃるし、どんな女性も若紫の位置をどうすることも出来ません、この若紫のお身の上こそは世間の人々が皆お仕合《しあわ》せな方だと言いはやして居ります、兵部卿の宮の御本妻《ごほんさい》の方では継娘の若紫が出世して御本妻腹の姫君達にさしたる事もないのをやきもきしていらっしゃる……」

「そうなると、さしずめ若紫はシンデレラねえ」

と鮎子が外国の童話を思い出して言った。

シンデレラ――うとまれていた継娘が思いがけず王子の妃《きさき》になる話だった。

「継娘が出世して、生《な》さぬ仲の母としては責任を果したようにほっとして喜ぶべきですが、そういかない所も人情でしょうが、でも善良な継母というものは生さぬ仲だけにかえって気を使う人も居りますね、一概《いちがい》には申されません」

大貝夫人が言った、養子を迎えた身だけにそういう感慨もあったのだろう。

「さて、若紫のお話はそれとして朧月夜《おぼろづきよ》にかえりますが、朧月夜の尚侍《ないしのかみ》がおこりを治すため御祈禱《ごきとう》などをなさるのにも不自由だというので父の右大臣の邸《やしき》へ戻りましたが、修法《しゅほう》の験《しるし》があったのか、朧月夜の病気はけろりと治ったのでみな喜んで居ります。

家へ帰って自由ではあるし、病気は治ったしというので、恋人達は得難《えがた》い機会なので、示し合せて無理をして毎夜源氏は朧月夜の許《もと》に通いました。

若々しい盛りの派手な容貌《ようぼう》の朧月夜が、病気で少し痩《や》せたところなど一しお美しく、丁度《ちょうど》その頃皇太后《こうたいごう》もその邸内にいらっしゃる時で、源氏にとっては恐ろしい邸なのですが、危険を冒《おか》せば冒すほど恋の楽しみは深いのか、源氏はあえて恋の冒険をして通いつめていらっしゃるのです。

度重《たびかさ》なれば源氏がひそかに朧月夜の君の許に通っていらっしゃる事を知る人も邸内には出来たのでしょうが、光源氏の人望のせいか、誰れも太后にも父の右大臣にも告げるものはなかったのです。

ところがある夜、源氏が朧月夜に別れを告げて帰ろうとする夜明け近く大雨がたいへんな勢いで降り出して来て、その上に雷《かみなり》がごろごろ鳴り出したのです、それで邸中の人達が起き出してがやがや騒いでいます。

今にも邸の屋根に落雷しそうな雷鳴と稲光《いなびか》り、大雨——女房達も恐ろしがって、御寝所の間近くに集まって来ますし、さあそうなると、源氏は朧月夜の寝所を出ては行けません、この二人の逢引《あいびき》に関係して手引した二人の女房も困ってしまいました、早く源氏を帰してしまわなければ、発見されたら一大事なのですから。

ようやくその雷も止み、雨も小降りになった頃、邸《やしき》の主《あるじ》の右大臣が、皇太后の御殿の方へお見舞にいらしったのを、まだ降り止まぬ雨の音にまぎれて、朧月夜《おぼろづきよ》の君も源氏も、気付かずにいますと、その帰りに右大臣はひょこっと朧月夜が怖がっていはすまいかとその寝所に立ち寄って、御簾《みす》を上げて、

〈どうだね、ひどい雷だったね、どうしているかと心配したが、わしも出て来られなかった〉

と、せかせかした口調で声をかけられました。

源氏の君はさあ右大臣に発見されたら大変だと弱っていらっしゃる、朧月夜の君も、胸をどきどきさせながら、御自分の不行跡《ふぎょうせき》の発見されるのを恐れて、思わず顔に血がのぼってしまう、そして落着きなく父の前にいざり出て行かれると、父の右大臣はそうとも知らず、娘の顔の只《ただ》ならぬのぼせようや、物腰に心配して、

〈おや、あなたの顔色はおかしいね、またおこりの熱がとれないのではないか、もう少し修法《しゅほう》をつづけるのだったね〉

などと、親馬鹿《おやばか》ちゃんりんの甘さで言われます、ところが悪いことは出来ないもので、しどけない朧月夜の衣の端《はし》にまつわって出て来た薄二藍《うすふたあい》の男の帯《おび》が大臣の眼に入りました。その上その几帳《きちょう》の下に散らかっているのが、これがまた男の懐中紙《ふところがみ》で、歌や何かの書反故《かきほご》のようなものなのです。右大臣もさすがに娘の寝室にとんだ事が起っていると気がつかれ、

〈それは誰れの字です、およこしなさい、私が調べる〉

と言われて、朧月夜もそれに気がつきますが、さあ困りました、もう言い紛《まぎ》らしようもありません、また返事の出来ることでもありません。

さすがに大胆なアプレゲールみたいなお嬢さんも気を失いかける様子です。

この右大臣が葵《あおい》の上《うえ》の父の左大臣ほどに寛大な思慮《しりょぶか》深い人だったら、娘の恥に堪《た》えぬ有様にも気付くところだったでしょうが、短気で、落付きのない方なので、せかせかと御自分でその紙を拾われました、その時に几帳の隙《すき》からその奥に、小さくなりもせずにのうのうと横たわっている男の姿を発見しました、その美男のしどけない姿が何者であるか大臣にもすぐわかったのでしょう、目もくらむような怒《いか》りながら、さすがにすぐその場で騒ぎ立てるわけにはゆきませんでした。それだけに右大臣は源氏の娘に対する行為を無礼《ぶれい》だと憤《いきどお》りました。

そして証拠品《しょうこひん》をさらうように、源氏の文字のある懐紙を持って自分の寝殿へ帰って行かれました、朧月夜もそうして父に発見されたとなると、もうどうしていいかわからず死んでしまいそうです。

恋の冒険にはなれた源氏もさすがに朧月夜が気の毒で、自分のこうした無用な振舞《ふるまい》の揚《あげ》句《く》が、恐ろしい破局に来たのだと悲しみながらもその心を隠していろいろ慰《なぐさ》めて居られます。

右大臣の方はもう何も我慢の出来ない性質で、その上老人のひがみも手伝って、源氏に対する反感のままに、洗いざらい皇太后《こうたいごう》の前に源氏の不良青年のような行為を、事委《くわ》しく話してしまいました。

〈この懐中紙の文字はたしかに源氏の字です、以前にも娘は彼に誘惑されて陥《おちい》ったのですが、その高貴な位置と人物のために、私は何も咎《とが》めず、いっそ娘と結婚させようと思ったのに、その時、向うは真面目にも相手にせず、どんなに残念に思ったか知れません、それならばと帝の御寛容《ごかんよう》に甘えて宮中に尚侍《ないしのかみ》として入れたのですが、やはりその事の遠慮のために公然たる女御《にょうご》とはなれずにいることを父としては実に口惜しく思っています、それを尻眼《しりめ》にかけて、またもや娘の許に通って来るとは何という無礼な奴でしょう、いくら学問が出来ようと美男であろうと高い位置の御子《みこ》であろうと実に我慢が出来ません〉

　自分の娘の不行跡を悲しむと同時に、相手の男の貴公子を怨《うら》まずにはいられない父親の心ももっともですが、それにもまして、かねがね源氏をお憎しみになっていた皇太后の、源氏に対する反感と憎悪《ぞうお》は、この事件に油を注いだものです。

〈ほんとうに妹は不幸なことに、あの源氏の手にかかって、折角《せっかく》女御にもなられる運命を振りすててしまった、私は腹が立ってならなかったのに皆が源氏をかばい立てして、妹と結婚させようとなすったのです。そしてそれが出来ずに、已《や》むを得ず、宮中へお入れになったのではありませんか、私は無考えな妹が可哀想《かわいそう》だからこそ、ほかの女御たちにも引けはとらせまい、後宮《こうきゅう》第一の名誉を取らせようと骨折っているのです、そうすれば源氏を見返すことも出来るのです、そんなに気を揉《も》んで後楯《うしろだて》になっている姉の心も知らず、源氏の言うなりになっているとは——あの源氏の好色の思うがままの犠牲にされているのでしょう〉

皇太后の憤《いきどお》りと八《や》つ当《あた》りはたいへんです、こうなると流石《さすが》の右大臣も不用意に告口《つげぐち》したことを後悔せねばなりません、それでこんな事を言い出しました。

〈この事はどうか当分秘密に、帝にも申上げずにお置き下さい、私がよく訓戒《くんかい》いたしてみますから〉

などと、初めとはたいへんちがった口調になりましたが、もう皇太后の機嫌は直りもせず、源氏に対する憎悪も去る筈《はず》はありません。苟《いやし》くも皇太后の位置にある自分の眼の光っている邸内へ来て、図々《ずうずう》しく妹の寝所に忍び込む源氏を許す気にはなれません。それは自分たち姉妹に対する大きい侮辱《ぶじょく》であるとお思いになりました、必らず復讐をせねば、源氏に打撃を与えてやらなければ、——皇太后のお心の中にはきつい鋭《するど》い棘《いばら》が生じたわけです。

それが将来、源氏の運命にかかわることは申すまでもありません。

多くの女性に愛された源氏は、またこうしてそれ故《ゆえ》に女性に憎悪されるのも仕方がないでしょうね、この巻はこうして、源氏が将来受けるある不幸な運命の暗示をとどめて終ります」

楓刀自《かえでとじ》は、湖月抄《こげつしょう》を閉じて、その上に皺《しわ》ばんだ手を置いて歎息《たんそく》するようにこう語った。

花《はな》散《ちる》里《さと》

「今夜は花散里《はなちるさと》の巻に移りますが、生憎《あいにく》季節はまだ花には間があって、今日は外には風花《かざはな》が舞って居りますね」

風花とは、風に舞う雪にまごう小さなやはり雪片《せっぺん》である。夕方かけてそんなものがちらちらと降ったが、もしかしたら今夜は春の雪となるかも知れぬ……。

だが部屋のうちは暖《あたた》かい、春めいた感じである。高倉《たかくら》家に於《お》ける源氏物語の講義も、いつしか進んで花散里の巻に至《いた》ったと思うと、聴く生徒たちの心にもなにか春めいた感じのするせいであったろうか。生徒はいつもの通り、女性群ばかり、ジョー葉村はこの頃忙しくてあまり姿を見せない、もっとも彼にとって若紫役《わかむらさきやく》にあたる鮎子《あゆこ》には時々愛らしいブローチなどが贈られて、映画などにもときたま誘われて行く、勿論《もちろん》そんな時には大抵《たいてい》姉の藤子《ふじこ》が附添《つきそ》って行く、ゆき届いた家庭の躾《しつ》けは忘れられていない。

病身の容子《ようこ》は、春になるまでは、庭を時々暖かな日に歩くぐらいで、あとは体温計で熱を計《はか》ったり、医師の診察を乞《こ》うたりして大事をとって、あたたかくなる迄《まで》にぜひ恢復《かいふく》したいと願っている。その間の仕事といえば暇さえあればお祖母《ばあ》様のお講義の際の鉛筆の走り書きを、さらにペンで清書をしてノートを作ることだった。

大貝夫人はお講義の時、自分ではノートを取らないので、その容子のノートを時折《ときおり》借り

て行っては感嘆《かんたん》して、

「容子さんはお身体《からだ》がお癒《なお》りになったら、国文学を専攻なさると宜《よろ》しゅうございますね、ほんとうに、お話を伺《うかが》ったあとで、またあのノートを拝見《はいけん》しますと、今度は、はっきり呑《の》み込めますわ」

と、賞《ほ》めたてる。

さて——今宵《こよい》もその連中が集っている中で、楓刀自《かえでとじ》は、

「源氏物語五十四帖《ちょう》の中の、一番短い巻はこの花散里と、篝火《かがりび》の巻の二つでございます。けれどもこの花散里の巻はたとえ短い章であっても、やがて後の巻の須磨《すま》に移ってゆく前の、いわば……」

と楓刀自が適当な言葉を探しているのを、見のがさず容子が、

「お祖母様、いわば、序曲《じょきょく》というようなものなのですね」

「そうそう、その通り!」

手を打たぬばかりに、お祖母様は愛する孫の適切な表現を喜ぶ。

序曲! してみると、この花散里と名づけられた小篇《しょうへん》は、思うに愛すべき美しき小曲《ソネット》なのであろう。

様がつけられたので、何となくみなが、おかしくなって若い姉妹はくすくす笑う。

「さて、その光源氏様は——」

「その光君様は鬱々《うつうつ》として愉《たの》しからぬ日を送っていられました。この女性との恋愛には満ち足りているかに見える方が、しみじみ人間というものの生活の煩《わずら》わしさに厭離《おんる》の心を抱かれたというのは、いわば今迄《いままで》は親の光は七光《ななひか》りとでも申しましょうか、何かにつけて自分の背後に大きな楯《たて》となっていられた父帝の崩御《ほうぎょ》にあわれて以来、弘徽殿《こきでん》の女御《にょうご》、今の皇《こう》太后《たいごう》の一派から睨《にら》まれて、宮中に於《お》いての立場が、まことにやるせないものとなられたからでございます。

もっともこういう御美男で才気《さいき》があってそして多くの女性を相手にしてもてる方には羨《せん》望《ぼう》とともに嫉妬《しっと》も呪《のろ》いもあったでしょう、また御自分の若気《わかげ》の至《いた》りで、行き過ぎも過失もあった筈《はず》ですから、その光源氏が少し、人生苦をお知りになることも、いわば身の為《ため》とでもいうべきでしたろうね」

一同大いに同感した。その点では光源氏もあまり同情されない、少しは人生の悲哀《ひあい》を知るのも、随分好《ずいぶんい》い気《き》なものの源氏のための薬になるだろうなどとみな思っている。

「しかしそんな中でもなお相変《あいかわ》らず源氏の君の生活にまつわるのは、やはり女性問題でした。

この花散里《はなちるさと》の巻での源氏は丁度《ちょうど》二十五歳の青年盛《ざか》り、その夏のことでした。この巻の表題の女主人公は、麗景殿《れいけいでん》の女御といわれる方のお妹さんの花散里の君です。麗景殿の女御は亡き桐壺院《きりつぼいん》、つまり源氏の父帝の女御のお一人なのです、そのお妹さんの花散里が、お姉様と一緒に内裏《だいり》にいらしった頃に、折々恋を語らっていらしった名残《なごり》を源氏はお忘れにならず、麗景殿の女御には皇女も皇子もなくて、帝の崩御の後は、頼るべき方もなく全くの孤独で、御生活費さえ心細い御有様《おんありさま》に、源氏は優しくそれを庇護《ひご》なすって生活に事かかぬようお世話なすっていらっしゃいます。

そのお妹さんと源氏とはそうした前々からの恋仲ながら、さして深い仲というわけでもありません。といって、間がとだえてしまうということもなく、またちゃんと特別なお扱いをなさるということもない、ただ時々、時雨《しぐれ》のふるように、思い出したように、ごくたまに、この君の許《もと》へ通っていらっしゃる――というくらいなところです」

「なんだか心細いですねえ、頼りない――」大貝夫人ははがゆそうに言った。

「そうですね、女にとっては物思いばかり増《ま》すなさり方ですが、源氏の君の例の御気性なのですね。ところが――人間の気持というものは不思議なもので、光源氏が宮中に於ける御自分の位置が不安定なものになって来て、なんとなく思うにまかせず、ご自分に反感をもつ一派から白い眼で睨《にら》まれて、いろいろ世のはかなさをお感じになるにつけ、その女の物思いが、静かに物淋《ものさび》しくなった源氏のお心にひびくのでしょうか、ふだんはさほどにもお思いにならなかった人を、思い出すと、矢も楯《たて》もなくお会いになりたくなって、お出かけになったのは、梅雨《つゆ》の晴れ間の一日でした。

人眼に立たぬお供《とも》をつれて、京極川《きょうごくがわ》のあたりをお通りになると、そのほとりに小ぢんまりした家の、梅雨に洗われた木々の葉のつやつやしい庭の中から、琴の音が美しく聞こえて来ました、なかなか上手な弾き手です。

源氏はその琴の音にひかれて、み車の中から半身のり出すようにして眺《なが》めていらっしゃると、雨後《うご》のしめやかな空気の中に、その家の庭の大木の桂《かつら》の木の葉のすがすがしい匂《にお》いが微風に送られて来て、その新緑の季節の感覚に、賀茂《かも》の祭のことなど連想されます、賀茂の祭にはその頃の大宮人《おおみやびと》は冠《かむり》に、葵《あおい》と桂の葉を挿《さ》すならいだからでしょうね。

そのうちにふとその家がどうも見覚えがあると思ってお考えになると、どうやらその小さな家は、かつて源氏がただ一度だけ通《かよ》って来られたある女人の棲家《すみか》だったのです」

「あら、いやだ！」

誰れが言ったのか、源氏の薄情なのに驚ろいたらしい。

「源氏もすこし心が騒ぐのですが、あれっきり二度と訪れなかったここへ不意《ふい》に自分が現われたとて覚えていてくれるかどうか、もう忘れているかも知れぬとお考えになります」

「女は忘れませんね、まして源氏の君だったら……」

これは大貝夫人の言葉だった。

「源氏の君も、物のあわれはよく知る方ですから、その家の前をさすがに素通《すどお》りする気はなさらず、躊躇《ちゆうちよ》していらっしゃると、おあつらえ向きのように、空を時鳥《ほととぎす》が鳴いて渡りました、その時鳥の一こえはなにか源氏の君の心の中に詩情を湧《わ》かせるものだったのでしょう、お車をとどめて一首お作りになりました。

をちかへりえぞ忍ばれぬほととぎす
ほのかたらひし宿のかきねに

をちかへりというのは引き返しての意味です、あなたと仄《ほの》かに恋を語った昔の垣根《かきね》のほとりを時鳥が、しのびかねて鳴くように、私がふたたび訪れたのは昔の思いに立ち返って堪《た》えかねて来たのです——という意味ですね」

「嘘《うそ》ばっかり！　そこへ行く気ではなかったのに——いやな源氏様！」

これは鮎子がおどけて言ったのである、いつまで少女と思っているこのひとも、いつしかおませになって、源氏物語で、女心を知って来たような気さえする。

「嘘つきでも何でも、源氏の君は多情仏心《たじようぶつしん》ですから、思い出せばそういう事になるのです。

それで早速その歌をお供の——いつもそういう場合の役割になれている惟光《これみつ》に言わせにその家に遣《や》りました」

「短冊《たんざく》か何かをやるのではなくて、言わせるんですの、口上《こうじょう》で?」

と、これは容子が質問した。まじめな研究ノートの必要上からである。

「ええそうです、こういう場合は——その当時の惟光のようなご家来《けらい》は、自分でも歌心がありますから、言いまちがいはしません。その頃は歌といっても、即興《そっきょう》でお互《たがい》に言い交《かわ》したものですから……。

さて惟光が、その家に入って行くと、西の端《はし》の座敷にその家の女房達が集ってなにか雑談をしています、その中には、かつて惟光が源氏のお供をして忍んで来た時に聞き覚えの声がありましたから、ハハアなるほどと思って、惟光は、声高らかに源氏の歌を伝えました。誰だろうと、ちょっとざわめいたようでしたが、やがて中から返歌が聞こえました。

時鳥《ほととぎす》かたらふ声はそれながら
　あなおぼつかなさみだれの空

……訪《と》うお方の御様子は源氏の君のようですが、それにしても今頃になってどういうお気持でいらしったのでしょうか、あてにならない五月雨《さみだれ》の空というような意味の返歌です。

つまり女はそんな気持でもあらわすより仕方がなかったのでしょう、すると惟光もさるものです、聞こえよがしに〈よしよし植ゑし垣根も――〉と言って、さっさと家を出てゆきました。この、よしよし植ゑし垣根も――の意味は〈お門違《かどちが》いであったかも知れません〉というわけです、なぜというと、古歌に――花散りし庭の梢《こずゑ》も茂《しげ》りあひて、うゑし垣根もえこそ見分かね――というのがある、それによるのです。そうして惟光が出て行ってしまった後に、さすがになんとも言えず心淋しかったのは、源氏とかつて一度契《ちぎ》ったこの家の女主《おんなあるじ》でありましたでしょう」

「だって女にも意地《いじ》も誇《ほこ》りもありますものねえ」

大貝夫人は、一度っきりでとだえてしまった源氏の君がいま来てくれたからといって、すぐ縋《すが》りつくわけにはゆかなかったその女性に心からの同情を表したのである。

「源氏もまた女が飛んで出て迎えぬのも致《いた》し方《かた》ないと思われました。源氏にはこの家の一度契った女と同じほどの女性としてその時思い出されたのは筑紫《つくし》の五節《ごせち》の姫君でした。明治以後にも天皇即位の大典《たいてん》には、この五節の舞姫が選ばれますが、これは太宰大弐《だざいだいに》の娘でこの五節の舞姫になったひと、この姫もまた源氏にとっては忘れ得《え》ぬ人だったのでしょう、いずれこの人のことは後の須磨《すま》の巻に出て来ますからお待ち下さい、源氏という方はこうして、いかなる女性についても尊卑《そんび》それぞれに、一度契った女性をまるきりお忘れになるということはないのですね、それがまた大ぜいの女の人の源氏への物思いの原因ともなるのですが、いつも薄情に忘れておしまいになればいいものを、時折《ときおり》こうして自分勝手に思い出して相手の女性に、悲しいなつかしい刺戟《しげき》をお与えになるというのが〈もののあわれ〉に徹《てつ》した、よくよくの恋愛の天才だったのか知れません」

誰もなにも言わなかった、源氏のような男をいまさら道徳で批判しても仕方がないとあきらめているらしい、また自分たちもその当時のそういう身分の女性だったら、一度はやはり源氏にのぼせたかも知れないと思っているのか……。

「さて、源氏は時鳥《ほととぎす》のおかげで思わぬ暇《ひま》どりましたが、それからは真直《まっすぐ》に麗景殿《れいけいでん》の女御《にょうご》姉妹のお家へ目的通り訪れました。

その家は、源氏がほぼ想像された通りに、使用人も少く、はかない身に沁《し》むようなお暮しぶりでした、源氏は最初に女御のお居間で話を交《かわ》されました、話をなすっていらっしゃるうちに夜が次第に更《ふ》けて、梅雨《つゆ》の月——二十日ほどの月がのぼって、大木の茂《しげ》っている庭が明暗にいろどられて、女御のお居間の簷《のき》近く茂る花橘《はなたちばな》が匂って来ます。女御はもうよいお年齢《とし》になっていられましたが、帝のお傍《そば》に長くいられた方だけに、さすがに物柔らかに﨟《ろう》たけた感じをお与えになる上品な方でした。この方は女御の中で、際立《きわだ》って時めいたというようなことはおありにならなかったのですが、可憐《かれん》な女性として故帝が相当に愛していらしった方だと、源氏は父帝の在《おわ》した頃の宮廷の有様を思い出して、父帝のゆかりのこの女御とは何か共通の気持があって、過ぎし日を恋しなつかしむお気持で涙ぐんでいられました。

その時、さっきあの家のほとりでおききになった時鳥が、追いかけて来たようにまた月を横ぎって鳴くのでした、それに心打たれて源氏は思わず〈古《いにし》へのこと語らへば杜鵑《ほととぎす》、いかに知りてか――〉という古歌を口ずさまれました。

ここのところの原文は、今私の解釈をおききになってお読みになると、なおよくわかりますから一度朗読《ろうどく》してみましょう、原文は余情《よじょう》を含んだきれいな文章ですから――

かの本意《ほい》のところは――（これは目的のところという意味です）――思《おぼ》しやりつるも著《しる》く、人めなく静かにておはする有様を見給《みたま》ふも、いと哀《あは》れなり。まづ女御の御方にて昔の御物語など聞え給ふに、夜ふけにけり。二十日の月さし出づる程に、いとど木高きかげども、木闇《こぐら》う見えわたりて、近き橘のかをり、懐しく匂ひて、女御の御けはひ、ねびにたれどあくまで用意あり、あてにらうたげなり。勝《すぐ》れて花やかなる御覚えこそなかりしかど、睦《むつ》まじう懐しき方には、思したりしものをなど、思ひ出で聞え給ふにつけても、昔の事かきつらね思されてうち泣き給ふ。時鳥、ありつる垣根のにや、同じ声にうち鳴く。慕ひ来にけるよと思さるるほども艶《えん》なりかし。〈いかに知りてか〉など、忍びやかにうち誦《ず》し給ふ。

軒端《のきば》の花たちばなの薫《かお》り……二十日の細い月影……昔父帝の寵姫《ちょうき》と語る源氏……空に配《はい》するに時鳥《ほととぎす》の声……まったく源氏絵巻の情緒《じょうちょ》の道具立が揃っていますね、ところで源氏はまた一首詠《よ》まれました。

橘の香《か》をなつかしみほととぎす
　花ちる里をたづねてぞとふ

歌の意味を一々いうのはくだくだしくなりますが、この巻は短いのですからこんな機会に原文に忠実に逐語訳《ちくごやく》でいたしましょう、花たちばなの香のなつかしさに時鳥が訪れるように、私も亡き父帝のゆかりの人なつかしくこの里を訪れました、という意味でございます。

こういう風に何かにつけて源氏が古《いにし》え恋しく思われるのも父帝の御代《みよ》に御自分が仕合《しあわ》せだったことを振り返られ、新帝の御代には弘徽殿《こきでん》一派がはびこられて自分が白眼視《はくがんし》されることを悲しまれるからでございましょう、〈なんといっても人間は皆事大主義《じだいしゅぎ》で、その時代に権力を張る人に媚《こ》び従うのが慣《なら》いですから、こうして過ぎ去った御代のことを語り合う相手は、ほとんどいなくなって居ります。けれどもその点ではあなたは私以上にお寂《さび》しい御境遇でしょう〉と源氏は女御《にょうご》を慰《なぐさ》められましたが、もともと帝に別れられてからは孤独と寂寥《せきりょう》の中にいつしか慣れてしまわれた女御も、故帝の愛された皇子の源氏にこうしみじみと言われると、今更《いまさら》に心がしめやかに打ち沈まれるのでした。その萎《しお》れた、すがれた花のような風情《ふぜい》がまた何ともいえずお優しく、残りの香のあわれに漂《ただよ》うお姿でした。そして女御は口ずさまれました。

人めなく荒れたる宿はたちばなの
　花こそ軒のつまとなりけれ

――訪れる人もない淋しい私の棲家《すみか》へ軒端の花たちばなの香りに導かれて思いがけずあなたが御訪問下すったのですという歌の意味ですが、その蔭《かげ》にふくまれた心持はたいへん意味深長で……つまり花たちばなの言葉にお妹の花散里《はなちるさと》を暗示しているのです、それは源氏にもおわかりになりました。

源氏はさすがにこれはやはり宮廷につかえられた女性だけあると感心されました、そして故帝の華やかな御寵愛《ごちょうあい》はなかったとはいえ、やはり並々の女にはずっと立ち勝《まさ》っていられる御方だと今更に思われるのでした。

やがて源氏は西座敷の方へさりげなく、打ち解けた風で、入って行かれました。すると衣《きぬ》ずれの音もさやかに人めを忍ぶように、花散里が美しく装《よそお》って、久しぶりの恋しい人の前にあらわれました。日頃打ち捨てておかれた男への怨みかこちがどんなにあっても、眼の前に源氏の光り輝く優しい美男の姿を見ては、その女の怨《うら》みも花散里《はなちるさと》の君はすっかり忘れてしまわれたようです。

するとと源氏はここぞとばかりに、それこそ甘い蜜《みつ》のような恋の言葉で、たとえ日頃訪れることはなくとも、心の中ではどんなに恋しかったかなどと告げられます、しかしそれとて満更《まんざら》口先ばかりの殺し文句ではございますまい。

源氏が何かのはずみで契《ちぎり》を交《かわ》されたほどの女には、賤《いや》しい凡庸《ぼんよう》な身分のものなどはなくみなそれ相当の地位の女のせいでしょう、一二度でふっつり飽《あ》きてしまうとか、顔はきれいだがとても心はお話にならない女だとかそういうのは一人もなく、たとえ途中打絶《うちた》えていらしっても必ず胸の中には温《あたたか》くつながれていて、幾月《いくつき》会わずとも時折《ときおり》は思い出して恋しくなつかしく、また会いたいと思われる間柄になっていたのです。

源氏の君を巡《めぐ》る幾人かの女性が、そういう間柄でつながれていたというのも源氏のお人柄、その男の優しさの魅力からだったでしょう。

それを、暫《しばら》くのとだえを不満足に思って源氏をあきらめて心変りをする女もないことはなかったのですが、源氏はそれも仕方がない、そうした女を責《せ》めるわけにはゆかないと、悟《さと》っていらっしゃるのです。

さっき通られた京極《きょうごく》川のほとりのあの家の女あるじも、すでに源氏を諦《あきら》めてほかに恋人を持っていたわけなのです」

「ああ、そうだったのね」

と、容子がノートの上に鉛筆をおいてうなずいた。


「これで、花散里の短い巻は終りましたが、この次は須磨《すま》の巻に移ります。須磨の巻は源氏の二十六歳の三月から二十七歳の三月まで、丁度《ちょうど》一ヵ年間の出来事で、あの朧月夜《おぼろづきよ》との恋愛事件から、源氏はいよいよ身辺《しんぺん》に圧迫を感じて、御自分から須磨の浜辺に失意の身を隠遁《いんとん》させておしまいになる物語です。都《みやこ》に置いてゆかれる紫《むらさき》の上《うえ》にどんなにお心を残されても、そうした場合が場合とて、一番大事な紫の上をも須磨まで御同伴は出来ないのです……この次の須磨の巻にはこの源氏の悲劇ともいうべきところをお話いたしましょう……」

楓刀自《かえでとじ》の言葉が終った時、廊下に足音がした。

そして襖《ふすま》があけられて、思いがけなくジョー葉村が、せかせかとかけつけたように、いつものりゅうっとした背広《せびろ》姿を現わした。

「あらいらっしゃい！　もう今お講義が終ったところよ、惜《お》しかったわ、葉村さん」

と、藤子が座蒲団《ざぶとん》をすすめると、

「いや、僕はもっと早く伺《うかが》いたかったのですが、急に僕、帰国することになりまして、近いうちに航空機で立ちます」と告げた。

「まあ、お帰りになってしまうの？」

鮎子が一番深刻な悲しみと驚きの表情をして声を上げた。

折も折、源氏の君が須磨《すま》へ行くのに、若紫《わかむらさき》を同伴出来ぬと、いま、楓刀自《かえでとじ》が言ったすぐその後に、彼ジョージ葉村が現われてアメリカへ帰るというのは何の暗示であろうか？

「いや、あっちで用事がすみ次第、また帰って来ます、だから僕を忘れずに待っていて下さい皆さん」

と、彼は、近代的な美青年の面に微笑を浮べながら一座の女性を見廻した。

彼とても日本へ来たおかげで知りあった高倉一家の美しい姉妹に、しばし別れを告げて帰米することはやはり悲しかったのであろう……。

須《す》磨《ま》

今夜は――夜半《やはん》ジョー葉村が羽田からパンアメリカンの航空機で帰米する宵《よい》だった。星空の冴《さ》ゆる早春の夜だった。

もし時刻が夜半近い十一時に出航する空の旅立ちでなかったら、藤子に伴《ともな》われて鮎子も葉村青年を見送りに行きたかったし、葉村青年も、見送人の入場証明書など喜んで手に入れてくれたであろうが、何しろ夜の十一時だというし、それも場合によっては一時間ぐらいすぐ延《の》びてしまうというのだから、葉村青年は、御婦人のお見送りは辞退せねばならなかった。

「直《じ》き帰りますよ、もう航空機の旅だからアメリカも日本も接近してすぐ傍《そば》のような気がしますね」

と、彼は暇乞《いとまご》いに来た時、ささやかながら、刀自《とじ》や姉妹に囲まれて送別会代りの夕食を御馳走《ごちそう》になり、近くの大貝夫人も馳《は》せ参《さん》じて、さながら源氏物語のクラスの送別会じみた集りとなって、しばらくの名残《なごり》を惜《お》しまれた時、そう言ったのである。

だからその夜、楓刀自《かえでとじ》はいつもの部屋でジョー葉村を除く全員出席の女生徒たちの前で最初にまずこう言われた。

「……今夜は丁度《ちょうど》葉村さんが飛行機でアメリカへお帰りです。丁度その晩、私も一生懸命でお講義をし、みな様もおききになって――そして葉村さんのお発《た》ちの夜を過して、あの方を遥《はる》かにお送りしましょう……葉村さんはアメリカへお帰りになるのですが、偶然にも源氏は須磨《すま》へ落ちて行かれます。

光源氏が、ありし日の宮中の権勢《けんせい》は夢と消えて、今は皇太后《こうたいごう》の憎《にく》しみを一身《いっしん》に受け、その上源氏の好色からの過失とはいえ、帝《みかど》のお傍に上っている朧月夜《おぼろづきよ》の君とのあまりに奔放《ほんぽう》な情事から、須磨へでも身を退《ひ》いて、謹慎《きんしん》しなければならなくなった事情とは、大分《だいぶ》違いますが、今生きている葉村さんはアメリカへ――千年前の物語の美男の主人公は須磨へと行くことになったその須磨の巻を今夜――」

楓刀自もなかなか味なことをおっしゃる、一同同感であった。

「さて須磨と申しますと、今日《こんにち》京都からは直《す》ぐ、何のこともありません、神戸《こうべ》の傍ですものね……しかしそれが当時はたいへんな遠くへ都落《みやこお》ちをするようだったのですね、もっとも交通機関の何にもなかったせいもありましょうが」

すると大貝夫人が例の通り大きくうなずいて所感を述べた。

「ほんとにそうでございますね、戦争中信州だの青森だのと疎開《そかい》したことを考えればまったく源氏が須磨ぐらいへいらしったからって何も大したことじゃないような気がしますが――昔は須磨といえば都からたいへんだったんでしょうね――須磨で思い出しましたが、そら長唄《ながうた》の汐汲《しおく》みに――松一木《まつひとき》、かはらぬ色のしるしとて、今も栄《さか》えは在原《ありはら》のかたみの烏《ゑ》帽子狩衣《ぼしかりごろも》……って、あれは須磨《すま》ですわね、在原《ありわら》の業平《なりひら》が流されて海女《あま》の松風村雨《まつかぜむらさめ》が、それを恋したんでございましょう、踊《おど》りでもよくやりますが」

と、源氏から長唄《ながうた》の汐汲《しおく》みに大貝夫人の連想作用が飛躍《ひやく》した。

それがおかしいのか皆が笑い出した。だが大貝夫人は古典文学の源氏物語には楓刀自《かえでとじ》の講義を忠実にきいて知識を得るのだが、長唄や舞踊の点では相当の知識もおありになるらしかった、また楓刀自もその点は大いにみとめてうなずき返した。

「そうそう長唄の汐汲みは、松風村雨って姉妹の海女でしたね、謡曲《ようきょく》にもございます、あの長唄は謡曲の文句が入っていると思いますが――さてはこの松は古《いにし》へ松風村雨とて、二人の海女の旧跡かや、痛はしや……でも長唄の汐汲みでも謡曲の松風でも、あれはたしか在原の業平ではなくて、業平の兄の行平《ゆきひら》の中納言《ちゅうなごん》が須磨にいた時のことですね」

大貝夫人はしおらしく顔を染《そ》めて、

「ああ、そうでしたか、私はその光源氏が美男で須磨に行きますでしょう、それで業平かと思いましたが、業平は東下《あずまくだ》りでしたね」

たいへんあわててしまったが、そんな間違いは愛嬌《あいきょう》があってかえっていいものだった。

「お兄《にい》さんの行平よりは弟の業平朝臣《あそん》の方が美男としては有名なんですから、お間違いも無理がありません、ところで偶然の一致かどうか、光源氏が須磨へ落ちてからお住まいになった家が、なんとまあ行平中納言《ちゅうなごん》が、藻塩《もしお》たれつつ侘《わ》ぶと答えよと歌って住んでいたところのすぐ近くなのですね」

「まあまあ不思議でございますねえ」

大貝夫人が汐汲みを連想したことも無駄ではなかった。

「原文にも、ここのところは須磨へ行かれてから――在《おは》すべきところは行平の中納言の藻塩垂れつつ侘びける家居《いへゐ》近きわたりなりけり、海づらはやや入《い》りて、あはれに心凄《こころすご》げなる山中《やまなか》なり――とあります。この藻塩垂れつつというのは、この在原行平は経済の才能にも長《た》けましたが、歌人でもありましたので、須磨に侘住いの時に――わくらばに問ふ人あらば須磨の浦に、藻塩垂れつつ侘ぶと答へよ――と歌ったのが、古今集《こきんしゆう》に入って居ります、それを紫式部が、引用したのですね、さて須磨の事から行平朝臣、謡曲にまで及びましたが、お話を源氏の身の上に返しましょう。

須磨

さて――先にも申上げたように、源氏はいよいよ須磨に行くと決心をしました。皇太后《こうたいごう》を初め、宮中の皆が今自分に白い眼を向けている、ことに朧月夜の君とのあやまちの後では、何とも居辛《いづら》くなって、我から身を退《ひ》くことに決心したのですが、何しろ今までたくさんの女性に囲まれていらしった源氏が、僅《わず》かのお供《とも》を連れて一人悄然《しょうぜん》と、須磨へ行くというまでには、さぞかし人生厭離《おんる》の心がしきりに動いたことでしょう、ことに若紫《わかむらさき》を都の邸《やしき》に置いて行くということは堪《た》え難《がた》いことでしたが、といって現代の須磨《すま》の海岸などとは違った、侘《わび》しい漁村に過ぎない海辺の不自由がちの生活へ、花のような若紫を連れて行って暮させるということは気の毒でもあり実行し難かったのです、それにまた謹慎《きんしん》生活の遠慮もありました、たとえ若紫の方で、どんな淋しい処《ところ》でも源氏の君と一緒ならば、それこそ棲《す》めば都と、ついて行く気持であったとしても、だからといって源氏の君としてつれてはゆけません。

ところで尽きぬ名残《なごり》を惜《お》しんで、それらの女性に別れて行くとなると源氏の君のことですからたいへんです、お通いになることはごく時たまであっても、やはり源氏を思っている方たちは多いのですから、その人々にとって源氏の須磨行きは悲しいことでした、ことにあの藤壺《ふじつぼ》、今は仏道に入られた藤壺の入道《にゅうどう》の宮――」

そう刀自《とじ》が言いかけると、鮎子は不思議そうに、

「あら入道って女の人のことも言うんですか？ なんだか入道っていうと清盛《きよもり》入道っていうみたいに男の人が頭を剃《そ》った時呼ぶような気がするわ」

という、それは入道という言葉の響《ひびき》がそんな感じを抱かせるのであろう。

「そう、鮎子などは思いますかね、でもこの入道というのは、仏道に帰依《きえ》した人の意味ですから、女にも使っておかしくはありません、けれどもどうしても、それがいかめしい大《おお》

坊主《ぼうず》のようで、藤壺の宮の優婉《ゆうえん》なお姿にそぐわないというのならやめましょうか、いかがです、鮎子ちゃん」

おばあ様にからかわれて、末の孫娘ははにかんで笑い出した。藤子がこれもほおえんで、

「では、鮎子ちゃんの幻影《イメージ》を尊重して、藤壺の宮は仏道に入られて、お髪《ぐし》も肩のあたりまでということをみな知っているということにして、ただ藤壺の宮とおっしゃって下さいまし、おばあ様」

「では、そうしましょう、その藤壺の宮が源氏が須磨へいらっしゃるということについて、心から御慰問《ごいもん》のお便《たよ》りがありました。勿論《もちろん》世間への聞こえははばかって、ひそやかになされたことですが、それで源氏は感激したのですね、もっと以前にこういうお心を見せて下すったらなどと今更《いまさら》に返らぬことを歎《なげ》かれます、いよいよ御出発になるについては諸所の婦人にお別れのお手紙を源氏はいくつも書かねばなりませんでした。さぞかしみな、情味《じょうみ》のあふれる美しいお文《ふみ》だったでしょうが、その時の作者は、当時の自分の悲しい心持にとりまぎれてその手紙の内容をうっかり知ることを怠《おこた》ってしまったと書いてあります。この物語はむろん紫式部の創作なのですが、それをいかにも事実あったような感じを読者に与えるために、作者の気持まで入っているところは、さしずめ今でいうと、作者の用いた技《ぎ》巧《こう》とでもいいましょうかねえ」

「ああ、そうなのね」

と、容子が感歎《かんたん》して、それを研究ノートに書きとめているようだった。

「さて、いよいよもう二三日で須磨《すま》へ行かれるときまってから、源氏の君は左大臣の邸《やしき》へ世を忍ぶようにして行かれました。いうまでもなく、そこは亡き御正妻葵《あおい》の上《うえ》の御実家で、葵の上の忘《わす》れ形見《がたみ》の若君《わかぎみ》が、祖母君の手に育てられているところです。源氏がお立ちになる前にそこを訪れられるのは当然ですが、お乗物も網代車《あじろぐるま》――これは車体の外部を檜網代《ひのきあじろ》で張った簡単なもので無位無官のものでも乗るようなものでした。これが都を離れるお別れと思えばお供の者も悲しい気持ですが、まして若君の乳母《めのと》や、葵の上の御生存の頃から仕《つか》えていた女房達のそのままに残っているのなど、源氏の君を見ると胸が迫ります。若君は悲しみも知らず可愛《かわい》く走り廻っていらっしゃいます、それを膝《ひざ》の上に抱き上げて、〈暫《しばら》く見ないでも父の顔を忘れないのだね〉とおっしゃりながらも、それがまた源氏は悲しいのです。

そこへ左大臣も出て来て、〈お引籠《ひきこも》りになっている間に伺《うかが》って何でもない昔話でもいたしたくてなりませんでしたが……〉などとなつかしがり、婿《むこ》の顔を眺めて、〈あなたの今のお身の上を見るにつけ、こんな悲しい世の中を見るというのも長生きをするせいだとしみじみ厭《いや》になりました〉

と、左大臣はわが娘の生きていた頃、世にときめいていた源氏が、かかる有為転変《ういてんぺん》の世にあるとは感慨無量《かんがいむりょう》なのでした。

〈いや何もかも自分自身の過失の報《むく》いです〉

源氏は素直に運命に服従するつもりなのですが、左大臣は故帝がどんなに源氏を愛していらしったか、その頃を考えると直衣《のうし》の袖《そで》で涙を拭《ぬぐ》われます。無心の若君がその父と祖父とに甘えていられるのも大人にも悲しさが増すのでした。そこへ葵の上の兄君、以前は頭《とう》の中将《ちゆうじよう》といわれた今の三位中将《さんみちゆうじよう》も出て来て、酒盛《さかもり》がしめやかに催《もよお》され、その夜は源氏はその亡き妻の実家に泊られます、葵の上についていた女房で、源氏がかりそめの情をかけられた中納言《ちゆうなごん》という女房がやはり源氏への別れを悲しんでいるのですが、その夜源氏はその中納言と別れを惜《お》しまれました」

「まあまあ……」

大貝夫人が源氏の多情仏心にしみじみ呆《あき》れて吐息をつくようだった。

「さて翌朝、源氏が左大臣家を立ち出《い》づる頃は曙《あけぼの》、花の梢《こずえ》に霞《かすみ》がかかって、秋の夜の哀れとはまたちがった何ともいえぬ風情《ふぜい》なのでした。

そして帰って行かれる源氏のお姿をみなが覗《のぞ》き見てお見送り致しました、その後姿の何ともいえず﨟《ろう》たけて、憂《うれ》いに沈まれた美男の君の哀れふかい御様子には〈虎《とら》、狼《おほかみ》だに泣きぬべし〉と、紫式部は誇張しています。

源氏がわが二条の邸にお帰りになると、ここもまた大変です、侍女達は来る日の別れを惜しんで歎《なげ》き明かしています、源氏のお供をして須磨まで行くつもりのお気に入りの御家来達はその用意に忙殺《ぼうさつ》されています。西の対《たい》の若紫《わかむらさき》のお部屋へいらっしゃると、ここでも美しいひとが、昨夜はまんじりともせずに待ち明かしていらしったらしいのです、お別れを前に昨夕外泊されただけに源氏は説明なさらねばなりません、亡くなられた葵《あおい》の上《うえ》の御実家へ行かれたことを告げられ、〈もう二三日よりない都《みやこ》にいる間は、あなたとばかり一緒にいたいと思うけれど、そうもゆかないのです〉と――

しかし若紫はそんなことを嫉妬《しっと》なさるよりも〈何が悲しいといって、あなたがこんなお身の上になったほど悲しいことがほかにありましょうか〉と泣かれます、若紫もまた淋しいお身の上です、折角《せっかく》表向きになった御実父の兵部卿《ひょうぶきょう》の宮も、今では皇太后《こうたいごう》の勢力を恐れてあまりお近づきにはなりません、また継母に当る兵部卿夫人は〈あの娘に、思いがけない幸福が来たと思ったらすぐ消えてしまったのね、いったいあの娘は母にも祖母にも思う男にもすぐ別れる運命の人ですね〉と、少しはいい気味らしくいっているということが、風の便りに伝わって来てさえいます。

源氏はまた花散里《はなちるさと》にも別れをつげに行かれます、あと二日に迫った御出発を前に、多分もう来ては下《くだ》されないだろうと思っていただけに、花散里は悲しみの中にもうれしく、月と共に語り明かされます、源氏はこの御姉妹がただ源氏の庇護《ひご》の下にこれまでも暮していらしった心細さを思ってあとあとの事まで心を配《くば》っておかれます。

源氏の君も、もうそう女のところばかり行ってはいられません、いよいよ旅立ちのお仕《し》度《たく》です。留守の役、随行《ずいこう》の人数、お荷物の御用意、それはごく日常に必要なものだけを質素にお調《ととの》えになりますが、その中に書籍と、琴を一つだけお持ちになることは忘れませんでした。あとは紫の上の困らぬように、その西の対に、下僕《げぼく》や女房どもを集め、乳母《めのと》の小納言を信用なすっていろいろと、お托《たく》しになります。

いよいよ明日は御出立《ごしゆったつ》という前の晩、亡き父帝の御墓に詣《もう》でるために源氏は北山《きたやま》に向われます、その前に、今は仏に仕えられる藤壺《ふじつぼ》の宮にお暇乞《いとまご》いに伺候《しこう》されました。今は尼君《あまぎみ》になられただけにお二人の対面は勿論《もちろん》清らかなものでした。藤壺の宮のお心にはさまざまのおん思いがあったでしょうが、いつものように言葉少なの御対面でした。ようやく月の出た頃、源氏は藤壺の邸を辞して故帝の御陵《みささぎ》に行かれました、亡き父帝のみ墓の前に立った源氏は、ありし日の深い父性愛を思われ、今の御自分のお身の上を思われてどんなお気持だったでしょう、一心に拝《はい》されている源氏の眼前に、御在世中の父帝のお姿がありありと、幻《まぼろし》のように浮ばれるのでした、思わず身も心も寒けをお感じになりました……紫式部はここで〈ありし御面影、さやかに見え給《たま》へる、そぞろ寒き程なり〉と言って居ります、このような文章のところは女学校の国語程度で、おわかりになりますね」

刀自は、藤子が用意しておいた飴湯《あめゆ》をその時少し、口に含んだ。

「さて最後に源氏は春宮《とうぐう》――皇太子《こうたいし》のところにもお別れを申し上げ、そして源氏を知るほどの人に惜《お》しまれつつ、都をお離れになりました、二条院を立ち出《い》でらるる時の紫の上とのお別れは、下弦《かげん》の月の下に、痛々《いたいた》しいほどでした。源氏は若紫《わかむらさき》の面影《おもかげ》を身につきまとわせ、胸も塞《ふさが》る御心地で須磨《すま》への船出をなさいました、ここの原文もやさしゅうございます。〈道すがら、面影につと添ひて、胸も塞がりながら、御船に乗り給ひぬ。日長き頃なれば追風さへ添ひて、まだ申《さる》の時ばかりに、かの浦に著《つ》き給ひぬ……〉──ここで思い出しましたが、源氏物語の文章の中でも須磨明石《あかし》の巻はたいへん美しく、朗々《ろうろう》と読みあげるのに宜《よろ》しいそうで、これは昭和何年の頃でしたか、源氏物語の権威者として有名だった島津久《しまずひさ》基《もと》氏がラジオの放送で、ここの文章を読み上げられたのを私は感心して聞いたことがあります、島津博士は今御病気で鎌倉にいらっしゃるそうですが……。(作者註、島津氏はその後逝去《せいきょ》された)

さて須磨へこうして行かれてからの侘住居《わびずまい》は、さっき大貝さんの奥様が、汐汲《しおく》みから始まって大分《だいぶ》お話のつづいた例の在原行平《ありわらのゆきひら》の住んでいたあたりです、海岸からはやや奥に入った淋しい山の中でした。茅葺《かやぶき》の屋根、竹を編《あ》んだ垣根《かきね》、松の黒木の柱も、風流と言えば言える、侘やら寂《さび》やらあってその点ではまた変った趣《おもむ》きもありました。やがて近い領地の者を呼んだりまたついて来た御家来達の努力で、水の流れを引き入れたり、さまざまの木を植え込んだりしてやがて風雅な別荘風のお住居になりました。折しも五月雨《さみだれ》の季節で、しとしとと海辺に雨が降りつづいて、さらぬだに恋しい都《みやこ》のことが源氏には忘れることが出来ません、紫の上を初め、恋しいなつかしい面影がそれからそれへと浮んで来ます。堪《た》えかねて京へ手紙を持たせたお使いをお出しになるのですが、若紫と藤壺《ふじつぼ》の宮へのお手紙は一番書き辛《づら》いのです、それはそういうものでしょうね、あまり恋しく執着《しゅうちゃく》の多い人へはいったい何と書いて自分の心を伝えていいか、なかなか骨の折れるものでございます、単なる儀礼的の手紙とちがって——藤壺の宮へのお便りの中の歌一首。

まつ島のあまの苫屋《とまや》もいかならむ
須磨の浦人《うらびと》しほたるる頃

あまに尼をかけて藤壺を指し、浦人は源氏自身をなぞらえているのです。葵《あおい》の上《うえ》の父上左大臣や、若君の乳母などへもくれぐれも我子《わがこ》をお頼みの手紙を持たせておやりになります。

さて光源氏のお手紙の配られた都の女人達は大騒ぎです。なかにも若紫は文を抱きしめて起き上ることも出来ません、源氏のお使いになっていたお道具、楽器、残された衣々《きぬぎぬ》の薫《かお》りさえもう世に亡き人のかたみのように恋しさに思い乱れる種なのです、源氏のお出入りなすった戸口、よく倚《よ》りかかっていらしった柱を見ても胸塞る思いの紫の上なのですから……藤壺の宮も仏の道に仕えながらも、いま流人《るにん》のような境遇の源氏をお思いになると、そのお歎《なげ》きはひとしおです。その女人たちの御返事やお歌を戴《いただ》いてまた須磨へお使いは戻って行きます、伊勢《いせ》へお下りになった六条《ろくじょう》の御息所《みやすどころ》との間にも源氏はなつかしい文《ふみ》を交《かわ》されます。

さてあの朧月夜《おぼろづきよ》の君はどうなったでしょう、これは源氏が宮廷を逐《お》われる表向きの過失の相手となった女性ですが、その源氏と引離されての歎《なげ》きの中を親の右大臣は、皇太后のお袖《そで》に縋《すが》って帝にお詫《わ》びを申上げ、再び宮中に戻ることになりました。帝は彼女がたいへんお気に召《め》していらっしゃるので、すぐお傍《そば》に引きつけてお愛しになったりお怨《うら》みをおっしゃったりなさいます、その帝の御《ご》風采《ふうさい》も立派で清らかなのに、やはり源氏の君ばかりが恋しく思われるのも申訳のない次第です。管絃《かんげん》のお遊びの折に、〈源氏がいないことは私にもほんとに淋しい、ましてそう思う人は多いことだろう、何ごとにも光の失せた心地がする〉と仰《おお》せられ、また、〈亡き父帝の御《ご》遺言《ゆいごん》に背《そむ》いたのだから私は死んだ後に天罰を受けるかも知れない〉と涙ぐまれるお気の弱い若い帝でした、亡き父上があんなに御寵愛《ごちょうあい》になった御弟の源氏を須磨《すま》に行かせておしまいになったことがお気が咎《とが》めるのです。朧月夜もさすがに涙をこぼしますと、帝はそれを御覧《ごらん》になってすぐ〈その涙は誰のためにか〉とおききになる、源氏のために須磨の彼方《かなた》に向けて落す涙か、わが為《ため》に落す涙かとお問いになったのです。

やがて須磨にも秋風が吹いてきます、ここで原文をちょっと読みましょう。

――須磨には、いとど心づくしの秋風に、海は少し遠けれど、行平《ゆきひら》の中納言《ちゅうなごん》の、〈関吹き越ゆる〉といひけむ浦波《うらなみ》、夜々はげにいと近く聞こえて、又なくあはれなるものは、かかる所の秋なりけり。お前にいと人少《ずくな》にて、みなうち休みわたれるに、ひとり目をさまして、枕をそばだてて四方《よも》の嵐を聞き給《たま》ふに、波ただここもとに立ちくる心地して、涙落つとも覚えぬに、枕浮くばかりになりにけり――

この辺のところはおわかりになりますね。

源氏はこういう生活の中で心を紛《まぎ》らすために、画を描いたり、和歌をおよみになったりしていらっしゃいます。そのうち仲秋の名月、八月の十五夜《じゅうごや》ですが、旧暦《きゅうれき》ですから秋です。海に上る月を山荘からお眺めになっていられた時、月というものは何かにつけて人の感傷を誘うものですから、白氏文集《はくしもんじゅう》の中の〈三五夜中新月の色、二千里《じせんり》の外《ほか》故人の心〉を思わず誦《ず》されました、これは白楽天《はくらくてん》が十五夜に宮廷に宿直《とのい》して、月を眺めながら、遠い友を偲《しの》んで作った詩です、それにつけても離れて遠い京都の美しい人々が恋しく、源氏はとうとう声を立てて泣かれました。〈もう夜更《よふ》けでございますから〉と、御家来が注意しても、源氏はその夜なかなか寝所に入ろうとはなさいません。以前朱雀院《すざくいん》から賜《たまわ》った御衣《おんぞ》は離さず御身近くお置きになるのを、なつかしく帝をお偲《しの》びになりながら〈恩賜の御衣《ぎょい》は今ここにあり〉と打ち誦していらっしゃる、この恩賜の御衣の詩は皆さん御存じですね、菅原道真《すがわらのみちざね》が時平《ときひら》公の企《たくら》みで太宰府《だざいふ》に流された時、やはり月の夜に、過ぎし宮廷に帝の御信任を得ていた時を思い出してよまれた詩です。

去年今夜清涼《せいりよう》に侍す、
秋思の詩篇独《ひと》り断腸、
恩賜の御衣今此に在り、
捧げ持ちて毎日余香《よか》を拝す。

その詩を今のわが身に引き較《くら》べて思い出されたからです。

この須磨《すま》の源氏の御住居も、訪問者が時折《ときおり》はあります。前の花散里《はなちるさと》の巻で、今に又出て来ますといった五節《ごせち》の君、これは源氏の恋人の一人ですが、お父様や御兄妹と、九州から遥々《はるばる》京都に上る途中、須磨を通られました。五節の君を初め女たちは船で海を行き、父の大弐《だいに》や一族の男は、陸を行くという二手《ふたて》に別れての旅なので、父の大弐は、須磨の源氏の君の許《もと》へ御挨拶を申上げました。しかし肝心の五節の君は船の旅なので、陸には上れず、ただ波間をかすかに伝って来る琴の音こそ源氏の君の弾《ひ》かれるのだと知って、船の中で恋しさに泣かれる思いというわけでした。また、例の亡き葵《あおい》の兄君頭《とう》の中将《ちゆうじよう》は、今は宰相《さいしよう》の中将で、重く用いられているのですが、源氏の逐《お》われるような今の世の有様が気に入らず、源氏をなつかしんで、皇太后の思召《おぼしめし》もかまわず、訪ねて来て二日、夜も眠らず語り合い、詩を作り合い、男同志の友情で淋しい源氏の心を温めて立たれました。源氏は御訪問のお礼にまた京のお土産《みやげ》のお返しにこの親友を京都まで送る黒毛の駒《こま》を贈物になさいました。

こうしてたまには訪れる人もあり、源氏のいない京都ではその人のいないことを皆が淋しく思い、消息を取り交し、またその文や歌を人々がもてはやすのを皇太后はお気に召さず、少しあてこすりをおっしゃるので、時の権勢を恐れる人達は次第に手紙も遠慮してしまうという有様です。

お話は須磨に戻って、その地続きのお隣りの明石《あかし》の浦に、明石の入道《にゅうどう》という前の国司《こくし》がいて、そこに立派な邸宅を持ってなかなか豪壮《ごうそう》な生活をして、それこそ鄙《ひな》には稀《ま》れな美しい一人娘を大事にして居りました。父の入道はあの宮廷で有名な光源氏が今須磨に侘《わび》住みしていられるのを知って奥さんに相談しました。〈うちの娘をあの有名な光源氏に差上げたいと思う、これこそ家の名誉だ〉――すると奥方《おくがた》は大反対です。〈それはいけません、あの方は都に幾人《いくにん》もの立派な奥方を持っていらっしゃいます、しかも須磨へいらしった原因というのが、帝の御愛人と道ならぬことをなさったというのじゃありませんか、そんな方にどうして田舎《いなか》育ちのうちの娘など上げられるものですか〉さすがに奥方は女性の立場として反対意見を述べました」

「ほんとにそうですともねえ」

大貝夫人はさながら自分が入道にいうようにその意見に賛成した。

「すると、入道はどこまでも強情《ごうじょう》に〈お前は差出口をしないで宜《よろ》しい、それよりも娘の嫁《よめ》入《い》りの支度《したく》をしなさい、必ずよい折に明石《あかし》に源氏の君をお迎えしよう、先帝の血を引かれ、桐壺《きりつぼ》の更衣《こうい》の生み奉《たてまつ》ったお立派な方をお迎えするのだ〉と力《りき》んで希望を捨てません、夫人はますます不服でした。〈どんなに元は御身分がよくても、過失を犯して都から流された方を、どうして可愛《かわい》い娘の婿《むこ》になさるのですか、戯《たわむ》れが過ぎます〉すると入道《にゅうどう》は更《さら》に言いつのります、〈源氏の君のような優れた方には、とかくそうした災難がかかるものなのだ、源氏の君とわしとは縁故があるのだ、御生母の、桐壺の更衣は、わしの叔父《おじ》大納言《だいなごん》の娘なのだ、その御縁からでも、是非《ぜひ》とも源氏をこの家にお迎えしたいのだ〉と、入道はどこまでも強情を張ります。

入道夫妻の娘は特別に美貌《びぼう》というわけではないのですが、こうした海辺の里ながら大事にされて育って、優雅な上品な、教養の備《そなわ》っている点など貴族の娘にも劣《おと》らずみえました。けれども自分の身分や地位の程度を知って、あまりに身分違いの人と結婚は出来ないだろうし、といってそのあたりの卑《いや》しい身分の男とは結婚出来ない、やがて両親に死に別れでもしたら、嫁《とつ》がずに尼《あま》にでもなろうなどとあっさり考えている娘でした。しかし入道はこの娘を掌中《しょうちゅう》の珠《たま》とめで、娘に幸運の来ることを神頼みにしているのでした。

はたして神がどうそれを聞き入れて、娘の身の上がどうなり行くことでしょうか、それはいずれ明石の巻で申上げますが——源氏は明石の入道がそういう希望を持っているなどとは御存じなく、須磨に満ち足りぬ生活を続けていられましたが、そこで新しい年を迎えられた三月の朔日《ついたち》が、巳《み》の日なので、〈今日は禊《みそぎ》をなさいませ〉とすすめる家来《けらい》がおりました。

それは不運を受けた人がこの日禊をすると運が開けるというのです、それで海岸に仮りの御禊場《おんみそぎば》を作り、旅の陰陽師《おんみようじ》を招いて源氏は御禊をなさいます、そして舟に大きな人形をのせて、これはわが身の禍《わざわい》を移して水に流してしまうという、今でも紙で人の形を切って鎌倉の八幡宮《はちまんぐう》などでもお祓《はら》いを致しますでしょう、あれです。

八百《やほ》よろづ神もあはれと思ふらむ
　をかせる罪のそれとなければ

と源氏が高らかに歌い終った時、俄《にわ》かに風が吹き出して、雨が沛然《はいぜん》と降って来ました。禊の式の半《なか》ばですから傘もなく、そのうち風はますます烈《はげ》しく、大暴風雨となって来たようです。〈こんなに俄かに大暴風雨になるとは何事であろう〉と人々は怪《あや》しがりました。その上雷が鳴り稲妻《いなづま》が光り出しました、この世がどうかなるかと思うほどの心細さです、とても海にはいられないので皆、家へ引き上げて来て、源氏は静かに家の中でお経を誦《ず》していられました。

夜になってようやく雷も風も治まって来ました。その夜の明方、源氏の枕許《まくらもと》に、夢とも現《うつつ》ともなく、人間ではない異形《いぎよう》のものが現われて、〈龍王がお召《め》しになるのになぜ参《まい》られぬ〉と自分を探し求めているのを見て驚き、さては海中に棲《す》む龍王が美しいものを求めて自分に魅入《みい》ったのであろうか、あの雨嵐もそのためであったろうかと、空恐《そらおそ》ろしく、もうとてもこの須磨《すま》の住居にいることが気味悪く我慢出来なくおなりになるのでした……ここで須磨の巻は終っています、ここにやがて源氏が明石《あかし》へ移られる暗示があるわけですね」

楓刀自《かえでとじ》はその夜の講義を終った。みんなしんとして聞いていた。

鮎子はちらと腕時計をみてつぶやいた。

「あらもう十時ね……葉村さんがもう飛行場で出立《しゆったつ》待っていらっしゃるかしら」

それは須磨でも明石でもないアメリカへ帰る青年葉村、彼もきっとその時羽田《はねだ》の飛行場で鎌倉山の高倉家の春の灯の下に、今源氏の講義に美しい姉妹の集っていることを思って別離の情に堪《た》えぬであろう。

明《あか》石《し》

この二三日前、鎌倉山の高倉家に思いもかけぬ吉報《きっぽう》がもたらされたのである。

——長女藤子の良人《おっと》、彰《あきら》が、戦争中日本軍の占領していたジャバのバタビヤの正金銀行《しょうきんぎんこう》支店に赴任《ふにん》していて、その地で終戦となった。

藤子の良人も外地、また藤子姉妹の両親も満洲《まんしゅう》の出先機関に財務官《ざいむかん》の役目を帯《お》びて行っていたので一家の心配は一通りではなかった。

すでにその留守中に牛込《うしごめ》の家は焼け、ようやく鎌倉山のこの家に疎開《そかい》したまま、今だに居《い》ついているようなわけだった。

満洲の両親は未《いま》だにその安否をたしかめるよすがもないのだったが、彰の方は、通信が許され、それが英文に限るというので、姉妹が頭をひねって書いた英文通信をすでに二度ほど昨年中に送っていた。

しかしその通信が向うの手に届いたのか届かぬのか、それはわからなかったが、ジャバから戦犯を免《まぬが》れて帰って来た軍属の口から、銀行員は、英軍上陸後一時収容されていたが、その後オランダの経営に移ってから、それが事務組と労働組に分けられて、事務組はジャバ内の銀行に配属されて働いている、その中に彰がいるということが知らされていた。

その彰からやっと通信がもたらされたのだ。それは、その銀行員の中の労働組として、バタビヤ港の埠頭《ふとう》のはしけに働いていた、かつての彰の部下の一人が、彰からの通信を内地へ戻ってから、送ってくれたのである。

それは手帖《てちょう》の端をちぎったような紙に、極めて簡単に、無事バタビヤのオランダの銀行に事務を取っていて、百ギルダーの月給で生活している、おいおいには帰国の組に入れると思う、戦後の生活困難と思えど御健闘《ごけんとう》を願うという文面だった。そして藤子殿と書いてあり、その下に祖母刀自《とじ》の御健康を祈るとカッコしてあり、容子さん鮎子ちゃんと記してあった。

妻の末の妹の鮎子をいつまでも女の子と思っているのであろうと、鮎子は不服でもあり、また義兄がなつかしく悲しいような気持でもあった。

この一片の彰の手跡《しゅせき》の便りは、神棚に捧《ささ》げられんばかりの騒ぎだった。今までも、何も灯の消えた——というほどの淋しさだったわけではなく、祖母の楓刀自《かえでとじ》を中心に、乏《とぼ》しく不自由な物質生活ながら、幸い、源氏物語の講義も加わって、一家は男手はないが、女同志の集りで、それぞれにしっとりとした一種の匂《にお》いやかな明るさをもって聡明《そうめい》に暮してきたと言えるが、その中にまた一点の灯のついたような感じだった。

おませの鮎子などは、姉の顔を見るたびに、

「大姉様《おおあね》の光君がお帰りなので、急に念入りのお化粧をなさるようになって、あれ以来、何だか、紫《むらさき》の上《うえ》のようにおきれいに見えるわ」

などと、冷《ひや》かしはじめる、だが、どう妹に冷かされようと、良人《おっと》の消息がはっきりし、しかも、近々帰国の組に入れるだろうという便りには、藤子は何といってもほのぼのとした生甲斐《いきがい》のある喜びを与えられ、鎌倉山の山道の両側に、春くれば花のトンネルをつくる桜の梢《こずえ》の蕾《つぼみ》さえ、一度にふくらんでみえるような気持なのである。

それからひきつづいて、ジョー葉村からニューヨークへ無事着との便りが、飛行便で届いた。

それは漢字がごく僅《わず》かで、小学生のように仮名《かな》の多い手紙ではあったが、二世としては、日本語を読む上に手紙も書けるのだから、鮎子も骨を折らないで日本語の手紙が出せるわけで、これも大喜びだった。

「お祖母《ばあ》様、葉村さんは、また帰ったらお祖母様の源氏物語をききますが、僕が日本へ帰るまでに随分《ずいぶん》お講義が進んで、物語の源氏はお爺《じい》さんになっているでしょうねって書いてありますわ」

鮎子が告げると、刀自は首をふって、

「どうしてどうして、まだまだ大丈夫です、今のところ源氏の君は二十七八の男盛《おとこざか》りで、須磨明石《すまあかし》にいるんですからね」

と言われた。

そしてやがてその土曜日の晩、二十七八の男盛りの源氏が須磨から明石へさまよう巻の講義が始まった。

その夜も集る人は、いつものメンバー、葉村さんがいなくなったからまた女だけである。

明　石

「須磨で源氏の君の出会った嵐は、幾日もつづきました。雷雨さえまじって、とうとう源氏の仮りのお棲居《すまい》の上に落雷するという騒ぎです、それで厨《くりや》などに使っていた後の一棟《ひとむね》に、源氏の君も移ってゆかれねばなりません、そうしたうっとうしい嵐の一夜、源氏は故院《こいん》、つまり御父桐壺帝《きりつぼてい》のお姿に会われました、勿論《もちろん》夢の中で――

〈どうしてこの様な処《ところ》にお前はいるのか〉

憐《あわれ》むように故院は仰《おお》せられます。

〈父君にお別れしてから、さまざま憂《う》き悲しみがありますので、いっそこの淋しい浜辺で私は朽《く》ち果ててしまおうかと思います〉

源氏は亡き父帝のお顔を見たら、俄《にわ》かに日頃の淋しさや悲しさがつのって、こんな悲観的なことを言われます、父帝は、そうした世に残して来た子の悲境を見るに忍びないように、

〈それよりも、住吉《すみよし》の神の導きのあるままに、明石の浦に移りなさい、そこから、あなた

の運が開ける、父はあなたがこのような処《ところ》に悲境に沈んでいるのを見るに忍びず、あなたの前に現われたのだ、あなたのことを頼みにこれから新帝のところに行こうと思う〉

その父帝の裾《すそ》に縋《すが》って、自分もともにどこへでも——と思われて、泣きながら源氏が故院の御顔を見上げた時、もう父帝の幻は消えてしまったのです。

夢の中でも、もう一度父の帝のお姿を見たい、お話を交《かわ》したい、そしてこの悲しみを訴えたいと、源氏は夢にみた父帝を慕われましたが、故院は再び夢にはお現われになりませんが、その代り、帝の言われたとおり、住吉《すみよし》の神のお告げのように、明石《あかし》から舟が着いて、その土地の権力ある明石入道が家来を連れて、思いもかけず源氏をお迎えに現われたのです、入道は憚《はばか》って源氏には直接会わず、自分が播磨守《はりまのかみ》だった時に知っていた源氏の侍臣《じしん》の良清《よしきよ》に面会しました。

〈私は夢でお告げを受けたのです、嵐が止《や》み次第、須磨《すま》にいられる源氏の君をお迎えに行けというお告げでした〉

良清はこの事を源氏に早速《さっそく》伝えますと、源氏も父帝の夢の中でのお言葉もあり、明石に行こうというお気持になられたのです、ただ自分が隠れ棲《す》む場所を与えられるならと……。

入道は、源氏をいくらでも安らかにお置きする用意をして来ているのですから、善はいそげとばかり、お供を四五人お連れになって、その夜のうちに明石の浦かけて漕ぎ出させました、嵐も納まって海上は平穏になっていたのです。

明石の浦の眺めは須磨よりも美しく、源氏のお気に入りましたが、須磨の淋しい海辺とちがって、少し人や家の多いのが、流浪《るろう》の身には賑《にぎ》やかすぎるような気がいたします。

しかし明石入道の庭や邸《やしき》は、非常に広く、美しい浜辺の方にも、またそこから離れて高い山の方にも建物があります、またそのほかに入道が仏道の祈りをする三昧堂《さんまいどう》や、その蓄積した財物の倉庫など配置され、見るからに豪奢《ごうしゃ》なものでした。

嵐がつづいたので、海嘯《つなみ》や高浪を避けて大事な娘は山の上の邸に住まわせてあり、源氏を客として迎えたのは、すでにもう海も平穏になった海辺の館でした。こうして、ようやく希望通り源氏の君を、わが館の客として迎えることの出来た入道は、今のあたり見る源氏の美しさと気品に見惚《みと》れ、自分も若やぐような思いで、今更《いまさら》に住吉の神のお導きを感謝して手を合わせるのでした。

須磨の今までの仮住居に比べて設備万端ととのい、京都の貴族生活にも劣らず、或《あるい》はかえってそれ以上の生活をしているかにみえる明石入道の邸の客となって、源氏もやっと心落着かれたようでした。

この処で、源氏は京の藤壺《ふじつぼ》の宮や、紫《むらさき》の上《うえ》に、須磨から明石へ移られた消息を送られました。

藤壺の宮はすでに出家なされたどうにもならぬ過去の、恋しいお方ですが、二条院に留守を守られる紫の上へは、どこに移られても源氏の愛は変らずに注《そそ》がれているのでございました。

さて、源氏をその邸《やしき》に客に迎えた明石入道とはどんな精神の持主でしょうか、彼はこの源氏物語に登場する大宮人《おおみやびと》や柔弱な浮かれ男とはちがって、ちょっと珍らしい豪傑《ごうけつ》ともいわれましょう。

非常に闊達《かったつ》な人物で、生活力の旺盛《おうせい》な、よい生活をし、富を蓄《たくわ》えた男ですが、その眼の中に入れても痛くない一人娘への父親の愛情は大変なもので、自分の娘の行末《ゆくすえ》の幸いを祈って、わが家に迎えたこの源氏の君に差上げたいという希望で一杯なのです、すでに年は六十に達していますが、播磨守《はりまのかみ》を勤《つと》めただけに品位もととのい、もとは親王の血筋を引いているという人品骨柄卑《じんぴんこつがらいや》しからず、その上相当の教養もあり、源氏の話相手も十分に勤まる人です。

源氏とは親しく話を交すようになりましたが、さすがに彼もぶしつけに、わが娘をぜひ貰《もら》ってくれとも言いかねて、妻と二人で言い出し悩んで居ります。

そうこうしているうちにやがて衣更《ころもが》えの季節が来ました。もう初夏です、夏の調度を源氏のために惜《お》しみなく入道は調《とと》のえます、京都のお留守宅からもむろんそうした季節のうつり変りにはお召物《めしもの》もちゃんと届くのですから、そんなことまでしてくれないでもと思われますが、あくまで自分を源氏の君の保護者のように思っている入道の人柄に免《めん》じてそれをお受けになります。

須磨《すま》でも明石《あかし》でも流人《るにん》同様な生活の中で、源氏の心を慰めるものは琴でした。源氏はここでまた久しぶりで琴を取り出して弾《ひ》かれました。浪《なみ》の音と松風ばかりの明石の浦に響く源氏の奏《かな》でる琴の音は、たれにも身に沁《し》むような思いだったでしょう、入道は涙を垂れてその音に耳を傾《かたむ》け、〈あなたの琴の音を聞きますと、この世を往生して私が参りたいと思う極楽が想像されるようです〉とほめたたえます。源氏のそういう音楽の才能は父帝にも褒《ほ》められ、宮中でも認められていたのですから、胸にいま深い憂いを秘めながら奏でられるその音には、また何ともいえぬ哀愁の調べがこもっていたのでしょうね」

――明石の浦の浪《なみ》の音と、松風にまじる今不遇の貴公子の調べる琴の音を、一千年の昔にきくような心持で一座はしんみりとして、今日は源氏教室の女生徒たち、誰一人言葉をはさむものもなく、ばかにしんとして聞いている……さながら鎌倉山の松風にまじる源氏の琴の音に耳すますごとくに――「入道は源氏の琴をきいたので自分も奮発したのでしょう、琵琶《びわ》を取り出してきて弾き初めました。月が海に上る――その月を浮べる海を前に琵琶を弾く入道、琴をひく源氏、ほんとうに一幅《いっぷく》の絵のような、それこそ面白い――この二人の姿は今様《いまよう》でいえばいいコントラスト（対照）というのでしょうかね」

刀自は諧謔《かいぎゃく》を弄《ろう》して笑ったが、生徒達は誰も笑わず、それよりも先を聞きたいようだった。

「そうして琴や琵琶をお互に弾《だん》じ合い、音楽の話などに打解けているうちに、入道はこれ幸いと頃を見はからって、かねて胸中に計画していた娘の問題を言い出しました——わが娘に持つ親としての希望、どうにかして京の都《みやこ》の貴族の若君に嫁《とつ》がせたいこと、何とかしてそれを、自分の生きているうちに実現させたいという希望を、いろいろ遠廻《とおまわ》しに言いかけました、しかもそれは親が一人娘に注ぐ愛情のこもった声涙共に下るといった口調でしたから、源氏もその父性愛に瞼《まぶた》をうるおす思いで聞き入りました。——私は思わぬ罪を着て、こうして流浪《るろう》の身ですが、そうした私が美しいお嬢さんに近づくことをお許し下さるなら、こうした淋しい孤独な流人の心もどんなに温めて戴《いただ》けることか……と、源氏は入道の気持をいたわるように言い出して喜ばせました。

それから、源氏と、山の上の邸に棲《す》む入道の娘明石《あかし》との歌のやりとりが始まり、文を通わせるようになりました。その歌もいろいろありますが、僭越《せんえつ》ながらまあまあ大した歌でもないようですが、源氏からはこんなお歌、

いぶせくも心に物を悩むかな
　やよやいかにと問ふ人もなみ

これは、私をどうかとたずねて下さる人もないので、くよくよと一人思い沈んでいますという意味ですね、それは明石が自分のことをたずねてもくれないという意味——すると、

山の上の邸のまだ見ぬ娘明石からは、京の貴族の女性にも見紛《みまが》う美しい筆蹟《ひっせき》で、

思ふらむ心のほどややよいかに
　まだ見ぬ人の聞きか悩まむ

これはまだ御覧《ごらん》になったこともない私のために思い悩むとおっしゃるお心持はいかがでございましょう、お眼にかからない私には何もはかりかねますといった気持ですね。

こうして山の上の邸に住む入道の愛娘《まなむすめ》明石と、海辺の館の貴《とうと》い客人《まろうど》の源氏との間に手紙のみのゆきかいが暫《しばら》くつづきます。

さてお話は変って京都の御所の新帝の夢枕《ゆめまくら》に故帝のお姿の立ったのは、あの春の一夜、嵐と雷の荒れた夜のことです。

その夢の中で新帝は、今、須磨《すま》にいる気の毒な源氏のことをお頼まれになったのです、そして御自分の遺言に背《そむ》いて源氏に情ない新帝をお恨《うら》みになるような、亡き父帝の幻の眼に、射すくめるように見据《みす》えられた恐ろしさに夢が覚めてから、新帝はお眼をお患《わずら》いになったのです。

これも源氏を、須磨などへやっておいて、亡き帝のお恨みをかったからであるとお気を病《や》まれると、帝は一日も早く源氏を再び京都の宮廷に呼び戻して上げねばならないと御決

心なさいましたが、母君の皇太后《こうたいごう》は、源氏をお憎《にく》しみになっていらっしゃるので、おいそれとは御賛成にはなりません。

〈当然罪があるから、須磨《すま》へ落ちて行ったものを、まだ幾年にもならないのに、お許しになっては天下の掟《おきて》が乱れます〉と反対でした。

ところがそう言われる皇太后御自身も何だかぶらぶら病いに悩まれる有様なので、お気の弱い帝はその間に挟《はさま》ってたいへんおなやみになっていらっしゃいます。

さて又、明石《あかし》へ戻ります。明石の海にもやがて秋風が吹いて源氏もしみじみ独棲《ひとりず》みが侘《わび》しくおなりになって、

〈お嬢さんをなんとか賺《すか》して此方《こちら》へおよこしになりませんか〉

などと入道《にゅうどう》に時々おっしゃいます。此方から娘の邸へ忍んで行くというような事は出来ないと思っていらっしゃいますが、娘の方にもまた自尊心があります――海辺に仮りに下って来た都の貴公子に袖《そで》をひかれてすぐなびくようなそこいらの田舎娘と同じに思って戴《いただ》きたくはない。といって源氏の君とは身分が違うのだから自分をそんなに重んじて下さろうとは思えない、今かりにお言葉に従ってみたところで、その後、一生物思いをするようになるのは辛《つら》い、過分な望みを持っている親達にしても一時は喜んでも、後ではかえって辛い悲しみを受けよう、それよりも源氏が父の館に客となっている間こうして歌や文を取り交しているだけの方が、つつましい仕合《しあわ》せだと賢《かしこ》く思って居ります、直接ではないけれ

ども、源氏の御様子も隙見《すきみ》のようにして見ることも出来たし、また巧《たく》みに奏《かな》でられる琴の音《ね》もきいたし、こうして私を人らしく思召《おぼしめ》してお文も下さっている、こんな海辺の漁村に生れた娘としては望外《ぼうがい》の幸いだと思い、これ以上、源氏と深く契《ちぎ》ることは、かえって不幸と、明石はなかなか聡明な考えをしていました」

「えらいわね、明石は知性があるのね」

鮎子があいかわらず例のおしゃまを言い出した。

だが誰も笑わない、この明石の煩悶《はんもん》や考え方は、たしかにこの物語の中の女性に似合わぬ冷静な知性とやらがあって、みんな熱心に聞いている。

「ところが、源氏は、そんな明石の心理にはおかまいなしに、

〈この秋の月のいい宵《よい》にお嬢さんの琴の音色《ねいろ》も聞かせて戴《いただ》きたい〉

などと催促《さいそく》なさいます、それですっかり乗気になった入道は、源氏と明石の結び合う吉日《きちじつ》を暦《こよみ》の上で調べ、そのつもりでひそかに支度《したく》をします、入道の妻の方はこれもやはり娘同様いかに相手が貴人といっても一時の浮気の相手に大切な娘を……と二の足をふんでいますが、入道はおかまいなしに、十三夜の月が昇《のぼ》った頃に、

　あたら夜の月と花とをおなじくは
　　心知られん人に見せばや

という歌の書き出しだけを書いて、わが館のうちの源氏の許《もと》へ届けます。それは後撰集《ごせんしゅう》の歌で、同じことなら趣味を解《かい》する人に、月と花とをお目にかけたいという意味、花は、わが娘のことだったのでしょう。

それで源氏は、その歌の意を察し、入道が折角《せっかく》風流がるのだからと綺麗《きれい》な直衣《のうし》に着替えて、わざと用意してあった車を避けて、馬に乗られ、お供は例のお気に入りの惟光《これみつ》ぐらい、途中渚《なぎさ》の月の光を馬上に愛《め》でられながら、手綱《たづな》をとって、山の上の明石《あかし》の住む邸に行かれました、木立の深々と茂った広い庭の中の一構えの邸は幽邃閑雅《ゆうすいかんが》という点では、浜辺の館よりも勝《まさ》っているようでした。しかし、下部《しもべ》たちに侍《かしず》かれているとはいえ若い娘の棲居《すまい》としては淋しいような気もします。折から庭の草蔭《くさかげ》に秋の虫の声が聞こえます。その虫しぐれの中を源氏はあちこち歩いていらっしゃいます。

娘のいる邸の方は殊《こと》に数寄《すき》をこらして、折から十三夜の月のさし込んだ縁の戸が心なしか人待ち顔に少し開かれていました。源氏はそこに近づいて、中にいると思う明石に声をかけられました。しかし、直接にはお目にかかるまいと思っている明石ですからよそよそしくしかお答えしません。

源氏は今まで明石に言い送っていたほどの熱情をみせれば、都のもっといい身分の女でも折れたものをと、いかにも明石が様子ぶっているようにもお思いになり、さては自分の今の身分を侮《あなど》っているのかと口惜《くちお》しくもお思いになるのでした。明石の娘心を揺《ゆ》り動かすこともなく、このままみすみす帰るのは恥のような気もしてきます、といって強引なことはしたくない、源氏は何とかして明石の心の中に入り込もうと追々《おいおい》に熱していらっしゃいます。

と、お二人の間の几帳《きちょう》の紐《ひも》が揺れて、ふれたとみえて琴の緒《お》が鳴りました、ああ、今迄《いままで》琴など弾いていたのであろうとお思いになると、そうした娘の匂いやかな生活が、その几帳の蔭《かげ》にうかがわれ、源氏はまだ語り合わぬ明石にますます惹《ひ》かれてゆかれます。この琴を私には聞かせて下さらないのですか——などといって、几帳の内にお呼びかけになります。

むつごとを語り合せむ人もがな
　うき世の夢もなかばさむやと

この歌などは説明しないでもおわかりになりましょう、すると几帳の蔭から明石の返歌がきこえました。

明けぬ夜にやがてまどへる心には

いづれを夢とわきて語らん

私の心も夢に惑《まど》うているようで何を夢とも現《うつつ》とも分別して語りようもございませんという意味ですね、どうもそういう声の調子といい、物のけはいといい、かつて源氏が恋を語られた優雅な貴女《きじょ》、今は伊勢《いせ》に下られた斎宮《さいぐう》の御母六条《ろくじょう》の御息所《みやすどころ》と似通ったところがあるように思われます。

明石《あかし》はまさか源氏がその夜そこにふいに現われて、こう間近くいらっしゃろうとは思わなかったものですから困って、次の間にのがれて戸を押えてしまったのです。源氏はそれを押し強くそこへ踏み入る気にもおなりになれず一瞬たゆたわれましたが、しかしどうせいつまでもそのままというわけにもゆきません。結局源氏は、娘を眼《ま》のあたり見て契《ちぎり》を交されたのですが……」

その時代のこうした源氏と女性の交渉に一々驚いていてはきりがないから、誰も何にも言わなかった。

「――源氏の御覧になった明石はまことに典雅《てんが》で背がすらりと高く、鄙《ひな》には稀《まれ》な雅《みや》びた姿でした、こういう縁を結ぶのも何か前世からの宿命であろうなどと、その娘を近勝《ちかまさ》りして更《さら》に愛しく思われるのでした。

今までは流人《るにん》同様の生活の淋しさに秋の夜の長さをかこっていられた身が、この夜ばかりは、夜明けが早すぎるように、名残《なご》りを惜《お》しまれ、濃《こま》やかな優しいお言葉で後の約束をなされて、源氏は海辺の館《やかた》にひそかに帰られました。

その後朝《きぬぎぬ》のお文を源氏は明石へお送りになったのですが、それにつけても源氏のお心にかかるのは御自分の留守を待つ紫の上《むらさきのうえ》にかくれて、明石でまたこんな情人を作ったことです、心から愛している妻と思う紫の上には、お気が咎《とが》めてそれを隠しておくことが出来ず、日頃のお手紙にもまして心のこもったお手紙を書かれ、その中に、又しても明石ではかない一つの夢を見た——というような事を仄《ほの》めかしてお書き送りになりました。若紫の御返事には、源氏が正直に告白されたことを御承知になり、かつての京での源氏の恋のお姿からも今の御様子が思い合わされますと、大様《おおよう》に上品ながら、口惜《くちお》しいお気持もそれとなく含めて書いてございました。源氏はさすがに胸を打たれてしばらくはその京からのお文を手からお離しにもなれない御様子で眺めていらっしゃいました。そしてその御返事をお受けとりになって暫《しばら》くは、明石の許へお通いになるのもついつつしまれるようなわけでした。

こうして、山の上の邸《やしき》へ源氏のお通いになるのが、いっとき、とだえると、明石はさてこそ自分が最初思い悩んだ通りになったのだと歎《なげ》きはひとしおで、恋愛を知らなかった処女の時代の方が何の悩みもなかったのにと……源氏を知ったために恋する身の苦しみを初めて味うことを歎きながらも、源氏にお会いになれば、さりげなくなだらかに優しい態度で接します。源氏も日を経るに従ってそういう明石の上をますますいとしいものにお思いになりますが、紫の上が心細く暮して此方《こちら》を不安にも思っているだろうと思召《おぼしめ》すと、その御遠慮から、浜の館で一人、絵などお描きになってお暮しになっていることも多いのでした。

さて春になって再び京都の宮中のことに戻りますと、若い帝《みかど》のお悩みもはかばかしくなくて、御譲位のことなどお考えになるにつけ、政務を見るためにも源氏が必要であるとお考えになり、皇太后の御反対にも引きずられず、到頭《とうとう》、源氏を御赦免《ごしゃめん》の御沙汰が下って、七月の二十日には重ねて京へ帰ることを命ぜられました。

源氏の君の身の上にとってはほんとうに何よりも目出度《めでた》いことなのですが、そうなれば、明石《あかし》での生活も恋も何もかもすてて行かねばならぬことが源氏には今となっては心苦しいことになりました。

明石の入道にとっても、目出度い御赦免で源氏が京に戻ってお栄えになることとこそ、わが娘のためにもぜひ、と考えながらも、やはり胸が塞《ふさが》るような思いです。その頃は一夜もおかず山の上の邸《やしき》へお通いになる源氏の君でした、別離の近づくにつれてあいにくといったほどに御愛着が深まり、ことに六月頃から明石は妊《みご》もって居ります、わが子を宿《やど》した明石の上に対する源氏のお気持はさらに離れ難いものになり、うれしい筈《はず》の帰京を前にしてこんな物思いをするのも不思議な宿縁《しゅくえん》だと思い乱れていらっしゃいます。

明石の上の悲しいお気持はむろんそれにも優って居ります。しかし惟光《これみつ》以下の御家人たちは、やっと思い叶《かな》って御主人の京都への御帰還で喜び勇《いさ》んで居ります、京都からもお迎えの人々が下ってまいりました。いよいよ御出発が明後日という晩、源氏は、明石の許へいつもより早くお出かけになりました。いままでは仄《ほの》暗い夜の内で、はっきりと、お互《たがい》の姿を見定めることもなかったのですが、この夜の別れで明石の気品のある美しさを源氏は見定めました。今更に離れ難く、京に戻ってから、何らかの名目《めいもく》で手許へ呼ぼうというお約束をなさって源氏は明石をお慰めになります。明石とて、そういう愛情に溢《あふ》れていろいろお約束をなさる源氏のいい様もない御美男ぶりを見るにつけ、これほどの方にこれほどに愛されたらそれで十分ではないかと思いながらも、わが身の身分が思われて悲しいのです。

別離の名残《なご》りに源氏は琴を弾き、今まで聞きたいと思いながら聞かせて貰《もら》えなかった女に怨《うら》み言をおっしゃいました。入道にもすすめられて明石は琴《きん》に面を伏せながら低く弾き出しました、その明石の頬《ほお》を涙の溢れおちたことはいうまでもありません。

それは上手ときこえた藤壺の宮にも優るとも劣らぬ名手、澄んだ音は源氏の耳にさええならぬ感動を与えました。

〈この琴はまた二人で合せて弾く日までの形見《かたみ》に〉

と、源氏は明石の許へ自分の流人《るにん》時代の思い出の琴を贈りました。

源氏が明石の浦を後に立つ日のいわば送別会のような宴は入道が心をこめて設《もう》け、旅支度も全部の者に心を配ってありました。源氏は明石《あかし》のととのえた狩《かり》の装束《しょうぞく》に着かえると同時に今迄《いままで》の着なれた衣服、御自分の移り香《が》のする衣を明石の許《もと》に贈られました。明石の心に御自分の面影をお残しになるために……。

入道《にゅうどう》は涙ながらに〈どうか娘のことを思い出されてお便りを下さい〉と源氏に頼みます。〈私が男としての責任をもって、決してつれないことをしないということはやがてわかって戴《いただ》けましょう〉と誓われ、客として長く逗留《とうりゅう》したこの館への別れを心から惜しまれるのでした。

こうして源氏が別れ去った後に残る娘の悲歎《ひたん》を見るにつけ、入道も夫人もどう娘を慰めていいかわからず、夫人などは、どこまでも良人《おっと》に逆って娘を源氏に会わせるのではなかったと後悔《こうかい》の溜息です。明石を育てた乳母《めのと》などまでが一緒になって、主《あるじ》の入道が明石のために源氏などを選んだからこその、この歎《なげ》きだと、怨み言をいいますと、〈女達はうるさいことを言うな、源氏にはお考えのあることだ、それよりも湯でも飲んで落着きなさい〉

といいながらも自分もうろうろして数珠《じゅず》の置き場所も忘れてしまうほど、悲しみに打たれていいます、庭の岩角に腰を下しそこねて怪我《けが》をした時は、その間だけ痛みにまぎれて悲しみを打忘れているといった哀れさでした。

さて、そうした明石の入道一家の歎きをあとに源氏の君の舟は難波《なにわ》の港に着き、ほんとうに久しぶりで京都にお入りになりました。二条院の邸へ着かれた時は、紫の上とは二年半の月日をへだてての再会でした、どんな喜びと悲しみを分ちあったかそれは御想像に任《まか》せます。

源氏は別れて来た明石のことを正直に紫の上に語りました。それにつけてもこのような美しい紫の上と、あんなに長い間よくも離れていられたことよと、今考えればぞっとするようなお気持です。やがて源氏は元の職につかれ、侍臣達もそれぞれ元へ返って再び花咲く身となられました。

二年半を経て源氏が再び宮中に現われたお姿をみて、田舎の海辺に侘住居《わびずまい》をしていらしったというのに、相変らずの輝くばかりのお美しさに人々は驚き、年寄った女房達は涙ぐむほどでした。帝にも春宮《とうぐう》にもお会いになって御挨拶され、こうして昔の晴れやかな日が源氏の上に返って来ました。

源氏は別れて来た明石にも早速手紙をお送りになりました、その内容はさすがに紫の上にも秘密だったでしょうが、濃《こま》やかな情のこもったお文だったと思います、その中のお歌を一つ。

歎きつつあかしの浦に朝ぎりの
たつやと人を思ひやるかな

これで明石の巻は終ります」

みんなほっとしたように吐息《といき》を洩《も》らした。

ともあれ明石の上の気持は、高倉家の姉妹にも同感されたらしい。

澪標《みおつくし》

一雨毎《ごと》に花の時期が近づいて来る感じだ。

今日も源氏の講義の夜にあたる。生徒はいつもの通り——楓刀自《かえでとじ》は生徒の顔を見廻《みまわ》しながら——

「私は老後の思い出に……仰山《ぎょうさん》に言えば生涯の事業としてもこのお講義を進めるつもりですが、あなた方は若いのだし、そろそろ源氏のお講義を倦《あ》きてはいないでしょうか、いかがですか」

大貝夫人が真先《まっさき》に声を上げた。

「どういたしまして、倦きるどころじゃございません。私は、この源氏のお講義を聴くのも生涯の事業だと思っておりますよ」

と、笑い声を添えたのは、彼女が真実そう思っているのでもあり、且《か》つは親愛なる老刀自が、そんな事を少しでも心配していたらと、それを打ち消して大いに激励《げきれい》するつもりであったろう。

そして彼女は更《さら》に、皆の同意を求めるように、藤子、容子、鮎子の姉妹を見廻して、

「ねえ、此方《こちら》の御姉妹もそうでしょう?」

というと、鮎子がそれに応じて、

「私たちは生徒だけでなく、批評家でもあるでしょう、この物語の中に出てくる女性を批評する自由が与えられているから、ちっとも倦きないわね、ただ黙って学校の教室のように聴いてだけいるんだったら、少しは退屈かしら」

たしかにそれは鮎子の本音である。

「私はもっとも熱心な生徒ね、お祖母様が、このお講義を生徒たちが倦きやしないかなんて弱気をお出しになると、それはお講義そのものに影響する憂《うれ》いがあります、しっかりお願いします」

容子はノートを鉛筆で叩《たた》いて元気よく祖母を叱《しか》るようだった。

「私たち、だれもお義理できいているものございませんわ、お祖母《ばあ》様、御安心遊ばせ」

これは藤子の言い方だった。

「けれど、お義兄《にい》様がジャバからお帰りになったら、藤子姉様は、とても源氏なんか、そわそわしてきいていらっしゃれるかどうか、保証し難《がた》いわ」

それは鮎子の例の愛らしき毒舌ぶり、だが藤子は姉らしき寛容の態度を示してほおえんだきり答えない。あるいは心中秘かに鮎子の言葉が当っていると思ったのかも知れない。

楓刀自はそれでともかく生徒達への気兼ねなどを考えずに大いに勇気を得たのである。

机上の愛用の湖月抄《こげつしよう》の、美しい古筆にも紛《まが》う文字の上を掌《たなそこ》で撫《な》でるようにして、

「彰はいずれはジャバから還《かえ》る見込みがつきましたがそれよりは一足お先に光源氏が明石

から京都へ帰って来られましたね」

澪標

今夜は澪標《みおつくし》です、この巻は源氏が二十八歳の秋から二十九歳の末までの物語です。ちょっと原文を読んでみましょう。

さやかに見え給《たま》ひし夢ののち、院の帝の御ことを心にかけ聞え給ひて、いかでか沈み給ふらむ罪救ひ奉《たてまつ》ることをせむと思《おぼ》し歎きけるを、かく帰り給ひては、その御いそぎし給ふ。

〈さやかに見え給ひし夢ののち〉は源氏が須磨《すま》でありありと亡き父帝のお姿を御覧《ごらん》になって後のことをいう意味です、それで源氏は亡き父帝のことを心にかけて〈いかでか沈み給ふらむ罪救ひ奉ることをせむ〉とは父帝が、何かの罪障《ざいしょう》のためにまだ冥路《めいろ》に迷っていらっしゃるのをお救い申したいと、京都にお帰りになってからまず〈その御いそぎし給ふ〉何よりも先に父帝の御いそぎとは供養《くよう》のお支度《したく》をなすったということです、ここから澪標の巻の文章が起されて居ります――それでその秋十月に御法事《ごほうじ》をなさいます。その御法要に参会なさる人々も大勢で、昔通りでした。

源氏をお憎しみの大后《おおきさき》は、その人を明石に落し不遇の中に沈ませ切れなかったことが残念でならないのですが、朱雀帝《すざくてい》は、故院の御遺言《ごゆいごん》をお守りになるためにも、源氏が京都に帰ったことで御安心なさり、気のせいか患《わずら》っていらしったお眼もよくなって来ました。そして政事上のことにも源氏を御相談相手になすって、源氏が再び宮廷に返り咲いたのを喜んでいらっしゃいます、しかし、帝は御自分の身体のお弱いことをお考えになって、御位を春宮《とうぐう》に譲ることにお気持が動いて居ります。

帝は今女官としてお傍《そば》に仕え、帝の御寵愛《ごちょうあい》を受けている朧月夜《おぼろづきよ》――これはいうまでもなく源氏と、かつてあやまちを犯した人です、その人に向って、

〈私は何となく短命で世を終るような気がする、そうなるとあなたは孤独になってどうなさるかと心配です、あなたの心は他の人に注《そそ》がれていて、私を、そうは思ってはいないだろうが、私の方はあなたを誰よりも愛している、私が亡くなったら、あなたは、私よりも優れている人と激しい恋をするだろう、そんな事まで想像される……〉

お気の弱い帝はそう言って涙ぐんでいられます」

ここで刀自が一息した。大貝夫人はそこで一言する。

「私はどうも女心のせまさから、その朱雀帝とおっしゃる若いお気弱い帝がお可哀想《かわいそう》でなりません、何といういい方なんでしょう、下世話な言葉で言えば源氏のお古《ふる》の朧月夜を、そんなにまで愛していらっしゃるのに……朧月夜がほんとに賢い女なら源氏のことなど諦《あきら》

めて朱雀帝《すざくてい》のために全身全霊を捧《ささ》げるべきですわ、私ならそうしますわ、ねえ、作者の紫式部はなんと思って書いたか知りませんが、私はこのお講義をきくごとに源氏がだんだん憎らしくなって……女というものは、そんな人に焦《こ》がれて、幾人も幾人も夢中になり、そして弱気の男の純情を持っている朱雀帝には、誰も夢中にならないなんて、どうして、こう女は馬鹿《ばか》なんでしょう!」

大貝夫人は真剣に言っている、だから誰も笑わなかった。

容子は大貝夫人につづいて自分の意見を述べた。

「その時代は、平然と一夫多妻だったのでしょう、男は多妻でも、女は一人の男を守る、それがあたりまえの道徳だったのですわね、紫式部はそれを是認《ぜにん》してその上で書いているのですわね」

すると大貝夫人がまたそれに応じた。

「なにもそれは平安朝時代には限りませんね、今でもなかなか大っぴらに一夫多妻で、そのくせ、奥さんだって二号さんだって、ほかの男と関係でもしたらお払い箱にきまっていますわ、男女同権なんてその点では嘘の皮の八百《はつぴやく》ですわ、ああ、女ほど詰《つま》らないものはありませんよ、紫式部は、何故《なぜ》そこを論じてくれなかったのでしょうね」

「紫式部は婦人問題を源氏物語に書こうとしたのでなく、物のあわれを美しく描こうとしたのでしょう」

容子は紫式部のために弁《べん》じた。

「じゃ、物のあわれっていうのは、一夫多妻で、一人の男が幾人もの女にもてて、焦《じ》れさせたり悩ませたり嫉妬《しっと》させせたり——女はただその一人の男を思い詰めて、めそめそして一生を終ることなんでしょうか」

大貝夫人は今夜はばかに源氏攻撃の女権論者である。

「婦人問題はあとにゆっくりお願いすることにしてお講義を進めましょう——それにしても紫式部は大貝夫人の論旨《ろんし》には恐縮《きょうしゅく》しているかも知れませんね、しかしなにしろ一千年前の物語ですから、御勘弁《ごかんべん》願います、大貝の奥様のお望みになるような小説はこれからの時代のものですから、それまでお待ちを願います」

楓刀自《かえでとじ》はここでまた諧謔《かいぎゃく》を弄《ろう》して議論の鉾《ほこ》を一先《ひとま》ず納めさせた。

「でもねお祖母《ばあ》様、猫も杓子《しゃくし》も源氏々々といって、源氏物語を読んだり、その映画や芝居をみたりすればそれで物知りになったような流行ですけれど、大貝の奥様のような意見をもって考えるのも必要ですわね」

藤子は人妻だけに大貝夫人に同感している点もある、しかしジャバで、良人《おっと》の彰が光源氏になっているとは考えられないから安心である。

思わぬ議論に暇《ひま》どったが楓刀自は講義を続けられる。

「それで先程大貝夫人がたいへんお好きになった純情の朱雀帝に対して、やはり朧月夜《おぼろづきよ》も、さすがに感動したのでしょう、自分の心中を見破られたような事を言われ、頰《ほお》を赧《あか》らめつつ涙をこぼしています、その女の様子を御覧になった帝は、この女がどんな罪を犯していても赦《ゆる》してやりたいというようなお気持で、尚更《なおさら》愛情がまされて、またこんな事をおっしゃいます。

〈何故《なぜ》あなたが私の子を生まないのだろう、残念だ〉

こういうお言葉を伺《うかが》っては朧月夜《おぼろづきよ》も、ほんとうに心が動かされます、そして心中ひそかに、かつて契《ちぎ》った光源氏は美男で魅力のある人ではあったが、朱雀帝《すざくてい》の御愛情に比べればはるかに淡いものでしかなかったのに、自分の軽々しさからあんな事件を引起し、自分の女の名はもとよりだが、帝の御為《おんため》にも申しわけのないことだったと、今更《いまさら》悲しむのでした」

「まあ、それで安心しました」

大貝夫人がほっと胸撫《むねな》で下した様子に鮎子がくすくす笑う。たしかに大貝夫人はこうした意味でも、もっとも熱心なこのお講義の聴講者であった。

「翌年の如月《きさらぎ》――二月に春宮《とうぐう》が元服《げんぷく》されました、この春宮こそ、かつて藤壺と源氏の道ならぬ恋によって生を享《う》けられた源氏に瓜二《うりふた》つの美しい十二の少年です、朱雀帝は先帝の末子のこの春宮の元服姿の美しいのを喜ばれました、そしてその月の末にこの春宮に御位を譲られました。

大后《おおきさき》は朱雀帝の早い譲位には驚かれ、またお淋しかったことでしょう。その母君の女心をお慰めになりました。

〈私は位を退《しりぞ》いて、心ゆくまで母君に孝養《こうよう》を致したいのです〉と、

こうして新しい帝の御代《みよ》がまいりました。源氏は内大臣になられました。新しい少年の帝のまことの父は源氏、とは知る人もなかったでしょうが、しかし帝が幼少なので当然摂政役《せっしょうやく》には源氏がつかれるものと皆思っていました。

ところが源氏はその職に、今は政権を離れて隠居同然だった元の左大臣つまり亡き葵《あおい》の上《うえ》の父を推薦いたしました、やはり亡き妻の父なる人へのそうした心づかいを忘れなかったのでしょう。

すると左大臣は、私はもう隠居した者で老人ですから、そんな重い役に就くことは出来ませんと辞退したのですが、源氏は言葉をつくしていろいろにすすめ、左大臣も老いたといってもまだ六十三、とうとう太政大臣《だじょうだいじん》になることになりました。

「今頃の総理大臣はもっと年取っているでしょう」

これは鮎子のおしゃまである。

「太政大臣となられた葵の上の父の邸に育って、これは父を源氏に、亡き母は葵の上、その間に生れた子供はすでに美しい少年となって内裏《だいり》に童殿上《わらわてんじょう》を許されて宮廷にも出入りして居ります。

源氏はその子の育てられている太政大臣家にもよく訪ねて行かれ、わが子の乳母《めのと》たちをねぎらっておやりになります——ところが、ここにも一人、源氏の御子《みこ》が出生することになりました。

それはあの明石《あかし》の君が、源氏の子を妊《みご》もられていたのが——産期満ちて女の御子が生れたのです、かねて源氏の運勢を占われた星占いが、〈源氏の御子は三人、その中に、未来の帝《みかど》と后《きさき》があらわれ、一番劣《おと》っている運勢の太政大臣になられる人が一人〉とあったのをお考え合せになると、たしかに藤壺《ふじつぼ》との間の御子は今や帝となって即位され、明石から生れた女子はそれぞれ未来の后の位置につかれる人と思われると、そのような姫を明石の片《かた》田舎《いなか》で生れさせたことを不愍《ふびん》にお思いになり、あの淋しい浜辺には、ふさわしい乳母《めのと》もあるまいと御心配になるのでした、以前父帝にお仕えした女房の娘が近頃子を生んだとおききになって、御自分からそこへお出かけになって、その者を乳母として明石へお遣《つかわ》しになることにしました。

明石の入道《にゅうどう》は源氏のお心遣《こころづか》いを非常に喜んで京都の方を伏拝《ふしおが》み、乳母を送り届けた侍《さぶらい》に対しても出来るだけのもてなしをするのでした。

源氏の御熱心さにほだされてつい明石まで来てしまって呆然《ぼうぜん》としていた乳母も、その源氏の小さい姫君を見ると、嬰児《みどりご》ながらその美しさ気高さに驚かされ、源氏の君がこの小さい姫の将来を思って、ぜひ自分をとお遣《つかわ》しになったのも当然と、自分もまた非常にその姫君を愛らしく貴《とうと》く思って大切にかしずく気になりました。

明石の君は源氏に別れてからのさまざまの物思い、恋しさ、悩ましさに心を労《ろう》した後の出産で弱っていたのですが、こうしたよい身分の乳母をわざわざ京から送られた源氏の心づくしを思うと、若い母として力づいて来ました。

さて乳母を送って来た侍は厚く明石の邸でもてなされましたが、早く此方《こちら》の御様子を源氏の君に御報告せねばなりません、明石の君はその帰る侍に文と歌をことづけました。

一人して撫づるは袖《そで》のほどなきに

覆ふばかりの蔭をしぞ待つ

一人で姫君を覆い愛撫するのには私の袖は狭《せま》すぎます、早く君の広い御袖に覆い育てて戴《いただ》きとうございます、という意味です、源氏はその歌をおよみになるまでもなく明石の君の生んだ姫を見たくお思いになります、さてこうなると問題は紫《むらさき》の上《うえ》です、明石に子供の生れたことをいつまでも秘密にしておいて、うっかりほかから聞こえたりしたら、紫の上は何倍か不愉快なわけですから、打明けておしまいになります。

〈ほんとうに思うようにはならないものですね、あなたに子供がと思うのにそうはならなくて、ああいう処《ところ》に姫が生れるのですから、ままならぬものと思うが、しかし打ち捨てておくわけにもゆかない、いずれは京へ呼び寄せねばならぬが、あなたは憎まないでやって下さい〉と、おっしゃるのでした」

「男は勝手ですね忌々《いまいま》しいこと」

大貝夫人は、今日は御機嫌が悪い。

「紫の上は頬《ほお》を赤らめて、〈いつもあなたにそんなにおっしゃられる自分はどんなにねたみ深いかと、われながら厭《いや》になります、でもそのものねたみはどうして覚えたのでございましょうね〉と少しは拗《す》ねずにはいられません。

〈どうもそういう言い方をいつお習いになったのです、あなたが邪推《じゃすい》をして怨《うら》んだりすると、私が悲しくなる〉

源氏も心苦しいのです、京都を去って須磨《すま》や明石《あかし》に別れていた時、どんなに紫の上を恋しく思い、沢山《たくさん》の文を書いたかなど思い出されると、それに比べては、明石の上のことなどは、深い恋愛でないとさえ思われるのでした。

〈立《た》ち勝《まさ》った女のように思ったのは、淋しい明石で鄙《ひな》にはまれな女性だったからだろう〉などと、さりげなく源氏は言われますが、紫の上は、明石で源氏がその様な戯《たわむ》れをしていられる間、自分はどんなに淋しい思いで良人《おっと》を待っていたであろうと、怨めしくお思いになるのも当然です。

このように優しいたおやかな紫の上も、嫉妬もし腹も立つことがありますが、しかしそうした感情の育ってゆくことが、かえってその人を大人の女性にして、美しく陰影深く見えると、源氏は思われるのでした。

源氏にも父性愛は人一倍あって、明石の上というよりその生れた姫君を恋しく、生誕五十日の祝になど御自分が傍《そば》にいてやれないことを残念に思われるのでした。その日源氏は明石へお使を出して祝いの品々をお届けになりました。それに添えられた文には姫君を伴って、ぜひ京へ出て来るようにとあるのでした。感激やの入道はその源氏のお便りに泣きます。

小さい姫の乳母はまだ娘らしい若々しさで、明石の上のよいお相手になり、いろいろと自慢がてらに京の様子、内裏《だいり》の有様、貴族の邸の派手々々しさなどを少しは仰山《ぎょうさん》に語りきかせます。明石の上はそのような美しい都で、立派な生活をしている貴公子の源氏の子を生んだ幸運を知り、またその子を源氏が別れていてもこんなに愛していることに喜びを感じます。

京都の源氏は明石の上の返事を見て、子供の将来に望みをおいて生きているというその文をよむと、明石の上がまた哀れでもあり、思わずそれが御様子に出ると、紫の上としてはいい気持のするはずはありません。それでまた源氏は紫の上の感情もいたわらなければなりません、そんなことで、源氏はそのほかの女をお訪ねになる暇もなく、宮廷の政務もお忙しく、花散里《はなちるさと》など、源氏の訪れを待つのみの女は淋しい次第でした。

ところが五月雨《さみだれ》の頃になり、しとしとと毎日雨がふると、人間の常《つね》で源氏も退屈になり、折よく政務もお暇の折とて、やっとほかの女を訪ねようというそぞろになって、久しぶりで花散里《はなちるさと》をお訪ねになりました。

会うことはなくともこの女性の家の生活はみていられたわけですから、まあその点で義務を果していると安心していられたのでしょうが、さてお訪ねになってみると、しばらく御覧にならない内に、その住居は荒れて、邸《やしき》が広いだけにかえって凄《すさ》まじい有様でした。花散里と共に住む姉君は故院の女御《にょうご》だった女性、まず久しぶりの御挨拶を伺くれとお語らいになった後、更《ふ》けてからお妹の花散里のお部屋にいらっしゃいます。

丁度《ちょうど》、梅雨《つゆ》の月が朧《おぼ》ろにさし込んで居ります。花散里はその月の光の縁に出ていたのです、そこに源氏が現われましたので、女は羞《はじら》って、折しもすぐ近くに水鶏《くいな》の鳴く音をきいて、

水鶏だに驚かさずばいかにして
　荒れたる宿に月を入れまし

戸を叩《たた》く水鶏に驚かされて戸を開くと、思いがけぬ美しい月影がさし込んだという意味ですね、月かげを源氏にたとえた即興詩です。

怨《うら》みを仄《ほの》かにこめたその歌に女の風情《ふぜい》をお感じになって、さてどの女もそれぞれに捨て難いものだ、こんな素直な女こそ、かえって此方《こちら》が辛《つら》くなってしまうとお思いになるのでした。

花散里は、長い間源氏が京を留守にし、また帰って来たからといってなかなかすぐには訪ねて来てもくれぬその一人の男をのみ思って、ひたすらに待っていたのですから、それを思うと源氏も粗末には扱えません。

〈あなたは、今またお仕合《しあわ》せな時代におなりになりましたが、私という女はやはり淋しい境遇でございます〉

と、女は源氏を怨むというのではなく、ただ自分の運命を悲しむように、はかなく言う姿はやはり哀れで、源氏は自然そこで例の女性操縦の天才を発揮してさまざま女を慰められたわけですね。

こうして源氏は昔の女と旧交を温めたり、あれこれと思い出の女に会いたいと例の通り多情仏心が始まりました。ところで源氏のかつての思われ人の最上の人、藤壺《ふじつぼ》の宮は、今は幼帝の母として、入道されているので皇太后《こうたいごう》の位にはおつきになりませんが、女院として尊敬され、かつてはお出入りにも憚《はばか》っていらっしたのが、今は帝の御母として晴れやかな内裏の御出入りです。そうなって来ると、前の弘徽殿《こきでん》の太后は世を憂《う》きものにお思いにならずにはいられません。

御自分の御子の朱雀院《すざくいん》はまだ青年なのに早くも譲位し、そして藤壺が新帝の母君として内裏にお出入りになる、源氏の君には、再び草木もなびくような御代《みよ》になった、源氏は太后《たいこう》にもまたいろいろとお心づくしをお示しになるのですがそれがまた太后にとっては心苦しく誇りを傷つけられる思いだったのでしょう」

「その気持よくわかりますね、太后の考え方も無理じゃありませんね」

大貝夫人は、前の皇太后に同情を示している。かつて彼女は自分を藤壺《ふじつぼ》になぞらえたりもしたが、今度はいささか、自分を皇太后の気持に同感させるところに変化して来たのも面白い。

「善良な朱雀帝は御位をお退《しりぞ》きになってから、かえってのどかにお暮しになり、御子が次の春宮《とうぐう》にお立ちになって御満足なのですが、この春宮をお生みになった女御《にょうご》よりもなお朧月夜《おぼろづきよ》の君の方が御覚えがめでたいという有様でした。

さて五月雨《さみだれ》から季節はうつってその秋、源氏は住吉詣《すみよしもう》でを思い立たれました。今度の旅は非常に仰山なもので、時めく源氏の御供の行列に入ることを宮廷の人々は皆望みました。ところが偶然というか、奇《く》しき因縁《いんねん》というか、あの明石の君が、かねての年毎《ごと》の住吉詣でを、今年、去年御懐妊やら御出産やらで怠《おこた》っていられたのを、思い立たれたのがその同じ日となりました。

海から船で近づかれるとたいへん派手な参詣《さんけい》の列があり、社前で舞を奏し、いかめしい立派な奉納品を積み上げているのです。

〈どなたの御詣《おまい》りでしょう〉ときくと、

〈内大臣――源氏の君のことですね――の御参りがあるのを知らぬ人もいるとみえる〉

物の数でもないお供の下人《げにん》までがそう誇《ほこ》らかに言い騒ぐほど源氏のその御参詣は評判なのでした。明石の君は、まああいにくなこと、お詣りするならほかに日もあるものを、皮肉にも同じ時に詣り合せて、そのお立派な御参詣の列を遠くから見るにつけ、身分の隔《へだ》たりが、今更《いまさら》に口惜しく、さすがに切れぬ御縁とは思いながらも、こんな下人の身分の者さえ源氏のお供を光栄がっているのに、自分はその方の御子を生み、そして絶えず心にお慕《した》いしている方だのに、その方が今日ここにお詣りということも知らずに出かけて来たのかと思うと悲しく萎《しお》れてしまうのでした。

お供の中には明石で見知っていた源氏の御家来達が、あの時とはまるで打って変った華やかな姿で楽しげにあちこちしているのが見えます。源氏の君のお召車《めしくるま》を遥かに見やると、心はおののいて、恋しいお姿をたしかに見定めることも出来ません、その源氏の一行の中には、葵《あおい》の上《うえ》の忘れ形見の若君も馬上に――揃いの装束《しょうぞく》の童《わらわ》たちにつき添われて貴族の子らしく乗っているのです、それを見るにつけても自分の生んだ姫が明石の里で見る影もなく育てられているような気がして悲しまれます。

なんだか明石の上はそこに留《とど》まっているのが恥かしくなって考えました、〈こんな大変な騒ぎの中で、物の数ならぬ身が少しばかりの供物《くもつ》を捧げても住吉《すみよし》の神も一人前に認めて下さらないでしょう、いっそ難波《なにわ》に船を止めてお祓《はら》いだけでも受けましょう〉と、船を漕ぎ戻させました。

そんなことは夢にも御存じなかった源氏は一夜明けて、惟光《これみつ》から明石《あかし》の君《きみ》が参り合せて、源氏の御参詣《ごさんけい》のきらびやかさにけおされて難波の港に船を漕ぎ戻して行ったときかされました。

源氏はその明石の心情をたいへん愍《あわ》れまれて、偶然社頭《しゃとう》で一緒になったのもそれこそ住吉の神の導きにちがいないとお思いになります。それから源氏の一行は住吉を立たれて難波に出られました、そのお車の中で、

みをつくし恋ふるしるしにここまでも
　めぐり逢ひけるえには深しな

とお書きになった懐紙《かいし》を明石の船まで持たせておやりになりました。明石の君は胸ばかりうち騒いでいるところへこのお文でうれしさに泣き崩れました。

その旅の帰り、殿上人《てんじょうびと》も、若い方たちは浜辺に小舟をこぎ寄せて来る遊女に戯《たわむ》れたりしますし、君はその遊女どもが嬌態《きょうたい》を見せているのも厭《いと》わしく思召《おぼしめ》した——とあるところをみ

ますと、源氏はやはり明石のことを思っていられたのでしょうし、またどんな意味でも恋愛なしで女性と戯れるお気持にはなれなかったのでしょうね、さすがにそこは源氏ですね」

「住吉の社頭のところはお芝居のような気がしますね」

大貝夫人が今日はすこぶる活潑《かっぱつ》にお講義を吸収し消化してゆくらしい。

「さて六条御息所《ろくじょうのみやすどころ》、葵《あおい》の上《うえ》との車争いのところを思い出して下さいね、その御息所は源氏との恋の悩みを清算するために、一人娘が伊勢《いせ》の斎宮《さいぐう》となるのに従って伊勢へ下っていた方です、帝の御代の変る度《たび》に斎宮も代りますので朱雀帝《すざくてい》の御譲位とともに、御母娘はまた京へ戻っていらっしゃいました。

その方が京都へお帰りになったとなれば、源氏は昔と同じに何かとお世話をなさりたいのですが、御息所の方にすれば、昔お若かった時にもつれなかった方に、今また情をかけられて再び恋の悩みに懊悩《おうのう》するような眼はみまいと、きっぱりと昔の恋を諦めていらっしゃる態度なので源氏はお訪ねになることも出来ません、また源氏としても、いま無理に御息所の心を靡《なび》かせたところで、行末《ゆくすえ》御自分の心がどう変ってゆくかわからぬし、あちこちの女にこれ以上通うことも今の御身分から押えねばならぬと、強《し》いて押しかけるような事もなさいませんでした。

御息所は元の六条の邸をよく繕《つくろ》われて気品のある趣味のよい生活をしていらっしゃいま

す、そしてその貴夫人にふさわしいよい女房たちが風雅にかしずいています。ところが御《み》息所《やすどころ》は俄《にわ》かに病にたおれて日に日に御身体《おからだ》が衰えて行きます。お心細くなると共に、ずっと伊勢《いせ》の神に仕《つか》える生活で、仏に離れていられたからであろうと、髪を切って尼《あま》になっておしまいになりました。

源氏はそれをお聞きになると驚いてもう遠慮している場合でないのでお訪ねになりました。

御息所は病床に脇息《きょうそく》に倚《よ》りかかって、几帳《きちょう》越しにお話をなさるのですが、そのかつての恋人の衰えは源氏にもよくわかり、涙ぐまずにはいられません、そうしてほんとうはどんなにこの人を愛していたかと――今にも打明けたい気におなりになるのですが……しかしそうした誠意は御息所にも通じたのでしょう、わが娘をこの方にお頼みなさる気持が動いて、

〈娘は孤児《こじ》となってこの世に残るのですから、どうぞ何かにつけてお世話下さい。ほかにはお頼みする人もない哀れな身の上です、私は世に生甲斐《いきがい》もない身ですが、もう暫《しばら》くはどうか生きて娘が分別のつくまで見ていてやりたいと思って居りましたのに〉

とお泣きになりました。すると源氏は頼もしい態度で、

〈たとえあなたからお頼みがなくとも、私はどんなお力にもなるつもりでした、まして今そのお頼みを受けたからには心の限り何事も後見《うしろみ》をして差上げようと思います〉

それに感激しながらも御息所は、

〈そうおっしゃって下すっても後見は容易なことではございません、たとえまことの父がいても母に別れた娘はさぞ心細いことでございましょう。まして他人のあなたがこの娘を御親切にお扱い下さるにつけ、人からもとやかく言われ、また憎まれることもございましょう。失礼な取越苦労ではございますがけっしてあの娘に恋愛めいたお扱いはなすって下さいますな、私のつたなかった経験からも、女はつまらぬことにつまずいて苦労するものでございますから、娘はどうかそういうことには触れさせずに置きたいのでございます〉

随分《ずいぶん》はっきりおっしゃることよと苦笑なさりながらも源氏は、

〈私もこの数年の間に苦労をして少しは人間が変って居ります、だのに昔の放埒《ほうらつ》な心がまだ残っているかのようにおっしゃられるのは心外です、まあまあそのうち自然おわかりになりましょう〉

そういう問答のうちに、もう外は暗くなりました、ぼんやりした灯の明りが几帳を透《す》かしています。その仄《ほの》明るみの中に源氏のかつての恋人の、やつれた姿が見えました、尼となった形の切り残された髪が背にかかって、なよなよと脇息に倚りかかった姿は絵に描いたようで、まことに哀れ深いものでした。その東寄りに添い臥《ふ》していらっしゃる方が、前の斎宮《さいぐう》である姫君です、几帳の隙間《すきま》から仄見えるだけですが、その姫も美しい少女とみえました。御息所は源氏との久しぶりの御対面にお疲れになったらしく〈私はなんだか胸が苦しくなってまいりました、失礼ですが早くお帰り戴《いただ》かねば〉と申します。〈私が折角伺《せっかくうかが》ったのに御気分がよくなればうれしいのですが、どのようにお苦しいのですか〉

と、源氏は去《さ》り難《がた》くしていらっしゃると、御息所《みやすどころ》は侍女にお別れの言葉を伝えさせました。

源氏は〈こういう御遺言を伺うほどに私を御信頼下すったのは身に浸《し》みます、故院が皇子達と姫君をお考えになったように私も妹としてお力添えをいたしましょう〉そうおっしゃってお帰りになりました。

美女薄命の譬《たと》えにもれぬ、この薄倖《はっこう》の貴女《きじょ》御息所はそれから七八日《なようか》してこの世をお去りになりました、源氏はあまりのあっけなさに人生の無常を悲しまれて、御所にも上らず、御息所の葬儀のことのお指図などをなさっていらっしゃいます。そして御自身でも六条の邸へ来られて姫の斎宮《さいぐう》にお悔《くや》みの言葉を伝えられました。

〈今はただ何ごとも悲しみに取りまぎれて申し上げる言葉もございません〉というのが姫の御返事でした。源氏は〈母君の御遺言を承《うけたまわ》っていることもございますから、何事も御遠慮なく私におっしゃって下さい〉と伝えてから、邸内の人を呼出してそれぞれ葬儀万端のことをお命じになるという御心入れに、今まで、御息所に冷淡でいらしった罪も償《つぐな》われるようにみえました。

二条院からも沢山《たくさん》お手伝が来て御息所の御葬儀は悲しい中にも厳《おごそ》かに営まれました。斎宮の姫君のその後の御生活はいうまでもなくお寂《さび》しいもので仕えていた人々もしだいに暇をとって離れ去るものもあり、お邸は下京《しもぎょう》の京極《きょうごく》あたりのこととて人けもなく淋しく、山寺の入相《いりあい》の鐘の音が姫の涙を誘う有様です、亡き母君とは母娘二人きりの御生活で、伊勢《いせ》へも強《し》いて御一緒に下られるというほど、片時もお傍をお離れになったことはないのですが、その母君の死出の旅路にだけは姫君も連れ立つことは出来なかったと涙のかわく間もないお歎《なげ》きでした。

さて譲位なされた朱雀院《すざくいん》は、かつて御即位の時、伊勢の斎宮として下向《げこう》なさるこの姫の御暇乞《おいとまご》いの式が大極殿《だいごくでん》で厳《いか》めしく取り行われた折の、ゆゆしく美しかった少女のお姿を長くお忘れになりませんでした。院が姫をお見染《みそ》めになったことは賢木《さかき》の巻で申上げましたね、ところで朱雀院は〈私の許へよこして妹たちと同じように暮させては〉と前にも御息所までお言葉があったこともあるのですが、朱雀院の寵妃《ちょうひ》たちの中に入ってみじめな思いをすることがあってはとも思い、また御病弱の院にお別れして、母の自分と同じようにながい未亡人生活をするようなことになってはと、御息所はたゆたって居られたのです。母君逝去《せいきょ》の今となっては、なおさらよい後見もなくてと、まわりの者も思って居りますのに朱雀院からは更に御熱心な御所望《ごしょもう》があります。

源氏の君としては御息所の取越苦労もよくわかり、いっそこれは世の人の想像を裏切って、ほんとに清くお世話して差上げよう、今の帝《みかど》がもう少し物心づかれたら、姫を参《まい》らせて、先々までの後見《うしろみ》をと楽しみにしていらしったので、院の御所望は畏《かしこ》いことながら、姫のお人柄の美しさ愛らしさに、いかにも手離してしまうことが惜《お》しく、とうとう藤壺《ふじつぼ》の宮に御相談になります。

〈私のつまらない若気のあやまちから、姫の母君とは浮名を流して、軽薄な男だと思われてしまったことを今更《いまさら》口惜しく思います。御息所の臨終の際、姫を私に託《たく》されましたことは、やはり、それだけは私を信用して下すったのかと思うにつけてもこのままでは堪《た》えられない気が致します、どうか御息所《みやすどころ》がかつてのお怨みをお忘れになるほどによくして差上げたいと思って居ります。帝もよほど大人びられたとはいえまだおいとけないのですから、少しは物の分別のある女御《にょうご》がお傍にいられたらと思うのですが、御判断にお任《まか》せいたします〉

するとと藤壺の宮は、

〈それはよいことをお考え下さいました、朱雀院《すざくいん》の思召《おぼしめし》のあるのは畏いことですが、御息所の御遺言を楯《たて》に、知らぬ顔で斎宮《さいぐう》を内裏《だいり》にお上げ下さいまし、院は今は仏道の修行に御熱心でいらっしゃいますから、そう深くはお気にもなさいますまい〉

それで源氏も決心がつき朱雀院の御心中は知らぬさまで、二条院に一旦《いったん》姫を迎えて、帝のお傍へは二条院から入内《じゅだい》させることにいたしました、そして紫の上にも、〈あなたのお話相手としても丁度《ちょうど》よい間柄におなりになりましょう〉とお告げになるとお喜びになってお迎えの御用意をなさいます。

丁度紫の上の実父兵部卿《ひょうぶきょう》の宮も本腹《ほんぷく》の中の姫を女御にとひそかに心づもりをしているのですが、この宮は、源氏の君とは、須磨明石《すまあかし》の流謫《るたく》以来隔りが出来ているので、御妹の藤壺の宮も少しお気にかけていらっしゃいます。

帝のお傍にはすでに、葵《あおい》の上《うえ》の兄、もとの頭《とう》の中将《ちゅうじょう》の御娘が女御として上って、よいお遊び相手になっていらっしゃいます、どちらにしても同じほどのお年頃では、まるでお雛《ひな》遊びのような気がするので、斎宮のような少しは年嵩《としかさ》のお世話役が出来るのは結構なことと、藤壺の宮から仰《おお》せられたので万事解決いたしました、その藤壺の宮も御病弱なので参内《さんだい》されてもゆっくり帝のお傍にいられることも難しいので、少しは大人びたお傍役の女御に故御息所の姫君のような方がぜひ必要なのでした――これで澪標《みおつくし》の巻を終ります。皆様、初めは議論が多かったが、お終いにはお静かになりましたね、そろそろお睡《ねむ》くなったんじゃありますまいか」

楓刀自《かえでとじ》は余裕綽々《しゃくしゃく》と諧謔《かいぎゃく》を弄《ろう》して湖月抄《こげつしょう》を閉じた。

だが誰も眠っているのではなかった。お講義にきき入りつつ、幼い帝のお傍に上る少女達の運命をそれぞれ考えているらしい。

蓬《よもぎ》生《う》

鎌倉山の花もほころびてきた。

「桜は咲きかけと、散る頃がいいわね」

これは高倉家の姉妹の意見で一致していた。

鎌倉山の山の道路の両側は、盛《さか》りには花のトンネルとなる。それが今ようやく二分《にぶ》咲きというところ——日がだんだんに長くなってきた。

今日は土曜日の源氏のお講義、定刻になってもまだ日暮れず、いつもは仄《ほの》暗い日本座敷もまだ明るい。

藤子はまだ東京から帰っていなかった、久しぶりに大貝夫人に随行《ずいこう》して秘書役として東京へ出たのである。バスもこの頃はやっとここまで通うようになったので、この次のバスで二人が帰って来るだろうというので、それまで、待つことにした。

「お祖母《ばあ》様、今日は何の巻?」

「蓬生《よもぎう》よ」

刀自《とじ》の答の先に容子が先くぐりして教える。

「そうです、これは末摘花《すえつむはな》の後日物語ですよ」

刀自が講義に先立って先着の生徒にちょっぴり教える。

「ああ、私、末摘花はその後どうなったかと思って心配していたのよ」

……ところへ、廊下を駆け込むように大貝夫人を先に藤子が入って来た。

「まあ遅刻よ、罰金よ」鮎子が早速声をかけた。

「はい、罰金を持ってきました……桜餅《さくらもち》！」

大貝夫人がおどけた調子で一折りの包《つつみ》をさし出した。

「あなた方、お食事はどうですか？」

講義の日なので刀自たちは早めにすませたが、今帰った人々の食事を心配する、あんまりお腹がすいていては、講義に身が入るまいと心配したのかも知れない。

「東京で奥様に御馳走《ごちそう》になりましたの」

「まあいいこと、それだから遅れたのね」

鮎子がちょっと咎《とが》め立てをする。

「これから帰ってお食事じゃなおおくれると思いましてね、つまらないものを藤子さんとすまして帰って来たんですよ」

大貝夫人は弁明している。

「たいへん御熱心なお心懸《こころが》けです、さてそれではお講義を始めましょう」

もうおしゃべり禁止のおふれのように刀自がこう言ったのを合図に皆が、机のまわりに並ぶ。

蓬生

「先ほど一寸《ちょっと》申しましたが、これは末摘花《すえつむはな》の後日物語です、源氏が二十八歳から二十九歳の初夏頃までのことです。——源氏が須磨《すま》明石《あかし》に都落《みやこお》ちをしていられた時、京の都に源氏のことを偲《しの》びながら暮す女性のたくさんいたことは御存じですね、しかしその中でもあの紫《むらさき》の上《うえ》などは、何といってもれっきとした正夫人格ですから、文のゆききもあり、季節の移り変りにお召物《めしもの》を送ったりもして、同じ別れ住んでいるにしてもよりどころがありましたが、そのほかの女性となると、それは心細かったことでしょう。中でも末摘花などはどうだったでしょうね、思いがけなく源氏と結ばれたとはいえ、鼻の先の赤く垂《た》れた、冬は色気のない皮ごろもを着込もうという、少しも当世風の美しさや洒落気《しゃれっけ》もない姫君、才気も乏《とぼ》しく引込思案《ひっこみじあん》で、まあいわば、仕合《しあわ》せになれそうもない生れつきの上に貧乏で両親は亡く一族に後援者もないときては、源氏の留守の間は、それは惨澹《さんたん》たるもので、前々からろくに手入れもしていない庭邸《にわやしき》は荒れに荒れて、まるで妖怪変化《ようかいへんげ》でも出そうな廃園廃屋《はいえんはいおく》、土塀《どべい》はすっかり崩れてしまってどこからでも人が入れる。入ったところで道もない、樹木の茂りと一緒に雑草がのびて、さながら蓬《よもぎ》が原《はら》というところ、こうなって来ると庭が広いだけに、牛に喰《く》わせるのにいい牧場とばかりに牛飼《うしかい》の童《わらわ》が無断で牛を引き入れて放牧している有様です。

もっともこの姫君に一人の兄がいられるのですが僧になって世離れしていられて、落ちぶれた妹のためにその庭の草を刈らせたらどうかと言ってあげる才覚さえおありにならないのです。

庭はその通りですが、邸がまたひどいもので下部たちの住んでいたところなど雨風にすっかり吹き飛ばされて朽《く》ちてしまって今は柱だけが跡をとどめている、渡殿《わたどの》などもいつの間にか板がなくなってしまっている、その中に庇《ひさし》のとれた寝殿に、それでもまあ、そこだけは昔の調度《ちょうど》を並べ、煤《すす》け切った几帳《きちょう》の蔭《かげ》に末摘花が色あせた十二単《ひとえ》に包まれて暮していらっしゃいます」

「可哀想《かわいそう》ね」

鮎子が同情する。

「――そうなると薄情なのはいつの世にも同じですが、奉公人達《ほうこうにんたち》もそんな荒れはてた邸に運の悪い姫君を守っていたところでお給金どころか食べものさえろくに……というわけで、だんだん気のきいたのはいなくなってしまいます。例の侍従《じじゅう》という末摘花の乳母《めのと》の娘だけは、母の遺言で姫を守っていたわけです、あとはどこへも行けそうにもない古女房たちが仕方なしに残っているくらいのもの……

その侍従もとてもここにだけいたのではやってゆけないので〈かけもち〉で末摘花の叔《お》

母《ば》のところに半分は手伝いに行っている、今でいうアルバイトをしている始末です。

この叔母というのは姫の亡き母の妹ですが、身分の低いところに嫁入って姉に蔑《さげす》まれたのを根に持って、今は落ぶれてしまった常陸《ひたち》の宮の息女の末摘花《すえつむはな》を、いい気味ぐらいに思って、心から世話をする気はありません、それどころか今は昔と地位が逆転した優越感を示したくて、自分の娘たちの召使かお相手ぐらいに末摘花《すえつむはな》をわが家に呼び寄せようという望みを起して、そういう申出をしきりとし、侍従にもすすめさせるのですが、末摘花は一向に承知なさいません、それは彼女に意地があって承知しないというよりは、ひとえに引込思案な性質から、その人間として住むに堪《た》えないような荒《あば》ら家《や》の中に、煤《すす》けた几帳《きちょう》の蔭に坐《すわ》って、父や母のありし日の面影の残るその邸のほかには自分の居場所はないと、思い込み、そして――いつかは都に帰って訪れて下さるかも知れぬ源氏を待つ心であったでしょう。

この人はその荒ら家の中に住むつれづれにものの本を読むとか歌集をひもとくとかいうこともほとんどない、そういう趣味があまりないのですね、また人を避けて誰とも交渉を持たないのですから、悲しい時に文をやりとりして慰められるという友もない、といって自分の境遇に精神的に何か信仰をもって安心立命するために、その当時の誰でもが赴《おもむ》きやすかった仏教に帰依《きえ》して経文《きょうもん》を誦《ず》すというようなことも恥しいことに思ってしない、実に一風変っているのです」

「まあ、ほんとうは強い性格なのかしら、それとも虚無《きょむ》なのかしら」

容子もノートの鉛筆をおいて歎《たん》じた。

「とても真似の出来ない方ですわね」

大貝夫人も驚ろいている。

「さて——ところで末摘花の叔母の方は、良人《おっと》が九州の役人になって転任して行くことになり、娘たちはそれぞれ縁づかせて、夫婦だけで行こうという時、何かの手伝いにもと思ったのでしょうか、落ぶれた姪《めい》を再び誘うのですが、末摘花はやはりこの邸を出るつもりはなく、また、人中に出たくないはにかみやの彼女が叔母夫婦に重宝《ちょうほう》がられて、その家族に加わるなどということはとても出来っこない話です、すると叔母は〈それでは侍従だけでも連れて行かせて下さい〉と頼むのです。

侍従は前にも言ったように末摘花の乳母《めのと》の娘でほかの奉公人とはちがってずっと末摘花のために彼女の傍を去らずにいた忠実な侍女でしたから、それに行かれてしまうことは末摘花としては堪え難いことだったでしょうが……あいにく侍従が今度は叔母の一行に加わって九州へ行くつもりになっています、というのはその邸にアルバイトしているうちに、その邸の家臣ながら主人の甥《おい》に当る筋《すじ》の若い男と恋を語るようになり離れ難い仲になっていたからです。

末摘花も侍従に去られるのはまことに心細いが、当人が行く気になっているものを仕方もないので泣く泣く別れることにしました。

それでもさすがに侍従《じじゅう》はこんな荒れはてた邸に姫を一人残して行くことに気が咎《とが》めたのでしょう。〈私と一緒に九州へいらしっては〉とすすめるのですが、末摘花《すえつむはな》にはそれは出来ないことなのです。

叔母《おば》は叔母で末摘花《すえつむはな》の強情《ごうじょう》を憎がり〈まあ何て意地っぱりでしょう、あんな藪《やぶ》の中に暮してる人を源氏の君が大事にお思いになるかどうかね〉

などと蔭口《かげぐち》をきいています、この叔母は、源氏があんな落ぶれたみっともない姪《めい》に情けをかけられたという噂《うわ》さを聞いた時は、吃驚《びっくり》して女の運というものはどこに転っているものかわからない、あまた美女には不足のない光源氏がなんの酔狂《すいきょう》であんな何の才気もない鼻の先の赤い野暮《やぼ》な姪にかかわりをつけて世話をなさるのだろうと合点《がてん》がゆかなかったのですが、いま源氏が須磨落ちをされ、その後はばったりとふたたび姪の上に幸運の帰って来ることのなさそうなのをみると馬鹿《ばか》にしてしまうのです。

さて侍従は姫が動かない以上、自分は別れていよいよ九州へ行くことになりました、この女も末摘花と叔母の間に立ってはちょっと心苦しいこともあったのでしょうが、なんといっても自分の恋を語る男の行くところへついて行くことになったわけです。

侍従がいよいよ立ち去る時、末摘花は、長い間自分に仕えてくれた乳母の娘に何か贈物をしたいと思ってももとより乏《とぼ》しい生活でどうにもなりません、御自分の抜毛を集めて鬘《かずら》になすったのが九尺あまりもあって見事なので、それを箱に入れ、昔から家に伝わる香《こう》の一壺《ひとつぼ》に歌一首添えて贈られました」

「まあ、九尺もある鬘なんてほんとかしら、でもそう言えば昔の十二単《ひとえ》のお姫様のおすべらかしの髪はとても長く描いてありますわね」

これは誰が言ったのか、九尺の鬘にびっくりしたらしい。

「侍従は別れて行く女主人の乏しい中からのせめてもの贈物を貰《もら》い、やはり心が咎めるのですね、涙を流しながら……

〈お育て申した母の遺言もございますし、また私自身も心からお傍に仕えて苦しい中を堪《た》えて来ましたのにいま九州へ行きますなどとは……でも命のある限り心ではお仕えいたして居ります〉などと言って泣くのです。

そうした女同志の別れの涙をよそに、よそよそしい叔母は、〈さあ侍従、早く行きましょう暗くなってしまうから〉などとせかせて侍従を自分の車にのせて邸へ連れて行ってしまいました。そうなると後に残って、いまさらどこへ行っても雇《やと》ってくれそうもない老いぼれの女房達まで侍従が新しい勢いのいい主人に従ってゆくのを羨《うらや》ましく溜息をついていますし、そして自分達も明日にもいい口があれば奉公先を変えたいなどと言っているのをきくにつけ末摘花はなんともいえぬ切《せつ》ない気持になりました。

すでに源氏の君は許されて都に帰って来ていらしって、官位御昇進の噂さなども聞こえて来るにつけ、それをよそにきいていなければならぬ身がうらめしい、わが身が不束《ふつつか》で忘れられているとしても……でもそのうちに思い出して下さらないということがあろうか、自分がこの様に困窮《こんきゅう》しているということをお聞きになったら、きっと来て下さる——とそれをわが心一つに思い詰めてじっと辛抱《しんぼう》して待っていらっしゃるのです。

御帰京になった源氏がまず亡き父帝のために大変盛大な御供養《ごくよう》の法要《ほうよう》を営まれ、大勢の貴《とうと》い聖《ひじり》、身分の高い僧などを招かれた中に、末摘花《すえつむはな》の兄の僧都《そうず》もその数に入っていて、その帰りに兄は妹の荒れ果てた邸《やしき》に立ち寄りました。

〈今日源氏の君の催《もよお》された御供養に招かれて参ったが、それはそれは盛大な御法要であった、まるでこの世の極楽かとみえた、あの御美男の源氏の君は御仏の化身《けしん》ではなかろうか、この濁った世の中にどうして生れられたかと思うような方だ〉

などと話されましたが、兄もむっつりやのお坊さん、妹も風変りな無口の女とて、世の常の兄妹のようにあまり世間話すら出ないのでしたが、末摘花は、源氏の君が御仏ならば何という情知らずの御仏であろう、このように不運なわが身を打ちすてておかれるとは——ともう君の訪れる望みもないように歎かれるのでした。

やがて冬になると、京都のことで、底冷えがして、雪や霙《みぞれ》になります。雪といっても山紫水明《さんしすいめい》の都、そういつまでも積っている筈《はず》はないのに、末摘花の邸だけはさながら越中《えっちゅう》の白山の雪の山のように枯れ果てた雑草の上に積った雪はいつ消ゆるともない有様です。

このような生活ですから、今でいう斜陽族も斜陽族、無収入の生活です。それを聞き込んで成り上りの国守《こくしゅ》などが邸を売らぬかと申込んで来たり、父常陸《ひたち》の宮の御在世の頃に、立派にお作らせになった諸調度類を二束三文《にそくさんもん》に買い取ろうと、目当をつけて来るのもあります、その一品ずつでも売って新しい衣裳でもお作りになったらと思う者もあるようですが、末摘花は亡き父の形見《かたみ》とも思われる邸の調度を手放す気にはなりません。ことにいつかは思い出して訪ねて下さるかも知れぬお方のために、その一つも失なわずにそのままに置きたいとそれらは荒廃した寝殿の中に不似合におかれ、その中に末摘花は侘《わび》しい限りの生活をつづけています。

さて源氏の君は、二条院に帰って、随分長く別れていられただけに紫の上への愛に満足され、かつは御多忙なままに夜歩きもなさらず、暫《しばら》くはすっかり落着いていられたのです……。

さりとて源氏の君とてまさか以前かかわりあった女の人をきれいさっぱり忘れてしまわれたというわけではありません、さすがに心の隅には、あの人、このひと、あの時この時などと、いろいろほかの女の面影、思い出も浮びます、しかし特別大切に思っていらっしゃるのでない女の許へはわざわざお訪ねになることもなく、まして末摘花のことは、たまにまだ生きているかしらぐらいはお思い出しになることはあってもお訪ねになる気もなかなか出ないのでした。

ぽつぽつ昔の女の許《もと》も一度ぐらいは訪れて行こうという気になられたのは翌年の春になってからでした。

ある宵《よい》、紫《むらさき》の上《うえ》にも御了解ずみになすって、源氏はあの花散里《はなちるさと》の許をお訪ねになるつもりでお出かけになりました。四月《うづき》とありますから、今の五月ですね。

数日降りつづいた雨がばらばらと落ちて、やがて晴れ上った後の、月の上った艶《なま》めかしいような宵です、昔の恋人を思い出して訪れて行くにふさわしい宵と、源氏はいろいろな思い出に耽《ふけ》りながら車に揺られてゆく途中、それはそれはひどく荒れはてた邸《やしき》か、邸の跡か、狐《きつね》か狸《たぬき》ならともかく人が住んでいるとも思えない荒《あば》ら屋《や》の周囲に木立がおおい覆《かぶさ》って森林のように茂ったところを通りかかりました。まるで山の松のようになってしまった庭樹の松に藤がからんで咲きかかっている、それが月影にゆれて、時々さっと匂《にお》って来るのがほんのりとなつかしい心地です。源氏がふと心をひかれて車から少し顔を出してじっとその荒れはてた庭を御覧になるとなんとなく御自分の記憶の底にふれるものがあるようなのです。庭の立木の姿とか、女の黒髪のように垂れ靡《なび》いている柳《やなぎ》の枝とか、崩れて形もない土塀とか、見つめていらっしゃるうちにそれが亡き常陸《ひたち》の宮の邸——とりもなおさず末《すえ》摘花《つむはな》の棲《すま》っていたところと思い出されたのです。〈ああここだ、あの姫はどうしているだろう〉

と、哀れを催《もよお》されて御車をお止めになりました、いつもこうしたお忍び歩きにはお供に外《はず》れたことのない惟光《これみつ》に〈ここは常陸の宮だったね〉と念を押されますと果してそうなのです。

〈こんな処《ところ》にあの人がまだ住んでいるかどうか――入って聞いてみてくれ、たしかにその人がいるとわかってから名乗らねば恥をかくよ〉

と注意なさいます、源氏としてはこんな邸の中にあの姫が今までずっと棲んでいようとはとても思えないのでしたから。

惟光は庭の中に入ってみましたが、まあそのひどい荒れ方には驚ろいてしまいました、木立の中に埋もれたように朽《く》ちかけた邸があることはあるが、とてもその中に人間が生きて住んでいるとは思えなかったので引き返そうとすると、丁度《ちょうど》月が明るくさして来たのでもう一度見ると格子《こうし》が上げられてそこの御簾《みす》の蔭《かげ》に何か人影らしいものが動いています。

〈おや、やっぱり人間がいるのか〉と惟光は去年の落葉や、刈られもしないままの枯草を押しわけて近づくと、その足音に気づいたのか、なかから年とった女のすがれた声で、〈どなたですか?〉ときくのです、惟光にとってはそれさえ薄気味が悪かったかも知れませんね。

惟光は自分の名を告げて、――かつてこの邸に仕えていた侍従《じじゅう》という若い女房を思いだし、その人がいるかとたずねました。

〈侍従は九州へ行きましたが〉と答える声によるとなんだかその老女の声にも聞き覚えが

あるようです、侍従は九州へ行ったとしてもそれを知っている人がいるのだから或《あるい》は末摘《すえつむ》花《はな》がいるのかも知れないと思って惟光《これみつ》が、

〈それでは昔のままの御方が住んでおいでになるのでしょうか、私の主人が今御門の前を通りかかってお訪ねになりたい御様子ですがどう御返事いたしたら宜《よろ》しいでしょう〉

すると荒れた邸《やしき》の中の女房達の声は元気づいて、

〈昔のままでございます、そうでなくて、どうしてこんな邸に住んでおいでになれましょう、それはそれは辛《つら》い思いをなすっても、あなたの御主人様がお訪ね下さることをお待ちになっていらっしたのでございます〉

惟光の名を聞いた以上、源氏の君が御門の傍《そば》近く御車を寄せていらっしゃることがわかるのです。実に思いもかけぬ夢のような出来ごとでした。

〈それでは早速そう御返事申上げましょう〉と惟光はいそいでまた草木の中をわけて出て行きます。

——お忍び歩きの御車の中に残って、様子やいかにと待ちかねていられた源氏のところに、やっと惟光は帰って来ました。

狐狸《こり》より住まぬかと思う邸に、思いがけなく人間の影が古び黒ずんで垂れ下った御簾《みす》の蔭に動いているのをみて驚ろいたこと、そしてしかじかの問答をした結果、末摘花はいまだに君のあてにならぬお成りを待っていること、乳母《めのと》の娘の侍従は九州とかへ行ってしま

ったが、その侍従の叔母《おば》という老女がいまだ残って仕えていると話したことなど……それから何よりも驚ろいたのは邸内の朽ちはてた有様、とうてい言語に絶する光景であったことを悉《くわ》しく申述べました。

源氏の君は一々聞くごとに……哀れに胸を打たれたのです。

多情である代りに、また多感な性質の源氏は身寄りのない姫をこのような邸に空《むな》しく自分を待たせておいたということが、いかにも残忍な男で自分があったような気がして、今夜こそこの機会にぜひおとずれて、これから出来るだけのことをしてやりたいと思われたのは、まあ当然でしょう——」

「まあよかった、それでこそ男ですわ」

何よりもまず大貝夫人が安堵《あんど》されたように思わず発した声だった。

「——それで、ほんとうは花散里を御訪問の予定に、途中からよけいなプログラムが入って末摘花をお訪ねになることになったのですが——

御車を降りて門へ入られてからも、邸まで通ずる道が草に埋もれてまるでないありさま——何しろ庭の草木には露《つゆ》がいっぱいで、蓬《よもぎ》は、君の衣の裾《すそ》を埋めるばかりです。惟光は自分は馬でお供したので、この鞭《むち》を手に、先に立って丈《たけ》伸びた蓬を左右に打ち払いながら辛うじて御主人の通る道をあけて御案内する始末です。

おまけに、上からは覆《おお》いかぶさるように茂った立木の枝から夜の白露《しらつゆ》が時雨《しぐれ》のようにふりこぼれて、月夜に傘《かさ》をささねばならぬようです。

――さて末摘花《すえつむはな》は年老いた女房の御注進《ごちゆうしん》で思いもかけず源氏がこの月夜に訪ねて来られたことを知りました――思えば長の年月ほんとに人間としても女としてもとてもいたたまらぬような落ぶれた生活、その荒《あば》ら屋《や》の中の煤《すす》けた几帳《きちよう》の蔭《かげ》に一縷《いちる》の望みを抱いて待ちに待った人が、露の蓬生《よもぎう》に衣の裾《すそ》を濡らして自分をおとずれていまや入って来るということは、まったく気も絶えるような思いです。

それにしてもこの古びきったぼろの衣裳ではと、さすがに気になりました。新しい衣裳が一襲《ひとかさ》ね、それはあの筑紫《つくし》へ行こうとすすめに来た時叔母が贈ったものでしたが、叔母のつれない心を思うと、何となく気が進まず今まで着なかったのを仕方なく着換えるやら、しかし煤けた几帳は取り替えもなくそのまま坐《すわ》っているより仕方もありません。

さて――源氏は裾をひどく蓬の露に濡らしながら入って来て、几帳の前に座を占められると早速言われました。いかにも長い間、この姫のことを忘れずにいたかのような態度で、〈ながい間、私の心は少しも変らずあなたを思っていたのですが、京都へ帰ってからも、あなたからは何のたよりもないので、それを怨《うら》んであなたのことを験《ため》すつもりで、私はわざと今まで訪れもせず冷淡にしていたのです〉などと……」

「まあ嘘《うそ》つきね、それじゃ嘘つき源氏だわ、末摘花のことなどとっくに忘れて、その夜も花散里《はなちるさと》へ行こうとしていたくせに」

鮎子はいかにも義憤《ぎふん》を感じたように叫んだ。

「でもね鮎子さん、それを言うだけでも心遣いがあるというものですよ、優しく女をいたわる男ごころですよ、いまに鮎子さんももっと年齢《とし》とるとおわかりになりますよ、ねえ」

日頃、源氏の放埒《ほうらつ》を攻撃する大貝夫人がこの時だけは、源氏の嘘つきを〈女をいたわる優しい心遣い〉という名目で弁護したのはおかしい。

楓刀自《かえでとじ》はその問答に微笑しながら、さらに講義をつづけられる。

「源氏は今大貝夫人がおっしゃったように末摘花を慰めるためには、嘘でもなんでもつかずにはいられなかったのでしょうね……〈今夜、この前を通って見覚えのある木立を見たら、とてもそのまま通り過ぎることは出来ないで、私の方から折れてこうして伺《うかが》ったのです〉と、言われて、その古びたうっかり引張ると裂けそうな几帳の垂衣《たれぎぬ》をあげると、その中に、末摘花は、すっかり固くなって例のようにただ恥しそうに坐っていて、これまた例のごとく才気がないので、すぐ男の心に応ずるような言葉もない人でした。

けれどもこのような蓬生の宿に源氏が訪ねて来られたことはさすがにうれしく、やっと力づいて来たには違いありません。源氏はさらに優しい言葉をかけました。

〈失礼ながらこんな蓬の原の邸でただ一筋に私の来るのを待っていて下すったことは男として冥利《みょうり》につきます、今まであなたをこんな淋しいところに打ち捨てておいたのも私の冷たい仕打ちというよりは私の境遇や事情が悪かったからだと思って許して下さい。これか

ら私はあなたに真心をもって男としての責任を果し、何なりとして差上げたいと思います〉

源氏の君も多少誇張して、淋しい哀れな女の心を慰め、奮《ふる》い起させるためにさまざま言われました。しかしいかに女を慰めたくても、源氏の君の今の御身分柄、こんな荒れはてた邸にそのままその女と一緒に夜を過してお帰りになるわけにはゆかないのです、もっともらしい口実を作って、その夜はそこを去られるのでしたが、しかし姫の心はどんなに力づけられ、暖められたか申すまでもありますまい。

源氏は帰られるその庭先をいまさらに見返られると、この姫をたずねることのなかった月日、自分の境遇の変化などをしみじみと思わせるように庭の木も丈《たけ》のびて茂っています。

〈その内、いずれゆっくりと私が都落ちをしていた放浪時代の悲しい漂泊《ひょうはく》のお話をしてあげましょう。あなたも侘《わび》しい生活だったでしょうが、それも私には聞かせて下さい、何ごとをも私を信頼して〉

と源氏は更《さら》に言葉をおかけになると、末摘花《すえつむはな》もやっとの思いで歌を一首、自分の心の丈をこめて返事に代えられて、小さい声で誦《ず》しました。

年をへてまつしるしなきわが宿を
　　花のたよりに過ぎぬばかりか

ながい間待つ甲斐《かい》もなかった私の家に偶然のお出《い》ではうれしいものの、それも藤の花にひかれた一時のお心でしょうか——という意味です、その藤の花は山藤のように庭の老松にからみついて今も月の光を受けているのです、源氏の君はこの松に懸《かか》った藤の花を見てこの荒れ果てた邸の女あるじを思い出されたのでしょうから。

また源氏が今訪れた邸をふり返って御覧になれば、昔あった筈《はず》の廊下も朽《く》ちて失せ、庇《ひさし》の板はすっかり無くなってしまって、月の光はあらわに寝殿の中を照らす光景です。

こうなっても親のいたままの邸に居残って待っていられた姫の心に感じて、源氏はこの風変りな女性を愛人の一人として何とか生活を見てあげようと考えられ、さぞかし心の中で自分を怨んでいたこともあったろうとひとしお哀れを催されるのでした。

源氏はそれから花散里のところへ予定通り行かれましたが、この女性も、あざやかにあたりを払うというほどの華やかな美しさを持つ人ではないので、幸《さいわ》いいま会ってきた末摘花もひどく見劣りがすると興《きょう》ざめにならずにすんだのは、末摘花にとって仕合せなことでした。

——それから以後、源氏はお約束なすった通りに末摘花の生活をみてお上げになることになり、再び世にときめく源氏の君の許へは何かにつけさまざまの機会に献上物も数知れずあってそれをあちこちにお遣《つかわ》しになりますが、ことに末摘花の許へは源氏はお心を配って何かと役立つものを多く加えさせました、また下部《しもべ》をやって邸内の手入れをさせたり、庭園の蓬《よもぎ》を刈らせ、跡かたもなく崩れた土塀《どべい》の代りにとりあえず——原文には〈板垣《いたがき》〉とありますが、つまり今でいう板塀です、それで応急手当に庭を囲わせて、牛飼《うしかい》が牛を引込んだりしないようにされました。しかし源氏がそんなところへあまりお通いになることは世間の噂《うわ》さもいかがと思われるので、御自身の代りに手紙にいろいろ優しいことを書いておやりになります。

丁度《ちょうど》、その頃御自分の二条院に近い邸宅を改築中だったのでいずれはそこへ末摘花《すえつむはな》を移そうとお考えになり、その由《よし》を文で伝えられ、今から手許に使うよい女《め》の童《わらわ》を——少女の侍女など選んでお置きなさいなどこまごま御注意なさいます。そしてあの姫の許を去らずに忠実に残っていた老いた女房達のお仕着《しき》せまで源氏は気をつけておやりになるので、まったくここに邸は、一陽来復《いちようらいふく》、今まで我慢して——実はどこにも行きどころもなく居残っていた古女房達の喜びといったらありません。

〈これもみな光源氏様のお蔭《かげ》〉と二条院の方を伏《ふ》し拝《おが》まぬばかりです、そうなると、以前末摘花の暮しに愛想《あいそ》をつかして勤先《つとめさき》を替えて立ち去った昔の召使達までが、源氏の君が末摘花のパトロンにまたおなりになったときいて、現金なもので、また御奉公したいと言って来たりします、そうなると蓬生の宿も、昔と見違えたようになり、すっかり庭の草木も整い、埋もれていた泉水にも清らかな水が注《そそ》がれ、元の常陸《ひたち》の宮のいられた時のような清らかな美しい住居に変ってきました。

そうまで源氏の君が末摘花に力を入れているとなると、姫の邸の執事《しつじ》の役をすすんでする家臣も出来て生活はようやく貴族らしく整ってきました。

末摘花はそうしてその邸にそれから二年ほどいられてから源氏の新しく造営された邸に移って行かれましたが——といって、紫の上とは御待遇は全然違うので、御夫婦のような御生活はなかったのですが、二条院にすぐ近いだけ、よく出入りのついでには立ち寄られて、けっして末摘花をないがしろに捨てておかれるようなことはありませんでした。

源氏の君のおわす限り、こうして末摘花の生活は安定したわけです。こうして春再び巡り来《きた》った末摘花の現在を——九州へ行かれた叔母《おば》がもし知ったらどんなに驚ろかれたでしよう、またその叔母に仕えて立ち去ってしまった侍従《じじゆう》は、姫のためにその幸運を喜ぶと同時に、今まで辛抱しながらとうとうあの時姫君を残して九州へ去った自分の心の浅さをどんなにか恥じ入ることでしょう……。などということを紫式部はもう少しこの巻で語りつづけたいが、生憎《あいにく》、頭が痛くなってもの憂《う》いから、またついでの折に思い出して書いておきかせしましょう——とこの巻の筆を擱《お》いています……。紫式部はこの物語でよくそうして読者を相手に意識して作者自身がこういう親しい言い方をしています、これも一種の小説の技法でしょうね」

作者の紫式部が頭が痛くなったといって、その後を悉《くわ》しく書かなくても末摘花のこれからの仕《し》合《あわ》せはまず目当がついて生徒たちはほっとした。

「源氏の君もただ女にその場限りの殺し文句をいうだけでなく、ちゃんと実行なさるからおえらいですね」

大貝夫人は今日はばかに源氏の君の肩を持つ。

「殺し文句ってなあに？　そのお講義して頂戴《ちょうだい》」

鮎子が眼を円《まる》くしたのでみな大笑いだった。

関《せき》屋《や》

花は咲いたと思うと――咲くまでは何となく一二輪ずつ、それから一度にある朝、ぱっと咲いた。

そしてもうこの二三日鎌倉山の住宅地の両側の桜はすでに落花の風情《ふぜい》をみせているのだった。

軽い花片《はなびら》は仄《ほの》かな風にも蝶《ちょう》のように舞いやすい、高倉一家の棲居《すまい》の庭にも、どこからか風にのっては落花が散ってくる――縁板《えんいた》の上にも、小函《こばこ》からこぼれた桜貝のように一ひら二ひら……。

日は長く、たそがれもまた長かった。

夕餉《ゆうげ》を終りそのあとの一ときの源氏の講義、それを聞く女生徒一同出揃う。

女生徒といっても内輪の三人姉妹と、外から来るのは今は大貝夫人だけである。

その大貝夫人が重い籠《かご》を抱えるようにしていち早く現われた。

「お夕食前だとよかったのですが、うちへも今着いたばかり、まあ明日召上《めしあが》れ、京都からの筍《たけのこ》なんでございますよ」

肥《ふと》った身体《からだ》に、息せき切るようにして抱え込んだのはその竹籠だったのである。

出迎えた鮎子がそれを受取りながら、

「まあ、うちのお祖母様《ばあ》の大好物、春は〈筍さえあれば何もいらんよ〉秋は〈松茸《まったけ》があれば何もいらんよ〉なんですのよ、お祖母様、入歯をカチカチ鳴らしながら召上って〈やっぱり京都のはおいしいよ〉っておっしゃるわ、きっと」

鮎子はなかなか辛辣《しんらつ》な孫である。

「まあ、それは何よりでした、ではお祖母様にたくさん差上げて下さいよ、鮎子さん」

「私だって戴《いただ》いていいのでしょう小母《おば》様、私筍御飯《ごはん》大好き――」

鮎子は筍御飯は好きではあったが、実は内心筍や松茸に何のカロリーがあろうかと疑っている、しかし筍御飯を炊《た》く時に鶏《とり》の笹身《ささみ》を少し刻《きざ》んで入れて貰《もら》おう、藤子姉様にそうねだろうとくるくるとよく働く頭にすでにそう計画している。

大貝夫人が座敷へ通ると、「只今《ただいま》は私の好物を有難《ありがと》う存じます」と、源氏物語の老先生が丁寧《ていねい》な御挨拶である。

「ほんの月謝のおしるしでございます。ずるいこと、到来物《とうらいもの》で間に合わせて――」

大貝夫人はふっくらした膝《ひざ》を揺って「ホッホッ」と笑う。

関屋

「それでは早速お講義に取りかかりましょう。蓬生《よもぎう》が先日終って、今日は関屋《せきや》の巻でございますが、この巻は源氏五十四帖《ちょう》の中でもたいそう短い巻で、今で申せばごく短い短篇小説……けれどもなかなかに哀れ深い巻でございます。その内容は源氏が須磨《すま》からお帰りになっての後、源氏二十九歳の秋、はからずも逢坂《おうさか》の関《せき》で空蟬《うつせみ》と巡り会う機会になり、この人妻とのはかない昔を忘れかねてまた恋心を燃やされるというところなのです。先日の蓬《よもぎ》生《う》の末摘花《すえつむはな》の後日物語であったと同じように、これはまた幾《いく》とせかを隔てて空蟬と源氏の後日物語とでも申しましょうか。もっとも空蟬は尼姿《あますがた》となってから、更《さら》に後に玉鬘《たまかずら》、初音《はつね》などの巻々にも時折《ときおり》あらわれますが……」

生徒たちはしんとして、あの空蟬――、軒端《のきば》の荻《おぎ》という美しい継娘をもっていて、母娘で碁《ご》を打っている姿を源氏が垣間《かいま》見たりした前の方の巻の中の、つつましい、優しい人妻の姿を思い浮べようとしている。

「さて伊予介《いよのすけ》といった空蟬の旦那《だんな》様は、桐壺帝崩御《きりつぼていほうぎょ》の翌年、常陸介《ひたちのすけ》となって任地へ赴任いたしました。今の地方長官、知事さんくらいの役ですね。その時勿論《もちろん》奥さんの空蟬夫人も同伴、夫妻で常陸の国へ行かれたのです。京都からは遥かに遠い東国の常陸、空蟬はさぞかし都恋しく、朝夕の筑波《つくば》下《お》ろしをききながら都にありし日のことども思い出されていたことでしょう、とりわけ源氏とのはかない恋の思い出は、空蟬にとって、見果てぬ夢のようにも思われたことでありましょう。いつしか都から伝わってくる噂《うわ》さの中に、あの時めいた源氏の君が、さまざまの事情で宮中の勢力を失なわれ、やがて須磨へ落ちて行かれたということもきかれて、さぞや胸を打たれたことと思いますが、お見舞の言葉をお伝えする便宜《べんぎ》さえなくて、そのままに消息の絶えた幾年かを、空蟬は地方住まいの侘《わび》しさの中に過したのです。

いつを限りともわからなかった源氏の須磨明石《あかし》の御謫居《ごたくきょ》もようやく終って都へお帰りになった翌年の秋、常陸介も任期終って京へ帰ることになりました。その一行が逢坂の関を越えようとする日が偶然にも再び殿上《てんじょう》に返り咲いた源氏の君が、石山寺《いしやまでら》に願《がん》ほどきに参詣《さんけい》なさる日だったのです」

一座に声あり、容子らしかった。

「あら、よく、源氏のお詣《まい》りの日に、女の人が逢うことになるのですね、住吉詣《すみよしもう》での時には丁度《ちょうど》、明石の上が源氏の御参詣の行列に打突《ぶつ》かったでしょう、紫式部も、そうした偶然を使うんですね」

病気静養中で、もっともお講義のノートを忠実に控《ひか》えている、勉強熱心な容子は、そんな批評までするようになっていた。

「そこがつまり小説のフィクション（虚構）でしょう」

鮎子のおしゃまがついロを出す。

「昔の歌舞伎《かぶき》の筋《すじ》にもそんなことよくあるじゃございませんか」

これは大貝夫人——

「その頃は、神詣《かみもう》でが貴族達のおもな行事だったのですから、自然そうなるのでしょう」

刀自《とじ》は紫式部の手法の重複を弁護する。

「ところで京都からは父と継母を迎えに、あの紀伊守《きのかみ》といった息子や何かが途中まで出迎えに来て、その人々の口から、源氏の君が今日石山詣でをなさるときいて、常陸介《ひたちのすけ》は、途中で出会っては混雑するから、此方《こちら》は早く逢坂山《おうさかやま》を越えておこうと、前夜の泊りの近江《おうみ》の宿を、夜明けに立ち出でて急いだのですが、女車《おんなぐるま》が多くてなかなか捗《はかど》りません、打出《うちいで》の浜――というのは大津《おおつ》の近くの琵琶湖《びわこ》沿岸の土地ですが、その辺まで行った時には源氏の御一行がもうすぐやっていらっしゃるというので、前駆《ぜんく》の人々が、どんどん駆けて来ます、常陸介の一行も、先の車は先へ急がせ、一部分は後へ残しなどしたのですがなかなかの大人数なので、とても道をよけ切れるものでないので、とうとうその逢坂山の関の付近で、男は皆馬から下り、女車は道端のあちこちの木の下などに引き込ませて、源氏の御一行のお通りを道をあけて待つことにいたしました。

松の木の間の車は十台ばかりもあったでしょうか、美しい女の衣裳なども洩《も》れてそれは田舎《いなか》びたところのないいかにも富裕な派手な地方長官の一行とみえました。そこへやがてさしかかって来た御一行――再び源氏の君のときめく時世となってお供を願う人々も多く、きらびやかなものでしたが、その人達もみな、道端に自分たちを避けている美しいたくさんの女車に眼をみはって通りすぎました。原文で〈九月晦日《ながつきつごもり》〉とありますが、旧暦ですから、今なら十月の末、丁度《ちょうど》そのあたり琵琶湖をめぐる山々の紅葉《もみじ》が色濃くなり、道端の秋草も黄ばんだ景色の中に、さっと関の口から、また一度に出て来た源氏の一行の殿上人《てんじょうびと》らの華やかな旅姿は一つの絵のような美しさをみせました。源氏の御車は御簾《みす》が下されていましたが、昔、小君《こぎみ》といって、源氏も愛してお傍《そば》にお使いになった空蟬《うつせみ》の弟が、今は右衛《う》門佐《もんのすけ》となって常陸介の一行の中にいるのをお召しになり、……源氏の方でもすでに今日常陸介が空蟬を伴って帰洛《きらく》する途中であることを御承知になっていたわけです。〈今日ここまで君の姉さんを迎えに出た私の志《こころざし》をおろそかにはお思いになるまいね〉などと、ぬけぬけ言われるのでした、ほんとうはそれとは関係のない偶然で石山詣での日に空蟬の一行と打突《ぶつ》かったのですけれども……そこがその源氏一流の……」

と楓刀自《かえでとじ》はほおえまれた。

「まあフェミニストを通り越して、嘘つきね」

鮎子は手きびしい。

「いわばお上品な色魔のやり口ですわね」

大貝夫人がいささか卑俗《ひぞく》な言葉で見解を披瀝《ひれき》する。

「しかしまあともかく、源氏はやはり空蟬を忘れ得ず、一眼でも会って語りたかったのでしょうが、そういうたくさんのお供揃いの中ではどうすることも出来ません、空蟬とてまた同じ思い、返らぬ昔の日を追懐《ついかい》して、

行くと来《く》とせきとめがたき涙をや
絶えぬ清水と人は見るらむ

と一人口ずさみました。その意味は常陸《ひたち》への行きにも帰りにも、せきとめ難《がた》く流れるばかりの私の涙を、心を知らぬ人は、滾々《こんこん》と流れる関の清水と見誤《みあやま》るであろうというのですね。

さて源氏の君は幾日かを石山寺に参籠《さんろう》をなすって、お帰りになる日には、あの右衛門佐《うえもんのすけ》がお迎えにまいりました、あの時、源氏の君に従って石山寺に詣《まい》らずに義兄夫婦と京都へ帰ったことをお詫《わ》びいたしました。

この人は少年の時から源氏の侍童《じどう》のように可愛《かわい》がられて、そのお蔭《かげ》で官に就くことも出来たのですが、源氏が失意となって宮中を逐《お》われた時、源氏の反対者を憚《はばか》って須磨《すま》へはお供をせず、義兄のいる常陸へ下ってしまったことを、源氏も少しは快く思っていらっしゃらないのですが、別にそういうことはおっしゃいません。それで少年の時ほどの御寵愛《ごちょうあい》はないとしても、やはり今でもこの右衛門佐は源氏の恩顧《おんこ》の者としてその数の中に入れていらっしゃいます。

常陸介《ひたちのすけ》の長子の紀伊守《きのかみ》が今やっと河内守《かわちのかみ》で、その弟で須磨まで源氏について行った者の方は今は特別に取立てて戴《いただ》いているのを見るにつけ、河内守も右衛門佐も、あの時、どうしてどこまでも源氏について離れないでいなかったのだろうと目前のことに迷った自分を後悔しています。その右衛門佐に源氏は姉の空蟬《うつせみ》への文《ふみ》をおことづけになりました。

ほんとうに浮気な男なら、もうとっくの昔に忘れてもよさそうな、いわば過去の女の姉のことを、いまだに恋しく思われる源氏の執着《しゅうちゃく》に弟の右衛門佐も驚いたほどでした。

そのお文には、〈先日偶然にお眼にかかったことはやはり尽きぬ縁《えに》しと頼もしく思いましたが、あなたはそうはお思いになりませんか、

わくらばに行きあふ道を頼みしも
なほかひなしや汐ならぬ海

関守《せきもり》をどんなに羨《うらや》ましく思いましたことか〉とありました。歌の意味はたまさかに行き逢ったのを頼もしく思ったものの、お眼にもかかれず何の甲斐《かい》もなかったのが口惜《くちお》しい、という意味で、関守とは空蟬を後生大事に守っている常陸介を戯《たわむ》れてそう呼んだのです、そして〈あまり打絶えていてきまりの悪い気もするが、心の中ではいつも思っていて、忘れないのだから、――しかしこんな事をしていっそう嫌われるだろうか〉とおっしゃりながら、お渡しになった文を畏《かしこま》って姉の許《もと》へ持って行き、右衛門佐は、

〈やはり御返事は差上げて下さい、昔と比べては、私のこともお疎《うと》みになっていらっしゃるだろうと思うのに、そうでなく、同じように御親切にして下さるのが、いっそう有難《ありがた》く思われます、この姉上への文使いなどいらざる事と思いながら、どうもお断り出来ないのです、男の私ですらそうですから、まして女の姉上が気弱く負けて御返事をなすったとて誰も無理とは思いますまい〉

などと源氏の加勢《かせい》をするのです。

空蟬《うつせみ》は、今更《いまさら》改まって文のやりとりなど、いよいよ極《きま》りが悪く、たゆたうのですが、あまりに久しぶりのなつかしいお文なので堪《た》えかねたように御返事を上げました。

あふさかの関やいかなる関なれば
　しげきなげきの中をわくらむ

ただ夢のような気がいたします——と。

その意味は、逢坂の関とはどうした関なのでしょう、あのように茂った杉並木の中をわけて行くとは、君と私との間のときたま会っても障《さわ》り多くてままならぬ歎《なげ》きのように——これは、歎きの〈き〉を樹木の〈木〉にかけて言って、嫋々《じょうじょう》とした余韻《よいん》のある文でした。

この空蟬の優しい心根の底にある強い理性も、源氏にはかえって魅力であり、いつも忘れ難い女性として心に残っているのです。そして源氏はそれからも、なお折々、空蟬の心と結びつきたいと文をお遣《つかわ》しになりました。

そうこうするうちに、空蟬の良人《おっと》常陸介《ひたちのすけ》は老年の衰えで病気がちになりました。自分でも余生の頼み難いことを思って息子達にくどいほど空蟬のことを頼んでいられます。

〈父に万一の事のあった後は、何もかも母の空蟬の意志を通してやってくれ、父が生きていたと同じように母に仕えてくれねばいかん〉

と繰り返して言われるのでした。

空蟬はこの年老いた良人にまで取り残され、継子に囲まれたままいかになり行く身の上かとわが身の薄倖《はっこう》を思い歎いて居ります。その年の違う美しい妻の心細げな様子を病床から見るにつけ、常陸介もその妻のために生きていてやりたいと思うのですが、人の命ばかりは自分でどうすることも出来ません。

どうかしてせめてこの妻のために死後の自分の魂を残しておきたい、自分の息子達だとて信じ切れないのであるからと言いもし、思いもして悲しんだのですが、やはり命数つきて常陸介は死んでしまいました。

父の死後、当分の間こそ、継子の息子達も、さすがに父があんなに言っていたものであるからと、義母にも優しくしてくれるようでしたが、表面はともかく、裏にはやはり生さ《な》ぬ仲の辛《つら》い堪え難いことも多かったのです。

昔から父の若い後妻に思いをよせていた河内守《かわちのかみ》だけは、

〈くれぐれも父の遺言がありましたので、つまらない私ですが、私を頼って何でもおっしゃって下さい〉

などとお為《ため》ごかしに親切らしくは言うのですが、その下には生《な》さぬ仲の息子の道ならぬ野心《やしん》がちらちらと仄見《ほの》えるものですから、空蟬《うつせみ》はなおさらに悲しくうとましく、自分は不運に生れついた身で、こんな処《ところ》に生き残ってしまってと、しみじみと悲しむのでした……」

「生さぬ仲の美しい義母を恋すなんて、河内守まで光源氏気取りね」

これは容子だった。それで、みんなも、ああ、そうだと思うのだった。しかし光源氏が少年の時からわが亡き母に面影《おもかげ》の似たという藤壺《ふじつぼ》を恋したのと違って、河内守が父の後添《のちぞ》いの若い継母《ままはは》に思いを寄せているというのは、なんとなくいやらしい気がするから不思議だ。

「空蟬はそうした立場からでもあったでしょうが、深い厭世《えんせい》気分になって、その当時誰でもが世を遁《のが》れる方法とした仏道に入って尼《あま》になってしまいました。傍《そば》に仕《つか》えていた者たちにもなにも相談せずにそうしてしまわれたのです。息子達も、さすがに若い義母のためにそれを惜《お》しみましたが、美しい若い義母に恋心を寄せていた河内守はことにがっかりもし、いまいましがりもして、〈私を嫌《きら》っての御出家でしょうが、まだこれから老先《おいさき》も長いのに、どうして生活なさるつもりだ、面白くもない、賢女《けんじょ》ぶりだ〉などと、憎まれ口さえ、きくのでした……。

こうして空蟬が尼になったところで、この関屋の巻は終っています。思えば、琵琶湖《びわこ》の近くの紅葉《もみじ》の山に彩《いろど》られた旅路を、あまたのお供を連れて、常陸介《ひたちのすけ》の夫人として通行の道すがら、これも華やかな源氏の君の御一行に巡り会った、あの逢坂《おうさか》の関《せき》の関屋のほとりの出会いこそ、はかない空蟬の生涯の彩りだったでしょう。もうそれからは、淋しい尼姿の生涯となりました……」

——これで関屋の巻は終ったのである。一座は誰も何も言わなかった。つつましい人妻、そして未亡人となってから尼になる空蟬、みなそれぞれ、この女性に同情を催《もよお》しているらしい。

「空蟬は、氏素性《うじすじょう》もよく大切に育てられたのに、常陸介のような年取った、そして別段ぱっとしない良人《おっと》を持って、その間の源氏との仄かな恋も萎《しぼ》んだままに、その夫婦生活は物足りなく淋しかったでしょうけれど、良人の常陸介が亡くなる前に、残してゆく空蟬のことをいろいろと切なく心配してくれたその男の誠心がわかって、きっと尼になって良人の菩提《ぼだい》を弔《とむら》うつもりなのでしょうね」

これは大貝夫人が、空蟬《うつせみ》の心情に対する解釈であった。誰も大して異議はないようであった。

「きっとあれね、紫式部は、空蟬のような女の心の中に、自分の道義観や恋愛観を入れていたんじゃないでしょうか、もしかしたら、紫式部にも、そんな心境の経験があるのじゃないかしら」

これは容子の観察だった。

「それは、どんな小説だって、作家の心をどこかに隠して、そっと表わしているかも知れないんですものね」

藤子がしっとりとした口調で、珍らしく言葉を挟《はさ》んだ。

——春の黄昏《たそがれ》はまだうすら明りの中に駘蕩《たいとう》として……落花が、また庭の面に散ってくる気配《けはい》だった。

その翌日の日曜日の昼前だった。

藤子が厨《くりや》で、昨夕大貝夫人からの贈物の筍《たけのこ》の皮をむき、茹《ゆ》でていると、鮎子がその匂《にお》いを嗅《か》いだように出て来て、

「お姉様、筍御飯でしょう、忘れずに鶏《とり》を刻《きざ》んで入れてね、スープで炊くとおいしいんですって、——筍だけじゃ、竹を食べているようで、カロリーもないでしょう」

などと、自分の料理論を振りまわして、そばにくっついている。

「お祖母《ばあ》様は鰹節《かつおぶし》と昆布《こんぶ》のおだしのがお好きなんですもの」

藤子は、お祖母様の好物は、お祖母様の流儀でという口調で、鮎子をちょっと不平がらせた。

「でもね、お義兄《にい》様は鶏が入ったのお好きだったわ、お姉様はこういう初物《はつもの》の時はお義兄様のお写真の前に蔭膳《かげぜん》をお上げになるんでしょう、だからお義兄様の蔭膳と鮎子の分だけ、鶏が入っているといいな、筍と鶏の甘煮《あまに》ってお料理も本に出ていたわ」

などと、わけのわからない事を言ってしきりと甘ったれている。

——その時だった、鎌倉山の花吹雪《ふぶき》を浴びて、高倉家の落花の門をくぐって来る、古びた合着《あいぎ》の背広《せびろ》姿の、やつれてはいるが上品な青年がいた。

それこそ、今蔭膳を据《す》えられようとしている藤子の良人《おっと》の彰《あきら》なのだ。

ジャバのバタビヤの銀行事務に戦争中勤務していた彰が、終戦後も止められて、その後オランダ側の銀行の事務に徴用されてずっと彼地《かのち》にいたのが、不意に便船を得て帰って来ることが出来たのだ。

そして今こそ妻に、その祖母に、その妹たちに会おうとする。

彼が内地《ないち》を踏んでから、打った電報はなぜかまだ遅延《ちえん》して鎌倉山の家に届かぬうちに
……。

落花の道を踏んで、今、良人が入って来るとも知らず、その妻の藤子は、妹と、筍の肌の白いのが茹《ゆ》でられている鍋《なべ》の前に立っていた。

絵《え》合《あわせ》

藤子《ふじこ》の良人《おっと》彰《あきら》が帰ってきたために、高倉《たかくら》家には一大異変が生《しょう》じた。

――もっともそれは、願ってもない、よき意味の一大異変ではあった。

源氏のお講義もそのために休講となって間が抜けてしまった。

楓刀自《かえでとじ》も老いの眼に涙を浮べて、愛する孫娘の婿《むこ》のようやく帰還《きかん》した姿を喜び迎え、何やかやと手につかぬままに、お講義もお流れとなったのもやむを得ぬかもしれぬ。

その間に、さらぬだに散り際の慌《あわただ》しい花は、すっかり散り終っていった。彰を迎えた高倉家の風雅な古びた門のあたり、しばらく落花は、花片《はなびら》の漣《さざなみ》を寄せていたが……。

その宵《よい》、久しぶりで、また再び、源氏の講義が開かれた。彰の突然の帰宅後のざわめきも、一まず落着いたからである。

いそいそと出掛けて来た大貝夫人が――玄関に出迎えた藤子を見るなり、笑い声を含んで、

「もう、あなたは私の秘書は免職《めんしょく》ですね、旦那《だんな》様がお帰りになっては、いそいそして、とても落着いて、私の仕事の手伝いなんかして戴《いただ》けそうもないし、今日は免職を言い渡します、おめでたい免職だからいいでしょう」

と、その肩を、下世話《げせわ》にぽんと叩《たた》いた。

「まあ奥様――でも、仕方ございませんわ……」

藤子はぱっと赧《あか》くなったが、また真顔で、

「彰が、やっとまた東京の銀行へ勤めることになりましたからよろしかったようなものの、もしまだ浪人《ろうにん》するんでしたら、私無理にもお願いしなければなりませんでしたわ……」

彰は、帰ってから再び銀行員として働く道が開かれたのである。そんな事のためにも、全く高倉家は何かといそがしいことだった。

「おや、それは重ね重ねおめでとうございます。ではあなたは、奥様業にお戻りになればいいのですけれど、私は秘書がなくなっては困ります。容子《ようこ》さんの御健康がよくさえあれば、ぜひお願いしたいところですけれど、今の御様子では、まだ一寸《ちょっと》御無理でしょうから、なんなら鮎子《あゆこ》さんはいかがでしょうね、横浜のお勤めの方はおやめになれないんでしょうか、そっちの方が魅力がおありでしょうかねえ……」

大貝夫人は、高倉家の姉妹に心からの好意を抱いていて、藤子がやめれば、その後釜《あとがま》はやはりその妹たちからとひそかに考えていたらしい。

「はあ、有難《ありがと》うございます。それは、彰が帰りましてから、鮎子をもう横浜などへ通わせたくない、万一の事があったら困るなどと、早速、義兄《にい》さんぶって心配して居りましたが」

彰は帰るなり、自分の責任として、妻の妹たちのことも心配してくれるよい義兄さんだった。

「お姉様《ねえ》、まあだ？　いらっしゃいな、もうそろそろ始まります」

今、噂《うわさ》されている鮎子の声が、勇《いさ》ましく響いた。

二人はそれであわてて、源氏の教室たる奥の座敷に行くと、なるほどもうそこには楓刀《かえでと》自《じ》も出ていられて、容子、鮎子のほかに、なんと彰まで――さぞ久しぶりで着た和服であろう、大島《おおしま》の袷《あわせ》を着て、義妹たちと神妙《しんみょう》に座についていた。

「やあ、先日は御丁寧《ごていねい》に――」

大貝夫人の入って来るのに、彰は、お祝いのお礼を挨拶した。

藤子は良人《おっと》を見るなりちょっと驚いたという表情をして、ほおえみながら、

「まああなたも……お祖母《ばあ》様のお講義お聞きになりますの、感心なこと、三日坊主《ぼうず》じゃありませんの」

「土曜日の夜なら、どうやら出られそうだからね、ともかく留守中、みんな意気消沈《いきしょうちん》しないで、明るい気持でいられたのは、どうもこの源氏のお講義が原因らしいぜ、容子ちゃんたちの説明に従えば……」

そういう彰の言葉を引取って、楓刀自がうれしそうに、

「光源氏が、須磨明石《すまあかし》から、久しぶりで京都へお帰りになったというほどのこともございますまいが――まあ、うちのお婿《むこ》さんもどうやら無事で須磨ならぬジャバから帰ってまい

りました。この上慾《よく》ばればきりがないのですが、この孫たちの両親も、無事で生きてさえいてくれれば、いつかは帰ってくれるような気もして来て、私もどんなにしてもそれまで、生き延びていたいと思います」

楓刀自の切なる祈願は、まったくそうだったろう。

「お祖母様、長く生きてらしって頂戴《ちょうだい》よ、それでなくちゃ、まだ源氏は五十四帖《ちょう》でしょう、たいへんだわ」

と鮎子が言った。

「まあひどいわ、それじゃまるで、源氏物語のお講義が終れば、お祖母様はどうなってもいいようじゃなくて」

容子が妹に一本参《まい》らせた。すると鮎子は、丁度《ちょうど》義兄《あに》の隣りにいたので、すぐ彰に甘ったれた声を出して、

「ねえお義兄《にい》様、いつでも容子姉さんは、私にああいう意地悪を言うのよ」

「いや、五十四帖のお講義を仕終せる御健康があれば、百までもお生きになれるよ、鮎子はお祖母様の御健康を祈った意味だろう、僕もジャバにいた時はどんな事をしても無事に帰ってと思っていたから、どんな悪い環境にも闘《たたか》って行けたね」

彰がそう言った時、一同はさすがにしんみりとした。

「ほんとうに左様《さよう》でございましたろうね」

と、すぐ大貝夫人は、全身的に感応の反応を示す。

「ねえ大貝の小母《おば》様、お義兄様はお帰りになった時、中学生時代と同じ体重だったんですって、あっちでの食べものがそれは少かったんですって。それが、家へ帰って藤子姉様のまごころのお料理で、少し肉がついていらしったとこなのよ」

鮎子が、また何か、義兄と姉とを冷《ひや》かし半分なことを言いかけると、彰は、義兄らしい威厳《いげん》を一寸《ちよつと》示して、

「どうも君たちは、源氏物語の講義の教室で、冗談ばかり言っていて不謹慎《ふきんしん》だねえ」

義兄に甘ったれの鮎子も、ここで叱《しか》られて首をすくめた。

——頃を見はからって、楓刀自《かえでとじ》のお講義に入るいいしおだった。

絵合

「——さて、今日は絵合《えあわせ》の巻に入ります。この巻は源氏三十歳の春のことです……皆様も御承知の六条《ろくじよう》の御息所《みやすどころ》を母として生れた美しい姫は、かつて、伊勢《いせ》の斎宮《さいぐう》として母と共に下向《げこう》され、そして朱雀帝《すざくてい》の御退位と共に、その役目を終って京に帰られました。

今度御位にお即《つ》きになった幼帝《ようてい》は、すでに入道《にゆうどう》された藤壺《ふじつぼ》の宮と源氏との間の御子《みこ》で、藤壺の宮はそのいとけない幼帝の女御《にようご》として、この前斎宮《ぜんさいぐう》の入内《じゆだい》を熱心にお望みになりま

した。ところがこの美しい前斎宮には、かつて斎宮として伊勢に下向のお暇乞《いとまご》いの儀式の折にお眼にかかった朱雀帝が、その清浄な少女の臈《ろう》たき姿に、忘《わす》れ難《がた》い恋ごころを抱いて居られます。

その朱雀帝は退位され、今はお気楽な朱雀院の上皇《じょうこう》として、お帰りになったこの前斎宮を女御にと望んでいらっしゃるのですが、亡くなられた六条御息所から姫の身の後見《うしろみ》を頼まれた源氏は、それを知らぬ顔に、藤壺の女院の御心のようにこの前斎宮を幼帝の女御として入内させることになりました。

といって、この姫に思いをかけていらっしゃる朱雀院に対する御遠慮もあり、さすがに表向き御自分の二条院にお引取りして親代りにお世話なさることも出来ず、心苦しい立場でした。

また朱雀院の方とても、この姫が幼帝に入内されるとお聞きになって、いかにも残念にお思いになりながらも、さりとて世間の聞こえもあり、今更《いまさら》お文《ふみ》などを、お遣《つかわ》しになることも出来ず、そのままになっていましたが、いよいよ入内の当日になると、実に御立派な言いようもないような御装束《おんよそおい》、御櫛《みくし》の筥《はこ》、香壺《こうご》の筥など、特別に御註文なされたものが、いろいろの薫物《たきもの》をこめて、百歩の外まで匂《にお》うように念入りにしつらわれて、お祝品として前斎宮の許《もと》に送り届けられました。

朱雀院はきっと、この御自分の贈物を源氏が御覧《ごらん》になるだろうとお思いになったのでしょう、特別に鄭重《ていちょう》で立派でございました。
み櫛《くし》の箱の心葉《こころば》に――これは贈物につける、糸を組んだ花、紅葉《もみじ》などの飾りです。

わかれぢに添へし小櫛《をぐし》をかごとにて
はるけきなかと神やいさめし

この意味は、御身が伊勢《いせ》へ下向《げこう》の折、再び帰るなといって別れの櫛を挿《さ》して与えたが、それこそ御身と我との間を永遠に引離すものになったのであろうか――というわけです。斎宮《さいぐう》としてお下りの折には、帝から、その内親王《ないしんのう》にわが御代《みよ》の長くつづく限りは帰り給《たま》うなと櫛を挿してお与えになるのが定例なのです。

源氏の君はこのお歌を御覧になって、院のお心持がまことに恐れ多く、御自分も無理な恋路こそかえって遂《と》げようとするそのわが身の覚えにつまされてお気の毒になるのでした。姫がまだ十四の少女の折、斎宮として下られる時から院の御心に芽生《めば》えた恋が、こうして年を経て、遂げれば遂げられそうな時になって、急にこんな事になってしまったことをどんなに残念に思っていらっしゃるかと……すでに帝位を去られて物静かなお暮しの御心を乱しているような申しわけない気持になってそのお歌をいつまでも眺《なが》めていられました。

〈このお返しはどうなさいますか、また別にお文もあったでしょう〉

と、源氏は問われましたが、斎宮の女房たちも、朱雀院《すざくいん》のお気持がお気の毒で、お文など源氏にうっかりお眼にかけられませんでした。

また当の姫君も思い悩んでお返しの筆も進まないのを、源氏の君が、

〈形式だけでもお書きにならなければ――〉

とおっしゃるので、姫は斎宮のお暇乞《いとまご》いにかつて参内《さんだい》した時、若い帝が涙ぐんで少女の自分を御覧になったことなども思い合わされ、その折、生きて自分の傍《そば》についていられた亡き母君の姿なども共に思い浮んでもの悲しく、

わかるとて遥かにいひしひと言も
かへりて物は今ぞ悲しき

とばかりお認《したた》めになりました、その意味はかつてお別れの時、再び帰るなとおっしゃったお言葉もその時は、何心なく伺《うかが》いましたが、帰ってきた今、こうしたお歌をいただくにつけ、ほんとうに悲しく思われます……という女心でございます。

源氏は姫がどんな返歌をかかれたかそれを御覧になりたいのですが、それを言い出すことははしたなくて出来ませんでした。

朱雀院は源氏の君の御兄弟だけに女にしても見まほしい優雅な御様子で、その美しい姫

君ともお似合わしいと思えるのに——今の幼帝はまだあまりにも少年のお年齢《とし》で——」

楓刀自《かえでとじ》がここで湯呑《ゆのみ》の茶を一口、咽喉《のど》を湿《しめ》されると、容子はノートの鉛筆を置きながら、

「その幼帝のお年齢はおいくつなんですの？　お祖母様《ばあ》」

「十二でいらっしゃいます、そしてその前斎宮《ぜんさいぐう》の姫君は二十二ですから……」

「まあ……」

と、姉妹たちはどよめく。男の彰も、昔、高等学校時代、ちょっと聴いたことのある源氏物語ではあるが、いま委《くわ》しく説明されて、そのあたり驚いたらしく、

「それじゃまるで美しい乳母《めのと》みたいだな、女御《にょうご》が——」

と声に出した。

「藤原時代の宮廷には、そんなことがありがちでした」

と、刀自はあえて驚かない。

「十二歳の幼帝に、女御ってのはみんなそんなお年上の人が上がるんですか、お祖母様」

「いいえ、そうばかりではありません、既《すで》に入内《じゆだい》している弘徽殿《こきでん》の女御と申すお方は、これは源氏の亡き妻葵《あおい》の上《うえ》の兄君、昔、頭《とう》の中将《ちゆうじよう》といった方の姫君で、これは帝と一つ違いの十三の少女で、よいお遊び相手になっています。そこへまたこの二十二の姫君が入内されて梅壺《うめつぼ》の女御となられるわけです。

さて、帝がそんなに御幼年だのに、あまりお年が違っては前斎宮の姫君もさぞお心が落着かれないだろう、むしろお年頃もふさわしい朱雀院《すざくいん》の方を好ましいと思っていらっしゃりはしないかと、源氏は嫉《ねた》ましいような気さえして来るのですが、今となっては入内を取り止めることは出来ません。

こうして姫君はいよいよ入内されました。もともと六条《ろくじょう》の御息所《みやすどころ》の生きていらした時からよい女房たちの多かったお邸《やしき》ですから、こうなれば一旦《いったん》里へ帰っていた女房達もみなまた帰って来て、まことに華《はな》やかなものでした。そして人々の一様《いちよう》に思うことは、母御息所が生きていらしったらどんなにお喜びになって姫君の入内のお世話をなすったろうということでした。

その折は、藤壺《ふじつぼ》の女院《にょういん》も内裏《だいり》に居られ、帝は母君から、

〈立派な女御が入内されますから、お気をつけてお会い遊ばせ〉

とお聞かされになって、そんな大人のひとは羞《はず》かしいとお思いになりながらお心待ちに待って居られます。夜更《よふ》けて、いよいよ入内された前斎宮の姫君は、いかにもつつましげに、おっとりと小柄《こがら》なかよわい御様子なので、帝はお年上のことも忘れて可愛《かわい》い方だと思《おぼ》し召《め》すのでした。

一方の弘徽殿の女御はもう見慣れたお睦《むつま》じいお遊び相手ですが、今度の元斎宮《もとさいぐう》の女御もお人柄もしめやかにつつましく気《き》怯《おく》れするほどお立派で、源氏のお扱いも鄭重《ていちょう》で重々《おもおも》しい

ので、少年の帝《みかど》もこんどのお年上の女御《にょうご》を軽んじ難く思われます。夜の宿直《とのい》などはお二人の女御が同じようになさいますが、打解けた昼間の子供遊びのお相手にはどうしてもお年の近い弘徽殿《こきでん》の女御の方へと行っておしまいになります。

弘徽殿の女御の父君としては、むろん、やがてわが娘を中宮《ちゅうぐう》にという下心があっただけに、美しい年上の前斎宮《ぜんさいぐう》の姫君が源氏の後楯《うしろだて》で女御に上るときいては、それが、わが娘の運命の競争者になると思われて、心おだやかではありませんでした。

さてお話は変りまして、失恋なすった朱雀院《すざくいん》は、その前斎宮の姫君の御入内《ごじゅだい》にあたっての贈物につけた御自分の歌への御返しを、しみじみとお読みになるにつけても、あの少女の頃から思いをかけた美しい姫への恋心はいやまさるようでした。その頃、源氏の君に会われた折にも、むろん朱雀院は前斎宮を少女の頃からながく思っていたなどとは夢にもお洩《も》らしにはならないのでしたが、源氏の君は、院のお顔に恋を失った傷心《しょうしん》をありありとみて、実にお気の毒に思うのでした。

さて幼帝《ようてい》は、いろいろのお遊びの中で、ことに絵画に興味を持っていらっしゃいます、また御自分でもお描きになることがお好きでした。ところが、前斎宮の姫君——今は梅壺《うめつぼ》の女御も、また絵をお描きになることがお上手でした。美しい方が、物に倚《よ》り添《そ》うて絵筆を取って打案《うちあん》じていらっしゃる姿など、帝のお気に召《め》して、だんだんこの女御に惹《ひ》かれていらっしゃるようでした。

すると、弘徽殿の女御の父君、権中納言《ごんちゅうなごん》がそれを聞いて、此方《こちら》も負けてはいられないとばかりに、すぐれた画家を召し抱えて、飛び切り上等の紙に、様々の絵を描かせました。そして、それを帝のお眼にかけるのでした。

源氏の君も、またそれではと、梅壺の女御のために加勢して、御自分の御所蔵の新旧のすぐれた絵の中から、更《さら》にすぐれたものを梅壺の女御に献納《けんのう》されました。

そうなると権中納言は、ますます競争心を起して、絵の軸、表装《ひょうそう》、紐《ひも》の飾りなどにまで贅《ぜい》を尽《つく》すことになります、こうして両方から沢山《たくさん》の絵が帝の御前《ごぜん》に集りました。

梅壺の方の絵は、昔の物語の趣《おもむ》きのあるものが多く、弘徽殿の方にはまた珍らしく面白い華麗《かれい》な絵が集められました。

藤壺の女院も内裏《だいり》にいらっしゃる折で、その絵巻を御覧になるために、仏前の御勤行《おつとめ》も怠《おこた》りがちになられるほどでした。そして、その両方の絵について、梅壺方、弘徽殿方の女房たちが、どれがいいとかすぐれているとか、口争いをするのも面白くおききになりました。

竹取《たけとり》物語、うつぼ物語、伊勢《いせ》物語など、さまざまの絵巻も集められて競争しているのを、源氏の君も面白くお思いになって、

〈では、いっそ帝のお前で、どちらの絵巻がいいか勝負をきめよう〉

とおっしゃって、いよいよ絵合《えあわせ》の合戦《かっせん》をなさることになりました。

源氏の君は、今度のその絵合《えあわせ》には、かつて御自分が須磨明石《すまあかし》の流浪《るろう》の旅のつれづれに心をこめてお描きになった旅の絵日記ともいうべき二巻を、梅壺方《うめつぼかた》の競技品にお加えになりました。

朱雀院《すざくいん》までがこの絵合のことをお聞きになって、梅壺の女御《にょうご》に美しい絵を贈られました、それは宮中に行われる年中行事を、面白く昔の画家がとりどりに描いたもので、延喜《えんぎ》の帝《みかど》が御自筆で賛《さん》を書き添えられたものでした。また朱雀院御自身の時代の宮中行事をお描かせになったものには、今の梅壺の女御が、かつて伊勢《いせ》の斎宮《さいぐう》として下られる日の大極殿《だいごくでん》のお別れの儀式を有名な画家にお描かせになって、それを透《すか》し彫《ぼ》りをした沈《じん》の箱《はこ》に入れて、御贈りになりました、その人がわがものとはならなかったとはいえ、心の恋人梅壺の女御へのお心尽《こころづく》しも哀《あわ》れふかいものでした。

やがて、絵合の日がきまって、清涼殿《せいりょうでん》に、帝の御座を設《もう》けて、北南に、人々は別れて侍《じ》しました。梅壺の女御側は左、弘徽殿《こきでん》の女御側は右ということになり、この左右両女御の絵合戦でございます。

またこの絵合戦を拝観する殿上人《てんじょうびと》は、後涼殿《こうろうでん》の簀《す》の子《こ》の上に集り、各々《おのおの》御ひいきの女御方に、ひそかに心で応援して見守りました。

梅壺——左側は、紫檀《したん》の箱に蘇芳《すおう》の木の飾台、敷物は紫地の唐錦《からにしき》、袱紗《ふくさ》は赤紫の唐錦、絵巻を総掛りで運ぶ侍童《じどう》の姿は、朱色の服の上に桜重ねの汗衫《かざみ》——汗衫とは童女《わらわめ》の上に着る衣のことです、また右方もこれに劣《おと》らず、向うが紫檀なら、此方《こちら》は負けずに沈《じん》の箱、敷物は青地の高麗《こうらい》の錦、また机の脚を美しい組紐《くみひも》でしばるなど、なかなか当世風の趣きでした。絵を運ぶ童六人にも青色の衣に柳《やなぎ》の汗衫という表が白く裏が青い揃《そろ》いの汗衫を着せなどして勢揃いさせて居ります。

それに帝附きの女房、梅壺側の女房、弘徽殿の女房と各々装束《しょうぞく》を着わけて並びます。源氏の君も、権中納言《ごんちゅうなごん》も召《め》されて列しました。また源氏の御弟に当られる帥《そち》の宮《みや》も参られます、これは風雅な方で、ことに絵を好ませられるので、帝の御仰《おんおお》せで今日の絵合の判者《はんじゃ》——つまり審判官につかれることになりました。

さて、双方から持ち出される絵は、どれも見事で、いずれを勝り、いずれを劣るとも判定がつきかねます。藤壺の女院もひそかに列席されているのを知って、源氏は女院のお嗜《たしな》みの深いことも思召《おぼしめ》されて、判者の言葉の足《た》らぬと思われる時にはそれに註釈《ちゅうしゃく》を加えたりなさる御様子もまことに好ましく見えました。

さて左右の絵合戦はいつまでも勝負がきまらぬままに夜に入りました。いよいよ最後の一つに梅壺方から持ち出されたのは、源氏の旅の絵日記、須磨の巻でございました。さてこそと権中納言はあわてました。

勿論《もちろん》、弘徽殿方でも、最後に持ち出すものはことにすぐれたものをとかねて用意しておかれたのですが、何しろ敵側から出たものが、源氏のような方が、流浪の旅路で、思いをひそめて、しみじみとお描きになった絵であるだけに、審判官初め、見る人々の心を打って、みな涙を止めがたいほどの有様でした。

都を離れて、須磨明石《すまあかし》にさすらわれた当時の源氏のお心の中もいまさらに思われ、そのありし日が眼に浮ぶようで、侘《わび》しい旅愁《りよしゆう》を誘う須磨の海辺、磯辺《いそべ》など、哀れふかく描きあらわされて居りますし、草書《そうしよ》に仮名《かな》まじりで、日記代りのおもむきあるお歌なども書き込められて、今までに見た絵の面白さもみなこの絵の前にはうすれて、この一巻に、みなの心が集り、とうとうこの須磨の絵日記によって左方梅壺《うめつぼ》の女御《にようご》の勝ときまりました。

もうその時は春の夜も更《ふ》けて、人々は絵合《えあわせ》にいささか疲れて、それこそものの哀れを覚え、静かに杯を酌《く》み交《かわ》して、さまざま物語り合うのでした。

二十日の月がさし出《い》でて、此方《こちら》にはまだ光が及びませんが、空明りしてまことにみやびな景色です、帥《そち》の宮《みや》と源氏の君の兄弟の琴に、さる命婦《みようぶ》が琵琶を仕《つかまつ》ったりもしました。

夜が明け行くに従って、御苑《ぎよえん》の折からの花の色も人影も仄《ほの》かに見えてきて、小鳥の囀《さえず》りも聞こえて来る心地よい美《うる》わしい朝ぼらけでございました……。

さてお二人の女御の競い合いから始まったそうした絵合のお遊びにも、源氏の君は梅壺の女御に力を添えて勝たせようとなさったのをみて、弘徽殿《こきでん》の女御の父は娘の将来のために心配し始めました、しかしまた梅壺よりはわが娘が先に入内《じゆだい》していることではあり、前々からの御馴染《おなじ》みがあるだけに帝がやはり親しんで愛して下さる御様子をひそかにお見うけして、頼もしく思ったりもしているのでございます。

こうして御代《みよ》は栄え、風雅な絵合の御催《おんもよお》し、絵画の観賞など、まことに殿中の生活は、豊かな時代でしたが、その中にあって御自分もよい境遇に落着かれた源氏の君が、かえって人生への無常感を感じて今少し帝が大人び給《たま》うのを見て出家したいとお思いになるのでした。

不幸にある時、かえって人には闘志が湧《わ》くのでしょうが、満ち足りた貴族の心にこそ、かえって人の世の無常や淋しさがあるという例でしょうか。

源氏は、年若く生れながらにして恵まれて高い位置についた人が、ながく仕合《しあわ》せではいられないということを知って居られます。御自分は、かつて不幸なめに沈まれたこともあったればこそ、今までこうして永《なが》らえていられるのであろう、これから後の栄はかえって空恐《そらおそ》ろしい、いっそ今のうちに遁世《とんせい》して、仏道を修《おさ》め、後の世を頼み、かつは平凡に長寿を得たいなどとも思われ、都の郊外に静かな土地を求めてそこに御堂《みどう》を造らせ、仏像経《ぶつぞうきょう》巻《かん》なども調えてお勤めをおさせになっていますが、さりとて他の御子たち、葵《あおい》の忘れ形見の夕霧《ゆうぎり》や、明石の上に生ませた小さい姫の行末《ゆくすえ》を思われると、やはり世も捨てかねて、人として父としての二つの道に源氏は迷っていられるのでした……これで絵合の巻は終ります、——長々御退屈さま」

楓刀自《かえでとじ》はおしまいに諧謔《かいぎゃく》を弄《ろう》した。

「——源氏物語というものは、僕はろくに前から知らないのだが、今日お祖母《ばあ》さんのお講義をきいてなかなかよくわかりました、面白いですね」

彰が感心したように声をあげて、今までつつしんでいた煙草《たばこ》に火をつけて、うまそうに吸い出した。

「それはジャバから帰っていらしったらなんでも面白いでしょう、あなた」

藤子夫人が良人《おっと》をからかう。

すると、大貝夫人がすかさず、

「奥様のお美しいことも再認識なすったことでしょうね」

と朗《ほが》らかに笑う。

「今日は光源氏を誰も攻撃しなかったわね、梅壺《うめつぼ》の女御《にょうご》に加勢して、義俠心《ぎきょうしん》のあるところばかりだったからでしょうね」

これは容子。

「お義兄《にい》様もジャバの絵日記ぐらい描いてお帰りになればよかったわ」

これは鮎子。

「これは叶《かな》わん、男は退散しよう」

彰は、煙草をくわえたまま、源氏教室を出て行った。

あとには御婦人たちの笑いごえ、のどかな春の一夜であった……。千年前、清涼殿《せいりょうでん》での絵合《えあわせ》のあともかくやとばかり……。

◆源氏物語（上） 人物関係図◆

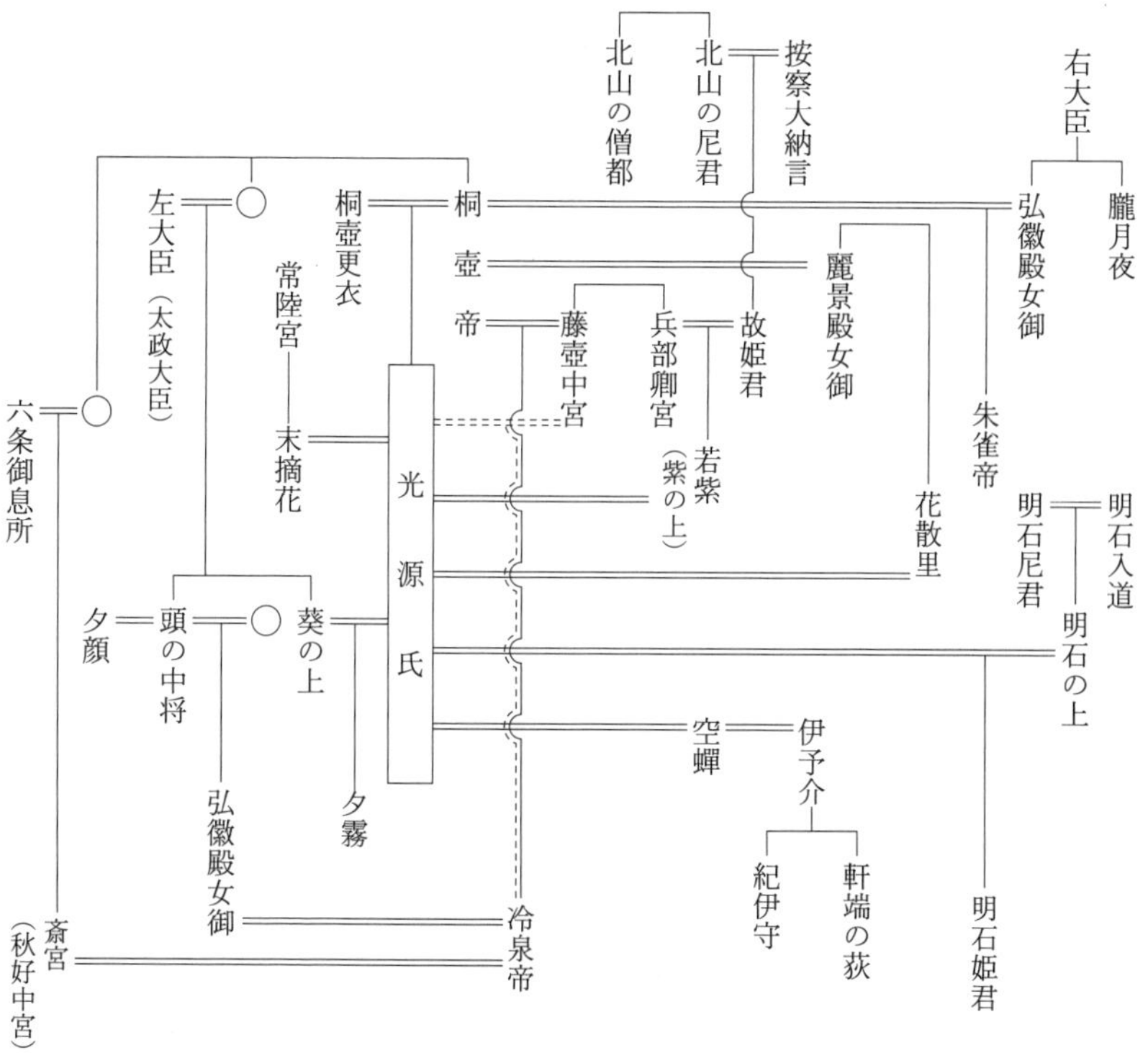

北山の僧都
北山の尼君
按察大納言
右大臣
弘徽殿女御
朧月夜
左大臣（太政大臣）
桐壺更衣
桐壺帝
常陸宮
麗景殿女御
藤壺中宮
兵部卿宮
故姫君
六条御息所
末摘花
光源氏
若紫（紫の上）
朱雀帝
花散里
明石尼君
明石入道
夕顔
頭の中将
葵の上
明石の上
空蟬
伊予介
弘徽殿女御
夕霧
紀伊守
軒端の荻
明石姫君
斎宮（秋好中宮）
冷泉帝

現代の私たちに贈られる講義

角田光代

吉屋信子より少し世代が上の与謝野晶子、三つ年下の川端康成による『源氏物語』は有名だけれど、吉屋信子による『源氏物語』があるとは、私はまったく知らなかった。とはいえ、『源氏物語』の現代語訳ではなく、本書は、楓刀自《かえでとじ》という老婦人によって語られる源氏物語『講義』である。つまり、とある物語のなかで語られる『源氏物語』なのである。

一九四五年、終戦の二か月前、高倉家の三姉妹、藤子、容子、鮎子は、祖母の楓刀自とともに、市谷高台の邸宅から、鎌倉山の別荘に疎開することになる。三姉妹の父は財務官として、妻を伴い満州に、長女藤子の夫は銀行員としてバタビヤに赴任している。

疎開した後、楓刀自の蔵書の一部を鮎子が苦労して鎌倉まで運ぶのだが、そのなかに湖月抄――六十巻に及ぶ『源氏物語』の注釈書が入っていた。

やがて戦争が終わるも、市谷の家は焼けてしまい、楓刀自と三姉妹は鎌倉山での暮らしを続ける。そうしてひょんなことから、楓刀自はこの三姉妹と、隣に越してきた女性実業家、大貝夫人を生徒として、毎土曜の夜、源氏物語の講義をはじめることになる。

終戦直後の苦しい生活のなかとはいえ、教室とされた鎌倉山の家の十畳間には、楓刀自がだいじに残していたうつくしい掛軸や花瓶が飾られ、秘蔵の香木までもが焚かれ、容子も鮎子も和装であらわれる。講師役の楓刀自は紋付きの黒の被布を身につけている。華やかさこそ劣るだろうけれど、雰囲気はまるで平安時代の宮廷サロンである。

楓刀自による講義は、まず最初に「もののあわれ」とは何か、からはじまる。この長い長い物語の本質だと著者が思うものを、まず最初に挙げるのは、途中で飽きたり、「須磨がえり」をしないようにとの、心遣いだろう。それから紫式部の人物説明がある。

それらの説明だけでなく、時代背景や当時の文化、慣習などについても、この後、逐次ていねいな説明がなされる。平安貴族の部屋の様子、御簾や几帳の役割、着物や髪型などにもさらりと触れて、もっともだいじな夫婦関係についても、三十一文字のラブレター、なんてうまい言いまわしを用いてわかりやすく説いて聞かせる。絵巻を用いた名称説明もある。

さらに中盤で、本筋から遠いことは省いていると楓刀自はことわっている。曰く「原文どおり委《くわ》しく一行も略さずにいっていますと、かえってごたごたしてなかなかのみこみに困難ですから、私は失礼ながら、みな様のお頭《つむ》をそう悩ませないために、極めて一筋に、一本の線のように中心を貫いてお講義をして来ました」。いってみれば、これは楓刀自編集によるダイジェスト版である。香を焚き、被布まで身につけて講義をする楓刀自の話す物語は気品に満ちているが、幼い紫の姫君にとって「源氏は第二のパパ」と言ったり、決して光君になびかなかった朧月夜《おぼろづきよ》は「アプレゲールの傾きが」ある、と表現したりする、チャーミングな説明のしかたによって、講義を受ける女性陣はもとより、私たち読者にとってもぐんと身近なものに感じられる。

この源氏物語ダイジェストは、前半がたっぷりと時間をとって語られるのにたいし、後半は駆け足で、「若菜上下」はかなりすっきりとまとめられている。私がもっとも驚き、興味を引かれたのは、宇治十帖といわれる、光源氏亡きあとの物語が、刀自によって語られることなく、次女容子のノートとしてメモ程度にあるところだ。

光君の亡くなる「まぼろし」で語り終える、その理由を、楓刀自は「宇治十帖はまたある学者の説によれば、同じ作者紫式部のものではないといわれております」「ともかく、この〈まぼろしの巻〉までで、源氏の君の生涯の記述は終っているわけ」だからだと告げる。小説的な理由としては、空襲で焼けた家の跡地に新居を建てて引っ越すことになり、何かと忙しいから……ということである。

ここで私は、この作者がもっとも重要視した、あるいは、若い読者に伝えたかったのは、光源氏その人の生涯だったのかと気づき、いや、もしかしたら光源氏ではなく、紫の上をこの作者は書き切りたかったのではないかとも思いなおす。それとも、光源氏と紫の上を中心に、多くの女性たちがきらきらしく過ごしていた日々をこそ、残したかったのかもしれないとも思うのである。この作品で刀自、ひいては作者がもっとも時間を割いて講義するのは玉鬘《たまかずら》、初音《はつね》のあたりまでで、それからは省略も多くなる。もちろんそれは刀自の言葉どおり「かえってごたごた」するのを避けるためでもあるが、うつくしく華やかで、こわいもの知らずの自信家で、「男性の魂の優しさ」を持つ若き光源氏を強調することで、それが永遠ではないせつなさをも、強く伝えたかったのかもしれない。楓刀自／作者が貫いた「中心」は、最初の説明にあったとおり「もののあわれ」、それに尽きるように私には思える。

本書のもうひとつの大きな魅力は、高倉家の物語である。高倉家の長女は既婚者であるが子はおらず、夫の帰りを待っている。次女の容子は肺浸潤と診断を受け、伏していることが多い。三女の鮎子は終戦時にはまだ女学生で、活発で物怖じしない性格だ。隣家の大貝夫人は、孤児だった過去を持ち、その後、子連れの男性と結婚するも、夫となった男性は亡くなり、彼の営んでいた工場を一手に引き受けてなお成功させた女性実業家である。

まず、この四名を生徒に、終戦後の秋、講義ははじまる。季節はめぐり、やがてその場に、藤子と知り合ったアメリカ生まれの二世、ジョー葉村が加わり、藤子がかすかな好意を抱いたり鮎子があわい恋心を抱いたりするも、彼はアメリカにいってしまう。それから藤子の夫が帰還し、しばらくのちに、三姉妹の両親もやっとのことで日本に帰ってくる。そんな現実の日々にせわしなく暮らす彼女たちの、光源氏や物語にたいする印象もそのときどきで変わってくる。このあたりは非常に巧みな構成になっている。

　夫不在の藤子が、ジョー葉村に、空蝉《うつせみ》と光源氏の関係をちらりと重ねて想像してみたり、大貝夫人が女性というものの理不尽さを嘆いたり、勝ち気な鮎子が自立した精神の朝顔を「一番好き」と言ったりしているのは、彼女たちそれぞれが、自分の現実に物語を照らし合わせた感想である。また経験豊富な大貝夫人は、やはり自身の辛酸に重ね合わせて、おのおののエピソードに大きく心を揺さぶられ、ときに怒り、ときにしんみりと過去を回想する。

　これこそが物語／フィクションのおもしろさだと読みながら私は膝を打つ思いだった。書かれていることを文字どおり読むだけならば、それは取扱説明書や使用書を読むのとかわりない。書かれているのはだれかの人生であり、その架空の人生に、私たちは自分自身に起きたできごとや味わった感情を重ねて理解したり、それらをもとに想像を広げたりする。それぞれの経験や感受性によって、物語はいくらでも変容し、私たちの一部分になる。さらには読み手の私たちの経験如何によって、数年後に読みなおしたときにはまたあらたな側面を見せる。物語は、私たちとともに、文字どおり生きている。

姉妹たちと大貝夫人は、たんなる教養としての講座ではなく、そのように物語をたのしみながら味わい、自分のものにしていくのである。

講義の途中で、三姉妹と大貝夫人、それからときどき参加するジョー葉村と藤子の夫、彰、みんな思い思いのことをその場で口にする。興味深いのは、この時代の男性優位を嘆き、光源氏の非道をなじる声の多さである。これは発表された一九五四年当時でも、かなり進歩的な読みかただったのではないか。

空蟬の寝所に光源氏が忍びこむ場面では「いやあね、私そんな光源氏大嫌い！」「紫式部はどうしてそんな男性を書く気になったのかしら」と鮎子は憤慨し、朧月夜と逢瀬をするときは「可哀想に――」と若紫に同情する。

さんざん人生でつらい目に遭ってきた大貝夫人は、光源氏を忘れられない朧月夜を愛する朱雀院《すざくいん》に同情し、「私はこのお講義をきくごとに源氏がだんだん憎らしくなって……」と胸の内を明かす。じっと黙ってメモを取っていた容子も、「多情多恨すぎる」とあきれている。

大貝夫人は幾度も「やっぱり女は弱いものですね――」「どうして、こう女は馬鹿なんでしょう！」「千年前も、千年後も、女というものはつまりませんねえ」と、登場する姫君たちに肩入れしては女のままならなさを嘆いている。

それまでも、幾度か生徒たちは平安時代の結婚制度について疑問を呈しているが、「澪標《みおつくし》」では、男性優位の社会について、ちょっとした討論がはじまっている。この小説の舞台設定は終戦直後で、女性解放や民主化の教育ははじまったばかりと思われるけれど、高倉家の姉妹たちと、「立志伝中の人物」大貝夫人は、現代の私たちにとても近い考えかたを持っているのだ。

これにたいし、楓刀自の答えは一貫している。「紫式部は婦人問題を源氏物語に書こうとしたのでなく、物のあわれを美しく描こうとしたのでしょう」。ほかの箇所でも、言葉や表現を変えて、幾度かこのように述べている。楓刀自のこの言葉は、婦人解放政策からウーマンリブ運動へ、男女雇用機会均等法を経て、#MeToo 運動を体験していく、今の私たちに向けたものであるように思えてくる。若き光源氏の横暴さに憤慨するもよし、翻弄される女たちに同情するも、はたまた「いつの時代も女は変わらない」と嘆くもよし、でも千年続いた物語の本質はべつのところにありますよ——と、楓刀自がやさしく説いてくれるように思えてくる。

戦場ではないにせよ戦時に不安な日々を過ごし、理不尽を身近に感じ、終戦後の困難を生きる彼女たちにとって、源氏物語の講義はおおいなる救いだったはずだ。有事の際にフィクションは決して無力ではないと、楓刀自のようにやさしく、作者自身が教えてくれているように私には感じられる。

空襲直前、鮎子は祖母のたいせつな蔵書をリュックサックに詰めこんで、空襲警報のなか、たいへんな思いをして鎌倉山まで運んできた。読み終えてから、このくだりを再読すると、胸が熱くなる。どのような時代でも、私たちは読み手として、この物語を鮎子のようにたいせつに、次の世代に運んでいかねばなるまいと思わせるからである。

吉屋信子 よしやのぶこ（1896-1973）
新潟県生まれ。新聞や女性向けの雑誌に数多くの作品を発表し、主に大衆小説および少女小説の分野で多大な読者の支持を得る。1920年に刊行された『花物語』は“女学生のバイブル”といわれベストセラーとなった。戦後は新たな境地をひらき、52年には『鬼火』で第四回日本女流文学者賞を受賞。67年、菊池寛賞を受賞。大正から昭和へかけての文学史上にひとつの地位を築いた。著書に、『花物語』『あの道この道』『わすれなぐさ』『徳川の夫人たち』『女人平家』その他多数。

二〇二三年十二月十五日初版第一刷印刷
二〇二三年十二月十九日初版第一刷発行
乙女《おとめ》のための 源氏《げんじ》物語《ものがたり》 上
著者 吉屋信子
発行者 佐藤今朝夫
発行所 株式会社国書刊行会
東京都板橋区志村一－一三－一五 〒一七四－〇〇五六
電話〇三－五九七〇－七四二一
ファクシミリ〇三－五九七〇－七四二七
URL：https://www.kokusho.co.jp
E-mail：info@kokusho.co.jp
印刷所 創栄図書印刷株式会社
製本所 株式会社村上製本所
ISBN 978-4-336-07507-9 C0093
乱丁・落丁本は送料小社負担でお取り替え致します。
＊本書は二〇〇一年十二月刊・吉屋信子『源氏物語』（上・中・下）に新たに解説を付し、新装版として刊行したものです。